望海潮
原创长篇系列

路姐

邱榕木

著

海峡出版发行集团 | 海峡文艺出版社

图书在版编目(CIP)数据

路姐 /邱榕木著. － 福州:海峡文艺出版社,
2024.8
("望海潮"原创长篇系列)
ISBN 978-7-5550-3783-5

Ⅰ.Ⅰ247.5

中国国家版本馆 CIP 数据核字第 20240C0S72 号

路姐

邱榕木　著
出 版 人　林　滨
责任编辑　林可莘
出版发行　海峡文艺出版社
经　　销　福建新华发行(集团)有限责任公司
社　　址　福州市东水路 76 号 14 层
发 行 部　0591－87536797
印　　刷　上海盛通时代印刷有限公司
厂　　址　上海市金山工业区广业路 568 号
开　　本　720 毫米×1010 毫米　1/16
字　　数　330 千字
印　　张　20.75
版　　次　2024 年 8 月第 1 版
印　　次　2024 年 8 月第 1 次印刷
书　　号　ISBN 978-7-5550-3783-5
定　　价　68.00 元

如发现印装质量问题,请寄承印厂调换

叫响中国路姐

（代前言）

　　《中国高速公路》杂志一年多前新设立了"活力"栏目，闪亮地接连推出全国高速公路行业里的美丽"高速人"，虽然装订在最末几页，但并不失其抢眼、耀眼和养眼效果。史上从未有过如此展示高速公路美女的创意，着实给全国高速公路系统员工，乃至《中国高速公路》杂志增添不少活力。

　　彩页上的"高速人"形象，有的端庄秀丽，落落大方，有的冰肌玉骨，亭亭玉立，有的婀娜妩媚，楚楚动人，真让人大饱眼福并感叹高速公路系统的美女如云。

　　在全国各个行业中，高速公路收费人员是从无到有，从少到多，逐步发展起来的一支年轻队伍。这支队伍以风华正茂、朝气蓬勃的青年人居多，其中女收费员又远超"半壁江山"。现在全国高速公路系统女收费员至少达数十万，待到全国高速公路网形成，那势必形成更庞大的一个女性群体。

　　高速公路行业这一独有的女性群体，每个成员都历经思想品德、身体素质、文化水平等方面的严格考察后从社会招考而来，其条件与社会其他行业如女性银行储蓄员、铁路乘务员、宾馆服务员乃至于飞机空勤乘务员等不相上下。高速公路女收费员，同样要求长相秀美，身材窈窕，服装统一，训练有素，举止文明，服务优良。尤其是连接各大城市和机场的高速公路收费所，是当地政府和交通管理部门的门户及窗口，特别受到重视和偏爱，主管单位甚至为其调集诸多优异资源进行配置和充实。于是，收费所里不论内勤还是外勤的姑娘，个个眉清目秀，秀外慧中，虽不敢说是倾城倾国的绝色女子，也算是倾城倾路的姣妍靓妹，形成了高速公路上的一道亮丽风景，为高速公路事业发展起到了独特作用。

空姐是飞机上的宠儿，她们以其天生丽质的形象面对乘客，每每进入机舱的第一眼近距离的对视就让人赏心悦目，其灵巧周到的服务更让人心旷神怡，无疑，空姐已是美好和漂亮的代名词，也是民航系统引以骄傲、社会人士为之仰慕的名片和招牌。飞机上的乘务员谓之空姐，那大地上高速公路的女收费员群体当可称为路姐。"路姐"这一称呼在概念上符合公路从业人员的含义，同时，还可在窗口服务时，替代"小姐""姑娘""嘿""喂"等不规范的叫法，这无疑是再好不过的一件事。

希望《中国高速公路》杂志能将《活力》栏目改名为《中国路姐》，继续展现"高速人"的青春风采，诠释行业意义，树立高速公路乃至于整个交通行业女性群体的统一品牌，作为女收费员的昵称、美称、尊称。

给青春靓丽、敬业爱岗的姑娘们道一声：

你们好，中国路姐！

此文原载于《八闽高速》2011年第5期

主要人物表

（按书中出现顺序）

沈倩倩　收费所新收费员
沈　妈　沈倩倩的母亲
卢雅琴　收费所新收费员
林小芳　收费所领导
黄健伟　收费所领导
张温平　收费所办公室主任
刘莉珍　收费所办公室干事
兰碧云　收费所财务室主任
吴春玉　收费所收费1班班长
李美桦　收费所老收费员
姜露娴　收费所老收费员
豆　豆　李美桦的女儿
金凯宾　吴春玉的丈夫
唐德武　林小芳的丈夫
杜建国　刘莉珍的男友
朱加水　卢雅琴的男友
甜　甜　吴春玉的女儿
董弘光　沈倩倩的男友
刘淑英　刘莉珍的母亲
老　郝　刘淑英的丈夫
沈书明　沈倩倩的父亲

目　　录

1

第一章　成为路姐

　　7 月的一天早晨，天还没有大亮，就 8 点来钟吧，沈倩倩还在睡觉，一阵"天路"音乐的手机铃声把她吵醒，于是，她只好翻转身子拿起床头柜上的手机并懒洋洋地按下接听键。

　　这时的东部沿海，早已旭日东升，可沈倩倩现时所在的大西北青海这里，因为地域时差的原因，8 点左右天才蒙蒙亮，所以，她还在睡梦中。当然，毕业回到家中尚未正式工作之前，睡懒觉也是情有可原的事。

　　电话里说，她已经被东南省高速公路公司招收录用了，可能 10 天之内就要报到并参加培训。电话是当时一起在"大学生就业人才招聘会"上认识的那位叫卢雅琴的女生打来的。因为同是大学生，同是想报名高速公路工作，卢雅琴又是当地人，她通过关系首先了解到了录取名单，然后根据当时留下的电话号码马上向沈倩倩"快报"了。单位的正式通知可能还得明天才开始陆续送出。

　　事情是由于东南省有一条高速公路在 1 月 1 日即将通车，需招收 100 名收费员，并提前至 7 月份就开始招收了。这些收费员分两个渠道招收，一是在大专院校的应届毕业生中去招，二是在社会上公开招。沈倩倩就是属于应届毕业生中被招录的人。

　　电话内容不但没有引起沈倩倩的高兴，反而在接完电话一会儿后她"呜呜"地哭起来了，直到妈妈听见哭声进屋来，她还在抽泣。妈妈不解地问她为什么哭，她一时也不应，反倒哭得更起劲来。20 多岁的女儿哭成这样，妈妈实在于心不忍，于是，趴在女儿耳边继续问，最终才明白这样的一个缘由：

虽然这个工作是她自己找的，也喜欢高速公路这样的行业，但毕竟从今以后需要长时间地离开家，离开父母亲，孤身一人到千里之外的东部去工作、生活，一年到头与父母见不到几次面，尤其是父母亲已渐渐老了，无法终日陪在他们身边，生怕万一有什么事时无能为力，不能尽女儿的责任。对此，她自从报名后就一直惶惶不可终日，既想实现在高速公路上工作的愿望，又害怕真的实现得远离父母，甚至闪出打退堂鼓的念头。现在，那个既想又怕的结果真的来了，意味着确实要长时间甚至一辈子离开父母了，而且这完全不像在大学念书时还有寒暑假回家的机会，想到这，她难以再控制情绪，于是在接完电话后瞬间宣泄出来。

沈倩倩一家并非大西北人，她的父亲原籍是东南省秀春县，20 世纪 70 年代初选送工农兵上大学时，被推荐到东北念大学。那时候的大学毕业生由国家统一分配，她父亲便被分配到青海一个有关核工业的国家保密单位工作。她母亲是内蒙古人，在内蒙古一所大学毕业后恰好分配到这个单位里，由此两人相识并结婚，生下了沈倩倩一个独生女。

其实，从报考大学开始，沈倩倩的父亲就要求孩子报考其老家的大学，并希望留在那里工作。为什么父亲非得她报考家乡的大学？按沈倩倩的理解应该是父亲思乡心切，让女儿在家乡念书，了却其想念家乡的情结和夙愿，当然，还有没有其他因素，沈倩倩肯定不明白了。至于母亲，也可能除了有听随父亲意愿的缘故外，另一方面，是因为出生和成长于内蒙古大草原，对大海有着无穷的向往和憧憬，也希望孩子能在海边工作，她今后也就时不时地能够眺望大海波涛，观看红日喷薄，该是多么理想的养老去处，何况那里还是丈夫的出生地。母亲的这个想法，是在家里明确表态的，沈倩倩十分清楚。

至于沈倩倩个人，她也有离开大西北的强烈愿望。从小生长在人口稀疏的高原盆地的她，还是不喜欢冰封雪盖的严寒和荒山秃岭的环境，更主要是自从跟随父亲数次回东南省的家乡后，沿海四季如春的气候、繁华的街市、林立的厂房、便捷的交通以及年轻人的时尚生活，一次比一次强烈地吸引了沈倩倩，于是从报考大学开始，到寻找工作时，既遵循着父母的愿望也夹杂着自己的美好追求，如愿地考到东南省的一所大学念书，并决心在那里寻找工作机会。

毕竟今后的前程在主导着，对父母的不舍也是一时的。在母亲的劝导下，沈倩倩虽然没有破涕为笑，但情绪平缓了许多，马上起床去做自己应该做的事。

一个星期后，沈倩倩像往常去学校一样告别家里，没要父母亲陪伴，带点西北特产，如红枣、核桃什么的，独自一人乘坐连接东西走向的直达特快列车，经过两天两夜的旅途，准时来到东南省省城的高速公路培训基地报到。

"沈倩倩，你到啦?"一到培训基地大门口，她就被先期报到的卢雅琴接到。

"是呀，早上9点到火车站，哎呀，累死了。刚才坐公交车过来。"沈倩倩看见参加工作认识的第一人，也颇感高兴地应道。

"你的行李不多呀，其他的行李呢?"卢雅琴看见沈倩倩就拖着一个行李箱，没有大包小包，于是问。

"这次就一些日常生活用品，其他的生活用品都已经从学校移出来，寄在当地同学家里，等到我们安定下来后再去取。"沈倩倩解释说。

"哦，是这样。走吧，我们学员的宿舍都安排好了，我们俩在同一间，这是我向培训基地的管理人员要求来的。"卢雅琴说。

"行，走吧。这里很热，我在青海还有些冷，穿毛衣了，加上风沙大，都不爱出门了。还是南方好呀!"沈倩倩感慨地说。

"当然啦，现在这种天气穿一件衬衣就够了。你看你，还穿着外套毛衣，不热死你呀，赶紧到宿舍脱了吧。"卢雅琴笑笑地说。

"我知道，没办法，晚上在火车上很凉。我也准备了适应这里气候的衣服，马上换，要不我自己也难受。"沈倩倩自我解嘲说。

卢雅琴也是20岁刚出头，1米61的个子，高职毕业生，染了一头褐色长发，论长相、身材、气质各方面都不错，再加上性格活泼，开朗大方，真不失为一个南方漂亮女生。她离开学校后将近一年时间没有找到合适的工作，待在家里无所事事，后在报纸和网上看到省高速公路公司招考收费员，凭着平时对高速公路及其收费工作有着良好的印象，认为是国家办的正规公司，有固定单位、固定岗位及固定工资，心想女人不就是图一生能够平稳安定吗?这高速公路工作肯定很稳定，再加上平时着一身制服，既风光又神气，对此羡慕得不得了。于是，没有与父母商量，就独自邀上同样还在待业的几位高中同学报了名。

那天沈倩倩到"大学生就业人才招聘会"应聘时，卢雅琴也去报名应聘了，但被告知因为是往届毕业生，还要参加高速公路公司的统一考试，分笔试与面试两个阶段，这就是说，卢雅琴没有像沈倩倩这种直接招录的运气了。

公司才招100名，报名人数却有近千人，起码9比1，这跟高考相比，录取率要低得多，确实是难上加难。卢雅琴则倒是迎难而上，针对笔试的范围和面试的要点，在社会上相关联的培训班进行了一个月的恶补，结果如愿以偿，笔试和面试总分排名前10，再加上大专毕业生的条件，立即被高速公路公司录取了。

按照国家对职业技能的要求，高速公路公司每一次招收新收费员后，都得进行为期一个多月的培训。培训的内容有高速公路基本常识，特别是收费业务，而收费业务就包含操作计算机、点钞机、打印机等设备，发放通行卡、收取通行费、解缴票款等操作程序，手工点钞、人工排障、判定车型等操作技能。由于高速公路收费员都穿统一制服，为了树立良好的社会形象，培训中还需要另外进行形体、队列、内务等半军事化训练。总之，上岗前的这类培训，均是按照全省统一的"收费服务标准化"来进行的，内容多样且管理严格。

她俩被分在同一个小组，都是女生，而且全部是大专以上毕业生，像沈倩倩这样的本科生还占一半左右。这期全公司招录的100名收费员中，男生仅三分之一，因此，整个培训班固然已是先天性的阴盛阳衰。其实，别说这个培训班，即使是目前全省高速公路现有收费员中，女收费员也是占了三分之二，甚至还不止，乃至全国高速公路收费员的性别比也可能都是如此。

"我首先欢迎各位加入高速公路收费员队伍中来，特别要祝贺女同志们成为当代交通行业的'中国路姐'。"那天培训班开学式动员会上公司的一位女领导开场白这么说。

"什么？什么？什么是'中国路姐'？"卢雅琴听后转头好奇地小声问沈倩倩。

"我也不懂叫什么'中国路姐'，从来没听过，也许是女收费员的别称吧，像'空姐'一样叫。"沈倩倩半想半猜地小声应道。

培训班大多数学员不了解，他们一边交头接耳低声议论，一边竖起耳朵等待台上领导的进一步说明。

"可能同志们不太了解'中国路姐'是怎么回事，怎么来的，我现在给学员们说一下这个称呼的来龙去脉。"领导发现大家以疑惑的眼神看着，干脆就把所知道的情况解释如下：

自有收费公路以来，不管是普通公路还是高速公路，就有着大量的女收费员在第一线工作。她们在收费窗口工作时，常被来往司机或者说整个社会叫成"同志""小姐""小妹""姑娘""收费员""大姐""妹子""喂"等等，叫法五花八门，无奇不有。称呼零乱不说，还有些含不敬的"贬""损"之意在其中。几十年来这个群体的称呼任人自由选择，随意喊叫，这有损于收费队伍的形象和尊严，于是，前几年我们省高速公路公司首先倡议统一赋予女收费员以"路姐"的称呼。

这是希望对女收费员有一个规范的称呼，而且"中国路姐"这四个字的字面和发音，不容易出现歧义或者不良谐音，既体现行业特点又体现女性特点，是对女性收费员最恰当不过的尊称、爱称和昵称。当时这个称呼首创后，立即被《中国高速公路》杂志引用，设置一个独特栏目就叫"中国路姐"，还发出征集动员令，每一期从全国高速公路女收费员中挑选一位气质好、长相靓的收费员，将其工作照和生活照刊登在这个栏目上推出，成为全国高速公路女收费员队伍中的一个骄傲和品牌，自然也成为学习榜样。

"中国路姐"称号逐渐在全国高速公路行业被接受，随着时间推移，还可能扩展到全国各处路桥收费员及高铁、动车、火车、公交等交通系统各个行业的乘务员，有朝一日会像"空姐"一样被人们普遍接受而成为习惯叫法。

"我本人原来也是收费员，也是'路姐'出身的人，从第一线走过来的，应该说，我现在还是，因为我热爱'路姐'这个称号，更爱这个职业。现在清楚了吧，这个'中国路姐'称呼，表达了非凡的意义，这意义深远、光荣。我该不该祝贺你们呀！"领导解释完"中国路姐"来历后莞尔一笑，然后继续动员说，"在我们高速公路收费员中还开展一个长久活动，叫作'收费无差错能手'，即每个收费员一年里所收取的通行费，到达规定的数额，而且没有任何数额、票据、报表等误差，那么就叫多少多少万元无差错。从100万到几千万，各个等级都有，得到这个称号的人，省公司年终都按等级给予表彰。现在我们全省已经涌现了9位收费员达到'八千万元无差错'，他们中有的因此被评为各级岗位能手、五一劳动奖章获得者、劳模等，不过，他们经历了超过 10 年的辛苦收费工作，才能够达到这个数量。"

场下没有像刚才那样"叽叽喳喳"地发出议论声，但学员心里应该心中有数了，只是还不至于一下子就感到"光荣和伟大"而已。

为了配合统一着装训练，公司开始给学员发制服了，均系仿军队制式的衣裤、大檐帽、皮鞋、皮带等。这是东南省仍在使用的"阳光蓬峰"知名品牌交通制服。它曾经是全国统一使用的交通制服，但十几年前由于财政部门的干预，大多数省把原本这样的交通制服改为普通服装，并以仿效"空姐"服装为主，因此，仍然统一配装这款交通制服的省，在全国已经不多见了。

因为当初并不知道各个收费员的身材高矮肥瘦，采购来的冬季服装号码及尺寸虽然多样，但数量却没那么准确，这个号码多余，那个号码又短缺了，如此一来，有些人就没办法如愿地领取自己的合身衣服。卢雅琴就是其中之一，论身高她应穿中号衣服，但中号已经被领用完了，一时又没库存，也调剂不到，最后无奈地只好领取大号来穿。这与高挑的沈倩倩同样号码了。

房间里，沈倩倩和卢雅琴在试穿制服。她们都脱去了展现青春亮丽、活力无限的时装外衣，上身只穿一件薄薄的毛线衣，下身也是只穿一条紧身裤，套上了橄榄绿的制服。在南方现时的气候下，里面保留这样的内衣裤还是可行的，更何况她们这些常常"要风度不要温度"的年轻女孩子们。

"你看看，我的衣服这样肥大，上身衣服可以藏个枕头，下身裤子可以藏只老母鸡，就像个压扁了的灯笼模样。"卢雅琴穿上衣服边转身边笑哈哈地说。

"勉强吧，到时候把腰带扎起来，就不显得宽大了。"沈倩倩劝道。

"可能还不行，我扎上，你看看。"卢雅琴应道，并将皮带找出来。说是皮带，那是执勤用的白色武装带，不是一般的裤带。

卢雅琴还不会使用武装带，沈倩倩帮忙琢磨着，终于套上了。

"你看，怎么样？还是宽宽松松。你看你穿得多合身，整个苗条身材都体现出来了。再看看我。"卢雅琴一边埋怨自己一边羡慕着沈倩倩说。

是的，穿上制服的沈倩倩，其衣裤的长短、宽窄都恰到好处，整个人显得英姿飒爽，气质非凡，自上而下的两肩、胸部、腰身、臀部、双腿，女性外表美的每一个典型部位，在她身上都得到充分展现。而卢雅琴对着镜子再上下自我打量一番，屁股没个屁股，胸部没个胸部，该凸的没凸，该凹的没凹，本来个子就没有沈倩倩高，这下子更显得矮了几分，她抱怨这都是衣服害的。

"先将就着吧，过几天公司送衣服来补充时再去调换。"沈倩倩还是劝道。

"不好看呀，你看。"卢雅琴应道，并用两只手做出托胸部的动作，然后，又拍拍屁股，表示在宽大衣服遮挡下，似乎什么也没有凸出的样子。

"唉，到时候我陪你去买一个大一点的胸罩戴上，外表就凸出来，好看多了。"沈倩倩边说边笑。

"你才说得轻巧，我这两个地方本来就不大，买个 B 罩杯戴上还不是感觉松松垮垮晃荡晃荡的，给人皮动肉不动的感觉，到时候更难堪。"卢雅琴认真地回应并两手继续比画着说。她的胸部确实不大，顶多像餐桌上那种喝茶水的浅底圆杯子一样，不过，还不至于是那种扁平型的。她这是跟当今好多还未结婚生子的少女一样，平时生怕乳房发育过大而时常无端束胸的结果。

"我看就凑合着吧，先培训完再说。"沈倩倩还是劝道。

卢雅琴只能认倒霉了，先穿几天吧。后了解，也有好几位学员跟她一样衣服不合身，也都只好先应付着穿。

衣服不合身平时没什么事，只是那天下午第一次上军训课时就碰到问题了。

"同志们注意了，立正，向右看——齐！"培训班特别从武警部队请来的教官在对 1 组的学员进行队列训练。这是沈倩倩和卢雅琴她们的小组，也即清一色 10 个女性学员。她们已经完成了"原地踏步""立正""稍息""向右转""向左转""齐步走"等一系列单个动作。

学员们听到口令后，一个个转头朝右对着排头兵看齐。她们的神情严肃紧张，绷着脸，斜着眼，脚步移动得"唰唰"响，想尽量对齐来。

教官一时没有喊"向前看"。他要队伍持续做"向右看"的动作，以便检查每个人的动作和队列的整齐程度。于是，他以军人的标准动作跑步到队列的最后一名与学员并肩站立着，先眯着眼，瞄一瞄各个人的后背是不是一条线地直，再后退一步瞄一瞄各个人领口是不是一条线地直。瞄完了，教官不经意间偷瞄一眼每个人的胸部顶端是不是整齐划一，也在一条线上，没想到这让他心里"咯噔"一下不好意思起来，因为，他突然发现衣服遮掩下的每个胸部有大有小都不一致，不论各人的上下位置还是平面凹凸都不在一条直线上，真是"不比不知道，一比吓一跳"。

教官不太相信这样的状况和队形，于是，再次重复了一次"整理队形"的训练，情况还是如此。

此时，年轻的教官不敢再偷瞄她们的胸部了，跑步回到队列前，喊道："向前看。"口令一下达，学员们立即转回已经有些酸痛的脖子，并恢复到立正姿势，注视着教官。

"稍息。"教官下口令。随着右脚一伸，学员们整个身子放松下来了。

"现在我开始讲评。刚才的动作，大部分学员做得不错，很认真，只是个别学员服装太宽松了，对队形有所影响，不能达到前后一致。如果大家都能穿上像沈倩倩同志一样的服装，那就太好了。"教官讲评说。

卢雅琴一听就知道教官所言"前后不一致，影响队形"，说的就包括自己，她也认了，不敢多言。

"今后我们排队形、走队列一定要学着舞蹈里的体形标准，就是抬头、挺胸和提臀，这才有精神和活力，虽然我们不是老做这样的动作，但平时也还是要注意仪表，因为你们是'路姐'，要跟'空姐'一样有模有样，有气质。再说了，请不要染发，这样不合乎军事化的标准。"教官再一次提要求说。

"尊敬的教官，你说的这种三部曲，本'路姐'只能做到一部，即抬头，其他两部我可做不来，不信，你看看。"卢雅琴忍不住了，突然从队列中大声回应说，并且还像模像样地在原地做起抬头、挺胸、提臀的各个动作。至于教官说的染发，她明白是在说自己，也就找不到托词，没有回应。

教官这下子懵了，不知所措，一是没想到队列里马上有人顶撞他的要求，二是不敢直视卢雅琴做动作。此时，弄得全组人哈哈大笑不停，也许是一笑教官二笑卢雅琴吧。

"现在解散，休息。"教官只好赶紧下达这样的口令，否则他不知道该怎样收场。毕竟教官还太年轻，面对这群女生，他没有什么经验，更没办法对付。

回到宿舍，沈倩倩和卢雅琴还是笑个不停，好像很开心，觉得训练时被教官喊来喊去，唯命是从，教官有时还有点凶，刚才这下子被她给唬住了。

"你真胆子大，不害臊，在教官面前特意挺胸、提臀，我是不敢哟。"沈倩倩笑呵呵地说。

"那怕什么？这么肥大的衣服里，我再挺胸，也凸不出名堂来，再提臀也翘不出名堂。不像你，一挺一提都有东西出来，容易迷人。教官还表扬你呢，他肯定看你看着迷了，才会表扬你。不过，教官说的染发，我准备过几天去改回黑色的，这样他就没话可说了。"卢雅琴还是笑笑地逗着说。

"好啦，好啦。洗个澡吧，刚才操练得身上有些热乎乎的了。"沈倩倩建议说。

"可以，你先洗吧。"卢雅琴应道，并顺手将房间窗帘拉上。

沈倩倩脱下制服，然后拿出内衣裤进到卫生间洗澡去了。卢雅琴却还在摆弄着制服，看看哪地方能修改裁剪，她忍不住一天的不合身。

沈倩倩洗完了。一次热水澡，让她身心舒畅了许多，禁不住开口唱起《天路》来。正在准备脱衣的卢雅琴一听，惊呆了。心想，不对头呀，怎么唱得这么好？跟韩红差不多了。卢雅琴顿时兴奋起来问："哎，沈倩倩你怎么唱歌唱得这么好？像是专业的。"

"我大学里就是学这个专业的。"沈倩倩不保密，马上应道。

"哦，你是哪个大学毕业的？"卢雅琴更是吃惊了，因为，自那次招聘会上偶然碰面后又匆匆离开，两人从来就没再问起对方毕业于哪个学校，什么专业，什么地方人等，所以，相互都不知对方情况，相识的时间又很短，仅留下电话号码，再没有很深的交谈了解，只知道都是来报名参加高速公路工作的而已。

"我是本省师范大学雪梅学院艺术系的。"沈倩倩告诉说。

"哦，那是我们省里一位很出名的华侨为纪念他母亲而投资设立的学院。哇，你是歌唱家呀，不简单，不简单，高速公路有歌唱家了，了不得，佩服佩服。"卢雅琴连连说道，与自己大专生相比，心中确实又佩服又羡慕。

"雅琴，那你是哪个学校毕业？学什么专业？"沈倩倩也接着问。

"我是本省厚增市的一所职业大专毕业，学工商管理。"卢雅琴也如实应道。

"这样的专业也不错呀，今后高速公路就需要管理人才，有前途，不像我这个专业，一没去艺术团体，二没去当老师，这样就等于白费了专业，在我

9

们这样的行业，唱歌有什么用？今后一切得从头再来了。"沈倩倩自嘲地说。

"哪会哟，说不定在哪一次的演出舞台上，你被领导发现了，马上调到上级机关去，搞工会工作，进办公室当文秘等，一下子就跳到'上层建筑'去了。由此可见，你的前途才是大大的。"卢雅琴俏皮地说。

"你老家在哪里？是本地人吗？"沈倩倩想起来，问。

"我是本省绍柏市人，就是我们报名当收费员的那一条高速公路经过的地方，家在城里。你呢？大西北人？"卢雅琴自我介绍一番后也问。

"哦，我出生在青海，但我父亲的老家是本省的秀春县，老家已经没有什么亲人了，我母亲是内蒙古人。如果跟着父亲的籍贯，我也应该算是秀春县人吧。"沈倩倩也作自我介绍说。

"那你怎么不留在父母亲身边而到这么远的地方来工作？你不怕今后一辈子就这样了，远离了家呀？"卢雅琴进一步问。

"当然，我多想留着父母亲身边，为来这我还哭了一场，可你不知道，从报考大学开始到找工作，我父母亲都要求我到这里来，尤其我父亲更强烈，高三快毕业时就动员我，'倩倩呀，你念大学要回家乡去念，那里有很多艺术类的大学，教学水平也很高'，到了大学毕业，更是唠叨'东南省好，家乡好，那里经济发达，找工作机会多'。也许是等他们老了，都想回南方来安度晚年的原因吧，毕竟这里气候好。"沈倩倩回答说。

"哦，是这样！难怪。你是南北结合的'混血儿'，长得漂亮，身材好，皮肤也好，白白嫩嫩的，从前两天我接到你开始，好多人背后议论你是全培训班第一大美女，那些男的更是评价你是女神咧。今后你再上台唱歌，那更不得了，会红遍整个高速公路公司上上下下喔。"卢雅琴大加赞叹说。沈倩倩确有北方女孩子的高挑、白皙，又有南方女孩子的秀气、丽质，论长相确实比卢雅琴还漂亮一些。

"那你是本地人，各方面都比较方便，今后各种关系都好用上，也可能好处多多喔。"沈倩倩也帮着分析说。

"我也没什么关系，这次进高速公路就是我自己考进来，没有托人找关系。"卢雅琴解释说。

"但愿上帝都会给我们好机会。好了，你去洗吧。"沈倩倩劝道。

其实，卢雅琴刚才一阵惊叹后，已经在边说边脱衣服。她在沈倩倩面前若无其事地把自己身上的衣服一件件慢慢地脱去，就剩下内裤和那个胸罩了，她没有停止，最后还是全部脱光了。卢雅琴始终"面不改色心不跳"，没有羞怯，没有害臊，好像边上没有人，没有沈倩倩一样，一切很自然、无拘束地在裸露自己刚才还被掩盖的身子。

　　洗完澡的沈倩倩赶紧先瞄一瞄窗帘拉紧了没有，然后，坐在床头静静地看着，脸上似乎也没有表现出一般人的尴尬和羞涩感，反之，这位南北合作制造出来的身上具有艺术细胞的女孩，也许正在好奇地欣赏一个纯南方制造的人体艺术品。因为，此刻在沈倩倩眼中看到的是一副南方女子的身材，笔挺的身段、纤细的腰、微凸的乳房、平坦的腹部、修长的双腿、翘起的臀部，再配以南方女孩的古铜色皮肤。沈倩倩不禁感叹真是一个妙龄女郎。虽然，沈倩倩知道自己的身材也不错，但是，长在自己身上只是感到几分自豪和骄傲而已，欣赏别人的身材却有着另一番满足和情趣。尽管在学校念书时，同宿舍也有南方女生，可是因为 6 个人同一间，彼此都比较矜持，起码也穿内衣内裤，真还难得见过光身子的女同学。

　　"你看，我没有穿制服时的身材还可以吧？"卢雅琴发现沈倩倩盯着自己在看，便问。

　　"你呀，不仅可以还很漂亮呀！漂亮极啦！有些像《红楼梦》里描写的薛宝钗那样'唇不点而红，眉不画而翠，脸若银盘，眼如水杏'。你这副身材与刚才穿戴制服时的身材相比，真是天壤之别，判若两人，你要赶上《红楼梦》里的美人啦。"正在欣赏着的沈倩倩，被卢雅琴一问，立即极力奉承且又笑哈哈地回答说。

　　卢雅琴听后，干脆学着模特样，赤裸着走一步再转身，一只手垂着，一只手又叉着腰，面对着沈倩倩说："哎哟，你很有文化，很会赞美人家，也是笑话我。谢谢你。就是那该死的制服，把我的漂亮给掩盖了，还被教官批评。"卢雅琴还是愤愤不平地说。

　　"也没关系啦，我们又不是真正的部队，教官只是说说而已，别那么当真。你赶紧去洗呀，别那么神气，等会儿受凉感冒就晚了。"沈倩倩还是劝说。

　　"是是是，我去洗。"卢雅琴被沈倩倩一提醒，确实觉得有些凉了，于是，两臂一夹，一蹦一跳地进了卫生间。

两个年轻女孩之间，开了一场只有一个表演者和一个观众的"裸体表演秀"。

等卢雅琴洗完澡，两人相约去食堂吃晚饭。两人打好饭菜走到边上一张饭桌前，准备坐下。

"你们两人就洗完澡来吃饭啦？"已经坐在饭桌上吃饭的一个人向她们打招呼问。

两人一看是带队的她，便异口同声应道："是呀，小芳姐，你也在这！"

"是，我先吃了。"那个叫小芳的人应道。看得出来，这个小芳年纪比她们大多了，穿着一身不像学员那样的新制服，不用说，她是一个辈分很高的"中国路姐"。

确实，为了加强管理和指导，公司在培训班里安排了几个带队的人，他们都是从现有各个收费所选调来的，有收费所的领导，有收费所的干事等，这些人到培训班主要是协助授课老师对学员进行更专业、更具体的辅导。

这个叫小芳的女同志姓林，名小芳。林小芳已是 30 多岁的人，比较胖，毕业于交通中专，曾经是 2008 年北京奥运会火炬手，她丈夫在省路政部门当副大队长。经过几年的历练，她显得有几分稳重，多了些当领导的样子。此前，她原是一个收费所的所长助理，这次公司把她调来培训班，一方面是来带领新收费员，另一方面让她在这儿锻炼，然后，准备提拔到马上要新开通的高速公路收费所去当副职领导，她的提拔已经在全公司公示了，凡老同志都知道，只有这些刚招收的新学员不知道这件事。

"沈倩倩你从大西北来，能习惯吗？"林小芳轻声地问。听得出来口气像个大姐模样，十分关切。

"能呀，我原来就在本省读的书，已有 4 年了，再说了，这里的生活环境又这么好，用不着适应阶段就习惯了。"沈倩倩认真地回答，并啃了一口馒头。

"那你卢雅琴更不用说了，你是本地人吧？"林小芳转头问。

"是的，我是绍柏市人。"卢雅琴应道，并送了一口饭进嘴里。

"哦，那我们新通车的高速公路就连着绍柏市，沿线有几个收费所都在绍柏市境内，可能其中有一个收费所就设在离城区不远的地方，叫城南收费所。"林小芳告诉卢雅琴说。

"哇，那太好了。到时候我要求去城南收费所，离家近些。"卢雅琴听了很高兴，牙齿咬着筷子，眼睛看着林小芳说。

"那倒不一定哟，到时候你们100个人需统一安排，调来调去都有可能，你要做好心理准备哟。"林小芳也笑笑地说，并喝了一口汤。

"那是啦，上级安排算数啦。哎，沈倩倩，到时候我们要求安排在同一个收费所，怎么样?"卢雅琴突然想到这里，立即对沈倩倩说。

"那当然好，我也希望这样，到时候请小芳姐帮个忙，好不好?"沈倩倩马上应道。她也很愿意与卢雅琴在一起，同时也明白一个道理，即关系很重要。

"我可不敢担保，我又不是公司领导，不过到时候我可以提提建议。"林小芳应道。

"能帮我们建议就感谢不尽了。真的，小芳姐，要不你在哪个收费所，我们俩就跟着你去那个收费所，这样总行吧?"卢雅琴又出了一招说。

"那也一样，我也做不了主，这件事再说吧。现在你们先把培训班的收费业务学到手，今后走到哪都一样，都是优秀的'中国路姐'。"林小芳笑呵呵地鼓励她们说。

"小芳姐，你在高速公路上工作几年了?"卢雅琴好奇地问。

"我呀，快十年了。当初也跟你们一样，学校一毕业就报名来了。"林小芳应道。

"哇，已经十年啦，刚进高速公路也是当收费员吗?"沈倩倩问。

"当然是，到现在我还是高速公路收费员呀，只是有时候岗位有所调整而已，总之，就是收费员，永远是'中国路姐'，没变。"林小芳坦然地回答。

一会儿她们都已经吃完了，一起走向宿舍。

"你们怎么会想到高速公路工作，现在就业门路很广嘛。"林小芳突然问起。

"那是因为高速公路是新兴产业，在社会上名声很好，大家都在走高速，离不开高速，我们也就慢慢地喜欢上高速了。"卢雅琴抢着应道。

"我也是觉得高速公路在我们国家刚刚发展，虽然起步不如外国早，但是势头强劲，全国到处都在建设，今后肯定会排上世界第一，它也是排在全国前几位的主要行业。这么好的行业，肯定会吸引人。我就是这么想的。"沈倩倩应道。

"哦，你们都很理想化，很天真，其实收费员是很辛苦的，你们要做好思想准备，别到时候哭鼻子。"林小芳有意地提醒她们。

"辛苦不怕，有高工资就行。"卢雅琴乐呵呵地应道。

"你想有多高呀?"林小芳与她们并行走时转头问。

"没有 8000 元也有 5000 元吧，我听说的消息。"卢雅琴随口应道。

"你真是天真，现在有多少消息可以完全让人相信? 无事生非、捕风捉影、夸大其词甚至造谣惑众都有。没有的事，我们的工资也是按照国家统一政策的。"林小芳赶紧解释说。

"哦，是这样呀。"卢雅琴恍然大悟似的应道。

"全国都在讨论高速公路收费一事，各种不同意见都有，我们也搞不明白，今后我们会慢慢地懂得。"沈倩倩倒是淡淡地说。

"不过，我也不怕，反正高速公路总比那些私有企业或者小公司来得有保障吧!"卢雅琴说。

14

"那肯定，不然，怎么叫新兴产业，又是国有企业? 你们大可放心。像我这一辈子不只是青春献给党，连下半辈子也都卖给高速公路喽。"林小芳也感叹说。

宿舍到了，她们互相打个招呼便各自回房间，准备看看电视，或者上上手机网，或者做点其他事。

"倩倩，我想不明白，你是学音乐的人，怎么愿意到高速公路单位来? 你不像我，我是一个没什么专长的人，大专里也没念到什么好专业，在高速公路上收费还算有些对路。你就完全不对路了，今后省高速公路公司如果要成立一个艺术团，那你就对路了，可现在没有艺术团呀?"卢雅琴玩了一会儿手机，想起了便问。

"说来也是，我虽然是学音乐，但是，我们这样的人社会上很多，水平比我们高的人也多，现在的艺术团体也不需要那么多人，当然，除了出类拔萃的尖子外。我这人又不是尖子，比不过人，所以，想一想还是找个实在的单位有个工作就行了，再加上，我父亲要求我留在东南省，那我觉得高速公路就是我的最佳选项了，我就来喽。"沈倩倩掏心应道。

"这也是喔，不要去搞艺术，那是吃青春饭。"卢雅琴颇赞同地说。

"你刚才给林小芳说的，我们两个人要求安排在同一个收费所，这件事要去争取。"沈倩倩提醒说。她觉得在这个地方目前也没什么熟悉的人，与卢雅琴算是有缘，愿意今后与她在一起工作生活。

"是，咱们在培训班学习结束时就去要求，也找林小芳，我认为她这个人还不错，她的资格比我们老，今后可以向她讨教。"卢雅琴也赞同说。

"是，我也看林小芳是个不错的人，与她一起工作肯定很开心。"沈倩倩说。

"今天军训累了，已经10点了，早点睡吧。"卢雅琴建议说。

"可以。"沈倩倩附和说。

不一会儿，卢雅琴又将身上衣服脱个精光，然后才钻进被窝。

"你裸睡呀？"沈倩倩又是一阵惊讶，问。

"对呀，我喜欢这样，很舒服。从小都这样睡，我妈也没管，习惯了，只是前几天刚来，在你面前不好意思这样睡，现在不怕了。"卢雅琴躲在被窝里笑嘻嘻地说。

"你是说，下午洗澡时被我看了，现在不怕我了，是吗？"沈倩倩笑笑地问。

"是呀，还有什么可保密的，咱们两人脱掉衣服后不都一个样呀，'仰着两个包子，趴着半边葫芦'，没什么好奇。"卢雅琴笑哈哈地应道。

"你呀，真俗，一年到头睡觉都是这样呀？"沈倩倩再问。

"那没有，只有盖被子时能够躲在里头才这样睡，身上没盖什么，当然不好看了，不敢这个样子，不过也只穿内衣裤，不像你们穿长的睡衣睡裤。"卢雅琴应道。

"要是我会怕，赤裸裸的反而不舒服，再说了，万一闯进来一个人，那才要命。"沈倩倩说。

"那怕什么，注意关紧门就是了，谁会进来？有人进来，也会敲门吧。如果碰到没有恶意的人，看了就看了，不痛不痒的，反正没什么损失。如果碰到不怀好意的人，那就跟他拼了，不能让他占便宜。"卢雅琴又是笑哈哈地论理一通说。

"说得轻巧，到时候真的发生时，你哭都来不及。"沈倩倩笑着说。

"好了，不跟你说了，胆小鬼，现在睡觉。"卢雅琴像下命令似的边说边关上床头灯。

沈倩倩也关上床头灯。房间顿时安静下来，只有窗外的树上偶尔传来几声鸟鸣。

后来的培训时间，她俩都认真地学习，两个月后都完成了培训任务，马上就要被安排去收费所正式上班了。

第二章　初识"收费"

　　隶属于绍柏市高速公路公司的城南收费所在后天，也就是1月1日零时就要正式开通了，全所来自各处的职工集中在今日报到。所里一片紧张气氛中，不免掺和着几分闹腾。

　　城南收费所是福银高速公路上的一个所，因为地处市区南部，距绍柏市城区大约6千米，是全市高速公路运营路段20余个收费所中离城区最近的一个，同时，这个所又是市区通往机场的必经之路，自然也就成了该市的重要门户及高速公路的行业窗口之一。

　　鉴于此原因，开始组建收费所时，市公司就有意将这个所组建成以女性为主的收费所，以便于建立优质服务单位，因为女性毕竟比男性温婉柔顺。于是，特地从其他收费所挑选了一批长相较俊的女收费员来这儿，同时又从省里的培训班要来数位符合条件的新收费员来充实。除此之外，也调集了几个男性同志到这里任所长或者勤杂人员如水电工、驾驶员等女性难以承担的工种。如此一来，一共35人的城南所，成了准女子收费所，人们尊称为准巾帼所，要不是还有几个男人在其中，那就是完全的巾帼所了。

　　这次沈倩倩和卢雅琴两人总算如愿以偿，因为在培训班快结束时，找到林小芳要求帮忙，而林小芳那时候又被确定到城南收费所当副所长，出于对她们两人的了解和她们自身的优越条件和强烈愿望，所以，林小芳大胆地向公司反映并且直接表态要了她们，终于把她俩带来了城南收费所，与她俩一起被安排到这个收费所的还有几位条件不差的女学员。

　　市公司几天前就来所里宣布了新组建的城南收费所领导班子。所长是黄健伟，副所长是林小芳，办公室主任是张温平，干事是刘莉珍，财务及票证主任是兰碧云。除了黄健伟外，其余清一色女性干管。收费员按照"四班三运转"模式来编班，新收费员沈倩倩和卢雅琴被编在收费1班。1班还有吴春玉、李美桦、姜露娴，班长是吴春玉，她们和所部管理人员一样都是从其他原有收费所选调来的老同志，而且都是"千万元无差错"的能手，如吴春玉已是"六千万元无差错"岗位能手，是省"五一劳动奖章"获得者。

黄健伟原是省高速公路管理局路政大队大队长，曾经在高速公路公司从事收费和路政工作多年，一贯表现优秀突出。前年，省里新成立路政总队，将原在高速公路公司执法的路政大队划入总队管理，并实行事业与企业两个机构分设，成为互不隶属的独立单位。黄健伟由于在分设前是从事路政工作的，便被划入路政总队。这次公司考虑到新组建的城南所全是女同志，怕管理力量一时薄弱，必须请一个富有各方面管理经验的男性领导先期负责，待走上正轨以后再实现完全的"巾帼"。此时，公司领导便想起了黄健伟最适合，于是，就由省公司出面商请省路政总队将他调来城南收费所当所长，以便起主心骨作用。总队与公司都有着同一种高速公路的"血缘"和"情结"，两个单位好商量，且黄健伟本人又同意，商调的事很快就办成了。

高速公路建设常常有一个习惯，重主体项目，轻附属项目，如桥梁隧道、路基路面、涵洞挡墙等，都能如期完成建设，而对房建工程如收费棚、办公房、宿舍、食堂等尤其是内部设施则往往会滞后一段时间。城南收费所也不例外，虽然收费所土建主体工程完工了，但其周围还有不少泥淖，这里一堆、那里一堆地残留着等待清理；收费棚里机电设备的安装、调试还在进行中，不能正常使用；收费所的所有办公和生活设施均未到位，时至今日，最要命的是宿舍里的床铺、衣柜、桌椅等虽然采购来了，但都来不及装配起来，堆在过道、走廊、大厅，到处都是，零零乱乱，组装工作量还非常大，即使木工在一个个房间赶着安装，再过两天也安装不完。

黄健伟和林小芳尽管看着干着急，也是无可奈何，因为，这些活，不管哪一项，别说是装配技术，就是帮忙搬运这些笨家具，他们所里也没有人干得了，不比贴个画、铺个被子什么。当然，如果是男同志，那还可以打打下手，帮忙搬、抬，加快安装速度，可遗憾的是，这里全是女人，没有强劳力。

这时，倒是黄健伟想到一个办法，即想请路政大队派人帮忙先将家具部件搬入房间，再让师傅安装，这样可以加快速度。于是，他马上给原来自己的那个路政大队打了个电话，要求派一个中队的人晚上到所里来帮忙。果真，当晚一群人高马大的男路政员来到收费所，不用一个小时，就将所有床架、衣柜、席梦思、桌椅等逐一搬入各个房间，只等木工师傅来安装了。尽管经过这样的努力，到了第二天傍晚，除了安装完一部分外，还是有一部分仍然来不及安装，自然，也就意味着有一部分人当晚无法躺在床上睡觉了。

此刻，不仅是睡觉问题，吃饭也是成问题的。炊事员雇请来了，锅碗瓢盆、油盐酱醋却没有备齐，甚至连炉火都还不顺，这些后勤工作分工是由林小芳主抓。

林小芳整个下午都带着张温平、兰碧云一起在市区商场购买食堂用具及餐具。女孩子买东西喜欢这里挑，那里选，等到买齐时，已是傍晚时分。眼见回收费所统一煮饭炒菜已经来不及了，三人只好决定买几十盒快餐回所里，分给大家做晚餐，先应付一下第一个晚饭再说。

傍晚6时，林小芳通知全体收费员到食堂领快餐。

当大部分职工前前后后都去领取快餐并围坐在食堂饭桌上吃时，唯有沈倩倩独自拿了一盒饭走出食堂。她打开饭盒一看，见是冰凉的米饭，几片包菜和五花肉，顿时，她的心就像盒内的米饭一样，冰凉冰凉的，觉得没有口味，不想吃。其实，在通知去食堂领快餐时，她心里早有思想准备，这快餐肯定难吃，比不上在培训班的饭菜，可就没想到竟是出乎预料的难吃，她皱着眉头，一脸无奈，想丢掉它。

沈倩倩拿着饭盒，东看看，西瞧瞧，想找个可以丢的地方。最后找到食堂洗碗槽边的一个垃圾桶，眼见边上没人，"叭"的一声扔了进去，然后，又独自慢慢走到收费所后面想找个地方练嗓子。

收费所地处郊区，四周不是农田，就是山坡，不远处也有几栋大树掩映下的民房或者别墅，热闹的市区离这里还有数千米远。沈倩倩准备在这里找个没人的地方练声，倒是挺容易的。

"a、yi、mi……"

正在食堂吃饭的人，听到外面传来声音，都不约而同地朝声音的方向抬头望去，感觉到好奇。

"这是谁在练嗓子？"兰碧云自言自语道。

"不知道是谁。我们所里还有这样的人才呀？"张温平赞扬道。

"哦，我知道了，肯定是沈倩倩。她是学音乐的，这次特招来的新职工。"林小芳接上大家的问话应道。

"那她怎么不来吃饭？吃完了吗？"张温平轻声地问。

"不知道。应该是饭盒拿去了还没吃，等着练完再吃吧。学艺术的人，对各方面都有讲究的。"兰碧云猜着解释道。

"这样的人才，今后我们所里要好好爱护，发挥她的特长，说不定哪天市公司或者省公司要搞什么文艺活动时，她可以代表我们所去参加，为我们争点儿荣誉。"张温平兴致勃勃地说。

在旁的卢雅琴一切都明白却一声不吭，听着心里乐。

接着，从窗外飘进了《好日子》《望月》等几首民歌，把在餐厅吃晚饭的所有人听得差点儿忘了夹菜。

20

刘莉珍随着几个吃饭速度快的人去丢空饭盒，一眼看见垃圾桶内有个没动过的饭盒，脑袋里立马反应出刚才大家在议论谁在唱歌、有没有吃饭等疑问，心想，肯定是那个叫沈倩倩的没有吃就丢的。太浪费了，太娇气了，说严重点这是对所里工作的抵触，应该报告所长，于是，她马上返回食堂。

"林所长，垃圾桶内有个没有吃的饭盒，肯定是那个唱歌的人不愿意吃丢进去的。这不行，胆子太大了，不服从所里统一安排。"刘莉珍很认真地报告说。

刘莉珍是从较远的省际收费所调来的收费员，本地人，今年已经30岁出头，未婚，是个老姑娘。不知是什么原因，公司把她调到这里时，安排在所部的干事岗位。

"哦，有这事？那肯定是她不饿或者吃不习惯。"林小芳回应说。

"是的，不能这样无组织无纪律，来高速公路工作了，难道还是娇小姐呀？不能纵容她！真是'公鸡下蛋猫咬狗——不可思议'。"刘莉珍口气有些冲，还加上一句歇后语。

"我等下找她问问是什么情况再说。"林小芳说。

卢雅琴看着、听着，心里又一阵紧张。

入夜了，一部分房间的家具已安装完毕，还剩部分房间连一件都没安装，沈倩倩的房间也属于没有完成的。无疑，她晚上只能睡在地板上的"席梦思"了。

按规定，收费所的宿舍都是两人合住一间，除非正副所长才可独住一间。这次沈倩倩和卢雅琴没有被所里安排在同一个宿舍，这是因为新收费员要岔开住，以便以老带新，传帮带。

沈倩倩的同室叫李美桦，是从其他所调来的老收费员，来自山区农村。她俩被安排在2楼的203房。

李美桦招呼着沈倩倩一起把两张"席梦思"分别摆好，然后，打开统一发来的棉被，铺在"席梦思"上。

沈倩倩撅着小嘴，似乎极不情愿地跟着李美桦摆弄着。

此时，林小芳带着张温平、刘莉珍走进了她们的房间。她们是在一个个房间看望收费员和检查寝室设施的。

"沈倩倩，刚才是你在唱歌吗？"林小芳一进门就问。

"是。"沈倩倩应道，但声音很小。跟刚才她练声那阵子高亢、亮丽的嗓音比起来判若两人。

"怎么啦？心情不好？是不是肚子饿了？"林小芳态度和气地连着问。

"你是不是不习惯吃盒饭？刚才大家都在吃而你没来吃？"张温平也关切地问。

沈倩倩低着头没应答，像是要哭的模样。

林小芳看她那样，马上问："要不要叫人再给你买点面包类来吃？"

"不要，我不饿。"沈倩倩应道。

"不饿那是假的。我包里有一袋饼干，我去拿来给小沈留着，等会儿饿的时候再吃。"张温平见状说道并走出门口，直奔自己的宿舍去。

"所长，我没想到条件会这样子，吃不好，睡不好。"沈倩倩嘟噜道。

"那你以为要怎样？"刘莉珍在旁插话逼问。

"现在，我们是新开通路段，所有的东西都是要从头来。收费棚、办公室、宿舍都很紧张，甚至有些乱或者有些缺失，这是我们每一条高速公路开通时都要经历过的困难。但是，这是暂时的，一切都会慢慢转好。不知道你来此之前有没有到过其他高速公路收费所，那些转入正常工作的收费所都不会是这样的。"林小芳耐心地解释说。

"你是第一次到高速公路来，不习惯，我们经历得多了。"刘莉珍插嘴道。

"是呀，没想到。"沈倩倩唉声叹气道。

"这样吧，明晚零时才正式开通收费，大家今晚先睡在'席梦思'上，克服一晚，明天各个房间的家具都可以安装完毕，明晚就可以好好休息。"林小芳开导着说。

"所长，我们明晚排第一个班。"李美桦提醒说。

"哦，我忘了，是你们上第一个班。开通的第一个班很有意义。好吧，你们就先休息，我到其他房间看看。"林小芳说完准备告辞。

"小沈，拿着。"张温平说着把一包饼干塞到沈倩倩手中。他已经回来一会儿了，只是站在边上。

"谢谢您，主任，我不用。"沈倩倩推辞说。

"大姐给你，不客气，留着晚上饿的时候吃。你家很远，不像我们离家不远，有什么事家里可以依靠。"张温平真诚地说。

这下子，沈倩倩有些感激了。也想起了远方的父母，眼里闪着泪花，于是，捧着饼干连声说："谢谢主任，谢谢您。"

"要不，你晚上到我的房间去睡，我的床铺已经安装好了。"张温平对沈倩倩说。

"那不行，你也要睡。"沈倩倩谢绝。

"那好，晚上李美桦帮忙多照顾些，小沈毕竟刚到我们高速公路收费所，不习惯。"林小芳见状对李美桦说。

"好的，没事，我会。"李美桦应道。

林小芳三人检查了所有房间，有三分之一房间完全安装好可以使用，有三分之一房间安装了小部分，可以用床铺，但衣柜、桌椅等不能用，剩下的三分之一房间则还是"零部件"堆在一起，一点儿没法用。

林小芳对那些晚上不能睡好觉的职工，只能解释加安慰，直到近 11 时，才回到自己的房间。发现自己的房间也属于最后那三分之一，都是"零部件"，于是，没有其他人帮忙，她自己使劲挪动着"席梦思"，准备今晚将就着睡。

她终于把"席梦思"摆得差不多了，再将床单、被子铺好，就到办公室去准备找黄健伟商量些事。

黄健伟此时还在收费棚与那些准备通宵加班安装机电的技术员在谈论着什么，见林小芳从办公室走来，立即迎上前去。

　　"职工们都能睡吗？有什么反映？"黄健伟远远就问。

　　"反正一部分好睡，一部分不好睡，家具没有安装完的肯定睡不好。不过，没关系，我都去看过了，给职工们说清楚了。"林小芳应道。

　　"这事还得你去关照了，多做她们的思想工作。我可不方便到她们各个宿舍去瞧。"黄健伟笑笑地说。

　　"那到时候该去时也得去呀！怕什么呀。"林小芳也笑笑地说。

　　"我们明天一定要把所有后勤的事情办完，全力以赴安排好明晚开通的准备工作。你还是负责那一摊后勤，我把办公室及收费棚这一摊子搞好。"黄健伟商量说。

　　"可以。我保证把房间里的用品完善好，你放心。"林小芳应道。

　　"好吧，时间不早了，你先回宿舍休息去，我再看看各个收费亭的通讯、收费和监控设备系统的调试。"黄健伟说。

　　"那好，我先回宿舍了，你多辛苦了。"林小芳应道，转身往宿舍走去。

　　已经深夜了。沈倩倩和李美桦她们都还没睡。

　　首先是沈倩倩。她今天一早从培训基地坐了两个多小时汽车才到收费所，而且收费所又像一个未结束的工地，到处脏兮兮的，再加上这两天自己来"例假"还没完全干净，因而，今晚想洗个热水澡，可是，进了房内的卫生间，她把衣服脱完后拧热水器开关放水时，尽是冷水出来，等了好长时间，还是不见可以洗的热水流出。可想而知，年底时节的气温都很低，在卫生间里，光着身子哪能抵挡这初冬的天气和湿冷的四壁？不一会儿，沈倩倩开始冷得有些不行了，她赶紧关掉龙头，不等了，也不洗了，因为这两天她的身子更不能受凉感冒。她赶紧把衣服重新一件一件穿戴好，哆嗦着走出卫生间。

　　"怎么回事？热水器的水都不热，澡都洗不成。"满脸不悦的沈倩倩对着李美桦嚷嚷道，好像满肚子怨气要冲着老职工出似的。

　　"哦，这样呀？是不是加热时间不足？"李美桦并不介意她的嚷嚷，还和气地问道。说完，进卫生间看了一遍。

　　"真不是人待的地方。"沈倩倩自言自语。说完，一屁股坐到"席梦思"

上，拿了一件刚发的冬季制服大衣披裹着。

李美桦走出卫生间安慰沈倩倩说："可能是热水器质量问题，我明天给林所长反映，要求给我们换一个。"

沈倩倩沉默不语，坐在那儿发愣，也没理李美桦的话。

"咱们准备睡觉吧。"李美桦建议说。

"这怎么睡呀？你看，连窗帘都没有，你看看窗外，你敢睡呀？"沈倩倩没好气地说。

果然，房间南北两面都是大窗户，南面连着阳台，再外面就是收费广场，广场上高杆灯高悬，灯光直射房间内，照得亮堂堂的。北面又靠山，从里往外看，丛林一片，黑黢黢、阴森森的，黑暗中不知道会不会有人躲着那儿偷窥，况且偶尔还有夜莺的几声凄叫传来，确实让人有些心虚。两面窗户虽然玻璃门紧闭，但都来不及挂窗帘，一面亮堂堂，一面黑黢黢，又没有安装防盗网，着实让人觉得不舒服，甚至心悸，尤其是女孩子。正因为如此，难怪沈倩倩刚才从卫生间出来，穿戴得整整齐齐。当然，此时同样不愿脱衣睡觉，宁可坐着，她怕被偷看或者半夜有人爬窗进来。

李美桦看了看两个窗户，说道："不用怕，我们收费所周围肯定安全。"

"我怕。我宁可坐，也不敢睡。"沈倩倩坚持说。

这时候，她还在想，卢雅琴不知怎么睡？难道还敢"裸睡"？真想去问问，可是毕竟时间已晚，没有去。其实，凭着卢雅琴那个胆量，那时，她早已睡着了，不过，确实没有"裸睡"，因为，也同样的，床铺和窗帘都没有安装。

年长几岁的李美桦话是这么说，可也不好独自一人躺下睡觉，只好陪着沈倩倩在自己的那床"席梦思"上坐着。

李美桦是个三十有余的收费员，当地人，在收费岗位上已经干了6年整了，是一位收取通行费"四千万元无差错"的能手。她性格温和、朴实，因此，对于眼前这位第一次到所里工作且颇为娇气的沈倩倩，没有看不惯，而是像大姐姐一样开导道："小沈，咱们高速公路收费员都很辛苦，可能社会上有些人觉得收费员穿着制服很神气，工作又轻松，就是收钱，很好玩，你是不是冲着这样的想法来高速公路呀？"

"多少有些，因为平时看到收费所的工作环境好，前些年又看了一个报道说收费员每月工资有8000元，所以，毕业时原本想去文化单位或者进学校当音乐老师的愿望就放弃了，报名来高速公路。"沈倩倩应道。她从开始接触李美桦到现在的短短大半天里，已经有了几分亲切感，所以，她也愿意坦露几分心事给对方。

"那个'收费员月工资8000元'是个虚假报道，影响到全国。那个写报道的人，不知道是出于什么目的，太令人讨厌了。"李美桦对前几年那个报纸上的报道还是耿耿于怀。可见那一条消息反响巨大，不得人心。

"我既然来了，也不会在意那个工资标准了。李姐，你结婚成家了吧？"沈倩倩应答后又问道。

"我前几年就成家了，我丈夫在外县工作。我有一个5岁的女孩，现在由我的婆婆在带。"李美桦说到这，心情不是很舒畅，似乎内心有苦衷。

"那你太幸福了，什么时候把小孩带来让我看看，我挺喜欢小孩。"沈倩倩立马高兴地说。毕竟是晚上，房间外灯光再亮，她也没有觉察到李美桦的脸色有些变化。

"喜欢，你就在这里赶快找个对象，自己生一个去。"李美桦振作起来笑笑地说。

"那我不愿意那么快。"沈倩倩说。

"为什么呀？"李美桦好奇地问。

"那要看高速公路的发展喔，事业发展得好，我们职工才会好嘛，等到那时候再找不迟。"沈倩倩俏皮地说。这些话是真是假，谁也不知。

"你什么时候学会说大话了？"李美桦笑笑地问。

"李姐，你的女孩一定很漂亮吧！"沈倩倩改了话题又问。

见沈倩倩又扯出小孩的事，李美桦只好如实说："长得是不错，可惜身体不好，要长期服药，还不见好转，真急死人。"

"哦，什么病呀？小小年纪的。"沈倩倩问。

"白血病。"李美桦沉痛地说。眼里闪着泪花时，沈倩倩看不到。

"哎哟，好可怜，现在在治疗吧？"沈倩倩急切地问。

"有啊，可是效果不理想。只能听命了。我小孩的事，现在所里大部分人不知道，你也不要说出去。"李美桦无奈地说。

"好。"沈倩倩小声地应道。她没想到自己的同事有如此遭遇，恻隐之心油然而生。

　　两人谈着谈着，已是下半夜3点多了。夜深人静，唯有收费棚外偶尔有人说话的声音远远传来。她们实在是困了，李美桦提议躺下睡觉。

　　沈倩倩此时也已经坚持不住了，双眼直打架，只好同意睡觉，但她仍然不敢脱衣服，怕有人在窗外偷看，最终是和衣躺下再盖条被子。李美桦还是脱去外套，穿着睡衣睡裤，盖上被子，躺在"席梦思"上，没几分钟就传出轻微的呼噜声。

　　天刚蒙蒙亮，林小芳就起床了，先到厨房看看早餐准备得怎么样。她担心早餐不能保证提供，可不能再像昨晚。当看到厨师已经在准备稀饭、馒头、小菜时，心里宽慰了许多。尽管饭菜简单了些，总算有吃的了。看完食堂，她又直接往收费棚走去。

　　黄健伟昨晚彻夜未眠，收费棚各系统没安装完毕及调试清楚，他总放心不下，虽然这是机电工程承包商的事，但是作为即将使用者，也难以高枕无忧，能够亲眼看着成功那一刻当然更高兴、更放心，所以，一夜都守在收费棚，直到凌晨。

　　他远远地看见林小芳走来，喊道："你起得那么早呀？"

　　"天亮啦，你怎么回事？昨晚没去睡呀？"林小芳反问。

　　"睡不着，在这里看看挺好。"黄健伟应道。

　　"那辛苦你了。上午能全部结束吗？"林小芳问道。

　　"应该可以。我们下午就安排人员上机操作和熟悉环境。"黄健伟说。

　　"这事我来安排，你抽点时间去补睡一下吧。"林小芳劝道。

　　"没关系，我不困。叫收费1班的班长吴春玉先来看看怎么安排票亭的人员。"黄健伟建议说。按分工，这个业务属于林小芳分管，所以提个建议给她。

　　中午时分，收费棚各个机电系统都安装调试完毕，下午，吴春玉带着全部收费员到收费棚下报到，准备开始实际操作演练。另外3个班的实习就等着1班实习结束后再来。

　　高速公路运营管理经过多年发展，收费方式已经有了极大改进，采用了较高水准的科技手段，如现场抓拍图像、进口自动发卡、不停车缴费（ETC）等，大大节省了人力，因此，总共三进五出的车道进出口，全班就仅5个人管理。

因为市里举行的开通庆典活动设在另一个互通，所以，城南收费所可以将今天一整天的时间用来安排收费员在票亭里进行上机操练。

沈倩倩在李美桦的指导下进行收费模拟操作。首先按照要求检查票亭内设备，核对电脑显示票证与实物的起止号码，悬挂监督相片，按上班登录键进入收费系统，打开车道通行指示灯。接着，在窗口举起左手，手心朝向来车示意欢迎后，伸手接过对方"通行卡"和票款，放到读写器上，看清显示屏上的应收款，结清款项，递予对方收据发票，然后，迅速按下车道打开键放行车辆。然后，又进行了车型判别、废票处理及违章车、军警车、公务车、未付车、鲜果车等不同类型车辆的鉴别演练。

姜露娴、卢雅琴也进行了相似的操作，连吴春玉、李美桦自己也不例外，只是她们都是老收费员，仅简单熟悉一下即可，不需要像沈倩倩那样一个一个动作、一道一道程序来回操作。而后的2班、3班、4班，也如1班一样进行了全员实习，还有黄健伟、林小芳等几位所干部管理人员也前前后后参加了票亭里各种工序的检查和陪练。

一轮下来，就到了即将开通的夜晚零时。也就在这一天的时间里，收费票亭的各种机电设备全部安装调试成功，加上食堂、宿舍里的生活设施、家具、用品也都到位，基本上能够保障收费所的正常工作运转及人员的生活需求。包括沈倩倩宿舍里的热水器也都换好了。

沈倩倩提前一个小时就洗澡。现在洗澡她就小心多了，先拧开水龙头试水温，确定是热水了才开始脱衣服，要不，跟昨晚一样，那又出狼狈相。洗完澡，她再梳理、盘卷头发后，对着镜子用粉饼在脸上扑扑几下，拿起眉笔细心地描摹着自己那两道柳叶似的眉毛，完了，再找出自己带来的"香奈儿"唇膏，轻轻地给小嘴涂上，最后，穿戴好全省统一的橄榄绿收费制服和卷檐帽，全部完成了上岗前的衣着打扮。高速公路收费员如此略施粉黛的装扮，是按照上级要求做的，说是为了塑造高速公路对外文明服务的窗口形象。

李美桦在旁像大姐姐一样帮她拉一拉上装的肩角，扯一扯下装的裤管及整一整头上的帽檐，而后，对着镜子里的沈倩倩说："太漂亮了！一个标准的'中国路姐'。"同时，她也看看自己，毕竟已是三十出头有了孩子的人，跟眼前这位如花似玉的年轻人站在一起，难免自叹不如，不可同日而语了。

沈倩倩穿上这身收费制服与在培训班穿制服感觉不一样，因为多配了工号牌及领花，又是正式上岗了，所以感觉样子不一样，心情也不一样。此时，看看镜子中的自己，觉得面貌全变了，原本自我感觉的清纯、窈窕模样不见了，取而代之的是英姿焕发、端庄秀丽，全然属于一个标准的高速公路职业女性形象，一个标准的"中国路姐"模样，心中不由升腾几分愉悦，再想到立即就要到票亭，展现在那千千万万南来北往的车辆前，这又像是站在歌唱的舞台上，呈现在众人面前一样，不免又有几分豪情和神气。一时兴起，情不自禁地对着镜子里的自己敬了个礼，逗得李美桦在一边乐呵呵的。

夜晚 11 时 30 分，吴春玉带领着穿统一制服、梳统一盘发、化统一淡妆、提统一票箱的李美桦、沈倩倩、姜露娴和卢雅琴等 4 人，准时到达所部财务室向兰碧云领取各种票证及 1 元、2 元、5 元、10 元等零钱，准备上岗。这在收费编班上叫大夜班，明早 8 时来接的班叫白天班，到下午 4 时接班的叫小夜班，每个班上 8 小时。

黄健伟、林小芳及张温平等干管也齐集在一起，检查第一班上岗的准备工作情况及共同迎候开通的那一刻到来。

收费广场的入口处，已经陆陆续续停了几十辆准备抢先上高速公路行驶的车子。随着开通时间的临近，车辆必然会越集越多。这些车辆的主人们虽然对高速公路并不陌生，但对新开通的这条离城区最近、最便捷的高速公路有着新鲜感，迫切地想一睹它沿途的风光和试试前往目的地的快捷。

吴春玉带领全班列队站在所部大门前，准备听从所长一声令下进入票亭。

"大家准备好了吗？"林小芳严肃地站在全班队列前大声问道。她学着部队里的首长口气"发号施令"，这是因为从她刚参加高速公路队伍开始直到来城南所之前，都被人这样"发号施令"。

"准备好了！"全班齐声应道。

"你们 1 班很幸运也很光荣，成为我们城南收费所开通后的第一个收费班，写下了我们收费所的首页，很有纪念意义。希望你们按照上级有关收取通行费的各项规定，踏踏实实地坚守在岗位上，收好每一分钱，服务好每一部车，完成好第一班的任务。你们有没有信心？"林小芳还是学着当兵的口气，一句一句有板有眼地说，也像是出征前的动员令。

"有！"全班再次齐声应道。那声音脆脆的亮亮的，是女孩子特有的音色，瞬间回响在收费广场上空。

"现在，由吴春玉班长带着进入岗位待命。"林小芳下达指令道。

"是！"吴春玉应道，向林小芳敬了个礼。不过，吴春玉也毕竟是个妈妈了，有些发福，因而，手势不是很标准，粗短的五指没有并拢，手举得稍高了点，差点儿就像是少先队员敬礼了，逗得沈倩倩想笑又不敢笑。

吴春玉回转身对着全班喊口令："向左转，目标票亭，齐步走！"

以上出发前的一套仪式都是收费员队伍平时进行半军事化训练时所要求的，虽然不是很标准，但她们做起来也挺认真的。

沈倩倩、姜露娴、卢雅琴各被分配到1、2、3号出口车道的票亭，李美桦担任稽查兼机动，比如检查核对国务院规定免费通行的鲜活农产品运输车。入口车道都已经实现了自动取卡和ETC模式，无须专人值守，也就没有安排人员，仅由李美桦兼顾着就行了。而吴春玉自己则负责管理全班，也不必顶在岗位上，但遇有鲜活农产品运输车时，须去协助检查。

广场上灯火通明，入口处已经排了很长的车队，他们在静静地期待着第一时间进入。

票亭里的读写器、打印机、验钞机等各种设备指示灯正常闪烁。各个岗位的收费员及所里的干管也以沉稳又紧张的心情等待着零点的到来，唯有黄健伟独自一人在入口处来来回回地指挥不断齐集而来的车辆，让他们按顺序排好队。

深夜，星空万里，历史的时光即将跨入新的一年，同时，一条崭新的高速公路也即将开通，担负起交通命脉的历史责任。

当电脑显示屏的时钟由年末最后一天的11时59分50秒，以倒计时"答、答、答"跃向新一年的零点时，收费所全体人员的心也跟随着显示数字在不停地跳动。

"预备，开通！"黄健伟在最后剩下5秒的时刻，用手势向各个岗位下达指令。在这里他是最高负责人，他按照上级的统一部署和时间要求，实行最后一刻的发令权。

各个车道的指示灯准确无误地全亮了。顿时，在入口处等候已久的各类汽车同时发动喇叭齐鸣，在自动发卡机前取完通行卡或者通过ETC自动车道开始驶入崭新的高速公路，然后一辆跟一辆疾驶而去，急迫地去体验一个全新的感觉。

端坐在出口票亭里的沈倩倩她们，此时尚不像吴春玉和李美桦要照看入口车道那样紧张，因为，她们3人还得等着第一部不知从哪个入口来的车在此出口缴费。

随着入口车辆的逐渐稀少，从高速公路主线下来准备出口的车辆逐渐驶来。

因为这条高速公路与邻近几条早已通行运营的高速公路联网，所以，0时15分，就有第一部车辆到达城南所出口，并且还一部接一部地来了。

第一部车驶入1号车道，这里正是沈倩倩负责的。因为沈倩倩是第一次实打实地向车辆收费，怕她慌乱出差错，也为了给她壮胆，所以，李美桦特意进入票亭，站在沈倩倩身边，准备随时指导帮助她。

沈倩倩眼见车子驶近，举起左手示意欢迎。当司机将车窗玻璃放下时，沈倩倩马上面带微笑地对着司机招呼说："您好！"

司机看了一眼沈倩倩，他已经听到了票亭里这个收费员的问候，于是，面无表情地点了个头，算是回礼了，随后便将通行卡递到沈倩倩伸出的手中。这个驾驶员能够点头都已经是不错的了，这并不是所有驾驶员能够做到的。而恰恰相反，收费员则是对每一部车都能够而且是必须这样问候，因为，这是高速公路收费员文明服务的标准化规定。

沈倩倩将通行卡放置在计费电脑上读数，屏幕上马上显示该车是临近一个互通上高速公路，费用是10元。

"一共是10元。"沈倩倩告诉司机说。司机也很清楚这段路程的费用，早已准备好10元并递与沈倩倩。

"这是你的发票。谢谢，请走好！"沈倩倩按规范动作将打印出的发票送至司机手上时微笑道，并举起左手往出口方向示意。

司机见栏杆无声地迅速抬起，关上车窗玻璃，轻轻一踩油门便慢慢而去。

在3号车道的卢雅琴与沈倩倩一样，按照通行费收费的规定步骤也收取了一部大货车的通行费。

沈倩倩和卢雅琴她们由此履行了平生第一次向车辆收取通行费的职责，心中颇有几分喜悦。由于城南所地处城区，车辆流量非比一般所，再加上对新开通高速公路的好奇而特意上路飙车一段的人绝非少数，在各出口车道马上形成接连不断的车辆等候。她俩同样一部一部地收取，然后放行；一次一次地问候，然后祝愿。初次收费的新鲜感驱使她们专心致志、满腔热情。在旁注视她们一系列收费动作及过程的吴春玉和李美桦也感到她们小心谨慎、态度温和、动作连贯，心中感到几分慰藉。

姜露娴负责的车道同样没有停歇地收取，只因为她是老收费员，动作熟练、流畅，在她的车道上的通过率明显快了一些。

黄健伟、林小芳等几位干管刚开始精力集中在入口车道，指挥车辆有序进入高速公路，一段时间后，等到入口车道已经没有滞留的车辆并转入正常状态时，他们把注意力都转到出口车道来了。

刘莉珍已经不止一次地来到沈倩倩的票亭边，站在票亭门口，一会儿看看来车，一会儿看看沈倩倩的动作。她作为所部干管查看各个车道及票亭的运作情况无可厚非，也是理所当然的，不过她似乎对沈倩倩格外注意，也许是丢便餐的事一开始就没给她好印象的结果。这可是沈倩倩一点儿都不清楚的事。

"看来3个人收费，沈倩倩最慢，卢雅琴次慢，姜露娴已经收十几部车了，沈倩倩才收10部不到，让车子在后面排起队了。"刘莉珍站在林小芳边上评论说。

"是的，毕竟是新手。"林小芳不当一回事地应道。其实她也看出来了。

至凌晨2时左右，出入口车道都已正常通行，尤其是下半夜时段的车辆开始稀疏，林小芳与黄健伟商量后，要求干管人员都撤离收费棚回宿舍去睡觉，就留下吴春玉带领当班的收费员值守到凌晨8时交班。

第三章　情同姐妹

天亮了，也就是 1 日早晨 7 时 55 分，是 1 班与 2 班的交接时间。吴春玉督促着沈倩倩、姜露娴、卢雅琴她们收拾好现金、票证，准备移交下班。

按照交接规定，为使出口车道保持畅通，交接班时必须一个一个车道交接，不得同一时间交接，更何况，今天又恰逢元旦，车流量已经明显在不断增加。于是，当 2 班收费员到达票亭时，吴春玉指定第一车道沈倩倩先将绿色指示灯箭头关闭，改为红色叉叉指示灯，清点抽屉里的现金及预留备用金后装入票款箱，再填写当班记录，按下下班键退出收费系统，收拾工作桌面，将时间章、工号章、监督相片等物品装入票箱提好，打开原已紧扣的票亭门让 2 班收费员进入，然后向接班的 2 班同事问声好后退出票亭外。当第一车道指示灯恢复到收费状态时，姜露娴和卢雅琴她们负责的车道也以同样的程序依次交接完，而后来到沈倩倩身边集中。

吴春玉带着全班回到兰碧云的办公室缴款。几个所部干管都集中来想看看开通的第一个班收入有多少，因为这也决定年底全所奖金系数的多少。

沈倩倩打开票款箱数了一下所收现金，总数是 8765 元。各自的票款箱清点后，姜露娴收 12890 元，卢雅琴收 9867 元。沈倩倩已经感觉到自己收得最少，不过她也许不太明白这是与自己收费动作较缓慢有关系，倒觉得是自己管的车道来车少的客观原因，所以不以为然。倒又是刘莉珍在旁看到后冷冷地说一句："看来，小沈要努力哦，老职工就是不一样。"还补了一句歇后语："八月十五过年——差远了。"

沈倩倩听后，看了刘莉珍一眼，没说什么，低头看着兰碧云在清点所交的 8765 元。当兰碧云将百元大票送进验钞机再数零票时，立即发现有一张 50 元票有异样，再用手指夹住钞票轻轻揉搓后，马上说："这是一张假钞。"

"呀，怎么回事？"沈倩倩说着急忙从兰碧云手中拿过钞票看了看，觉得确实有些不一样，也没什么好说了。其实，辨别钞票真伪这门技术活她曾经接受过培训，只是在夜间或者不经意间疏忽了，若是像现在这样一经提醒，那是能很快辨别的。可是，如今已晚，按照收费规定，收取假钞须由个人负责，也就是说，沈倩倩必须自掏腰包赔这 50 元。

兰碧云从保险箱里拿出一张 50 元给沈倩倩说："把那一张换下来吧。"同时，翻开账簿在沈倩倩名下记上预借 50 元垫假钞，待发工资时再扣回。

在场的吴春玉她们都感到可惜和遗憾，可也没办法，只能由沈倩倩自己赔了，还得记一次"差错"，其他人也帮不了这个忙。因为像吴春玉这些老收费员甚至包括所里的干管，只要曾经从事过收费，或多或少都有过赔钱的不慎，所以，大家都默不作声。即使在场的林小芳等都没什么说的，偏偏刘莉珍又爱冒出一句："小沈今后要多注意哟，可别'百年松树，五月芭蕉——粗枝大叶'。"似乎是严肃劝导，又似乎是善意提醒，听起来有些怪怪的，特别又来一句歇后语。

33

不过，大家都没有理会刘莉珍说的这句话，包括沈倩倩也不在乎她说些什么。

"真倒霉。这个缺德的司机。"沈倩倩也回想不起究竟是哪辆车、哪个司机鱼龙混杂来坑她了，只好嘟噜着一气之下将那张假钞撕得粉碎丢入纸篓，然后将兰碧云拿出的那张 50 元钞票夹入一沓现金中，填好清单装入银行专用的黑色布钱包密封好，再塞进同样是银行设在收费所的大型固定保险柜里完事了。

是呀，上班第一天就赔款，出师不利，虽然数额不很大，沈倩倩总感觉得很窝囊。但愿今后不要再出现这种事。等到姜露娴和卢雅琴都交完现金后，大家拖着疲惫的身子，先到食堂用完简单的夜餐后，就各自休息去了。

沈倩倩一脸不高兴地与李美桦回到了宿舍。

"美桦姐，我先洗个澡。"沈倩倩对李美桦道。

"好的，你先去洗。"李美桦一边应道，一边从抽屉里拿出手机开机。因为上班不准带手机到票亭，只能放在宿舍。

也许是前天晚上搞怕了，沈倩倩还是跟昨晚上班前洗澡一样，先拧开热水器开关，试试水温，确信水温已经达到可以冲洗时才开始脱衣服，并取下还沾点血渍的卫生巾丢入纸篓。毕竟是来"例假"的最后一两天，要不，连续8个小时没换卫生巾，那就可能"一塌糊涂"了。

　　宿舍里为便于女收费员梳妆打扮，在卫生间里都装了一面全身镜，晶莹透亮，逼真无瑕，比培训班的镜子还清晰。沈倩倩对着镜子看看一丝不挂的自己，爹妈给的这副原装长相、身材及肤色还是与在培训班时没有两样，可是瞧瞧自己的脸，却有些倦容，此时想对着镜子像演出时那样卖萌地笑，可是无论如何也笑不出来了，没神采。是的，来所里第一个晚上没床铺睡觉，第二个晚上要上大夜班，不能睡觉，连续两个晚上没睡觉，又无处可以补睡一会儿，怎不叫她困得没精神，哪还有力气咧嘴一笑？

　　这时的气候已是初冬，沈倩倩寒噤一下，有些冷了，赶紧拿起水龙头自上而下地喷淋着全身，顿时感觉皮肤热烫热烫的，挺舒服的。

　　李美桦用手机正在与婆婆通电话。婆婆告诉她说：自傍晚医院没输液后，小豆豆一个晚上都没睡好，翻来覆去直喊痛。

　　李美桦是本市人，老公在一个企业工作，两口子结婚的第二年生了一个女孩，小名叫豆豆。按传统观念来说，虽然爷爷奶奶喜欢第一个孙辈是男孩，但是老两口常有个观念，说是生男孩，一看就高兴，生女孩，越看越高兴。老人们进一步解释，当看到生了一个带把儿的男孩时，顿时会觉得因添丁而香火延续，自然喜出望外；当看见生了一个女孩时，没有生男孩那样猛然高兴，但是会随着女孩逐渐长大，变得如花似玉、青春亮丽、赏心悦目时，自然就越看越高兴了。因而，公公婆婆对李美桦生下的这个女孩也是疼爱有加，一方面是李美桦夫妻俩工作忙，另一方面也是喜欢小孙女，所以，从小开始，吃饭穿衣、送幼儿园等，由老人们承担了大部分事务。

　　小豆豆开始上幼儿园的第二年，也就是上中班时，爷爷奶奶发现她脸色一天天变苍白，身上冒汗不停，有时伴有发烧不降，吃不下饭，整天显得无精打采，随之就不想活动和去幼儿园了。因为李美桦两夫妻都安排不出时间来，只好由爷爷奶奶带着小孙女去市医院检查，结果被告知疑似儿童白血病。

　　这下子全家人如遇晴天霹雳，陷入痛苦深渊。于是，李美桦两夫妻才向单位请假，带着小豆豆到省城最权威的大医院做进一步检查，结果仍然一个样。

那几天里，一家人心神不定、以泪洗面。李美桦更是不理解为什么从自己肚子里生出来的骨肉，才没几年就会得这种病，是自己身上的血带给女儿的吗？是女儿吃了什么或接触了什么东西才患上的吗？甚至还怀疑是否与自己在收费岗位长期吸入汽车废气有关。她百思不得其解，医院也不可能准确断定是什么原因什么时候导致的。

李美桦只好面对现实，带着孩子四处求医，一年多时间过去了，中药治疗、西药化疗、放射治疗等各种治疗手段都用上了。至今，全家人的积蓄也花得差不多了，孩子病情虽有所控制，但并没有根本性好转，现在，根据医院的治疗方案，唯一的希望就是等待干细胞移植成功。这又是多么多么难的事，李美桦一家人都明白这个道理和现状，可是，为了小孩，再千难万难，也不愿放弃这个生的希望。

小豆豆在医院住了半年多，除了李美桦没有上班时到医院陪护外，大部分时间都是爷爷奶奶轮流陪着和看护。小豆豆也很乖，知道爸妈都很忙，尤其明白妈妈在高速公路上工作，白天晚上经常不能回家，她就不吵不闹，乖乖地跟着爷爷奶奶，听着爷爷奶奶的话，吃饭、服药、吊瓶等。一头乌黑秀发虽然都掉光了，但她带个小圆帽，两眼笑眯眯的，挺逗乐的。

现在，小孩在医院里等待干细胞移植已经很久了，还不见机会降临。这样的日子，对一家人实在是一种无名的煎熬，李美桦也不能长时间请假陪护，还只能是由公公婆婆为主照看。这次从外地调到城南收费所，既是自己的要求，也是公司领导有意让她离家近些，以便照顾孩子。说是近了很多，但毕竟还需上班，只能在没有上班时去医院照看，没有办法 24 小时地全天候守护。每每想起女儿在医院里，李美桦心里就在滴血，泪往肚里流，只是不敢和不愿意去想，有时还故意用不间断的工作来冲淡这种酸楚。

刚才婆婆来电话，又让她的心一阵抽搐，她想等沈倩倩洗完澡出来，自己上个洗手间，洗个脸，赶紧去医院，一方面照看女儿，另一方面替换婆婆回家休息。

沈倩倩洗完热水澡，疲倦骤然消失，脸色红扑扑的，犹如出水芙蓉。她穿好了睡衣睡裤走出卫生间说："美桦姐，你去洗吧，热水还用不完，够你洗的。"

"我不洗澡了，随便擦一擦就行。"李美桦应道，并匆忙走向卫生间。

"唉，不洗不行呀，一个晚上多少汽车驶过，说乌烟瘴气有点夸张，起码是空气污染吧，一身都是油烟味和粉尘味，不洗睡不着。"沈倩倩说完，李美桦已经进了卫生间，既没听到也没应答。其实，当了那么多年的收费员，李美桦哪会不知道收费员被戏称为"吸尘器"，只是现在急于去医院而已。

等到李美桦从卫生间出来，沈倩倩已经换好睡衣睡裤，不但把自己的床铺好，还替李美桦铺好被子什么的。沈倩倩对自己这个同室李姐很是尊重和好感，总认为她人好心好。

"小沈，我不睡了，我要先回家，等到今晚上班前再回来。你好好睡一觉，至于到中午起不起来吃午饭，你自己定。最好起来吃完午饭，下午你再睡，睡到今晚上班前，这样够了吧？"李美桦一边整理着头发一边告诉沈倩倩说。

"哦，你不睡呀，这样哪受得了？"沈倩倩不解地问。

"没关系，已经习惯了。我回家后再找时间睡吧。"李美桦平静地应道。其实她心急如焚，只是不想让所里同事知道得太多。她经常这样装着若无其事，毕竟她刚到这个所，知道她孩子病情严重的同事不多。

"那好，晚上再见。"沈倩倩说完就躺下了，她实在太困了。

"那我走了。再见。"李美桦边说边提个手提包走出房间，她还准备给吴春玉班长说一声。虽然，不上班的时间由个人支配，但离开所里还得向班长报告。

吴春玉和卢雅琴住一间，就在201房。她们俩还没休息，房间门还开着，正在整理着一些用品。

"班长，我回家一下，晚上再返回来。"李美桦边说边进入房间。

"哦，那你注意休息。"同是母亲的吴春玉马上应道。她也是从另外一个收费所调来，不太清楚李美桦的详细情况，只知道她孩子身体不好住院需要照顾。

"好，那我走了。晚上见。"李美桦说着返身走向门口。

"哎，美桦姐，倩倩睡觉了吗？"卢雅琴赶忙问一声。

"她已经洗完澡躺下睡觉了。"李美桦应道。

"哦，知道了，谢谢。"卢雅琴回应道。

"再见。"吴春玉边说边送到房间门口，等到李美桦走到楼梯口时才关上房间门。回头自言自语道："我没调来城南所前就听说李美桦的女儿病得不轻，不清楚是什么病？现在怎样了？"这不知道是说给自己听，还是说给卢雅琴听，说话间流露出关切和怜悯之心。

"哦，这样呀？"卢雅琴回应一句。她更不清楚是怎么回事。

"是呀，我又不便多问。好了，咱们洗一洗，赶紧睡觉吧。你先去洗。"吴春玉安排道。

"好，那我就先洗了。"卢雅琴边说边迅速脱去衣裤，她还是在培训班那个习惯，进卫生间前连内衣内裤都不穿了，只不过没有在吴春玉面前"走两步"而已。吴春玉看了有点儿尴尬，摇摇头，心想："现在的年轻人呀！"

吴春玉在高速公路收费岗位上工作已经快 10 年了，今年已经 37 岁，是从省交通中专运输管理专业毕业的。她不是本市人，嫁在本市，婆家不在市区，在乡下，但住在市区自己买的一套房子里。她也有个女儿，已经 8 岁了，是自己的妈妈带。丈夫帮人家打理一家有十几台大型货车的运输企业，工作很忙，但有一定资本积累，所以，家境不错。自结婚后，丈夫始终不赞成她当收费员，要求她辞职到公司来，公司老板可以给她安排一个适合的工作，可是，吴春玉始终也不肯辞职，她爱这项迎来送往的服务工作，她更爱兴旺发达的高速公路事业，舍不得这群朝夕相处的姐姐妹妹，所以，一直坚持到现在。夫妻俩感情挺好，丈夫只是动员而已，既然妻子不愿意，也并没有强加于她，跟她过不去，或者感情疏远，这样一晃又是几年了。

卢雅琴洗完澡，光着身子走出卫生间，一边擦拭着身上的水珠，一边说："班长，现在你去洗吧。"

正在低头整理换洗衣物的吴春玉随口应道："好的。"当她抬起头看见卢雅琴还是一身光溜溜地走出来时，禁不住"哈哈"一笑，又有点不好意思。

"班长，你笑什么？"卢雅琴还若无其事地问一声。

"你们年轻人呀，真开放。"吴春玉笑笑地说，但并不直视卢雅琴，仍然在翻找自己的换洗衣服。

"房间里又没有别人，门窗都关得紧紧的，窗帘布已经拉上，怕啥？"卢雅琴还满不在乎地解释一通。

"是没有别人，可是叫我就不敢。"吴春玉应道，一边说一边拿起换洗的衣裤走向卫生间。

"嘿嘿，怕我看你呀？班长，以后你不让看，我就偏要看，你注意哟!"卢雅琴逗笑着说。

"傻丫头。"吴春玉在卫生间关门前对卢雅琴嬉笑道。

等到吴春玉洗完澡走出卫生间时，看见卢雅琴已经睡下，而且还是将被子蒙住头，吴春玉试着小声叫道："小卢，你睡着啦？"

卢雅琴没有应答，有点轻轻的呼吸声从被子里传出。

吴春玉铺好自己的被子后，轻手轻脚地撩起卢雅琴的一角被子，好奇地想看看卢雅琴是不是裸睡，因为，听说现在的女孩子很放得开。这回一看，果真是那样，卢雅琴上身还是一丝不挂，胸前两个白皙的乳房平摊着已不再高耸，不过，那青春少女的气息仍然扑面而来，让吴春玉也着实迷茫了一瞬间。吴春玉不好意思再掀高被子往下看，只好放下被角。对于卢雅琴的这种裸睡习惯，吴春玉心想，自己不好干预或者阻止她喜欢裸睡的习性，年轻人各有自己的人生追求、生活习惯等，若要干预只能说明自己的落后或者保守。既然在同一宿舍生活了，也只能慢慢地去适应这种现象，具体地说，去适应卢雅琴的生活习性，免得到头来卢雅琴并不感到"羞"，反而自己老是跟自己"羞"。

已经是上午9点半了，吴春玉还不想马上睡下，准备去看看姜露娴睡了没有。她和姜露娴都是从另外一个收费所作为骨干力量调到城南所的，而且两个人关系较好，吴春玉大姜露娴好几岁，时常以姐妹相称。

姜露娴和兰碧云住同一个房间，此时，兰碧云在所部上班，姜露娴一个人在宿舍。吴春玉走到205房间门口轻轻敲一声，里头姜露娴问道："谁呀？"

"是我。小姜开门。"吴春玉轻声应道。

"我来了。"姜露娴应道，门也同时打开了。

"小姜，最近身体有什么不舒服吗？"吴春玉关切地问。

"还可以。谢谢班长。"姜露娴应道。

"那好，你是挂果的人，要注意自己的身体变化。如果有什么严重不舒服，一定要说一声。"吴春玉交代说。

"谢谢了，还有好几个月呢。你看，我的肚子还不大。"姜露娴摸着自己凸起的肚子说。

"是，虽然妊娠反应期过了，还是注意些为好。一旦需要，我会向所里反映，老姐帮你调班或者调岗。"吴春玉再三嘱咐说。

"好的，谢谢你，班长你就回宿舍休息吧。"姜露娴催促道。

"好吧，我回宿舍休息了。你也睡一觉吧!"吴春玉边说边走出房门。

"再见。"姜露娴送走吴春玉，关上了门，心中一阵感激。吴春玉也就回到自己房间睡觉了。

姜露娴调来城南所之前已经怀孕5个多月了。这个消息在她原来的收费所没有什么人知道，在城南所就更没有人知晓了，唯有吴春玉知道这个事，因此，吴春玉很关心姜露娴怀孕期间的身体状况，特别是在姜露娴妊娠反应最厉害期间，给了她无微不至的关心，不管是轮班、饮食或者休息，样样都照顾着，从而，让姜露娴很顺利地度过了女人怀孕期最难受的阶段。自然，今天一个大夜班下来，对一个孕妇来说，有什么影响？吴春玉仍然还很在意，所以，也就忘不了过来问问。

吴春玉很在意姜露娴怀孕后身体状况的原因，难免跟她们俩原来在同一个收费所相处的交情有关，更重要的是吴春玉自己有一种莫名的"珍惜"情愫在驱使。

8年前一天下午的3时左右，离下班还剩一个小时，当吴春玉在票亭里仍然忙碌着时，有一个经常在这个所出入的年轻货车驾驶员趁给她递通行费卡时，顺便夹带一个小纸条，上面写着："收费员吴小姐，你辛苦了。我是天安车队的金凯宾。有事想与你联系，能否给个手机号？我下一趟经过时向你要。"收费票亭前都有当班收费员的工号牌出示，姓名、工号都一清二楚，所以对方能知道"吴小姐"。

对这位经常在此收费所进出的司机，吴春玉似乎有些印象，只是不清楚其姓啥名叫什么而已，总觉得这个司机比较有礼貌，在递送通行卡和缴款时，都会主动打招呼或者应答收费员的问候，素质显然高些。其人长得像个男子汉模样，浓眉大眼，身材魁梧，所以，时间长了，在所里有好几个收费员，不管男女，都对他有着比较深的印象。

下班后，吴春玉回到宿舍。敢不敢将自己的手机号给他？其用意是什么？是想与自己建立关系，以方便今后在缴费上给予帮忙？还是有其他什么目的？她左思右想了很久时间。这件事又生怕被同事知道，也就不敢与室友商量，只好躺下睡觉时，独自琢磨一番，只是琢磨得她有些睡不好。

"难道他想谈恋爱？"这是吴春玉昨晚经过苦思后得出的不确定但又最可能的答案。

高速公路的收费所大都地处边远的乡镇所在地，说是乡镇所在地，但并不是街道，而是集镇的边沿，又离集镇街道很远。乡镇街道也没什么好玩，去县里或者市里一趟，又受路程遥远、请假时间有限和交通不便等因素影响，变成是一种奢望，所以他们与外界交往甚少。加上所里日常实行半封闭管理，除了上班，其余时间里，离家近的可能回家，离家远的只能是以所为家、以路为伴了。

吴春玉是外县人，在本市没有亲戚朋友，有些孤单，只有收费所才是她的全部，再加上她也已经 27 岁，大姑娘一个，青春躁动也难免不了。于是，今天快上班前，她将写有自己手机号的条子放入口袋。此时，她没有想太多了，只有一个动力，即交往。

下午，差不多还是那个时间，金凯宾开着车放下车窗玻璃慢慢驶入吴春玉负责的车道，刹车停在了票亭窗口前。吴春玉也远远地认出了他的车已经选择了自己这个车道渐渐驶来，于是，她迅速从口袋里掏出纸条放在桌面，此时，只是心里存有几分忐忑而已。

"你好。"吴春玉像往常一样问候已经向她微笑点头的金凯宾，并等待着他递送通行卡。

"你好，吴小姐。"金凯宾边问候边将通行卡递给吴春玉，同时心里在期待着她对昨日自己那个要求的回应。

"一共 680 元。"吴春玉读卡后将应缴的通行费报给金凯宾。

"好嘞。"金凯宾迅速将已经准备好的 7 张百元钞票递给吴春玉。

吴春玉接过钞票后一张一张地仔细翻看和揉搓，判断没有假钞的可能后放入抽屉，然后取出一张 20 元钞票，再附上纸条递给了金凯宾，说："找你 20 元，谢谢，请走好。"并按下车道打开键让其通行。

从吴春元拿零钱给他那瞬间，金凯宾已经发现 20 元钞票上还有纸条，心里就有数了。他喜悦地给吴春玉一个发自内心的笑靥，说："谢谢吴小姐。"然后，挂挡踩油门逐渐驶离车道。他不敢相信今天果真能够得到吴春玉的手机号，实在是出乎意料，他很激动，很满足。虽说金凯宾此时开着空车，但似乎已经满载着收获，一路按着喇叭加油狂奔，他想尽早、尽快地赶回去给这个手机号发蕴藏内心已久的信息。

"吴小姐，谢谢你给我手机号码。我经常在你那里进进出出，发现你是个很好的收费员，对我们司机很客气，给我们很多的司机留下好印象，所以，我们都很尊重你。金凯宾。"下班回到宿舍，当吴春玉打开手机时，马上跳出这条信息。

紧接着又是第二条："吴小姐，你在收费所工作也很辛苦吧？我们经常看见你坐在票亭里。冬天很冷，夏天很热吧？汽车很吵，灰尘很多吧？我很佩服你。要注意健康。金凯宾。"

"吴小姐，你们收费员都长得很漂亮，我们司机经过时都很想和你们多说几句话，可是，每一次都只能停留几秒钟时间，而且只有简短的那两三句话，真不过瘾，因为，我们都喜欢你们。金凯宾。"

"吴小姐，我尤其喜欢你。我们今后经常联系好吗？金凯宾。"

"吴小姐，不知你看到信息没有。不好意思，我等待你回信息。金凯宾。"

"……"金凯宾啰啰唆唆地，似乎还有说不完的话，发不完的信息。

吴春玉的手机全被金凯宾发的信息占满了，就像节日期间的祝福信息一个接一个，把吴春玉看晕了。不过，心里倒觉得有几分慰藉，认为自己是个普通收费员，工作在边远地方，长相又不出众，这下子倒有人看得上自己了。

一般上白班的人，下了班不会急着睡觉。吴春玉洗完澡后，也没去哪里，靠在床铺上边看电视边思考，最终给金凯宾回了个信息："金师傅：看完你发的信息，我很高兴。你这么理解我们的职业，谢谢你了，我们一定要做得更好。今后我们可以多联系。"

金凯宾等待许久后，终于收到了吴春玉回复的信息，他迫切希望的是最后一句话。

从此，吴春玉与金凯宾步入相识、相知、相爱的人生旅途。

刚开始建立恋爱关系时，男方父母并不赞成，认为高速公路收费员工作单位离家远，工资低，特别是三班倒，生物钟会被搅乱而影响身体健康，生了孩子会影响哺乳等。这些还是当初大人们对高速公路女收费员一点点粗浅认识，还不知道其整天与汽车打交道，吸灰尘，闻尾气，究竟还有多大影响。只不过金凯宾对吴春玉情深意长，父母也拗不过儿子，再说了，那些担心也仅仅是猜测，事实没有出现，也不好坚持，更何况，吴春玉穿着交通制服，一身英气，男方父母看了也挺兴奋，也给他们长脸，最终也就点头了。

一年后，他们成了家。

女人结婚后第一个任务肯定是生养孩子，可是3年过去了，吴春玉这块田却迟迟不见"开花结果"，后到医院检查时，发现是吴春玉左侧输卵管迂曲，看来自然受孕已是没有希望了，而且很清楚，是吴春玉自身的问题。此时，两夫妻还想得开，乐呵呵地没当一回事也不着急，可公公婆婆却按捺不住了，除了时常追问、了解、督促外，还不时发出"最后通牒"说：我儿子还年轻，还有机会。这话是吴春玉从外人的嘴里得知的，公婆的弦外之音吴春玉是明白的，她听后，委屈的泪水只能往肚里咽，不敢吭声。

金凯宾对吴春玉还是一往情深，没有责怪她，更没有冷眼相待，两人一边四处求医一边商量着怎么办，最终，他们准备到医院做试管婴儿。对这个决定，大人们虽不太懂得深层次的过程，但能生一个属于自己家的孩子，也就满足了，于是，也没意见。

做试管婴儿的过程，是个让吴春玉既高兴又痛苦的过程，高兴的是自己将来可以有孩子了，痛苦的是过程复杂、艰辛加揪心，尤其是监测卵泡发育情况的那个阶段，简直让她的心提到了嗓子眼，因为，在吴春玉体内所发育和监测的卵泡原本有3个，一段时间后发育不成功2个，仅剩1个了，而且还不是很有把握。对于一个无法自然受孕而无奈选择试管受孕的女人来说，这是一种立在悬崖边的感觉，哪能不担惊受怕、提心吊胆？

也许是老天有眼，最后一个卵泡还是存活下来了，接着经历了胚胎移植、着床和妊娠等一系列痛苦和心惊的过程后，吴春玉终于生下了一个女孩，也是远近第一个试管婴儿降生，当时，不但在收费所里，还有周围乡村，成了极为轰动的新闻和趣事。尽管如此，这总算是她历经多年外界压力和内心磨难后的一个解脱，在家里，公婆也就此不再牢骚满腹、冷言冷语了，家里恢复了一种平静和安详的生活。

孩子出生后，不知是什么原因，生长发育与其他非试管婴儿相比，显得体质虚弱许多，有时还爱生病，到了应该学着说话和走路的时期，也比别的孩子迟缓，总之，孩子很难养。这给一家人又带来了新的忧愁，吴春玉既要上班，又要带一个体弱的孩子，这实在是难为她了。为不使吴春玉在收费所上班受影响，最后还是吴春玉的母亲跟着到收费所去带孩子。于是，吴春玉向所里要求给一个独立的房间，老少三人挤在一起，边上班边照顾孩子，只有每逢吴春玉休息或者倒班时，金凯宾才带着她们到城里的房子小住几天，直到这次调到城南收费所前一年，孩子上小学时才搬回城里住。

有着以上如此周折经历的女人，吴春玉怎不对姜露娴的怀孕格外羡慕和操心？更何况，她俩还是好同事，亲如姐妹。

上午，各个收费所出入口车流量猛增，城南所也不例外，除 ETC 车道外，所有进出车道都已经排起队来了。

对于在车道排队的车辆，黄健伟和林小芳都不敢忽视，因为，根据交通厅出台的为民服务要求，凡在车道上等候交费的车辆超出 5 部时，应该给予免费通过。这个要求对收费所而言，是条红线，其关系到高速公路的社会信誉和民众期待，为此，所部的干管人员都到收费棚各个车道上，一方面指挥车辆，维持秩序，一方面协助收费员传递现金和票据等，以便加快收费和车辆通过速度，避免等候车辆超出 5 部。

"哎，哎，你干什么挤上来？是不是'裁缝戴眼镜——见缝插针'呀？"车道上传来刘莉珍的训斥声，听起来有些严厉，只见她眼睛瞪着伸手指着那部车。那是 2 号车道，有一部"桑塔纳"轿车从另一个车道驶来，企图插队跟上前一部正在交费的车辆，此时，被刘莉珍吆喝住。

那部"桑塔纳"车驾驶员被身着制服的刘莉珍一声喊，也不敢再往前，只能乖乖地刹住车停在原地。刘莉珍看"桑塔纳"车已经停下，也不再理它，继续用眼睛扫视着远远的来车，注意着来车动向。

刘莉珍是绍柏市城里人，30 岁出头了还未婚，父母亲都在工厂下岗了，听说母亲还是当年回乡知识青年，在工厂征用土地时农转非招收当工人的。刘莉珍是前几年全市统一招考收费员时进入高速公路收费员队伍，也被分配到偏远收费所，这次刚好有离家近些的城南收费所开通，她一再要求调来，领导考虑到她的大龄未婚，就照顾她调来城南所。

刘莉珍有近 1.7 米的个头，体形较壮，有着球类运动员的身材，剪了个超短发，在女人群中确实颇显"高头大马"，这真是难为她找对象。在这样的小城市里，很难找得到与她身材匹配的男孩，所以，她的婚事一拖再拖也就不奇怪了。不过，性格泼辣才是刘莉珍最大的特点，她平时敢作敢为，不怕得罪人，出言也不饶人，快人快语，尤其她喜好歇后语，记得很多，经常使用。别说在同一个收费所的女收费员都有些怕她，就是男收费员也会尊重她三分，特别是那些个子不高常自叹是"天生三级残废"的男收费员，更是如此，即便是票亭窗口前进进出出的社会上驾驶员见了她，也畏她几分不敢胡来，难怪刚才那部准备加塞的"桑塔纳"车，被她一唬就趴在原地了。

　　正因为她有着这样的特性和干部模样，她从一般收费员很快当了班长，这次调来城南收费所时，领导安排她做干管，协助所领导或者部门做些管理工作。这是在城南收费所刚开始大家都不知道的原因，只知道所部有一个高个子刘干事，也许好多人对她的性格特点都还不了解，比如像沈倩倩、卢雅琴她们。

　　而比较了解她的可算是张温平了。

　　此前她俩也不认识，可刘莉珍的泼辣作风在整个公司的各个收费所有所传扬，这样，张温平多多少少也知道一些。尤其这次组建城南收费所，她俩都调来了，而且还安排在同一间宿舍。在提前到达城南所报到的几天里，张温平就已经领教了刘莉珍那种性格。

　　"张主任，很高兴与你同房。"刘莉珍一进房间就对张温平说这句话。她原先根本不认识张温平，因为，她比张温平迟进高速公路好几年了，两人岁数倒差不多，张温平大两岁吧。

　　"什么呀？同一个房间就说同一个房间，什么同房，难听死了。"张温平笑笑地说。

　　"这有什么难听不难听的。哎，跟你同一个房间，你要吃亏哦，也就是说，我很懒，不会做卫生，不会叠被子，不会手洗衣服，总之，不会的事好多好多，今后靠你帮忙了。"刘莉珍数落着自己的懒惰，还理直气壮，似乎是应该的。

　　"那你会什么？"张温平听后不解地问。

　　"我只会吃饭，饭桶一个，反正我是'拉琴的丢唱本——没谱'。"刘莉珍满不在乎地应道。

"难怪你这么壮，你爸妈把你养得像个保镖。"张温平"扑嗤"一笑说。

"还有，我小时候练过跆拳道，敢打架吵架，这个我可以帮你。"刘莉珍倒顺着张温平的话说道。

"我才不与人吵架，更不与人打架，功夫还是留着你自己用吧。"张温平微笑地说。

后来的几天里，刘莉珍确实是那个样，大大咧咧，毛毛糙糙，生活用品随意丢，不叠被子不挂衣服，卫生间被她用后，满地水迹不擦拭，毛发乱撒懒收拾，生活习惯上很不讲究，如果不是她身上有着"比基尼"处的女性标志外，真不像一个女人，连一般男人的生活习惯都不如。

而长着一副修长身材的张温平，其性格与她的名字含义太相近了，是个十分温良、热心又平和的女人，也是已经有一个男孩的妈妈。对于刘莉珍的生活习惯她都能忍受，发现哪里脏了、哪里乱了，都由她自己默默清扫整理，连刘莉珍乱糟糟的被子，有时也帮助她叠好，毫无怨言。张温平总认为刘莉珍是个未成家的孩子，应该多关照和帮助她，于是，愿意承担起宿舍的所有责任。当然，具有这样高尚境界的人确实不多，女人之间难得有不嫉妒、不计较的，常说不争不吵就不是女人了，而张温平则恰恰就不是那种小心眼女人，她是一个出了名的知书达理、温文尔雅之女性，说话轻声细语，做事周到细致，待人真心实意，几乎是个完美无缺的女人，凡接触过张温平的男同胞，无不感叹自己的老婆差之十万八千里。

也许这就是机缘巧合，性格迥然不同的两人合住一个宿舍，在城南收费所里和平共处了。

一整天密集的车流把收费 2 班折腾得精疲力竭，至下午 4 时，才交班到收费 3 班，也就是小夜班。她们值班到午夜零时，再交与吴春玉她们，那是 2 日的开始了。

收费 2 班全班收取通行费达 21 万余元，这令等候在财务室的黄健伟和林小芳两人兴奋无比，因为，这个班收费数已经大大超过他们的预计数。

第四章　命运迥异

　　李美桦急匆匆地赶到医院时，豆豆已经睡着了。婆婆告诉李美桦说，豆豆昨晚不肯睡觉，喊痛，翻来覆去哭不停，而且还发烧到39度。

　　病房里，已经5岁多的小豆豆，一副瘦小而虚弱的身躯歪躺在病床上，穿着不太合身的病员服，掉光头发的脑袋用一顶毛线织的小帽子包裹住，帽檐下一张不是太正常的苍白脸庞，没有什么血色的小嘴唇轻轻合着，两只眼睛紧紧闭着，手上插着针吊着瓶，一个小小年纪的孩子竟是这副模样，看上去直让人觉得可怜巴巴的。

　　李美桦伸手在豆豆的额头上贴一贴，感觉到很烫，心中不由得一阵绞痛，可又欲哭无泪，因为她清楚身子疼痛和发热是白血病的特征。

　　"妈，你回去睡觉休息吧。"李美桦对婆婆轻声说。她要接替婆婆照顾豆豆一天。

　　"你昨晚上大夜班很累，也没有休息呀！"婆婆应道。婆婆也很心疼媳妇，也许是豆豆的生病，一家人都把爱焕发出来，不但集中到豆豆身上，同时也感染了婆媳之间，所以，她俩关系挺好的。

　　"没关系，我年轻挺得住。"李美桦执意道。

　　"要不你就在豆豆身边先躺一会儿，我可以迟一些回。"婆婆同情地说。

　　"不用了，妈，这段时间以来，你们两老照顾豆豆够辛苦了，我已经很感谢你和爸了，别把你们的身体也累坏了。"李美桦尽量说服婆婆回去。

　　确实，李美桦那年在产假结束后就远赴50千米外的收费所上班，由于奶水不足。就干脆给孩子断了奶，改喂奶粉。李美桦也就不用再给孩子喂奶，豆豆就一直由爷爷奶奶带着。

随着豆豆的一天天长大，两个老人对小孙女疼爱有加，不论是吃喝玩乐哪方面，都尽量满足甚至宠着，小孙女成了两位老人的掌上明珠一点不假，即使豆豆犯病了，老人也承担了大部分时间的看护，一是寸步也不想离开豆豆，二是明知媳妇在上班，三班倒排班很紧，没有什么空闲，愿意为媳妇多担待些。因此，这段时间住医院照顾多数是两个老人在轮流着，至于李美桦的丈夫在外县工作，很难得回来，更是无法天天陪护了。

李美桦这次从远地的收费所调到离家近些的城南收费所，无疑是件好事，一方面她可以利用休息和倒班等一切空余时间来照顾女儿，另一方面也可以不时替换两个老人，好让他们多休息，毕竟他们都是上了年纪的人。

"这是豆豆今天要服用的药。"婆婆把药一一清点给李美桦说。

"好，你放心吧。我会准时喂她。"李美桦应道。

婆婆在媳妇的执意劝说下，只好答应回家休息，等到吃晚饭时再来接替媳妇，让她去上班。毕竟，老人60岁出头了，走起路来步履已不再矫健，加上陪着豆豆一夜没睡，精神疲倦那是肯定的。家离医院有一段路程，老人舍不得叫辆的士或者三轮车，走出医院花1元钱挤上一辆公交车回家了，那都是为了尽量省下一点钱给豆豆治病。

常说可怜天下父母心，一个病中的孩子，连累了两代父母。

也许是心灵感应，豆豆有些醒了，微微睁开两只还是水汪汪的眼睛，看见妈妈在床头坐着，叫声："妈妈，你下班啦?"声音显得微弱。

"是呀，豆豆睡好啦?"李美桦看着豆豆轻声应道。

"奶奶呢?"豆豆没见到奶奶就问。

"昨晚奶奶都在陪你，累了，妈妈就叫奶奶回家睡觉了。"李美桦应道。

"哦。妈妈，高速公路上的车漂亮吗?"豆豆天真地问。在她幼小的心里，早就知道妈妈上班的单位叫高速公路，只是不了解高速公路具体是什么;只知道高速公路上有好多车，不了解妈妈就是对好多车收费的人。

"是的，好多好多漂亮的车子，等你长大了，咱们也叫爸爸买一辆漂漂亮亮的汽车，送你去念书，带你去玩，好吗?"李美桦逗着孩子说。

"那当然啦，我们班里有几个同学家就有汽车，他们的爸爸妈妈会开车，每一次放学都是坐汽车回家。"豆豆羡慕地说。

"好，那就等你治好病，我们就去买汽车，送你去学校。"李美桦苦笑着答应。

"妈妈，好几天没有看见爸爸了，他去哪儿了？"豆豆不解地问。

"爸爸很忙，有时候妈妈都很难看见，刚才爸爸又打电话来，问你醒了没有，那时候你还在睡觉呢。"李美桦哄着孩子。

"哦，那妈妈今天陪我了。"豆豆高兴地说。

"豆豆，现在我们吃药好吗？"李美桦边说边扶起孩子。

"嗯。妈妈，药很苦哟。"豆豆答应着。

"是很苦，苦才会治病呀。豆豆最乖，最勇敢了，不怕苦是不是？"李美桦边说边将两粒药片送到豆豆嘴边。

豆豆张开嘴就着李美桦端来的温水，一骨碌就吞下去了。可能是在医院服药打针习惯了的缘故，豆豆都不在乎什么了，没有了一般孩子们的拒绝行为。

48

李美桦强忍着痛楚，在病榻前陪伴和照顾着爱儿。这还只是一天的时间，更焦虑的是无限期地等待干细胞移植机会，这样的时光才是最难最难熬的。一家人翘首盼望着机会能早日出现，救起豆豆一命，毕竟她才5岁，人世间什么她都没有体验到，与此同时，也在发愁着一旦机会来临，这笔巨额费用又从哪里来筹？至少还差三分之二呀。为此，李美桦只有惆怅加惆怅，想不出其他办法，不过，她唯一的办法就是现阶段永不放弃，走一步算一步，只要豆豆活着一天就好。

想起这些，李美桦两只含泪的眼睛凝视着爱女，久久不知道移开。

下午，林小芳坐在办公桌前，时而望望窗外收费棚下那川流不息的车子，时而看看桌上电脑里的车道或者票亭的监控画面，除了必须注意收费广场上车辆动态外，也得密切关注票亭里各收费员的服务态度、收费动作及司乘人员的反应等。作为分管收费的所长，她一点儿都不敢怠慢，必须认真负责，丝毫不能出问题，尤其今天是元旦。

林小芳自省里第一条高速公路开通就被招到收费所，那年恰好是她从交通大专毕业，交通院校到交通单位工作，专业对口恰恰好，她不用像其他人要文化考试和面试，经由学校统一分配到收费所担任收费员。在那时学校能够将毕业生直接分配到单位的现象还是存在，当前就没有这样的运气了，得四处寻找，自谋职业。

当收费员一年左右，林小芳认识上现在的丈夫，当时他是路政大队驻收费所的路政员，叫唐德武。其实也是同学校同年级的校友，只是所学专业不同，在校也并不认识，两人都被分配到高速公路公司，巧的是两人不同工种不同小单位却又被安排到同一个地点，让两人能够有缘在一起，这真是老天的安排。

两人结婚已经近十个年头了，各自事业上都有长进。林小芳当了所长助理后现在又提升为副所长，唐德武早几年也调到另外一个中队提升当了中队长，也是副科级。两个人不同一个工种已经难以在一起，而又同是基层领导又须避嫌，如此，两夫妻命里也就注定无法长时间同在一处工作和生活，犹如牛郎织女般相处，生儿育女也就成为他们既是头等大事又是头痛大事。虽然，前年成立路政总队，唐德武也被划入总队不再与林小芳同单位了，但是，并未改变他们天各一方的状态，一个在收费所，一个在路政大队，两个单位在两个地方。

别说后来的日子，就说谈恋爱及选结婚日那段时间吧。

"我下班了，晚上是大夜班，我们去城里玩玩吧。"林小芳上完中班，回到宿舍打开手机就给唐德武发信息。

"哎呀，现在是我值班，没办法离开。怎么办呢？"唐德武回了个信息。看得出来有些焦急，但又无奈。

此时，林小芳又不敢打电话，她知道路政值班不准用电话聊天，更不准谈恋爱。

"那就改日吧，你安心值班，我在房间睡觉吧。"林小芳只能回这样的信息了，然后只好自己睡觉去了。

"亲爱的，我到路上处理事故已经结束，回中队了，可以请假，你现在在哪？"过几天又有一次，唐德武处理完交通事故后给林小芳发了这条信息。

等了很久不见回信息，唐德武又发："亲爱的小芳，我已经请假了，到你宿舍见面好吗？"

还是没回，唐德武已经意识到林小芳可能正在票亭上班，毕竟都在高速公路上工作，知道上班制度。直到林小芳下班回到宿舍才看到手机信息，想回信息，可是唐德武又因为路上发生交通事故，他赶赴现场处理去了，又不能相约。

收费员上班与路政员值班的班次编排是不一样的，因此，经常是林小芳上班，唐德武没有值班，或者唐德武值班林小芳又下班了，路政员值班或者平时都可以随身携带手机，而收费员一旦上班就不允许带手机了，自然，两人用手机联系的机会也就不多，只能靠两人都是倒班而且都在同一个时间段时，那才能见面，除此之外，两人虽然工作生活在同一条高速公路上，想见面也是有些难度的。幸好，两人同是高速公路职工而相互理解，只要充分利用好仅有的机会，电话里说说，见面时谈谈，也许就有几分把握。

"亲爱的，我们五一节结婚可以吗？"唐德武利用外出处理事故的间隙赶紧与还没上班的林小芳商量日子。

"可能不行，五一黄金周期间所里不让请假，都要排班，我是班长，更难离开。"林小芳回答说。

"是，我也可能是这样，那等到国庆节也可能没有时间，怎么办？"唐德武也发愁了说。

"那就 6 月初吧。"林小芳建议说。

"那又会碰到 6·18 省里的技术项目洽谈会，高速公路保障任务很多，我们都没办法请假。"唐德武提醒说。

"那就 9 月吧，那又不行，那是 9·8 洽谈会，保障任务一样多。提前到 4 月吧，又碰到两岸的'海峡论坛'，哎呀，愁死人了。"林小芳电话里自言自语，自我建议自我否定一番。

两人一时商定不了，唐德武急忙处理事故去，来不及继续商量下去。

两人又历经几次找机会商量及与双方父母商量，请示单位，登记拿证，挑选日子等一系列准备，终于找到那年的 8 月 8 日那天，才步入结婚殿堂。

一个是收费员，一个是路政员，老天给每个人的时空貌似公平，可到他们俩时却是那么奇奇怪怪、别别扭扭的，总没有那么顺心过，直到洞房花烛夜还是如此。

"亲爱的芳，我们真幸福。"新郎唐德武一边帮新娘林小芳宽衣解带，一边贴着新娘的耳朵轻声地说。声音有些发颤，因为，他即将尝试、开发和耕作那块神秘的处女地了，怎不令他心猿意马有些慌张。

新郎刚把新娘的外衣脱完，正准备解其背上胸罩的扣子，新郎的手机响了。他只好暂时停下手中活，拿起手机："喂，哪位？"

"唐队长，我今天处理事故，没去参加你们的婚礼，很对不起，祝你们幸福。"打电话的是一名年轻队员，实在是不懂得规矩，迟不打晚不打，这个时候打。不过，此时打总比等会儿打还好，唐德武心想并且暗暗庆幸。

"知道了，谢谢你。"唐德武草草地应了一句，按下结束键，放在床头柜上又继续他未完的活。

"亲爱的，老天怎么会把我们安排在这里？"他们躺在床上，看着温馨的小天地，新郎动情地问。

"我也不知道，也许是缘分吧，是高速公路这条纽带。"新娘轻声而带娇羞地应道。

"对，是高速公路事业把我们连在一起，搂在一起。"新郎笑笑地说，同时侧身顺势将新娘搂在怀里。

粉红色的床褥上，微弱的灯光下，正当一对新人甜言蜜语，相互感触对方肌肤的爱意时，新郎的手机信息音响了，"滴滴答，滴滴答"。他平时设置的信息提示音是"爆米花"声，听起来很急促。

唐德武是中队长，虽然结婚时向大队请假了，但手机不能关，一般情况可以，遇有重大事情发生，可真是不好说他就能够高枕无忧，或者事不关己。路上情况是公司的信息中心靠发信息通报各位公司领导及路政员的，何况中队长就必须更关注路上动态。

新郎此时只好松开手，旋亮灯，伸手到床头柜上拿起手机看信息，手机屏里显示："0 时 57 分，沈海线 2875k＋170B 道发生一起小车追尾事故，没有人员伤亡，二中队正赶往处理。"看完，知道这属于不用他操心的事，因为，这样的事故等级比较一般，平时都不用他亲自带领，何况他在婚假期间，于是，他把手机又放回床头柜去，索性关了灯。

激情遭受干扰，温情被迫暂停后，一切又要重新再来。还好，两人都是高速公路人，相互理解，通情达理，林小芳没有不悦，还是温情脉脉地注视着对方，期待着对方。

干柴烈火的两人正准备进入状态，噢，手机的信息音又响起，这下子两人都不想理睬，第一声不理睬，第二声仍然没理睬，可没隔几秒钟，"爆米花"声音连续响起，这是因为，手机设置的提示声没有次数和时间限制，只要没阅读，就响个不停。

无奈之下，唐德武翻转身伸手摸到床头柜上拿起手机打开，屏里亮晶晶地显示："1点25分，事故处理完毕，交通恢复。"唐德武看了看，只能尴尬地笑一笑，把手机递给林小芳看，说："你看，还是这件事。"

林小芳看了看丈夫送到眼前的手机，无奈地说声："哦，知道了。"

此刻，可能两人的心里都在嘟噜：你们倒好，已经处理完毕打扫战场了，可我们的"战事"还没开始呢。

通过手机光线，新郎发现妻子的脸色已不是像刚才那么潮红了，同时，觉得自己身上的体温也已经"退烧"，这意味着一切又要重新开始。

"干脆把手机关了吧。"新娘这时提议说，还是那么温存，没有责怪的口气。

新郎应道："可以。"

真的关机了，他们只好为下半夜赌一把，即使有事也不管那么多了，反正已经请了假，否则，他俩此时身心都将憔悴和疲惫。果然，此刻手机关闭了，随之他们的爱河闸口却大开了，汹涌澎湃，浪潮翻滚，一浪高一浪宣泄而去。

至今婚后近十年了，他们还没有孩子，虽然双方父母都在抱怨、期待和督促，但是两人有机会在一起的时间，总是离不开"错时"这怪物的相伴。就是新婚之夜那晚，虽然两人缠绵着共渡爱河，可是，第二天早晨林小芳就来月经了，婚假的后来三两天里只好走走亲戚聊聊天，不能实现人们常说的新婚"开门喜"。而平时两人的上班与下班、有假期与无假期，甚至与林小芳的生理规律都常常"错时"。唐德武有空到所里了，妻子的例假也来了或是排卵期没到；林小芳有空去中队了，丈夫却突然处理事故去没回来了。就那么阴错阳差，"乱"了几年，可最终又什么都没来。林小芳前后当了两个收费所所长的助理，唐德武也先后当了两个路政中队的中队长，因此，两个人"各奔前程"了两次，尤其是前一段时间，唐德武又调到另一个路政大队去当副大队长了，那儿离林小芳的城南收费所还有100多千米路。为了事业，他们夫妻间时常没办法随心所欲地见面聊天或者一享床笫之欢，更谈不上准确无误或者恰逢其时地造人了。不过，几年都过去了，日子一长，他们俩也似乎习以为常了。当然，这种状况并不仅仅是林小芳独有，许多高速公路的女收费员都有如此境遇。

林小芳看着监控画面，突然发现出口车道前方，一部大货车在走走停停，富有经验的她一看，便知这个驾驶员正在准备做"跳磅"的驾驶动作。所说的"跳磅"就是指部分驾驶员为了少缴通行费，在进入货车"称重计费"设备时，在称重平台上又是急刹车又是加速，用汽车轮胎的作用力干扰称重的准确性，使货车总重减少，达到少缴费的目的。

其实，在收费棚跟班的刘莉珍已经发现这个不正常现象，她看着那部货车，心想，你这个驾驶员想玩小伎俩，真是"酒杯里洗澡——小人一个"，不能让你小子占便宜，想揩高速公路的油，没门！于是，她迈开大步，走到票亭前的车道口，面向货车，立即举手指挥货车驾驶员，要求他匀速驶入车道。这一招果然很奏效，驾驶员看到有位穿着制服的人在指挥，也有些畏惧，一时就不敢猛刹车猛加速了，只得顺从地按正常速度驶入车道，直达票亭窗口前停下交费。

林小芳从监控画面上清楚地看见了刘莉珍为防止"跳磅"而采取"四两拨千斤"的有效办法，整个过程不费气力，不用一句话，堪称绝活。她拿出对讲机，呼叫："小刘，小刘，听得到吗？"

"听到，我是小刘，所长请讲。"刘莉珍把裤腰上别着的对讲机取下，对着嘴说。

"刚才我全程看到你为防止货车'跳磅'而采取的办法，很好，很棒。"林小芳赞扬说。

"主要是被我看到了，早发现，他们就不敢了。"刘莉珍淡淡地说。也许是这件事还没有惹到她的底线，似乎很平常，没什么值得谈论。

"当然，在岗位上能不时地发现问题就很了不起，又能及时稳妥地解决问题，就更了不起了……"林小芳还在表扬个不停。

"好啦，没什么啦，所长不必如此掏耳朵用马勺——小题大做。"刘莉珍应道。她没想那么多。

林小芳听到最后一句歇后语，傻眼了，是苦？是甜？是酸？是辣？真不知该怎么再说下去，停留片刻后只好说："好，辛苦你了，如果车辆正常，可以回办公室歇歇。"

"好的，谢谢所长，现在正是傍晚，元旦第一天外出玩的人陆续回家了，所以出口车道多些，过一阵子松些时，我就下班休息了。"刘莉珍应道。

林小芳对刘莉珍这样的敬业精神实在是感到高兴不已，此刻，她也不会把刘莉珍那句不知是讽刺还是劝导的歇后语记在心上。她了解刘莉珍这大丫头，心直口快，有时候说话不顾及场合和对象，有时候用歇后语又不是很准确，因此，常会逗人笑也会伤及人，至于工作，应该没什么话说，认真负责、积极肯干的态度更没人质疑。

沈倩倩睡到下午5点左右才起床，她又洗了个澡，清醒清醒后，没有梳妆打扮，就穿着制服到食堂吃饭去了。此时，她肚子真的是饿了，昨晚盒饭没吃，大夜班下班后简单吃了点，中午贪睡没起床吃，直到现在已经多少时间过去了，不饿才怪呢！所以，她没有再挑食的想法，也没有这种能量了。这会儿李美桦还没有回来，也没有去邀卢雅琴，她独自径直走进了食堂。而此时，另外几位老收费员如吴春玉她们一般是中午起来吃了中饭再睡一觉，晚餐后就在宿舍里或看电视，或看书，或聊天，直到上大夜班。这是她们多年养成的作息习惯。

食堂是张温平今天上午带着厨师等工作人员进行最后努力才完善的，所有炉具、餐具和桌椅等样样俱全，大米、面粉、蔬菜等储备充足，还有油盐酱醋也是应有尽有，一个条件不错的收费所食堂，今天中午就开张了，只是沈倩倩没来吃而已。当然，按照高速公路收费所的规矩，晚餐也是菜肴丰盛、饭汤充裕的一餐。至于早餐和大夜班的夜宵就简单得多了。

沈倩倩向食堂打菜的阿姨要了菜花、木耳炒鸡蛋、豆芽各一份，再加一罐萝卜炖排骨汤，一共2元就够了，记在本子上，发工资时再扣。

城南收费所还是刚刚成立的新所，如果是老收费所，职工们自己搞养殖种菜，自给自足，那么食堂的菜都是免费供应，仅收点儿油盐酱醋的费用，生活费用都很低。

沈倩倩满满地盛了一碗米饭，找了一张桌子坐下。因为4点下班的同事洗漱完就到食堂吃晚饭了，所以，这时候食堂只有她一个人。也许是饿极了，加上菜肴都是现炒现煮，味道不用说了，虽然还缺些调味品，但还是可口，沈倩倩埋头在吃，津津有味。

刘莉珍从收费棚回来，也到了食堂准备吃晚饭，一眼就看见沈倩倩正在吃饭，于是，她打了饭菜后走到沈倩倩座位对面坐下。

"小沈，才起来吃饭呀?"刘莉珍问，但没抬头，眼睛却盯着盘子里的鸡腿，并用筷子翻看着两三块红烧肉。

沈倩倩抬眼看了看对面正在低头夹红烧肉的刘莉珍，应道："是呀。"

毕竟是新职工，沈倩倩对昨晚刘莉珍向所长告密说她不吃饭丢饭盒一事并不知情，对昨晚下班缴款时被她说些带有教训口气的话，也没什么在意，只是对这位干事究竟具体管什么不了解而已，更不了解这位干事的来历、性格及其他了。

"你什么学校毕业的?"刘莉珍这时候抬起头看着沈倩倩问。

"本省师范大学雪梅学院艺术系。"沈倩倩将一口饭送入嘴后应道。

"哦，那是我们省本二学校嘛。"刘莉珍不忘损一下，心想你也不是什么名牌大学出来。"不过，这个学校的艺术类专业挺强挺出名，出了好几个音乐家、舞蹈家、画家，在我们省有些名气。"她又补充说。

"那你是什么地方人?"刘莉珍手拿鸡腿撕咬着问。她像做调查一样，说话语气短促。

"我出生在青海格尔木，青海人，不过我父亲是本省秀春县人，我母亲是内蒙古人，都不是青海本地人。刘干事，你说我该是什么地方人?"沈倩倩介绍了自己后反问刘莉珍道。

"哦，这么复杂呀，我也不清楚该怎么认定，我想要认出生地嘛，就应该算青海人吧，跟随父亲的籍贯嘛，也可以说是秀春人吧。不懂不懂，太复杂了。"刘莉珍嚼碎一块鸡肉吞下后似懂非懂地应道。

"噢，青海那么远我没有去过，秀春县我知道，听我妈妈说还带我去过，只是那时候我还很小，没有任何印象。"刘莉珍紧接着补充道。

"我倒曾经跟我父亲回去过几次。"沈倩倩说。

"那你父亲怎么会到青海去?"刘莉珍抬起头边嚼边问。

"念书毕业后分配去的。"沈倩倩吃完了，放下筷子应道。

"哦，从这里分配到青海离家很远，真是不容易，好比绣花针挑土——难得，难得。"刘莉珍有些佩服地说。

"他们那一辈儿也好像小鸡入笼——身不由己呀。"沈倩倩也说出一句歇后语应道。

"哎哟，真是真是，不错不错。"刘莉珍连声说，不知是赞同沈倩倩的意思还是赞同沈倩倩也能说歇后语。

沈倩倩的歇后语是父亲教的，因为她父亲从小就很爱歇后语这个文学形式，所以经常要求沈倩倩学习，只不过，沈倩倩只记住一些，不太喜欢使用，平时很少听到她说过。

"那你什么时候开始学音乐的？"刘莉珍还没有吃完，边吃边问。

"从小学开始就学唱歌了，到了中学就请家庭教师个别辅导。"沈倩倩简单回答。她吃完后准备去练声，无心再聊天了。

"我小时候也挺喜欢，后来不喜欢了。"刘莉珍附和着说。

"当时是我父亲喜欢，要我学的。"沈倩倩说。

"我的父亲没有那音乐细胞，小时候我一唱歌，他就说吵死人了，久而久之我就不再唱歌了，改打篮球。"刘莉珍也吃完了，把筷子一搁便说起来。

"我父亲也喜欢打篮球，个头有1米8。"沈倩倩应道。

"哎哟，难怪你也有点高。"刘莉珍说。

"那还是不如你高。哦，我们都吃完了，走吧。"沈倩倩想走便提议说，同时，站起身来。

"好吧，小沈，今晚你又要上班了，要多练习，多注意，以免再出现慢、错现象。"刘莉珍还是不忘提醒沈倩倩道。

"知道了。"沈倩倩不敢得罪，也没理由反驳或者不高兴，只好这么应道，"哎，刘干事，你是管什么业务的？"

"我什么都管，只要是所长布置的任务，具体说吧，主要是协助张主任工作。"刘莉珍想把干事一职的范围说得宽些。

"那你不用三班倒上班吧？是不是哪个班你都可以上？"沈倩倩问，她不了解所部管理人员的工作职责具体有哪些。

"我们所部管理人员不是要三班倒，是每天白天正常上班，晚上一般没有上班而是轮班或者叫值班。"刘莉珍边走边解释说。

"哦，那你们很痛快，不用熬夜。"沈倩倩说。

"哪里，我们也经常要值夜班，你们收费班上8个小时后就去睡觉或者外出玩去，我们天天要困在收费所，也有不自由的时候。像现在所部管理人员很少，就经常值夜班，还没你们那种业余时间可以集中使用的好处呢！要不，我可能还会更胖呢！"刘莉珍辩解说，说话间也无意地流露出一个女孩的忸怩形态。

她们俩从食堂出来，沈倩倩走到食堂后边树下去练歌，而刘莉珍回宿舍准备洗一洗休息，她确实一整天都没有好好休息或者睡觉过，除了在办公室里完成所长交代的事务外，其余的时间都在收费棚里帮忙。元旦这一天确实是这样，全所的人都高度紧张，坚守岗位，不敢稍微松懈丁点儿。

离元月2日零时，也就是元旦开通整一天还差一小时。已是深夜，所部几个办公室的电灯还亮着，黄健伟、林小芳、兰碧云、张温平4个人，坚守一天了，他们似乎还无意去休息，而是齐集在林小芳的办公室里。此时，他们在预测和等待着，第3班还有一小时，能够收取多少通行费？最终今天合计能够收取多少通行费？一个结果即将出来。

收取通行费任务是上级公司根据每个收费所所处的路段位置交通量、车辆类型分布等来预测，然后下达给各个所作为这个收费所全年的工作目标进行考核，共分未完成、完成和超额完成，年终再根据完成的程度给予奖惩。这个奖惩涉及职工奖金、福利，涉及所部管理人员的业绩，也涉及集体和个人评选先进，还可能影响职务提升等等。

城南收费所是初次开通收费，没有往年征收数额可供参考，就凭公司收费部门对该路段及绍柏市经济发展现状进行测算。按照往常公司测算出的数额，在年初下达给各收费所，到年终时一般会八九不离十，比较可靠。同样，城南收费所在开通前，公司就下达全年征收1200万元任务。如此算来，城南所平均每天要收入30余万元。

对于这项任务，黄健伟和林小芳曾经向公司收费部门反映，一是绍柏市在全省的经济发展状况属于中等，汽车拥有量不大，客货运输量也不大，小车居多；二是该路段过路车多，需要下高速的车少，能够收取通行费的车辆也就少；绍柏市明年通动车，这样势必减少客车上路，车流量相应减少等。凡此种种理由都摆开进行"讨价还价"。他们俩明白，如果任务少些，年终完成的机会就大些，全所皆大欢喜。他们不遗余力地向上反映。可是，到头来黄健伟和林小芳的努力并没有说服收费部门，任务依然按原计划下达，其理

57

由很简单，先试行半年后再根据实际情况来定是否调整。

反映归反映，既然公司正式下达了，他们也不再多说了，只能认真对待。

"小芳，这事就请你为主考虑，牵头研究一个落实方案，然后，动员全所职工共同完成计划。"黄健伟把计划任务文件交给长期从事收费的林小芳。他长期从事路政业务，对收费业务一时还没有林小芳熟悉，怕提不出好意见来。

"行，我先提个想法，然后咱们再讨论研究。"林小芳痛快地说。对于任务，她虽然与黄健伟尽全力去反映困难，但是她心里也想着公司的意见也不无道理，甚至还是有些依据的。长期从事收费让她练就了一个概念，即收费看似生搬硬套制度、政策等套路，其实还有大量潜力可挖。基于这一点，林小芳心中不但不悲观，反而颇具信心。

在今天开通前，林小芳就从车流的来向、车型及季节、气候等特点进行分析判断，拿出了分月、分季度收入的预测数，并就这些预测数提出一系列如增强服务观念、改进服务态度以吸引车流等措施，最终取得黄健伟及所部管理人员的一致赞同。

通过今天第一天的收费，虽然还有一个小时的时间，前两班的收费数已经达到预定数，如果不出变化，第一天的收费数应该有个好的成果，林小芳这么想。

他们心情复杂地期待着最后时刻。

收费广场上，吴春玉带着全班人员已经到达，她们马上要从3班那儿接过班，那是元月2日的第一班，从零时至8时。按照排班规则，吴春玉这个班要连续上7天才轮换倒到上午8点至下午4点的白天班，所以，今晚还是她们1班继续上大夜班。

11时55分，吴春玉的1班开始在一个个票亭把3班人员接替下来，3班的收费员排好队，提着装满现金的保险箱到财务室缴款。除了黄健伟、林小芳留下来继续研究事务外，张温平和兰碧云都到了财务室等候3班的到来。

点钞机"哗啦哗啦"地响，她们的心也随着点钞机"哗啦哗啦"地乐。首先是这个班的收费员庆贺自己班收入巨大。其实，她们早就掂量出收获不少。所部两人同样感到莫名的兴奋，因为，收费员打开满满保险箱那一刻，她们都已经心中有数了。

每整100张，兰碧云就利索地进行捆扎，登记入账后一沓一沓地装入收费员各自的交款银包，再监督着每位收费员将银包投入银行的保险柜。

"黄所长、林所长，3 班收入大数 17.6 万，今天收入总数是 41.3 万，还有些尾数，还没包括 ETC 车道收费数。"兰碧云快速地将全天 3 个班收入进行合计，合计完马上奔到林小芳办公室报告这个令人高兴的数字。

"看来不出你所料，超额了，而且还超出 30%，这是我没有想到的。"黄健伟高兴地对林小芳说。

"我也没想到会超这么多，这主要是元旦第一天的原因吧。过后应该会恢复正常状态，每天 30 万左右。今后每逢节假日能够冲一下，那么完成全年任务应该有所保障，还可挽回碰到交通事故或者自然灾害封道带来的减收。"林小芳舒了一口气后兴致勃勃地分析说。

张温平手机响了，是刘莉珍打来的。

"半夜了，你还没睡觉呀？"张温平问道。

"是呀，你怎么也还没回来睡觉呀？还在办公室呀？今晚你没值班吧？"刘莉珍问道。其实，刘莉珍想告诉张温平一件有趣的事，性格直爽的她忍不到明天的。

"没有，马上回去了。"张温平应道。

"那我等你回来。"刘莉珍说。

"那好吧，其他也没什么事，明天还是节日，还要坚守，都要注意休息。今晚是我值班，你们都回宿舍睡觉吧。"林小芳对黄健伟、张温平及兰碧云说。

冬日的凌晨有些冷。除林小芳外，其他几个人关掉电灯后回宿舍了。

第五章　非诚勿扰

　　刘莉珍想告诉张温平有趣的事是这样的。

　　刘莉珍与沈倩倩一起在食堂吃过晚饭后准备回宿舍休息，还未走到宿舍门口，她的妈妈就打电话来说，有人给她介绍对象，条件不错，要求她马上回家来一趟见见面，还说有小车来接，尾数是 568 的"桑塔纳"车。她妈妈知道女儿现在调到城南收费所当干事了，不用像以前那样三班倒，每星期除了一两个晚上值班外，其余时间一般都上白天班，晚上没什么事，所以敢打电话叫她回来，更何况就在城南所，离市区不太远。

　　妈妈对刘莉珍的婚事几年来已经伤透脑筋，女儿 30 岁出头了，还晃悠晃悠，没有一个着落，别说妈妈，还有父亲和小她 9 岁的弟弟，都为她着急。每一次介绍对象，有的她第一眼没有好感，说对方个子矮，土气不帅等，看不上人家；有的刘莉珍感觉可以接受了，但与对方谈一阵，谈得销声匿迹了，之后捎来话说刘莉珍太好强，不温柔，今后难伺候等等，又吹了。几年来都如此，直拖到现在，久而久之成了她妈妈心头一块特别沉的负担，其所以特别，只有妈妈心中清楚，刘莉珍自己不清楚，她弟弟不清楚，她父亲可能了解一些，但也没有她妈妈那么沉重。

　　虽然刘莉珍性格有点儿狂野，但在妈妈面前绝对不敢放肆，就像在同宿舍的张温平面前比较收敛一样，尤其谈对象这事，只要妈妈发话了，她也就不敢任性，比如拒绝见面等，似乎在妈妈面前特别乖巧。因此，刚才接到妈妈电话后，她回宿舍稍微洗刷一下，换下制服，穿上自己喜欢的"耐克"牌的运动衣衫，对着镜子梳理一下那时髦的超短发。她看着镜子里的自己活像一个国家级运动健将，而不像人们普遍喜欢的窈窕淑女样，于是，禁不住"扑哧"一笑，心想，等会儿那男的看见会不会被吓着，尤其是那些个头矮的男士？

天色开始暗下来了，刘莉珍没有给谁说一声或者请假，她觉得按往常经验去应付一下对方或者妈妈，很快就会回来，因为，今晚这个介绍已是第十几次了，习惯了也就满不在乎了。

她背上一个包包，按照刚才妈妈说的时间地点，离开宿舍来到收费广场外一个可以上下车的地方准备等候。

其实，"桑塔纳"车已经在此等候多时了，刘莉珍还没走近就看见一部银色小车靠边停在那儿，稍走几步就看见车牌尾数568，车旁还站着一位身高与自己差不多的男士在朝她这个方向看着，她意识到就是这部车了。

刘莉珍走向前正想开口问，对方却先开口问："请问你是刘莉珍吗？"

"本人刘莉珍，不是'妈'。"刘莉珍俏皮地应道。

"小刘真会开玩笑。上车吧。"对方也笑笑说，边说边准备拉开副驾驶座位的门。

"好，我自己来。"刘莉珍一把拉开车门，一屁股坐进去，然后把门"砰"的一声关上，用的劲很大。

对方在刘莉珍开车门那刻似乎想到什么。他转到驾驶座一侧打开车门坐入驾驶位置，系上安全带，发动车子。刘莉珍看见他拉安全带，自己也跟着把安全带系上。

"小刘，你到高速公路上工作几年了？"对方问。

"哎，你已经知道我的名字，可你还没有告诉我你姓什名什，对我就单刀直入了。"刘莉珍冲着对方说。

"哦，对不起，忘了。我叫杜建国，本市人，现在城里开一家建材店，住在城里。"杜建国接连介绍自己。

刘莉珍转过头看了一眼这位杜建国，似乎不反感。论个头刚才在车旁就看过，比自己高些，论长相，不难看，浓眉大眼，五官基本到位，衣着朴实，不像有些个体户老板显富，年纪应该还相当，略大些，总的，外表还可以，同时，自己的打扮也没有吓着对方。心想，难怪能够先过妈妈这一关。

"小刘，现在我们去哪里？"杜建国问。

"我哪知道,我妈怎么交代的?"刘莉珍反问。

"阿姨没说什么,只是叫我们认识一下。"杜建国怔了一下说。心想,小刘真听妈妈的话,这个时候、这种场合也要妈妈指引。

"那我们现在不就已经认识了。"刘莉珍故意出了个难题。

"那不是这个意思,才几分钟哪是认识。我们现在去看一场电影好不好?3D片。"杜建国赶忙解释并提议。

"可以呀,什么片?"刘莉珍问。她已经很久没去电影院了,也想去看一次。

"我也不清楚,去看看吧。"杜建国应道。

元旦晚上,电影院人头攒动,当下经常喜欢光顾电影院的人大多数是年轻人,而且成双成对。刘莉珍站在一旁,杜建国选了一场放映时间恰当、内容比较满意的片子后,买了两张票便邀着入场去了。

"什么片?"刘莉珍边走边问。

"《咱们结婚吧》。"杜建国应道。

"哇,我们现在才开始认识,你就叫咱们结婚吧,那当不成了'玉帝爷出告示——神话'?你真行呀!我问的是什么电影?"刘莉珍认真地说,可又笑哈哈的。她可能不太知道这个片子。

"不是不是,压根儿就没这意思。这是个电影片子,名字就叫'咱们结婚吧'。这个片在报纸上宣传很多,想看个究竟。"杜建国解释说。杜建国这时候压根儿也没想到自己会这么笨,不到一小时就被刘莉珍抓了两次辫子,引起误会。

"哦,是片子的名字,谁起的片名,乱七八糟的。"刘莉珍明白后说。

黑暗的影院里,他们认真地看着,心情随着剧情起伏。他们没有牵手,更没有依偎亲昵动作,这个时候刘莉珍绝不会,杜建国也绝不敢。两小时很快过,电影散场了。时间也已经10点多,杜建国不好再提议去哪里,于是,只好送刘莉珍回收费所,因为明天是元月2日,收费所还仍然忙。

"小刘,电影还可以吧?"杜建国问。

"还行,只是太理想化了,编剧和导演也太会编导了,把看电影的整场人骗得傻乎乎的,连我也跟着傻乎乎的。"刘莉珍回答说。也许她的观后感就是这样。

"哎,你还欠我第一个问题。"杜建国说。

"什么问题？"刘莉珍不解地问。

"你是什么时候进高速公路工作的？刚才被你打岔了，还没说。"杜建国重复一遍说。

"哦，是 2003 年 6 月。那时候我们很多人向往高速公路，全市上千人报名要求进高速，可是高速公路公司只招收 120 名，最后通过笔试、面试后才招进来，比高考都难。刚开始我被分配到离家很远的收费所，因为那时候我们城区还不通高速公路，只有过境高速公路，所以，收费所在很远的地方，前段时间才调到这个城南收费所，总算离家近很多了，回家更方便了。"刘莉珍一连串地介绍自己。

几个小时的接触，刘莉珍对眼前这位杜建国不再排斥和拒绝，而且还稍稍有些好感，话匣子就这样打开了。

"在高速公路当收费员很艰苦，但很实在。你想，高速公路还在不停地建设，又要收费，又是国有企业，不容易倒闭，职工的各种福利保障都按照国家规定，不像私营企业。虽然现在我们工资不高，但比起那些漂泊不定的职业，我们已经很满足了。哎，这是真的，不是我在'山顶上练嗓子——唱高调'。"刘莉珍又是一番感慨并说与这位刚刚认识的杜建国听。

"你们高速公路的收费员，相对于社会上有些职业还是不错的，特别是你们都穿着像警察的制服，很神气喔，有人会怕。"杜建国边开车边赞扬地说，说完还迅速地朝刘莉珍看了一眼。

"哦，我们高速公路收费员工、路政人员、监控人员等都是穿这种交通制服，全省统一，有点帅喔。不过，这又有什么可怕？"刘莉珍有些自豪地说。

"我就有些怕。"杜建国眼睛一眨，笑笑地说。

"你怕什么？"刘莉珍不解地反问。

"小刘，其实我上午就认识你了。"杜建国瞄一眼她，笑笑地说。

"哦，什么地方？"刘莉珍更疑惑了，问。

"就在你们收费所。"杜建国解释说。

"不可能，我整天都在收费所办公室或者在收费亭忙碌，一天都没有接待过外单位人。我根本就没有见过你，吹牛。"刘莉珍辩解说。

"你一天都没有接待过谁，不等于人家没见过你嘛。"杜建国继续兜着圈子说。

"你快说是什么地方、什么时间、什么事情见过我？不要绕弯子了。"刘莉珍急了，催促着说。

"你在收费亭边站着，一天到晚多少车子的驾驶员和乘客都看过你，很多人都认识你。"杜建国说出了地点。

"那也不能说认识我，一天到晚站在那里的收费员好几个咧，有稽查员，有所长，也有其他收费员。"

"你在那里站着特别显眼。"杜建国说。

"为什么？"刘莉珍问。

"你特别英姿飒爽嘛。"杜建国奉承一句。

"那是我的个子高吧。是什么时间？"刘莉珍回了一句。

"今天上午。"杜建国回答。

"今天上午我是在收费亭，可我也没见过你呀。"刘莉珍还是不解。

"我刚才说了，你没见过我，不等于我不认识你呀。"杜建国逗着她说。

"好啦，快说是什么事情？"刘莉珍无奈地问，心里也在努力回忆上午的一幕幕。

"我说了，你不能再批评我了。"杜建国笑笑地说。

"奇怪了，我有什么权力批评你？我又不是'海水里长大的官——管那么宽'。"刘莉珍应道。

"上午，因为是第一天，又是新通车的高速公路，我感觉新奇，就开车到高速公路上逛了几十千米玩一玩，然后，我开车从高速公路匝道下来，准备回城。当时我看见出口车道已经排了很多车，想从边上挤一下。刚想插到前面，就被你教训了一顿，还说一句你刚才说的成语，什么裁缝……见缝插针。"杜建国将事情叙说一遍。

听完，刘莉珍这下子全想起了。

原来，上午在票亭边维持秩序时，那部企图加塞，被她训斥后在原地趴下的"桑塔纳"轿车，竟是眼前这位开的车呀！当时，轿车已经停下，她也不再注意了，而该车的车窗玻璃没有摇下来，她更不知道驾驶员是哪位了，虽然相隔很近。可是，被训斥的杜建国却很在意，隔着车窗清清楚楚地看见这位收费员身材高大，一脸严肃，不好惹，只得老老实实地服从。

"'见缝插针'那不叫成语，叫歇后语。"刘莉珍先纠正对方的一个错误。

"哦，我念书不多，什么叫歇后语？"杜建国故意问，他想淡化刚才的事。

"歇后语是用一种形象的比喻来解释某种真意，这需要很深的语文知识。"刘莉珍大致地说明了一下，接着追问："那你为什么要插队？"虽然心里只觉得好笑，但是嘴巴还是硬的。

"那是……"杜建国一时回答不出来。心想，上午现场没叫我回答的问题，现在还叫我回答，这个小刘呀。

"那是什么呀？算了，怎么这么凑巧会是你，不打不相识嘛，今后你就别再插队了。我们高速公路收费棚的进出车道与路上行驶车道是一样讲究秩序的，各行其道，否则，会出事故。"刘莉珍不忘再次教育一下杜建国。

"其实呀，前几天别人给我介绍你时，说你在高速公路收费所工作，我就感到好奇。上午到新开通的高速公路上逛一逛，只是一个理由，心里主要是想看看你。"杜建国进一步说明上午的动因。

"原来你又不认识我，来看谁呀？"刘莉珍也不饶人地说。

"唉，男人就这么奇怪，虽然没有具体的人，但是收费员毕竟在我的脑海里是新鲜事物，难免会想事先探个究竟。"杜建国辩解说。

"那倒有点儿道理，好比当年我报名高速公路工作时，就急着想看一看、走一走高速公路一样。"刘莉珍颇有同感地应道。

"那我就不是来看其他人了，就是来看你的。"杜建国马上绕回来说。

两人在车内一路聊着，不知不觉到城南收费所了。

"好啦，我知道了。哎，我们收费所到了，就在这里下车吧，再往前就不好掉头了。"刘莉珍劝说。

"我才不掉头嘞，你们高速公路上不少地方挂着'此地掉头''严禁掉头'的标志，看了就吓人。"杜建国笑笑地说，接着一把方向盘靠右，停在了收费所大门边，恰好有一部小车在前方掉头驶过，挺好的车子，像是"宝马"，他们都不很在意。

"嘿，把我送到这里了，楼上办公室或者票亭的同事看见了，还以为我晚上跟哪个大老板去潇洒走一回了。"刘莉珍嘴巴这么说，心里也同意，因为已经 11 点多了。

"那好，就再见了，我的手机号码你要存起来，到时候我给你打电话你可不能不接喔。"杜建国嘱咐说，伸手想帮刘莉珍开车门。

"记住了。我自己来。再见。"刘莉珍还是自己开车门，离开座位后也是自己"砰"的一声，把车门关上，没有回头就径直进入大门，消失在夜色中。

杜建国目送刘莉珍的身影后稍迟疑一阵，便把方向盘一转，踩上油门也消失在夜幕里。

刘莉珍走路速度快，没走几步就看见在周围灯光映衬下前面也有一个背影在匆匆往宿舍去，再走几步到楼梯口一看，是卢雅琴提着个衣物袋子正在上楼。

"小卢，你也才回来呀？"到了楼上走廊，刘莉珍主动跟卢雅琴打招呼。静静的宿舍走廊，刘莉珍的声音显得有点儿大。

"是的，你也出去呀？"卢雅琴简短地应答一声，就推开还亮着灯的宿舍进去了，她要赶着准备上班。与她同宿舍的吴春玉也正在做上班前的准备，因为，她们是零点的大夜班。

刘莉珍这时候想起，难怪刚才有部掉头开过的"宝马"轿车，现在看来，卢雅琴可能就是坐那部车刚回来。

回到宿舍，她看张温平还没回来，不知道什么情况，就给她挂了电话。

"温平姐，今天一天收入多少？"张温平开门一进入宿舍，刘莉珍就问。她也很在意全所的收费任务。

"41.3万，不包括自动收费车道。"张温平应道。

"那太好了，旗开得胜，'长白山的野人参——得来不易'。"刘莉珍高兴说。

"小刘，你左一个歇后语，右一个歇后语，真厉害，我一个都记不住。"张温平赞扬说。

"温平姐，我告诉你有趣的事情。一是今天晚上我去相亲了，我妈介绍一个男生，我看还可以，一起去看了一场电影，你猜什么片？叫'咱们结婚吧'，今晚才认识，就咱们结婚吧，奇怪吧？二是今天上午有一部小车乱挤乱钻，想插队塞车，被我训斥一顿，没想到竟是他。当时他认得我，我不认得他，今晚他说了这件事，有意思吧？"刘莉珍把刚才一晚上相亲的事大部分都告诉了她信任的张温平。

"是有点意思，会这么凑巧。那他没有责怪你吧？你给他赔礼道歉了吗？"张温平笑笑地问。

"那我才不干呢，大的说吧，我是秉公办事，咱们收费员也有威严的时候，小的说吧，为这事赔礼道歉，那今后果真成了，岂不是在家里要低三下四呀。他倒一点儿也没怪我，这一点说明这个人有些素质涵养。"刘莉珍振振有词地说。

"那你满意吗？如果满意就不要失去机会，要加快速度。"张温平鼓励说。对刘莉珍谈朋友的事，所里几个干管人员都关心着，更不用说同宿舍的张温平了。

"还算不上很满意，毕竟才几个小时的接触，但是，还可以吧。"刘莉珍做出有余地的表态。

"那就要去努力，接触多了了解就多，逐步加深感情。有人说'最不幸的是时间流逝'。你要抓紧时间喔。"张温平劝导说。

"好的。"刘莉珍爽快地应道。她自己明白现在确实需要正视这桩婚事，不能无所谓了。

"再告诉你一件事，刚才我回来时，1班的卢雅琴也才回来，好像是一部'宝马'车送她回来。我没看清那男的。"刘莉珍接着又告密说。

"哦，我原来听说她有个男朋友，具体情况不太了解。但愿你们都能如愿。"张温平不太在乎地说。

"那是啦，她可不比我，她比较时髦，我怕她受骗吃亏。"刘莉珍说。作为所里干事及大姐大模样，多少有些恻隐之心。

"我们收费员谈恋爱也不容易，社会上有人看得起我们就不错，要鼓励，当然也要注意，不要像你刚才说的受骗吃亏。"张温平说。她是过来人，深有体会。

"我总觉得对她有些不放心。"刘莉珍说。

"好了，以后瞧吧。咱们洗一洗睡觉吧，我有些疲倦了，这几天我们真是超负荷了。"张温平提议说。

"是的，你这几天忙里忙外，为大家的吃喝拉撒操碎了心，够累了。我也早就困了，要不是去见人，我已经睡到九霄云外去喽。温平姐你先去洗吧，等你洗完了我再洗。"刘莉珍应道。

已经凌晨1点了，窗外夜空中，稀稀疏疏的星星在闪烁；收费广场上，来来去去的车辆也稀少了，四周一片宁静。两人洗完澡钻进被窝没一会儿就进入各自的梦乡去了，连呼噜声也没有。

票亭里上岗的大夜班是一天中最辛苦的一个班次，是人体里的瞌睡虫最活跃的时间段，上这个班的人要有很大的毅力才能克服，做到不困或者困了不打瞌睡，这种毅力在于长期的磨炼，或者说生物钟的调整，否则，确实难以适应。

凌晨3点了，车道上的车子更是稀少，几十分钟甚至半个小时才过一部，不像上半夜或者2点之前还比较忙。

大地一片静谧，只有广场上和收费棚下那白森森的灯光照耀着每一个角落，收费员虽然坐在票亭里面，也难以摆脱灯光的追逐。

吴春玉比较担心沈倩倩出差错，如果再赔款，那会影响整个班的评比。她前3个小时基本都在票亭里帮忙看着沈倩倩的一举一动，等待车辆稀少了，才离开沈倩倩的票亭，检查另外几个车道的票亭。

当走到卢雅琴的票亭对面时，吴春玉就发现卢雅琴的窗口关闭着，走近票亭从玻璃门往里看，卢雅琴已经靠在椅背上睡着了。办公桌抽屉开着，里面的现金一览无遗。吴春玉的心"咯噔"一下，慌了。心想：卢雅琴呀，卢雅琴，你这么大意，要出事的！

吴春玉赶忙用力敲门口玻璃，有些重，但没反应，再敲几次，还是不见卢雅琴的反应，于是，她走到收费窗口敲玻璃，这里离卢雅琴座位比较近。"咯咯咯、咯咯咯……"连续几声，卢雅琴终于从蒙眬中惊醒，一睁眼看见班长在窗口敲，知道坏事了，自己"睡岗"了。她赶紧端坐起来，同时，也意识到班长要进入票亭，因此，赶忙起身转到票亭门后，拉开门让班长进入。

这时候，卢雅琴其实已经睡了十几分钟，正好这段时间没有车辆，让她偷偷地又美美地打了一阵子瞌睡。

原来，卢雅琴从头天早上8点下班后，在宿舍只睡觉到中午12点，与吴春玉一同起来吃了午饭，然后到午后的1点就离开所里出去了。离开所里时，只是简单地告诉班长说，出去有事，晚上会回来，也没跟沈倩倩说一声，因为，沈倩倩还在睡觉。

下午，街上十分热闹，人来人往。东方百货商场里人头攒动，有些拥挤。卢雅琴跟着一个男的在各名牌服装柜台转来转去挑选衣服。那男的看上去已经三十好几，长得不难看，只是脖子上挂着一条金链子，给人感觉挺俗气的。

他是卢雅琴进入高速公路前通过网络认识的，还没多少时间，大概一个月不到吧。男的不知道卢雅琴具体从事什么工作，只知道是个有单位的工作人员，更不知道她刚刚才到高速公路工作。这个男的好像不在乎卢雅琴有没有工作。卢雅琴也不知道男的具体从事什么职业，只知道是做生意的人，是个有钱人，似乎卢雅琴也不在乎男的做什么，有钱就好。

卢雅琴看了几个牌子的衣服，终于选到一件适合她穿的名牌衣服，由那男的付款。卢雅琴心满意足，男的心甘情愿。他们在商场从一楼逛到六楼，又从六楼溜达到一楼，这期间卢雅琴又买了几件小物品，直到傍晚该吃晚饭的时间。

他们没有正儿八经地到饭店吃晚饭，而是去了酒吧，那是最适合年轻人去的地方。卢雅琴原来没什么钱，很少光顾这些消费场所。刚才是卢雅琴提议去的，男的顺她意答应了。

这座小城市仅有的一间酒吧，不太起眼，室内装饰也属低档，不像大城市里的酒吧间豪华，更没有多少欧洲风情，只是一间简单的多功能歌舞厅而已，但还是有着灯红酒绿的氛围。

昏暗的灯光下，酒吧间里音乐时而婉约低吟，时而激荡跳跃。虽然酒吧间不起眼，但是放的音乐却是经典酒吧的英文歌曲，带有些许域外气氛。他们挑选大厅靠边的一处卡座坐下。时间还早，他们先要了些糕点及橙汁，准备稍微填一下肚子。

随着夜晚的降临，酒吧里的人多了起来，可究竟没有大城市里像样酒吧的热闹。看着舞池里热舞的一对对，看着开怀畅饮的一群群，卢雅琴的心也开始热起来，于是，不但叫来几罐啤酒与男的对饮，甚至还"吹"了几罐下去。只是卢雅琴的酒量实在厉害，尽管如此，还意识清楚，男的倒好像有些舌头发直了，但总的还不至于酩酊大醉，基本还清醒。

男的邀请卢雅琴跳舞去，卢雅琴同意了。

当今的年轻人跳舞不是走什么三步四步，而都是跳那些要让心脏一起蹦的迪斯科劲舞。幸好，两人都有些基础，能够踩到节奏，虽然不是那么起劲，那么疯狂，可还是有些样子。

接连几曲下来，两人有些疲惫了。

男的对卢雅琴说："我们都累了，去楼上开个房间洗一洗，休息一下好吗？"

确实有些累的卢雅琴已经完全没有醉意了，马上说："开房呀？那怎么行？"

"有什么关系呢？咱们都累了，应该休息休息，你也不要回收费所了，今晚就在城里住，明天早上再回去吧。"男的劝说道。

"那不行的，我们在一起不是很长时间，还不太了解，就这样开房，多不好。再说了，我今晚要上班，12点的。"卢雅琴应道。她心里还是清楚，把握着关系的分寸。

"不然，就洗一洗吧，洗完再回收费所。"男的改变策略，试探地说。

"那也不好，到时候你会那么规矩，鬼才相信呢！"卢雅琴"扑哧"一声笑说。

"那也没什么呀，我们已经这么熟悉了，你看我对你那么好。"男的继续要求说。

"可是，我们两人之间连一声'我爱你'都还没有说过喔。你这个人呀，想入非非，想得美。不行，我是高速公路的职工，是有工作单位的人，不能乱来，最起码现在还不是那么随便的女孩子，最后防线我还得坚守，直守到最后被你攻破为止，不过，那时候已经是你的人了，无所谓。"卢雅琴坚持着说。看来确实很有自信。

"我说不过你了，也劝说不了你，那就顺你的意思吧。现在时间还有，我们再坐一会儿吧。"男的放弃要求了，他算是明白人，心想，强扭的瓜不甜，慢慢来吧。

男的这下子挨着卢雅琴坐，一只手搭在卢雅琴肩上，斜靠着她，一只手抓住卢雅琴的胳膊说："累了，真累死我了。"看得出来，他确实有点儿提不起精神来了。

"唉，不要整个人压过来哦，我也受不了。"卢雅琴笑笑地说，没有抵制。这个男的自从认识一个来月后，虽然见面不多，大多是网上交谈，但觉得还可以，不反感。

"卢雅琴，我喜欢你。"男的贴着卢雅琴耳朵轻轻地说。

"唉，怎么现在就说，是不是刚才提醒的结果？"卢雅琴用手指点着他笑呵呵地问。

"没有，这是我现在的心情表达。"男的解释说，眼睛滴溜溜地看着卢雅琴。

"那我问你，你究竟做什么工作？几次你都没有正面回答我。"卢雅琴这时候想知道对方的底细了，便问。

"跟朋友一起做点儿生意。哎，我去上卫生间一下。"没精神的他，直起身子走向卫生间。卢雅琴没注意他，自己看看手机几点。

过十分钟了，男的还没回来，卢雅琴心里嘀咕：这个人奇怪了，一泡尿拉那么久，再满负荷也该拉完了。

男的回到座位来了，不知是什么原因，好像颇有精神的，不像刚才的样子。卢雅琴看了好笑，心想，男人家一泡尿泄完就精神了，真灵。

"哎，那我问你，你在高速公路上工资有多少？"男的坐定后问。

"扣完医保、养老等，最多一千出头，没钱。"卢雅琴如实告诉他。她想，女人家亮出钱包底子没什么关系，喊得越穷越好。

"哦，才这么一点，你们高速公路名气很大，收入很少，今后看情况吧，值不值得再继续上班。"男的略一思索说。

"叫我不要上班？你养我？"卢雅琴不解地问。

"现在不行，今后再说。"男的似是而非地应道。

男的第二次坐在卢雅琴身边聊天时，头靠在卢雅琴肩上，两只手已经拦腰抱住卢雅琴了。一会儿，卢雅琴感觉男的想把手臂往上挪到自己的胸部，于是，便用自己的手臂把对方的手臂中途抵住，恰好抵在胸部下沿，没有让对方触及胸部。一切很自然，很得体，拒绝得于无声处。卢雅琴严防死守，没有退让。男的见无法得逞，也就顺势收敛，不再妄动，相安无事似的。

11点多了，卢雅琴以马上要上班为由提议回单位。他们离开酒吧坐上车子往城南收费所驶去。

"你还没有告诉我你真正的名字叫什么！我知道的只是网名。"卢雅琴在车上似乎刚记起来，问。

"告诉你吧，我真正的名字叫朱加水。"男的终于告诉卢雅琴名字了，否则一个月来都是用网名，或者不叫名字。

"哦，我知道了。再见，我到了。"到收费所了，卢雅琴下了车并告别。

卢雅琴回到收费所宿舍时，在走廊遇见了刘莉珍，感觉得有些不好意思，没有交谈就推门进房间了。

吴春玉问："小卢，去哪玩到现在才回来？"

"没有啦，跟一个朋友去逛商场到现在。"卢雅琴应道。班长已经看见她手里提着袋子，肯定会猜测买东西的，所以这样回答。

"哦，今后尽量提前些时间回来，今晚你太晚回来了，让人着急。"吴春玉劝导说。

"谢谢班长，我今后早点回来。"卢雅琴边说边打开橱柜，将袋子等东西塞进去。

卢雅琴知道时间很紧了，赶紧洗了个澡，换上制服，整理好头发，画画眉毛、涂涂嘴唇便跟着班长上班了。

刚开始还不觉得困，到了下半夜2点起，瞌睡虫就不断地骚扰，致使她实在是坚持不住了，在没有车辆通过的间隙里睡着了。

吴春玉终于叫醒卢雅琴，进到票亭批评她不应该"睡岗"，说："小卢，你刚才打瞌睡的情况肯定被监控抓拍录入了。有车辆通过时，你在睡觉，司机怎么看我们？再说，一抽屉现金，万一丢失，怎么办？这些结果很可怕，这不仅影响对你的工作评价，也影响到我们整个班的评比，更重要的是会造成社会不良影响甚至国家损失。"

"班长，我不对，我不对。今后注意。"卢雅琴承认错误说。她没想到一个简单的瞌睡竟然带来这么复杂的后果，这是她报名参加高速公路收费工作之前万万没想到的事。

吴春玉看卢雅琴恢复到原来状态，也就不再多说，关上门到其他票亭巡视去了。

卢雅琴被警告过后似乎提振起精神来了，虽然刚才那一会儿没有睡过瘾，多少还有些睡意，但她决意要顶住，不想再重犯了。于是，挺直身子端坐着，打开窗口玻璃，让夜风吹入，寒气袭来。她注视着前方车道，保持精神的旺盛。

前方一部黄色丰田小轿车逐渐驶近，卢雅琴推开窗口玻璃，立即并拢五指手心朝外举起以示欢迎。

"欢迎。"卢雅琴礼貌地打招呼。

当车辆抵达窗口时，突见一个满脸胡须、面目干瘦的驾驶员摇下车窗玻璃，两只色眯眯的眼睛盯着卢雅琴看。他伸手送通行费卡给卢雅琴的一瞬间，用粗大的手指趁机触摸了一下卢雅琴伸手接卡的细嫩手背，卢雅琴立即感觉不对头，像被鳄鱼皮刮擦了一样难受，害得她差点儿把通行费卡丢落。她看了一眼这个企图占便宜的驾驶员，没有理会，用余光扫视着，只是等待对方尽快交钱就是了。

深更半夜，收费广场静悄悄的。没有后面的车辆催促，这个司机看完显示屏上的应交款数后，漫不经心地掏钱、数钱，一共才55元，数了3遍。看得出来，这个家伙存心为难卢雅琴。

司机又将钱用两根手指夹住伸向卢雅琴，这下子卢雅琴注意了，看准对方的手伸直拿稳了，也用手指利索地捏住钞票的一角，然后扯回来。司机原以为卢雅琴还会把手伸过来，企图再占便宜，可没想到卢雅琴动作这么迅速，只好松开手指。

卢雅琴核对金额没错，立即按下开启键，让这个令人恶心的家伙尽快离开。司机觉得再也占不到便宜，自讨没趣，说声："小姐，后会有期。"便只好踩上油门驶离车道。

其实，这一幕被站在对面票亭里的吴春玉看得清清楚楚，她觉得卢雅琴处理得适当，有理有节，既没有惹怒对方，自己也没有被欺负。另一方面，司机的一系列动作虽说不雅，但也没有做出过激行为，因此，她站在远处关注着，没有近前干预或者出来帮腔什么的。对于这样的场面只能忍让、息事为妥，因为高速公路上这样的现象时有发生，没办法个个较真。

李美桦因为去医院照顾孩子，一整天都不曾合眼，直到婆婆送晚饭来吃完后，实在是困了，才挨着豆豆床边眯了一会儿，晚上回到宿舍整理一下又上班了。她没有打盹，没有瞌睡，始终保持一种精神抖擞的状态。是的，这些老收费员们都已经习惯了，自我调节能力很强，这是在高速公路上长期工作逼出来的，或者说好听些是锻炼出来的。还有如姜露娴也是如此。

此刻，因为车辆稀少，不用开多个车道，有时可以把车道合并。李美桦则不用自己负责车道而一直与沈倩倩同在一个票亭里，她大部分时间还是在帮助沈倩倩，在一旁盯着，有时也帮忙手工检验一番，生怕她再收错钞票。

清晨6点开始，进出的车辆逐渐增多，7点至8点将是高峰时段，于是，吴春玉除了留下沈倩倩、卢雅琴两个出口车道再加姜露娴一个入口车道外，还安排李美桦增开一个入口车道，以便车辆上高速公路。这是由于"自动发卡"车道还没有完善，所以还必须采取原有的"人工发卡"办法。

人到凌晨，总要进行一番"吐故纳新"，因此，她们趁着高峰期未到的那一小段时间，赶紧轮流上厕所。沈倩倩和卢雅琴两人年轻，身体条件好，上通下畅，用时很短，而李美桦、姜露娴、吴春玉就没那么顺畅了。比如吴春玉长痔疮好几年了，有时候排便会出血，不敢用劲，只能慢慢来，这样上厕所时间就没那么快了。李美桦犯便秘，一蹲厕所没有 20 分钟出不了，她时常不敢在上班时间去厕所，而是留待下班时去自己宿舍的卫生间，否则，时间越短越排不出。最耗时的倒是姜露娴，已经是 5 个月的身子，不能赶不能急。不知怎么，她怀 5 个月的肚子似乎超大，跟人家怀六七个月的肚子差不多。对于姜露娴这种情况，全班人现在都了解，也都想尽办法照顾着她，不想让她承担什么负担，只是她的待产期未到，如果到了，大家早就不让她来上班了。

进入高峰时段，她们都已经准备就绪，虽然离下班时间仅一个小时了，但她们却将这一个小时当为上班的第一个小时看待，因为，这个时间段是全班最能够取得"丰收"的时间段，一个小时抵得上前面的 7 个小时的收费数。这是送上来的果实，所以，吴春玉必然会动员大家努力，全班人也没有理由不努力。

下班了，吴春玉心里急着要到路边去接孩子，因为，她妈妈昨天说好今天上午会带孩子来所里玩。

第六章　亏欠难补

吴春玉的女儿甜甜在知道妈妈调到新的收费所时，就闹着要到妈妈的收费所玩，只是妈妈一再以这里收费所不像原来生活过的那个收费所，是个新地方，施工还没有完全结束，生活必需品还没有配齐，收费所的阿姨叔叔都不认识，还没有申请单独房间等理由不让她来城南所，最终，甜甜只要求说，让姥姥带她去新收费所看一下就可以，然后就回去。这样的要求，吴春玉只好同意，交代丈夫于2日上午8点在她大夜班下班后将母亲和甜甜送到收费所来。

甜甜对收费所有着特殊的情感，因为，她是听着高速公路上的汽笛，吃着收费所食堂的饭，陪着收费所的叔叔阿姨们成长起来的。

当年，吴春玉生下甜甜的几个月后，产假快用完了，得马上回收费所上班。一边是几个月大的婴儿，一边又需要上班，这对吴春玉是个极大挑战。

"干脆辞职吧。原来就叫你辞职，你不肯，那时候没有孩子还好些，现在可不一样了，多了一个负担。你不辞职，那孩子怎么带？"丈夫金凯宾自孩子出生开始就这样劝说她。

"叫我辞职，我是不干的，我在高速公路上已经这么多年，差不多走过我的三分之一人生路，已经有感情。我喜欢这样的职业，更喜欢我们那些姐妹们，我放不下她们和我的事业。当然，孩子是我的命，我也放不下她，离不开她。"吴春玉争辩说。

"叫我母亲来帮助带，她在乡下，又不方便，你也不愿意，那怎么办？"丈夫叹气地说。

"你母亲不会来带啦，我知道的。"吴春玉回答说。

婆媳之间的关系据说是天下最棘手的矛盾。吴春玉与婆婆之间本来还是融洽的，后来长时间没有孩子时，婆婆开始显露出不满，导致吴春玉从愧疚到无奈，时间一长，又从无奈到发牢骚，特别是有了甜甜后，对婆婆当年的不满也有了怨气。

对于金凯宾来说，他也清楚妻子对自己母亲的怨气，当时母亲望孙心切，对外人说了几句刺激的话，传到老婆耳里。对这些，作为儿子也无可奈何，母亲要怎么说话，儿子也没办法随时随地跟着不让她说，再说了，母亲也确实没有到处说。另一头，妻子时不时就拿这些事向自己发牢骚，甚至发脾气，暗暗庆幸的是妻子是向他发，而不是向母亲发，否则就更惨了。反正，金凯宾对这两个女人之间的矛盾，即使有天大本事也难以处理好。真是，可怜天下做丈夫的人。

"叫你妈妈和我们一起住，帮忙照顾甜甜怎么样？"丈夫像发现新大陆一样高兴地说。

其实，吴春玉早就想好这一招，自有主张，只等丈夫怎么开口而已。

"老公，这件事呀，我早有盘算，你母亲不会来，只有请我母亲来了，来带你金家的孙女。"吴春玉不知是出于气还是爱地告诉丈夫说。

"那也一样是我的母亲嘛，一样是孙女。"丈夫笑嘻嘻地讨好说，还冲着妻子脸上亲了一口。

"那你的意见是在哪里带？"丈夫紧接着问。

"我想，一起带到收费所去住，我去跟所长申请一个单独房间，这样，我带孩子和上班两不误，只是你解脱了，晚上不要跟着我起来为孩子把尿或者换尿布，也不会被孩子吵醒。"吴春玉说。

"好，只能是这样了。轮到你休息时咱们回城里住。"丈夫回应说。

"那当然了，应该交作业时，就该来交嘛。如果我长期住在收费所，你不就成了脱缰野马没人管了？不仅如此，甚至还可能带个别的女人来，我都不知道，那我不就傻了？"吴春玉笑笑地但又很认真地说。

"不会的，我心中只有你，放心吧。"丈夫还是讨好地笑笑说。

"哼，现在的男人，有钱就变坏，你要小心哦，你也有不少钱。"吴春玉还是一本正经地警告说。

待到产假一结束，没有向单位要求延长假期，吴春玉便带着4个月大的女儿和母亲来到收费所，一家三口住在收费员的宿舍里，过起了边工作边照顾孩子的紧张日子。随之，甜甜和吴春玉的母亲成了收费所编外的最小和最老的生活一员。

小甜甜的到来也给收费所增添了不少乐趣和活力，尤其是女收费员更是喜欢将甜甜围着，这个抱一下，那个亲一下，她们不仅是出于对婴儿的喜欢，也是出于对试管婴儿的好奇。那些喜欢闻婴儿乳臭的路姐们，对小甜甜更是爱不释手，把她当作"路娃"。于是，甜甜很快就成了这个收费所的"掌中宝""掌上明珠"，收费员们上班前或者下班后都会到吴春玉房间看一看，抱一抱。

小甜甜倒好，在高速公路收费所里，她获得了幸运和宠爱，但是，吴春玉就没那么幸运了。

甜甜本来体质就不佳，加上吴春玉没有奶水，就只能喝牛奶，长期吃婴儿奶粉，使得甜甜的体质始终难以得到明显提高。不过，尽管如此，最可庆幸的是：那时候全国有些地方发现了添加三聚氰胺的婴儿奶粉，有些孩子吃出了"大头"病或者不治之症时，甜甜却安然无恙。这是由于高速公路及收费所的便捷，吴春玉的丈夫买奶粉时都是到大城市去买，宁可托人捎带或者托运，也从不愿意在小县城里买，因此，虽说买来的都是国产奶粉，但都不是"有毒"奶粉或者"问题"奶粉，这无形中使甜甜避免了一次灾难。过后，吴春玉想起来还心有余悸，心里还是庆幸自己在高速公路上工作和生活，为丈夫提供了极大的采购方便。

躲过了这样的灾难，不等于甜甜的身体就会像一般孩子那样健康成长，尤其是在襁褓之中，她时不时感冒发烧、抽搐，不吃不喝，这样的情况，常常发生。平时没上班时，可以在宿舍里与母亲一起喂药，严重时送医院，可一旦上班了，那就由不得自己了。

那天上午，甜甜感冒了，不想吃饭，还哭闹个不停，抱在怀里明显感觉身上烫烫的，这是甜甜体质弱经常爱犯的不大不小毛病。直到下午3点半，还不见好转，而这时候正是吴春玉准备上班的时间，怎么办？可真让两个大人一筹莫展。

"春玉，能不能请假一下，叫人替你或者推迟一小时再去？"母亲对吴春玉说。母亲刚到收费所不久，不了解收费所工作制度。

"没办法，一个车道就一个票亭，一个票亭就一个人，一个萝卜一个坑，车辆又多，不能丢下任何一个车道。现在已经快上班了，临时叫不到替班的同志，他们有的现在才下班，上大夜班的人不是休息睡觉就是外出了，我也不好意思开口请人替班。"吴春玉解释说。

"那怎么办呢？你看，甜甜在你怀里还是哭呀！如果有奶水就好了，孩子嘴巴一含就不哭。"母亲说。她看着吴春玉一边轻轻拍着一边哄着都无法让孩子不哭，感觉十分心疼。

"妈，那也没其他办法了。我看甜甜只是哭闹而已，其他也没什么严重的情况，刚才又喂了药，等会儿应该会好一些。我先去上班，你在房间里抱抱，不行，就抱着到院子里走一走，应该没事的。"吴春玉说。

"好吧，既然请不了假，只能这样了。"母亲应道，接过还在"哇哇"直哭的甜甜，好让吴春玉去做上班前的准备。

吴春玉一边梳妆打扮一边听着孩子的啼哭声，心里难受极了，再浓再厚的粉黛，也难以掩饰她脸上的愁容和心中的苦楚。

3点45分，吴春玉一身整装，提着票款箱离开房间。此时，耳里响着孩子的哭闹声，眼中留着母亲的无奈样，回身关上门，心里像针扎一样难受。

收费员从进入票亭，坐上岗位，打开电脑，输入自己的工号开始，就像将自己嵌入一台正在运转的机器，它转你也转，它不转你也不转，尤其是车流量大的车道更是如此。

那时候，吴春玉还不是班长，一切都得听班长安排，正巧，她被安排在小车专用道，而且，那天偏偏是黄金周的最后一天，车辆出奇的多，从接班的下午4点开始，一刻钟没停过，一辆接一辆，把吴春玉忙得连喘息的间隙都没有，甚至，在接班那一刻直到晚上9点，连想象一下甜甜现在不知怎么样的时间都不曾有过。她被繁忙的车流给卷进去了。

晚上9点过后，车辆逐渐减少，每隔两三分钟才来一部车，吴春玉这时才想起了甜甜，还哭闹吗？睡觉了没有？这时候已经5个小时过去了。

其实，这5个小时里，外婆趁着天色还好，抱着甜甜到收费所院子的榕树下、花丛旁、草地上走走转转，似乎小甜甜也感受到收费所的优美环境，情绪逐渐缓和下来，半个小时后就完全没有哭闹，而是趴在外婆的肩上，两只小眼睛在不停地环视着四周。

在转悠一个小时后，回到宿舍，外婆又开始给甜甜喂奶粉，甜甜也好像明白妈妈去上班了，外婆喂奶粉时也很听话，一口一口地吞。应该说，这时候甜甜的发烧已经有所减退，因此才不哭不闹。这种情况，吴春玉并不知晓，因为没有手机，也没有同事告知，吴春玉的心还是在惦念着。

晚上 9 点半左右，吴春玉一方面需要上卫生间，一方面想回宿舍看看，于是，她以上卫生间为由请假，班长立即同意并自己到票亭来顶岗。

吴春玉以最快的速度上完卫生间后，一路小跑到了宿舍房间。在门口没有听到孩子的哭闹声，已经放心几分，轻轻开门一看，母亲正在整理衣物，甜甜已经在床上入睡。母亲见吴春玉开门进来，轻轻地说："睡啦，从你上班后，就没什么吵闹，6 点多钟时，喝完牛奶就睡了，一直睡到现在，你放心去上班吧。"

"辛苦你了，妈妈。那就等我 12 点下班后，把她叫醒，再吃点儿。"吴春玉轻声说，心里略感宽慰。

"可以，她半夜还得喂点心。"妈妈说。

"那好，我去上班了，还要两个多小时才能下班。"吴春玉应道。

吴春玉踏着比下午稍轻松点儿的步伐匆匆离开宿舍，走回收费所广场，向班长报告后重新回到票亭岗位，继续上班。

其实，有甜甜在身边，吴春玉去上大夜班也经常成了一件挠头的事。

夜晚 12 时前，甜甜已经睡着了，吴春玉很容易脱身，只留下母亲在房间里陪着甜甜睡觉，可到了下半夜三四点钟，要为甜甜把尿。这时候被抱起来的甜甜醒来就要找妈妈，找不到妈妈就开始哭闹，有时候需要一个小时才能安静下来。虽然外婆一再哄，也常常无济于事。半夜三更的，还可能把整个宿舍区都吵醒。幸好，吴春玉的房间一开始就选在靠西一边，对他人干扰不大，再加上房门密封较好以及外婆抱在怀里，因此，尽管甜甜又哭又闹，能够传出去的声音已经减弱了一大半。每逢这样的大夜班，是母亲最难熬的时间，一般都会折腾一个多小时，有时候都快到天亮了，甜甜才精疲力竭地继续睡。

早晨 8 时，上完大夜班的吴春玉身心疲惫地回到宿舍，冲完澡准备躺下睡觉，可恰恰这时候，正在睡觉的甜甜似乎嗅到妈妈的气味，突然醒了闹着妈妈抱，尽管外婆一再抢着抱过来，小甜甜还是翻转着身子，要回到妈妈怀里。困得不行的吴春玉只好抱着甜甜，背靠着椅子坐着，似睡非睡地开始休息。

"乖乖，外婆抱你去外面看树看花，好吗？让妈妈睡觉。"过一会儿，老人边说边弯下腰去抱甜甜。老人看到女儿上完大夜班实在是困了，便想办法要抱走甜甜，好让女儿得以休息。也许是甜甜已经一时满足了母爱，加上毕竟也是外婆一手带大的，终于愿意被外婆抱走了。吴春玉这才得以脱身，赶紧躺到床上准备好好睡个大觉。

老人抱着甜甜在院子里转，仍然在树下花旁逗着玩，甜甜这时候还不会走路，只能抱着看这看那，没有多长时间，一方面老人抱得有些累了，另一方面甜甜也开始待不住了，一阵一阵地扭着身子要往宿舍去。小家伙意思很清楚，又闹着回宿舍要妈妈了。被闹得不行，老人只好屈服了，抱着甜甜回宿舍，放在还处于呼噜声中的吴春玉身边。

睡不到一个小时的吴春玉随即被吵醒了，惺忪中想抱着孩子睡，甜甜不肯。吴春玉心想，如果自己有奶水就好了，这时候可以把奶头一塞，让孩子一边吸吮，自己一边睡觉，只可惜没有如果。因此，吴春玉只好揉揉眼睛，起身下床，抱起孩子，要么在房间内来回走，要么逗着看这看那。就这样折腾到中午，甚至到下午还是如此，得不到一个完整的休息时间。

这样的日子熬了两三年，甜甜已经能够走路说话了，对于吴春玉来说，或许会轻松些，可是，面临着甜甜学前教育，即去哪儿上幼儿园的难以解决的问题。如果离开收费所到城里住，上幼儿园将不成问题，那吴春玉又怎样照顾一老一小的生活？如果继续住在收费所，那可以像往常一样生活，但是，上幼儿园的事绝对是零，因为，收费所周围几里路都没有村镇或者厂矿，也就不可能有学校之类的，更没有幼儿园，即使向上级要求调换一个收费所，从吴春玉所了解的其他高速公路收费所来看，也都远离城市和乡镇，基本上没有能够让职工边上班边送孩子上幼儿园的条件。

"春玉，甜甜下半年就可以上幼儿园了，怎么办？"有一天，金凯宾问妻子。

"我也正着急，你看怎么办？"吴春玉应道。她对周围太熟悉了，也进行过调查，最后，实在是想不出办法来。

"回城里住，我在家，顶多请一个保姆来帮忙照顾。"丈夫提议说。他知道不敢再提叫妻子辞职的事，只好试着建议请一个保姆，看妻子的态度如何。

"你想得美，请一个人要花费多少钱呀？我的工资全部拿出来都不够。"吴春玉明确反对说。

"我会付工资，不用你拿。"丈夫还坚持说。他们夫妻两个人的经济相对独立，各管各的，孩子的生活费用全由丈夫拿，并且还要多拿些，以便应付两个大人的一部分生活费用。

"哦，你拿，你拿，还不是我也一起拿？另外，交给人家去带，我也不放心。"吴春玉把眼睛一瞪说。她不愿意把钱分得那么绝对。

丈夫不再吭声了。两人沉默、迷茫，无计可施。也许，他们此时都在想一件事：如果不在收费所工作就不会这样。

面对这样的窘境，吴春玉从不后悔，因为，吴春玉已经被高速公路收费事业所熔化，高速公路收费工作已是她心中神圣的职业，对其热爱和执着无比，而金凯宾除了尊重妻子的信念外，心中也不免会产生些许埋怨，暗想，当初如果不找从事这种职业的老婆，就没有这样的难题了。

"这样吧，甜甜不去幼儿园了，继续住在收费所，她的学前教育由我来教，无非就是教些儿歌呀、生活常识及一些字吧。"思考许久，倒是吴春玉大胆提出这么一个想法。

"这怎么行？人家的孩子都上幼儿园，可以有老师教，有小朋友一起玩，能坐在教室上课，如果你来教，只能教她一些知识，其他什么都没有。"丈夫不同意。

"这也是没有办法的办法，不然怎么办？我是考虑到甜甜身体素质不如其他孩子，即使进幼儿园她也不一定能天天去，实在没办法了，也只能不上了，像我小时候就没有上过幼儿园，到年龄了不也直接上小学了？"吴春玉对丈夫说一些并非完全发自内心的理由。

"是有些道理，不过现在她不懂上幼儿园是怎么回事，明年可能就不一样了，会逐渐懂得，也可能会闹。"丈夫虽然没有想出办法，但还是摆些反面理由。

"甜甜现在还不懂事，等到懂事时再说吧。"吴春玉想好了，坚持说。

"好吧，第一年先这样吧。"丈夫沉思片刻后说。

就这样，小甜甜没有上幼儿园，陪着妈妈在收费所生活，从小听惯了收费所外的汽车喇叭声，看惯了收费所院子内的花花草草，没有小伙伴交往，没有童声回应，只能与收费所一起度过日日夜夜、春夏秋冬而慢慢地成长。不知不觉第一年就过去了，接下来似乎也习惯了，抑或别无办法，在收费所里一晃两三年了。

孩子虽然逐渐长大，可毕竟先天体弱多病，无法让吴春玉完全放心，时不时得带着孩子搭车去乡镇医院甚至去县医院检查身体、看病拿药。

孩子4岁那年有一天晚上，吴春玉上完大夜班回到宿舍，一进门老人就冲着她喊："你终于下班了，刚才吃过晚饭，甜甜就开始发高烧，我测了一下体温，39度，我原想让她服用一粒退烧药，可又不敢，只好等着你回来。现在赶快送医院吧，再迟，怕……"老人怀抱着甜甜，心急如焚地几乎哭泣着说。

吴春玉赶紧放下票款箱，看看甜甜在外婆怀里脸色铁青，紧闭着眼睛，似乎已经昏迷，再摸摸甜甜的额头，烫得实在厉害。吴春玉虽然明白，这不是甜甜这几年来的头一次，而是体质弱的孩子常常发生的毛病，有时候，拿点药吃吃就过去了，有时候顺便进城回家时到医院看看就可以了，但甜甜眼下的状况好像比曾经有过的那几次来得严重些，于是，吴春玉不敢大意，准备马上送医院。

离收费所最近的医院就是10千米外的乡镇医院，现在已是下半夜了，收费所没有配公务车，怎么去？这时候了，乡镇有医生吗？深更半夜了，母亲老了，丈夫又不在身边，自己一个人怎么办呢？等天亮以后吧，那甜甜可能会有危险，很难保证不会出事。吴春玉想起这些，脑袋嗡嗡直响。不能等了，无论如何得去医院，这就下定决心。

人说，狗急会跳墙，人急了也会拼命。吴春玉这时候突然想到了刚刚与自己一起下班的同班组男收费员，于是，她马上将孩子交给妈妈抱着，自己跑去2楼男宿舍敲门。

"砰！砰！砰！"急促的敲门声使刚刚准备洗澡的两个男收费员怔了一下，赶忙披着衣服，穿着拖鞋，把门打开看是谁。

"小徐、小段，你们赶紧帮我想办法送我和小孩去乡医院，我的甜甜病得很重，发烧得有些不行了。"吴春玉急急忙忙，几乎是带着哭声述说。

"好的，我们马上穿好衣服就来。"男同事听后不假思索地立即应道。小甜甜在收费所生活好几年了，每一个收费员都熟悉她，喜欢她，只要有点时间，都会逗着她玩。现在碰到这件事，更是不用多说了。

"小徐、小段，现在最大的问题是没有车，怎么办？"吴春玉急得直跺脚。

"用摩托车，3班有一个同事离家近，天天骑摩托车上下班。他刚才接我们班，他肯定有摩托车，我去票亭找他拿。"小徐突然想到这个办法，说。

"可以，叫小徐载着你和小甜甜先去，我后面骑自行车赶来帮忙。"小段说。

"那也只能这样了。谢谢你们。"吴春玉忙说。

"好，那我去拿钥匙。"小徐三步并作两步，一路小跑直奔票亭去。

吴春玉赶紧回宿舍告诉老人，老人一听说这样去，似乎不放心，也提出要去医院，以便需要住院时有个帮手。当然，老人也明白，所里同事只能是帮忙送医院，其他剩下的事还得靠自己，不能再麻烦人家，更何况小徐小段两人年纪轻轻的，都是还没结婚的人。

"那你怎么去呀？"吴春玉虽然心疼老人，但是，如果老人能在一起照顾甜甜，那当然是好。

"我走路呀，我这老人家怕什么？身上又不带钱。顺着那条路，一个半小时总可以走到吧？我的腿还可以。"老人执意要去。

吴春玉不想再争执了，抢救孩子是头等大事，于是，抱着孩子，一边走一边想。老人也执拗地帮忙提着用品跟着下楼，还找到一个老款手电筒拿着。

来到楼下，小徐已经拿到摩托车钥匙在宿舍大门前等候，小段也备好自行车准备出发。

天黑黢黢的，没有星星，只有很低的云层，似乎是要下雨模样。没错，七八月的天气炎热，又正值雨季，白天虽然没下，说不定半夜会补下一场。

"大妈，你也要去呀？"小徐看见了，忙问一声。

"是，你们先去，我后面走路来。"老人应道。

"那怎么行？天这么黑，又要下雨了，路上不安全。"小徐应道。

"没关系，我一个老人家不怕，别为我担心。你们先走，赶快，赶快。"老人催促着说。

"如果你一定要去，那我用自行车载你去。"小段在旁提议说。他明知道大半夜的用自行车载一个人上坡下坡，加上又是沙土路面，有多难呀，但事到这一刻了，再难也得克服，总不能让一个老人在黑夜里走这么长的路吧。

　　"不行，不行，那要把你累坏的。"老人拒绝说。

　　"好了，不说了，就这样，我们先走，你们后面慢慢来。"小徐同意这一方法，叫抱着孩子的吴春玉跨上摩托车后座，立即发动摩托车，打开车灯，再踩上油门，很快就消失在黑夜中。

　　在小段执意要求下，老人只好同意坐自行车。

　　刚才说的，人急了，也会不顾一切地拼命。

　　小徐载着吴春玉母子一出收费所大门就拐入匝道，驶上高速公路。吴春玉见状惊呼："你怎么开到高速公路上去？"

　　"这样会快一些。"小徐一边加油门一边应道。

　　"摩托车不能上高速啊！"吴春玉在摩托车的呼啸声中大声喊。

　　"管不了那么多了，小甜甜更重要。"小徐注视着前方，没有理会吴春玉的话，把握着油门在雨夜中疾驶。作为高速公路职工的小徐，当然清楚高速公路上是不能行驶摩托车的，自己的行为是一种严重的违反道路交通安全法的行为，但是，看到面前这么无助的女同事，看到平时他们喜欢的小甜甜病得这么重，甚至危在旦夕，一个信念骤然生成，即千方百计、争分夺秒送医院，生命的希望也许就在这分分秒秒间。

　　吴春玉也无法再说什么了，只好一手搂紧孩子，一手抓住小徐的皮带，双腿夹紧车架，低着头躲在小徐身后，任凭摩托车在自己熟悉的高速公路上狂奔。别无办法，她这时也只好为孩子的生命作一次冒险，下一个赌注了。

　　此刻，小徐驾驶着摩托车尽量靠右边的紧急停车道上行驶。对于在高速公路上突如其来的摩托车，偶尔有几部车子从后面追逐而来，在汽车大灯的直射下，能够很清晰地看见同向的摩托车，老远就拉开横向距离疾驶而过。有的汽车司机见状会不断按喇叭并减速，以提醒摩托车注意，然后才加油门超车而去。

　　幸好，临近下半夜1点，路上车子不多，加上平时车流量就不大，20分钟就赶到了一个高速公路服务区，幸好是摩托车，可以从服务区后门出去，终于找到了最近的乡医院。这比行驶普通公路整整提前了半个多小时。

赶到医院不等于马上就能得到治疗，因为，乡镇医院不像城市医院有完善的值班制度，也许仅留个把有关或者无关人员看守医院就算是值班了，何况，现在已经是下半夜了，医生早就回家了。果真如此，眼前这座三层楼乡医院，灯火全灭，黑不溜秋，只有楼下一间的灯光还亮着。小徐把摩托车停好后，就走向医院紧闭的大门，用拳头一阵猛敲："咣、咣、咣。"

也许是敲门声音大得惊人，此刻听声音好像里面有人来开门了。

"什么事？"开门人打开半扇门问。身上披着白大褂，挂了一个胸牌，像是医生模样。

"医生，我这孩子发高烧烧得厉害，来看病的。"吴春玉哆哆嗦嗦地应道。她一看开门人这模样，不管是不是真医生，像捡到一根救命稻草似的。

"哦，那进来吧。"开门的人也很客气地边说边把他们引到一间简陋的医疗室。

孩子有救了，吴春玉和小徐的心终于放下了一些，可他们还牵挂着小段和老人，这时候下雨了，他们现在怎样了？心里又是一阵不安。

而小段则用自行车载着老人在普通公路上艰难地骑骑走走。这段路起起伏伏、上坡下坡，沥青路面老旧，有些颠簸不平，甚至坑坑洼洼，自行车不好骑，况且还载着老人。

黑夜里，一个年轻人载着一个老年人，走走停停，遇到上坡实在踩不动了就下车走，甚至停下来歇几分钟，遇到下坡就抓紧刹车慢慢溜，太陡了，也同样下车走走。小段生怕老人摔倒，坐在自行车上怕她摔倒，走路也怕她摔倒，一路上小心翼翼地往医院去。也幸好老人不是那种七八十岁的老妪，身子骨还算硬朗，一路上可以走，可以坐。

一老一少的两人，此刻，焦急的心情掺入这漆黑的夜晚，显得更为沉重；不安的心伴随着颠簸的路，显得更为动荡。

"大妈，你小心些，手抓住我的衣服或者抱住我的腰。"小段刚开始骑车就嘱咐着老人。

"好，我会小心。你就大胆骑吧，我用手电筒照着前面的路。"老人应道，同时拿着手电筒照着自行车前。当然，她心底里想快些，只是不便说出来而已。

"大妈，为了孙女，你太辛苦了。"小段一边踩自行车一边跟老人说话，同时也想让老人放心坐他的自行车。

"哎呀，我怎么算辛苦呢，还是你们更辛苦，一天到晚，甚至一年到尾都在收费所，三班倒，上夜班，前不着村后不着店，远离城里，你们才真是太辛苦了。"老人说。她在收费所里这么多年，对收费员的辛苦，当然都看在眼里。

女儿当初为什么要到高速公路来工作？图个什么要到这么远的地方来？为什么要当收费员？为什么结婚后女婿动员女儿辞职她又不肯？这些，老人已经来不及埋怨。从这一连串的为什么，可以看出老人虽然不理解女儿的心思或者女儿从事这个职业的乐趣，但每一次面对甜甜发病时，老人难免又要重新考问一番，尤其是在深更半夜的此时此刻，自己这把年纪了，还得在这路上折腾。

一个小时了，路程已经走了一半多些。小段踩得大汗淋漓，老人也够累了。这时候天又开始下起雨来，可是，他们在离开收费所时都没有带雨伞，只好冒着雨继续走。又过了一个小时，他们终于骑到了乡医院，已是凌晨3点。

这时候，甜甜已经在医院值班医生的紧急治疗下，平静地躺在医疗室的检查床上睡着了。

吴春玉看见母亲累得气喘吁吁，走路蹒跚，全身湿透，看着看着眼泪差点儿流出来，心想妈妈跟着她在收费所里含辛茹苦，实在对不起她。

"妈妈，辛苦你了。衣服这么湿了，怎么办？"吴春玉心疼地说。

"我没事，甜甜能好好的就放心了。我去卫生间把衣服脱下来拧干来就好了，这种天气不会有事的。"老人很自信地说。

"小段，你的衣服也湿了，现在也脱下来拧干。"小徐在一旁劝说。

"我没问题，哦，也好，马上拧。"小段边说边脱衣服。

"太谢谢你们了，如果没有你们俩，我真不知道该怎么办。"吴春玉对小徐和小段说。

"这没什么，也是应该的，谁叫我们都是一个收费所的。"小徐笑笑地应道。

"现在天还没亮，不能再摸黑回去了，等到天亮时再走。如果甜甜的药能带，我就带回去，咱们一起回所里。"吴春玉提议说。

"可以，等小甜甜安定后再回去不迟。反正现在不是我们的班。"小徐和小段都同意。

于是，他们都在医疗室的椅子上坐下，边看护着甜甜边打盹，直到医院开门就医了，他们还没醒来，尤其是小徐和小段两人，他们实在是太困了。

有了孩子后的吴春玉，在收费所里的日子就是这样过的。整整 6 年过去，甜甜马上要念小学了，迫于无奈，吴春玉才将一老一少完全安置回城里住。那时候甜甜也长大了许多，不会那么缠身，老人一个人带着，平时金凯宾又在家，吴春玉也抽空回家，直到这次从那个边远收费所调到了这个离城最近的城南收费所，甜甜已经上小学去了，前段时间的苦日子才算熬过去，这一晃又已经过了两年。

甜甜今天也是逢元旦放假，特意闹着要到妈妈的新收费所看看。下班后的吴春玉来不及洗刷，就直奔收费所外的路边接到了母亲和已经长大长高的甜甜。

一听说班长的孩子要来，沈倩倩、卢雅琴、姜雅娴以及李美桦都想看看，她们都不太知道甜甜的身世，也没有见过，所以感到特别新奇。

"甜甜，欢迎你来到收费所。"当吴春玉带着甜甜和老人出现在收费所院子时，沈倩倩她们一拥而上，异口同声地招呼甜甜说。

"阿姨好。"甜甜马上抬起手向几位从未见面的阿姨们招手回应。在收费所长大的甜甜尽管不认识面前这几位收费员阿姨，但对身着统一制服的收费员并不陌生，因此，打起招呼来很自然。

"甜甜，这位是倩倩阿姨，她很会唱歌；这位是露娴阿姨，她肚子里也有宝宝啦；这位是美桦阿姨，她家里也有个小妹妹；这位是雅琴阿姨。她们都是妈妈的同事。"吴春玉把大家逐一地介绍给已经懂事的甜甜，让她记住。

"甜甜，等到我肚子里的宝宝出生，你就是大姐姐啦，到时候你来带着他玩，好吗？"姜露娴对甜甜说。

"好，我喜欢弟弟。"甜甜高兴地抬起头看着姜露娴应道。

"那太好了，给你生个小弟弟。"姜露娴也高兴起来，应道。

"甜甜，那你喜欢不喜欢唱歌呀？"沈倩倩蹲下身子拉着甜甜的手问。

"倩倩阿姨唱歌可好了。"卢雅琴在旁插话说。

"真的呀？我喜欢。"甜甜也高兴地回答说。

"那好，叫你妈妈在学校放假时带你来收费所，阿姨可以教你。"沈倩倩说。

李美桦看着班长的女儿，想到自己的豆豆，心情格外复杂。虽然在没调来城南收费所之前就听说班长女儿是个试管婴儿，体质弱，但是，眼前这个孩子还是眉清目秀、活泼可爱，没有明显的病态，跟已经患了绝症的自己孩子一比，顿时感到悲怆和伤心，心想，自己的豆豆，别说要怎么健康，只要跟眼前的甜甜一样，就心满意足了，可是豆豆却整天在医院病床上，甚至在向绝望一步步走去。

甜甜似乎很懂事，看见李美桦站在边上盯着自己却没有说话，就问："美桦阿姨，小妹妹在哪儿？我能看看她吗？"

这句话让李美桦心中的苦楚马上翻腾起来，眼泪差点儿蹦出了。她强忍着，也为了不在大家面前流露这种心情，赶紧蹲下身对甜甜说："她在家里，等你下次来收费所时，我也把她带来与你认识，你们就是好朋友了，好吗？"

"好，我很喜欢收费所的小朋友。"甜甜认真地应道。小小的心灵充满着对收费所的热爱并溢于言表。

"甜甜真好，真乖，阿姨也喜欢你。"李美桦说完还冲着甜甜的脸蛋吻了一下，可能还留下些许泪痕。这也是她的真情表露。

甜甜离开收费所回城里住已经一年多了，虽然这里不是她当年生活过的那个收费所，但是，她对"收费所"这个概念或者记忆却依然感到那么熟悉和亲切。她拉着妈妈要看看这看看那，似乎总想寻找幼童时期的印象。可是，这里除了阿姨们身上穿的制服是她印象中熟悉的，其余所有的房子、院子和花草都不是她记忆中的样子了，因为，这里是另外一个收费所。

毕竟刚上完大夜班，除了李美桦还得去医院照顾孩子外，其他人各自回到宿舍去准备休息。甜甜也随着妈妈来到全新的宿舍，并在宿舍里马上又与卢雅琴玩耍了。这是甜甜长期在收费所与收费员结下的天缘，或者说是具有收费员后代的特殊基因吧，只要是收费员，她都极喜欢与之接近和相处。

甜甜与卢雅琴玩一会儿后，吴春玉就准备带她离开宿舍，因为，这时候应该让卢雅琴休息了，不能继续妨碍人家休息。甜甜也只好跟着妈妈在收费所里转了一圈，10点左右，就离开收费所坐上过路班车回城里的家去了。

现在回一次家太容易了，只要下了班就可以往家跑，路途不远，交通方便，所以，吴春玉原就打算今天回家看看丈夫。前几年只顾孩子，忽视了丈夫，两个人离多聚少，即使前一年孩子送回城里念书，也有碍于路途遥远，不能经常回家，难免出现过摩擦、别扭，甚至吵架，所以，她就想好了，调到城南收费所后尽量争取每天回家一次，一方面照顾孩子，另一方面"照看"丈夫。

第七章　坠入困境

　　吴春玉回到家中，丈夫却不在家，可能是有事出去了，因为最近一年来丈夫的活动行踪不像前几年那样天天告知吴春玉了，所以，今天吴春玉也不知道丈夫去哪里。

　　因为眼下还是元旦期间，城里有不少热闹的地方，吴春玉在家中随便整理一下，就带着甜甜和母亲逛公园和超市去了，并且在"肯德基"餐厅吃午饭，直到傍晚才回家。

　　"爸爸，你回来啦？妈妈也回来了。"甜甜看见金凯宾推门进来就高兴地打招呼。金凯宾比她们母女更迟到家。

　　"哦，是吗？"金凯宾边脱鞋边与女儿搭话。

　　"凯宾，今天去哪儿了？"吴春玉随便问问。

　　"到一家公司去了，很远，中午在那边吃饭。哦，你今天怎么有时间回来？"金凯宾应道。

　　"现在我是大夜班，上午甜甜去了很短时间就回来了，新的收费所不像原来那个收费所，有那么多花花草草健身器材，甜甜也感觉没什么意思。等到我们这个收费所完善了，再带她去吧。"吴春玉应道。

　　"那你没睡一觉休息呀？"丈夫问。

　　"我昨天没回来，睡了一大觉，上完大夜班后还行。今天可以坚持，最多等会儿吃完晚饭后去睡一下，快上班时送我回所里就行了。"吴春玉解释说。

　　"好吧。"金凯宾明白怎么回事了，应道。

　　吃完晚饭也就 7 点多了，吴春玉想抓紧时间休息，便叫甜甜到房间去看书做作业去，自己进房间准备睡觉。11点左右动身回所，只要20分钟就可到达。

已经懂事的甜甜知道母亲在上大夜班前要睡一觉，这是在收费所时的惯例，所以，甜甜很听话地到自己的房间去，没有纠缠妈妈。

"凯宾，我那件鄂尔多斯高领毛衣放哪儿?"吴春玉在房间里问正在看综艺电视节目的丈夫。

"我哪知道，你自己找找看吧。"金凯宾随意应道。

"你进来帮我找找。"吴春玉喊道。

金凯宾只能进房间帮忙打开衣柜翻找，毕竟长期住在家里，对摆放的东西有印象，很快就找到吴春玉那件毛衣，而吴春玉不知是心不在焉还是真的因常常在外，对家里反而变得陌生起来。

"喔，就这一件吧?"金凯宾拿出来递给吴春玉。

"哦，是这件，还是你眼尖。"吴春玉笑笑地说。

"这一件是上次过年穿的，后来你就没穿了。"丈夫解释说。

"是这样。哦，我要睡觉了，你也躺一下，等会儿还要送我去所里。"吴春玉要求丈夫说。

"这么早，我哪睡得着?"丈夫推辞说。

"躺着也是休息嘛。"吴春玉一边劝道一边自己脱衣上床。

金凯宾此时也不好继续推托了，只好脱掉衣服躺到床上。

吴春玉似乎感到丈夫积极性不像原来那么高了，而且这种状态已有一年多了。吴春玉只能埋怨自己关心丈夫不够，给予丈夫的温情不多，久而久之才让丈夫逐渐远离自己身体，还有心灵的距离也越来越大。所以，她想到要补偿，就连这上班前的一点时间也不想放弃。

吴春玉翻转身子靠着丈夫，一只手搂着丈夫的手臂，一只手放在丈夫的啤酒肚上，滑来滑去，她想主动激活丈夫。

丈夫却好像无动于衷，问："春玉，你现在这个新收费所有多少人? 谁当所长?"

吴春玉只好回答："三十几人，所长姓黄。"

"是男的还是女的?"丈夫问。

"男的。"吴春玉简短应道。

"原来说要建一个巾帼收费所，全是女的，怎么又是男人当所长？"金凯宾继续问。

"这是领导的事，我哪知道？"吴春玉有些不耐烦地应道，同时，把身子更贴紧丈夫。

"那就不能算全巾帼，只能是一半巾帼。"丈夫做起研究来了，说，而且还用一只手顺势轻轻捂住妻子那只放在肚子上的手，想阻止她滑动。

"你管那么多干什么？人家爱怎么叫就怎么叫嘛，精神集中些。"吴春玉边说边挣脱出那只手，继续在丈夫肚子上上下左右滑动。

"什么精神集中些？"丈夫装不懂地问，身子还是僵直着一动不动。

"你今天怎么啦？你不想交'作业'啦？"吴春玉想笑没笑，说。

这时候，吴春玉不管那么多了，一只手徐徐往下滑，滑过了金凯宾短裤的松紧带，握住了金凯宾那个小家伙。可是小家伙不像以前那么淘气和活泼，一碰就跳起来，此时，软软地像条蚯蚓吊着，可以任凭扭动和卷曲。吴春玉几次试图注入"强心剂"，可是没有奏效，小家伙仍然不理睬，似乎在耍赖皮，坚持不想挺起来，丈夫的身子仍然一动不动地躺着。

吴春玉感觉金凯宾没有兴趣，自然，自己也就心灰意冷。她抽回手，还是放在丈夫的肚皮上，只是已经不带"电"了而已。几分钟后，吴春玉也开始回转过身来躺平自己，看着天花板，思索着什么。

这样的尴尬，在吴春玉记忆中已经不止一次了，是近一年来才有的。是什么原因导致？是身体劳累引起还是病态引起？或者是另有别人而对她不感兴趣了？吴春玉一时无法马上找到答案，总觉得，她在收费所的时间太长，给予丈夫的温情少了，不是让丈夫对她有一些生疏就是她自己对丈夫生疏了。

吴春玉没有生气，只是淡淡地说："咱们已经很长时间不在一起了。"

金凯宾明白妻子在暗暗抱怨，只是没有明说，他不想解释，即使解释的话也是言不由衷，因此，他没有回答，仍然躺着装睡。

"那早一点送我去所里吧，明天有领导来所里检查，我们班要做一些准备。"吴春玉觉得继续下去也就这样了，不会有起色，干脆提出回收费所去上班。

"哦，你不多休息些？还早嘛。"金凯宾应道。

"不了，反正就这样了。我现在回去还可以在所里多休息。起来，送我回去。"吴春玉边说边碰了一下丈夫，示意他起床。

金凯宾只好翻身起来，穿好衣服准备开车去。吴春玉则到甜甜那儿，说要回所里。玩了一天的甜甜满足了，同时也理解妈妈，没有缠着不让走。

晚上9点30分左右，金凯宾的车送吴春玉还未到所，远远就看见高速公路出口广场、匝道及主线上都停满了车。按吴春玉长年工作经验判断应该不是收费所出问题，而是城南收费所的前方道路不通，需要所有车辆临时从城南收费所下高速公路，然后绕道普通公路行驶一段后，再选择前方的某个收费所再上高速公路。至于前方道路为什么不通？这时候最可能是发生事故而堵车。这样的现象，是收费所时常会碰到的，一旦碰到，这个收费所无疑瞬间就变成一个主线收费所模样，这也就意味着在同一个方向行驶的所有车辆百分之百地要通过该收费所，无形中给这个收费所产生巨大压力，有时会弄得收费所措手不及，如车道不足、人员不够、设备不齐等，因为，在高速公路收费所通行设计上，除主线的省际收费所具备这种能力外，其余收费所均没有，城南收费所也不例外，不具备适应主线交通量的通行收费能力，所以，当车辆蜂拥而来时，车道和人员一时难于招架，进出均出现拥堵情况。

"春玉，你回来啦，我正准备给你打电话。前面发生交通事故，刚刚临时封道，所有车辆改道从我们收费所下高速。现在收费有些来不及，堵得厉害，3班的同志们有些招架不住了，我想请你们班提前2个小时上班，并且增开2个车道来缓解拥堵现象。你回宿舍看班里有哪几个同志在，说服一下，马上到票亭来上班。"吴春玉走到收费所大门口就被林小芳碰见。

"好，我去看看，应该没问题。"吴春玉不假思索马上应道。面对这种紧急情况，吴春玉没有推托。这既是偶尔情况又是常见之事，任何一个在高速公路上工作多年的收费员都不会逃避。

吴春玉回到宿舍，首先看见同宿舍的卢雅琴在房间，立刻简单地向她说明了情况，并且交代马上做好上班准备。然后去敲了沈倩倩和李美桦的宿舍门，只有沈倩倩在宿舍里，李美桦去医院照看孩子还没有回来，吴春玉也告诉沈倩倩说，因紧急情况需提前上班，请做好准备。最后吴春玉没去敲姜露娴的宿舍门，她不想让这位孕妇连续10个小时上班，另一方面，人手也够了，再去了又变得多余。

吴春玉带着沈倩倩、卢雅琴到了收费棚，按照林小芳的安排，增开了 2 个备用车道，由沈倩倩和卢雅琴各负责一个。

从收费所广场集结车辆到拥堵，刘莉珍一直在现场指挥车辆，维持通行秩序，因为，她不是专职收费员，没有相应的收费工号，登录不了收费系统，也就没办法进入票亭开机直接操作收费，只能一会儿在票亭旁，一会儿在车道边，喊一喊，指一指，做些协助工作。

刘莉珍看见沈倩倩来到票亭上班，不知是对沈倩倩长得漂亮而嫉妒，还是对沈倩倩工作生疏而想去监督，或者是因为前天在食堂与沈倩倩交谈后，对沈倩倩的好感增加，总之，她老是爱站在沈倩倩的票亭外，一会儿看看车辆，一会儿瞧瞧票亭内沈倩倩的动作，而且很久没有移动到另外一个车道去看看别的收费员操作。

"小沈，按规定每一部车收费时限在 18 秒之内，我刚才看你收一部车的时间要 25 秒左右，手脚要灵活些快些，免得停车收费时间太长而被投诉。现在车辆特多，更要快些。"刘莉珍掐着数时间后到窗口说给沈倩倩听。明摆着收费仅用"手"就行了，她的口头语把"脚"也说上了，只是还缺了一句歇后语。

"好。"沈倩倩明知刘莉珍很注意自己，但又不好回绝和顶撞她，只能这样应道。

"师傅们，别跟得太紧了，防止追尾，出事故。"刘莉珍走到收费岛前端招呼说。她看到车辆太多，一部跟一部，急着往前开，所以进行劝导。

增开车道是最有效的措施，车辆通过率明显加大，经过一个多小时的疏导，车辆已经不再堵到主线上，而仅堵在匝道内了，但偌大的收费广场，几条开启的车道上仍然滞留大量车辆等待通过，而且一部紧跟一部，缓缓行进。

"师傅，你的收据。"沈倩倩叫道，伸出手准备将收据递给正在踩油门松手刹的驾驶员。

驾驶员见状，马上紧急刹车准备从沈倩倩手中接取收据，可是后面一部车却来不及刹车，"砰"的一声撞上了。前面一部车是"奔驰"，后面一部车是"宝马"，两部车价值都不菲。

两部车驾驶员立即停车并下车查看情况，刘莉珍也迅速走向前去，先瞪了沈倩倩一眼，然后，准备及时处理，否则后面车辆无法继续通行。

"你怎么开的？后面跟得那么紧。"前车驾驶员责怪后车驾驶员说。

"谁叫你突然刹车。"后车驾驶员振振有词说。

"你没看见我缴费还没结束吗？还怪我！"前车驾驶员反驳说。

"那我也是被后面追的呀，我有什么办法。"后车驾驶员争辩说。

"你赔我。"前车驾驶员要求说。

"那我的损失谁赔？"后车驾驶员不服气地说。

前车驾驶员一听可能气急了，凭着自己人高马大，突然一脚踹向后车驾驶员，后车驾驶员没站稳，被踹得差点儿倒地，幸好靠到自己的车身，站稳后也想用脚倒踹，可是力不从心，没踹着对方。

刘莉珍见状马上大喝一声："别乱来！"声音压过了汽车发动机声音，并且还奔向前去站在两人之间，准备出手阻止。这是刘莉珍的脾气，也许同样凭着人高马大敢于劝架，一般男人家都做不到。

两个驾驶员被身边这位穿着制服的收费员大声一吼怔住了，不敢再施展手脚，直愣愣地站在那儿看着刘莉珍。

"两位大哥，你们都看看，虽然追尾了，可是并不厉害，你们可以商量着办，不要动起手脚。都开这么高档的车，也要有高的行为素质才行。你们自己先拍照，然后驶离车道，过后再去保险公司理赔，送去修理，行吗？"刘莉珍和气地劝说，但是，语气坚定。

两个驾驶员被她一劝，似乎有些动摇了，不像刚才火气那么大，再加上后面还有那么多的车辆等着、催着通行，他们也不敢继续纠缠下去，尤其是后车驾驶员首先表示同意，也许是这个驾驶员自知个子小拼不过对方，而且又是自己撞了对方，应该负主要责任，因此，赶紧趁机下台阶收场为妙。

前车驾驶员虽然有些勉强，可眼看现场这样的状况及刘莉珍紧逼的态度，无奈之下只能同意了。于是，两个驾驶员各自拍照后，主动分开撤离，然后驶出车道而去。

"对了，这才是'说书的嘴，唱戏的腿——有伸有缩'，大家都好。"刘莉珍还对两个驾驶员夸赞说。

看着两部车离去，刘莉珍不禁暗自窃笑，心想，这两个爷们还不如我这个小女人，一唬都软得不行，哼。她毕竟在收费所工作多年了，处理起这类事情可真是有板有眼有胆量，几句话就解决了一个麻烦事。

"小沈，刚才这个小事故，你都看到了，要注意，不要出差错。"刘莉珍转过身来在窗口对沈倩倩说。她说话的声音明显有些哑，这是她在刚才的一段时间里来来去去指挥车辆时喊话太多造成的。

"好。"沈倩倩边工作边不假思索地应道。她还是那个"好"字，因为她太忙了，没有时间去想应该怎么回答这个刘干事对自己的教训。她也不知道过后刘干事会不会反映到林小芳那里，责怪两部车追尾是因为她出差错导致的。

临近12点，拥堵的车辆终于疏通完，再加上已是半夜，车辆已经大为减少，刘莉珍等所部管理人员相继撤离回去休息，只留下3班与1班等到12点进行交接班。此时，车流基本正常，只是比平时没有封道情况下多一些而已。

11点左右，李美桦匆匆从医院赶回收费所，在宿舍里见到了沈倩倩给她留的纸条，上面写着："李姐：现在收费车道拥堵，所里决定增开车道，需要我们提前上班，我与班长及卢雅琴先去了。另，班长交代，你回来后邀姜露娴一起准时到票亭上班即可。"

李美桦今天又是一整天在医院看护孩子。医院告诉李美桦说，小孩的骨髓移植费用需要25万元上下，要她提前做准备，一旦造血干细胞捐献者的配型成功，那就必须立即缴足款项，才有可能实施手术。

25万元，这对一般家庭就不是一个小数目，更何况对于李美桦来说，简直是一笔天文数字。小孩从发病开始到目前的医疗费用已经把一家人的积蓄花得所剩无几了，这就意味着骨髓移植费用需要向亲友借，可又能向谁借？什么时候能还？这足以让从未向人借过钱的她为难了。其实，李美桦也清楚，能够借一笔钱来完成骨髓移植，仅仅是第一步，且不说效果如何，今后长期的医疗费用还是个未知数。在医院里，虽然一天下来都是陪着小孩，可是整个脑海里都是为这25万的钱在闹腾，有时会发愣发呆，不知所措，直到她婆婆来医院换班与回到收费所的这一刻，还是难以平息。

她看完纸条，到卫生间对着镜子理了理头发，提振了一下精神，马上到姜露娴的房间去叫她上班。此时正好碰到兰碧云协助疏通车辆回到宿舍，姜露娴也已经起床在做准备。她从兰碧云那儿知道了刚才广场上车辆拥堵情况及吴春玉她们已经提早上班的事。

准备好后，李美桦和姜露娴离开房间下楼。她俩一前一后走着，李美桦从背后看着姜露娴，发现她的臀部上翘，腰身已经往前顶了，明显是挺着肚子，就问："小姜，你已经几个月了？"因为她俩调到城南收费所前不是同一个收费所，所以不清楚，来到城南所后，又被自己孩子生病的事所牵扯，班里同事的情况就了解不多了。

"美桦姐，已经 6 个多月了。"姜露娴平静地应道。来到城南收费所，除了班长及原来同一个收费所调来的姐妹外，还真没有多少人知道她怀孕情况，包括班上的其他同事。

"才 6 个月呀？我以为起码七八个月了，肚子好像比我怀孩子那时候的 6 个月来得大些。"李美桦有些不解，说。

"你看得出来呀？美桦姐，偷偷告诉你，我这里头有 3 个。"姜露娴微笑着指了指自己的肚子说。

"哇，三胞胎呀，检查出来啦！太好了。恭喜你，小姜。实在太厉害了。"李美桦禁不住一阵高兴。

"这件事没有其他人知道，除了春玉班长外。"姜露娴坦诚地说。

"太为你高兴了。你要好好注意身子，有什么需要帮忙的尽管吩咐。"李美桦热情地说。

"好。谢谢你。美桦姐。"姜露娴应道。

李美桦与姜露娴准时来到票亭，在听取吴春玉班长的安排布置后，于 11 点 55 分与 3 班的同事交接完成。

此时广场的车辆已经不多，渐渐地与平时相差无几，据所里监控室通知说，前方交通事故已经处理完毕，解除封道了，所以，路上及收费所出入车流基本恢复正常。

刘莉珍和张温平一起回到宿舍，这时候已经临近深夜 12 点。

刚才接连在收费广场忙碌了 3 个多小时，确实有些累了，不仅仅是深夜犯困，更主要是那段时间的长久站立，不但两脚酸软，再加上声音的付出，让她们感觉十分疲惫，很想早些躺下睡觉。可是，刘莉珍在脱去外套准备洗澡时，却一时找不到自己要换洗的内衣内裤了，于是在自己那丢满衣物的零乱床铺上翻找，最后才找到，嘴里还不忘念叨："我就不相信'麒麟角，蛤蟆毛——天下难找'。"虽然平时比较不注意收拾甚至有些邋遢，但是，对穿在里面的内衣内裤绝不随便，必须每天换。可换下来讲究，洗就不讲究了，她备有好多内衣内裤，只顾换，不顾洗，经常换到只剩下最后一条了，才把一堆内衣内裤一次性洗完，然后又等着换完。这是她平时经常犯的毛病。

自到城南收费所后，张温平与刘莉珍在同一个房间生活已经几天了，张温平对刘莉珍的这一毛病，偶尔有所提醒，只是不方便直说，可刘莉珍压根儿就没有重视更不可能及时纠正。张温平也看到刘莉珍的床铺上已经积存了几天的换洗衣物，虽然她很爱整理公共部分如卫生间、地上、桌椅等，但是刘莉珍的个人物品就不可能帮忙了，更不可能帮她搓洗内衣内裤了。

刘莉珍洗完澡，也知道自己身上穿的内衣裤已经是最后一套了，明天就没得换了，于是，尽管自己很想睡觉，但是迫于无奈，只得重新穿好外套并抱起包括外套在内的一堆衣物放入脸盆，端着走向洗衣房。

"温平姐，我去洗衣服了。"临出房门时对张温平说一声。

"这么晚了，你不能明天去洗呀？"张温平应道。

"等到明天可能又没时间，或者又忘了，还是现在去洗。"刘莉珍强调说。她经常将自己的窝窝囊囊毛病辩解为是没时间打理或者忘了。

"那好，我先睡啦。"张温平应道。

洗衣房是所里专门为职工洗衣服准备的房间，统一备有洗衣机、洗衣池、晾晒杆甚至烘干机等，职工们可以在此洗衣晾衣。

刘莉珍把所有衣服都丢入洗衣机，放入洗衣粉，按下启动键，让洗衣机自由地洗涤，她则在边上拿张椅子坐着等待。她不敢回房间去，因为，她觉得在房间里等待洗衣服时，难免会有动静或者一进一出，肯定会打扰张温平休息，所以，她想等把衣服洗完后回房间。

洗衣机设定的洗涤时间需要40分钟，刘莉珍刚开始坐在洗衣机旁，眼观六路，耳听八方，看看洗衣机控制屏一闪一闪地显示时间，又看看洗衣房窗外星星闪烁的夜空，听听收费棚外远远传来的汽车声，还别有情趣，可是，不到10分钟，她就困得难忍了，先是眼睛一眨一眨地不听使唤，后来实在忍不住了，就让两眼闭上，似睡非睡地打盹，到最后干脆趴在洗衣机盖上用手臂垫着头，准备边睡边等了。

尽管洗衣机滚筒内水流近距离地一阵阵激荡，也难以阻止她进入睡眠状态或者将她从睡眠状态中拉回，刘莉珍确实睡着了。一个收费所的干事，在这一段时间以来的劳累和无法保障睡眠时间，恐怕不亚于轮班的收费员，尤其刚才那场因突发交通事故造成的收费所拥堵现象，所部的干管人员不但不能置之度外，而且还得更加积极主动地进行组织处置。可不是，刘莉珍这几天来，唯有那天下午抽时间去会了她母亲介绍的对象，其他的时间全都坚守在收费所里。

洗衣机滚筒最后一次重重地甩干震动后，响起连续的"嘀嘀嘀"声，指示灯熄灭，衣服洗完了，洗衣房内恢复了宁静。可是，刘莉珍没有感觉到这一切，还是平静地趴在洗衣机盖上一动不动，仍然睡得很沉。

自打刘莉珍去洗衣开始，张温平躺在床铺就没准备真正入睡，灯也没关，本想等着她回来一起睡，可是，毕竟也同样困意缠身，无法摆脱，不知不觉自己也睡着了。等到一觉醒来，她看看手机的时间，已经是2点半了，再看看刘莉珍的床铺，却是空荡荡的，她的手机还放在床头柜上。这下子张温平慌了，一转身马上坐起来，心想，不对头，去洗衣房洗衣，怎么要这么长时间？难道洗完了又去收费棚，去办公室，去别的宿舍？但是，手机却没带，再怎么说也已经是下半夜了，肯定不会再去哪儿了，除非收费所里有特殊事件发生。各种疑问，张温平都一一否定了，最后，不管怎么说，她还是穿好衣服先去洗衣房看看再说。

张温平走到洗衣房，一眼就看见刘莉珍趴在洗衣机上，再走向前去看看，刘莉珍埋着头睡得正香，这令张温平哭笑不得，赶紧拍拍刘莉珍肩膀，想叫醒她。

"小刘，小刘。"张温平边拍边叫。可是，张温平拍肩的力气太轻了，刘莉珍一点儿反应都没有。

张温平只好用手摇了，两手扶着肩，一边轻轻摇一边轻轻喊，终于摇醒她了。刘莉珍睁开眼睛，抬起头一看是张温平站在身边，不好意思地马上站起来，揉揉眼说："哎呀，太困了，睡着了。"

"你都睡到现在了。还好，我们南方的元月再怎么也不会那么寒冷，你穿这几件衣服没有把你冻坏。"张温平笑笑地说。

"现在几点了？"刘莉珍还没很清醒地问。

"已经下半夜快3点了。你衣服还没晾，来，我帮你晾起来，完了赶紧回床铺上睡去。"张温平说着，掀起洗衣机盖子，帮助晾衣服。

"温平姐，你真好，谢谢你。"刘莉珍看见张温平动手帮她晾衣服，感激地说，而她自己则好像是还没从睡梦中醒来，或者说还是困，站着袖手旁观。

"走，回房间睡觉。"张温平很快就把衣服都晾起来了，确实像大姐一样拉着刘莉珍回房间。

第二天上午，所里召开一个总结会议，总结收费所开通这几天，也就是元旦以来的工作情况。由于收费所干管就那么几个人，所以，把吴春玉等几位收费班班长还有监控班班长一起请来参会。

"元旦已经过了，我们所也开通几天了，现在召集大家来简单总结一下这几天的情况很有必要。由于我这几天关注收费所的机电系统比较多，怕出问题，所以掌握收费情况不多，也想多了解了解。希望大家简要说说。"黄健伟开场白说了个意思。

"我认为这几天对于我们这个新所来说，取得了一些成绩，元旦期间 3 个完整的工作日收费额达 138.8 万元，比预计超过 38.8 万元，按比例就是超过 32.33%，这是了不得的成绩，也是我在任何一个收费所工作时都没有碰到的好成绩，可以说我们城南收费所旗开得胜，开门红。当然，话说回来，昨晚前方发生事故全线改道从我们收费所通过，也给了我们天大的机会，让我们的收费额突然增加，才有这个数额。"林小芳首先发言说。

"那我们收费所也付出很多。这叫'公鸡不下蛋——理所当然'嘛。"快人快语的刘莉珍抢着说。

"那当然，尤其 1 班的同志还提前上班，连续上了 10 个小时，要谢谢你们。"林小芳边说边朝吴春玉点点头示意。

"应该表扬 1 班，不讲条件，不推辞。"黄健伟也表态说。

"必须的，你们看，春玉班长这时候眼睛都睁不开了，太累了。"兰碧云附和着说。

被点一下名的吴春玉马上振作起来，说："确实这样，这几天我们班里，尽管李美桦的孩子住院，却没有请一个小时的假。姜露娴已是 6 个多月身孕的人了，还坚持上班，没有提出请假。沈倩倩是位大学生，初次接触收费工作，也是虚心好学，勤勤恳恳，除了第一天收到过假币外，后来几天都杜绝了这种差错。卢雅琴也一样，连差错都没有发生过。"

"是的，1 班很不错。"林小芳肯定地说。

"不过，昨晚处置车辆拥堵过程中，发生在沈倩倩那个车道上的事故，应该她也有些责任，如果能够快些，如果递收据和找零钱同步，也就不至于两部车会追尾了。"刘莉珍果真将这一事故端出来说了。

"这事不能怪沈倩倩，主要是车辆驾驶员必须掌握车速、起步及前后车距离等情况，什么事都是如果，那是一个理想化推断，理想与实际相差很远的，不能套在我们收费员身上。"吴春玉马上表达不同意见，维护着沈倩倩，也不愧为老资格收费员，对事故能够做出分析。

"我也不是全怪她，只是说她也有些责任而已。"刘莉珍坚持说。

"不能这么说，我认为沈倩倩完全没有责任，这个责任完全应由他们驾驶员自己负责，不关我们的事。如果像你这样看，车道上一追尾或者一碰车就与我们收费员有关系，有责任，那我们收费员就像人家说的，躺着都中枪。收费员哪能这么倒霉，任人宰割。"吴春玉越说越激动起来了。

刘莉珍这时候颇为难堪，她不敢再说了，即使心里还坚持这个看法。虽然她是所里干事，但是，论资格，论威信，甚至论业务，她肯定不及面前的吴春玉。

101

"我看这件事就算了，不再追究什么责任。这件事情上，刘莉珍现场处理得很及时，很妥当，避免了因为一个小事故引发的再拥堵现象。"林小芳表态说。当然，也破解了刚才两人的争议，又给刘莉珍一个面子。

"那是，小刘现场处理得不错，很快就没事了，你们干管人员就应当及时帮我们收费员解决棘手的问题。"吴春玉肯定地说。

小会开得很有意义，毕竟是新所、新人加新业务，彼此之间既生疏又新鲜，大家边说边议，除了刚才吴春玉发言有些来气外，其他几个班长和干管人员也发表了一些看法和建议，都为所里的这几天情况作了全面评价。

"元旦已经过了，但转入正常时间没几天，接下来又是春节，更紧张的春运即将到来，我们没有理由放松，还得准备好迎接。会已经开了半个多小时了，我看就不再说了，好几个同志昨晚都忙到深夜，特别是吴春玉上班10个小时才下班，需要早点儿休息，有些好意见再找机会说，咱们就结束吧。林小芳，你看呢?"黄健伟最后总结说。

"同意。今天还有好多事需要办，你们就去各办各的吧。"林小芳赞同地应道并督促大家散去。

沈倩倩下班时与卢雅琴约好，先睡觉到中午，吃过午饭后去市里逛街。她俩自一同被安排到城南收费所后，虽说卢雅琴的家在城里，可也还没机会邀沈倩倩一起去过。

今天是沈倩倩主动提出要到城里玩玩，因为自从在省公司培训结束后，直接就乘车到城南收费所，只是途经城里而已，到所里后，又忙到现在都没有进城过。然而，这个绍柏市却如雷贯耳，是她父亲曾经上山下乡的地方，也是她父亲外出念书最后离开的地方，总之，是她父亲时不时经常念叨的地方，因此很想去逛逛。而卢雅琴在前一天偷偷出去会男朋友时，没有让沈倩倩知道，心里总觉得愧对于她，所以，下班时，沈倩倩一提出到城里，她马上欣然同意，还准备邀请沈倩倩到她家看看。于是她们向吴春玉请了假，坐上班车就往城里去了。

"倩倩，我前天下午趁你还没起床，跑到城里一趟了。没邀你去，你不会怪我或者骂我吧？"卢雅琴在车上告诉沈倩倩说。

"我知道你不在宿舍，中午睡觉起来后，我去你宿舍看了。去哪儿我不知道，做什么就更不知道了。老实说，是做什么？"沈倩倩笑笑地逼问。

"实话跟你说，去见我那个男朋友。在培训时，我给你透露过，当时咱们还不很熟，你没有继续追问。"卢雅琴如实应道。

"哦，你有男朋友呀，做什么的？"沈倩倩好奇地追问。

"我还真不知道他具体做什么，只知道在做生意，至于什么生意我也不知道。"卢雅琴回答说。

"你们认识多少时间了，做什么工作都不知道？"沈倩倩说。毕竟多念了几年书，考虑得多些。

"没有多长时间，可能一个月左右吧。"卢雅琴应道。

"那你要多了解一些。"沈倩倩劝说。

"哎，你怎么样？从来没听你说过有没有男朋友？"卢雅琴问。

"你看我像有，还是像没有？"沈倩倩反问说。

"我看像没有，不过像你们搞艺术的人跟我们不一样，比较开放，应该早就有了，可能是我蒙在鼓里，你不告诉我。"卢雅琴猜测说。

"真的没有，如果有，难道你发现不了？说实在的，我不愿意找一个搞艺术的，好多靠不住。"沈倩倩沉思了一会儿说。

"是这样，不敢找那些人，今后还是找一个我们高速公路上的工程师，不管是公路工程还是机电工程，男人家要有技术才算有本事，不然就找做生意的男人也不错，有钱。"卢雅琴笑笑地提议说。

"做生意的人，我不喜欢，有钱容易变坏，你要注意喔。你说得对，找个从事技术的人比较可靠，就像我父亲，一辈子搞技术工作，踏踏实实。"沈倩倩也笑笑地应道。

"不过，咱们是收费员，在社会上不算最底层人也算次底层人，赚钱又不多，工作单位在乡下或者城市的边缘，没有优势，没什么高层次的男人瞧得起咱们，也难呀!"卢雅琴感慨地说。

"这倒是实话，不过还是看我们自己的努力或者说缘分了，也许好运降临呢?"沈倩倩不那么悲观，笑笑地说。

"那就看你了，你是女神，各方面条件比我们都好，我就不行了，我现在认识的这个男朋友今后能不能成也不一定，看我的命了。"卢雅琴叹了一口气说。

"那你等会儿要不要约他见面?"沈倩倩问。

"不要，我今天就是特意陪你的。"卢雅琴应道。

"嘿，是不是到城里了?"沈倩倩看着车窗外问。两人说话间不觉就到城里了。

"是，快到市里汽车站了，我们准备下车吧。"卢雅琴应道。

两人从车站走出，由卢雅琴带着步行逛街，什么中山街、九一路、五彩巷都逛完了。这时卢雅琴的手机响了。

"喂，做什么?"卢雅琴问得很直接。沈倩倩在一旁猜想，肯定是熟悉的人。

果真是卢雅琴的男朋友打来的。那头问："下午你在干吗?"

"我正在城里陪同事逛街。"卢雅琴应道。

"哦，你到市里来啦! 现在什么地方?"对方问。

"我在南门的街心花园。"卢雅琴应道。

"那现在我去接你，你们在那里等等，我马上来，晚上请你们吃饭。"对方邀请说，挂了电话。

卢雅琴没有吱声，心想，也好，让他请吃饭，同时让沈倩倩考察一下。

卢雅琴也挂了手机，回头对沈倩倩说："刚才是我那个男朋友打来电话，说现在来接我们，晚上请我们吃饭。"

"这怎么好意思？"沈倩倩应道。

"没关系，他做生意的，叫他请我们吃饭还便宜他了，没叫他买贵重物品就得了，我到现在也没有叫他买东西给我。到时候真的要敲他一下。"卢雅琴应道。

"那就随你了。"沈倩倩听了没奈何，只好答应了，一起站在街心花园的一棵榕树下等着。

卢雅琴远远看见她男朋友的车逐渐驶近。男朋友推开车门下车与卢雅琴打招呼。卢雅琴也马上介绍了沈倩倩。

"沈小姐，哦，你们统一叫'中国路姐'，对吗？"卢雅琴的男朋友向沈倩倩打招呼说。

"哎呀，你对我们真了解，是卢雅琴对你说的吧？"沈倩倩平静地说。

"这是我的名片，我叫朱加水。"卢雅琴的男朋友自我介绍说，两眼滴溜溜地看着沈倩倩。

"哦，是一个从事药材贸易的公司呀！"沈倩倩低着头看着名片说。

"哎，在哪儿吃饭？"卢雅琴发现朱加水的眼神不对劲，马上提醒道。

"哦，在'榕树下'酒家。走，上车。"朱加水这才回过神来，连忙招呼说。

第八章　捐款救孩

吃过晚饭，虽然朱加水一再邀请沈倩倩和卢雅琴去歌厅玩，卢雅琴没反对，可沈倩倩借故决意不肯去，甚至提出自己可先回所里，不拖卢雅琴后腿。最后，卢雅琴迫于无奈，不敢丢下沈倩倩一人，只好陪着沈倩倩一起回去。回所里时，沈倩倩变着法子不让朱加水开车送，仅邀卢雅琴坐班车。

什么原因让沈倩倩如此拒绝对方盛情，也许只有她自己知道，卢雅琴不一定能理解，可现时又不能在卢雅琴面前说什么，她只好把内心的思考深深地埋着。

从元旦起，一个多月过去了，全国交通运输行业已经进入最忙碌紧张的"春运"阶段，而且是第十天了。往年，沈倩倩和卢雅琴只是汇入到"春运"的洪流，在大迁徙的人群中充当一个小角色，尤其是沈倩倩每逢春节都得自东向西或者自西向东地"春运"，尽管过程紧张和拥挤，可毕竟都是享受着人家对自己的服务。而今年的"春运"，她们则不能像往年那样享受服务，反之要成为众多司乘人员服务者中的一员了。

这个星期，沈倩倩她们班已经转为上白天班，从上午8点到下午4点。

"春运"期间的收费所今非昔比，进出车辆逐日递增，越接近春节递增速度越快，而且快得惊人。尽管吴春玉把原来作为机动岗位的李美桦调入票亭，有时还是顾不过来，实在不行了连吴春玉自己也不得不临时上岗，增开收费车道，以缓解那一阵子的拥堵现象。这样的拥堵无疑给"一个萝卜一个坑"的收费员们带来诸多困难和不便。

当然，这期间说起最困难的人当属姜露娴了。首先是平时排班，姜露娴自从确认是三胞胎后，医院嘱咐每半个月就要到医院检查一次血压、肚围和宫高等，而去一次医院就得在各个检查项目前排队等候好长时间，几个项目检查下来，常常得大半天甚至不止，这对姜露娴要保证正常排班构成不便。在调来城南所之前大部分是吴春玉帮忙调班或者替班，调到城南所后曾经两次去医院，也仍然是吴春玉帮忙替班。其次是当班这段时间，随着姜露娴的肚子越来越大，身子下坠感越来越明显，压迫膀胱后造成尿频尿急现象尤为突出，上一个班的 8 个小时内，往往需要上卫生间四五次。一旦离岗上卫生间，要么经批准暂时关闭车道，要么找人顶替一阵子，而这一切的临时措施也都是吴春玉或者班里排机动的那位同事帮助解决，使得姜露娴至今基本上还能按部就班，并没有太大地影响工作。当然，尽管身子越来越笨，可又不到可以请分娩假的时间，姜露娴只能挺着肚子坚持上班，更何况已经进入"春运"的紧张繁忙期间。

"小姜，要不要替换你一下？"吴春玉走到姜露娴的票亭前小声问，因为窗口外有驾驶员在等候拿票据。差不多又过去两个小时了，吴春玉猜想要问问姜露娴。

"好的，谢谢。班长，我感觉越来越紧了。"姜露娴自然明白吴春玉意思，也小声应道。

"当然，胎儿越来越大了嘛。"吴春玉应道并再嘱咐说，"慢点儿，走路小心些。"

"好的。"姜露娴应道，同时趁下一部缴费车尚未驶近票亭窗口的间隙，起身打开票亭的门并让位给吴春玉，吴春玉也熟练地坐上电脑桌前的转椅，开始收费了。

姜露娴挺着笨重的身子走出票亭，左顾右盼地断定可以走过车道后，才一步一步地走向宿舍的卫生间。还真是吴春玉想得周到，她特意安排姜露娴上岗的票亭离所部或者宿舍最近，这样去卫生间最便捷，仅走过一个车道就行了，否则，要是需越过好几个车道和收费岛才能到达，那对一个孕妇来说肯定更困难。姜露娴之所以要回宿舍的原因，是因为所里的公共卫生间都是蹲式便盆，这对现时状况的姜露娴来说已经不能适应，蹲不下去，即使勉强蹲下去，接着要站起来就难了，所以为安全起见只能选择回宿舍的卫生间，使用坐式马桶。

回宿舍上完卫生间后，姜露娴穿着男式上装和已经显紧的裤子，再整理一下头发，便离开宿舍往收费棚去。

没有为孕妇准备的制服。姜露娴原来的制服早已经不合身了，上身没法穿时，就借用男同事的外套，还过得去，裤子没法穿时，则不能借了，只好由会裁缝手艺的母亲更改，一次次地改大，把现成和原来节省下来的几条裤子都改大了。还好，再怎么改大，单就放大裤腰就行，裤管不用改，因为制服的裤管本来就比较大。

姜露娴就这么上一趟卫生间，来回至少需要 15 分钟至 20 分钟，有时还不止，一个上班时间段还得数次。顶替的吴春玉心甘情愿主动承担，或者有时轮到沈倩倩、李美桦、卢雅琴她们帮忙替班，也都不会埋怨，她们都知道相互帮忙是应该的。

"班长，我回来了，我来吧。"姜露娴回到自己的票亭，对吴春玉说。

"你要不要多歇会儿？"吴春玉没有抬头，两只手一边清点现金一边问。

"不用了。"姜露娴应道。

"那好。我去倩倩那儿看看。"吴春玉把票据递给驾驶员后，起身让姜露娴坐上。

车道上车流量还很大，开通的几个车道暂时还能应付得了，车辆排队等候缴费都在 5 部以内，只是各个车道的人没有空闲的时间，特别是几个人上卫生间都得找时间轮着来，或者说在吴春玉自己没有开启车道收费时，都得由班长替班才行，换句话说由班长统一调度上卫生间，否则，谁也没办法关闭车道或者脱岗去上卫生间。

"班长，你来得正好，我都急死了。"沈倩倩看见吴春玉站到了票亭门外，边开门边说。

"好吧，你去。"吴春玉坐上了沈倩倩的位置，伸手向窗外示意并接过通行费卡。

沈倩倩反手把票亭门关紧，看准来往车辆后，一路小跑越过一个一个车道、一个一个收费岛，直往所里卫生间跑去。她实在是憋得慌，要不是吴春玉及时来到，真的忍不住要发生滴漏了。进入所部办公楼，她知道反正全所除了黄所长是男士外，其余清一色女的，于是，未等到卫生间门口就开始解裤子纽扣，一入卫生间就"砰"的一声把隔断门关上，连拉带扯地脱了裤子蹲下"一泻千里",此时,她才如释重负。

沈倩倩上完卫生间轻松地回到票亭,不容她多休息,班长马上叫她接岗。

卢雅琴负责的票亭与沈倩倩负责的票亭相隔一个车道,刚才看见班长去替换沈倩倩上卫生间时,就等着沈倩倩回来后叫班长马上来替她一会儿,她也急着要去卫生间。因为今天是她来月经的第三天,来的量大,换卫生巾的次数随之也多。连续几个小时坐着不动,已经感觉有几次"潮涌",必须马上换卫生巾了,否则,再长一些时间,将浸湿到裤子外,那才狼狈不堪。于是,她一边收费一边偷偷向班长打手势比小拇指,示意她也要去卫生间。

吴春玉明白了卢雅琴的"求救信号",这两天在宿舍卫生间的废纸篓里已经看见卢雅琴换下来的卫生巾,知道她正来月经。当沈倩倩回到票亭与她交接完,她又走过车道来到卢雅琴的票亭,替下了卢雅琴。

等到卢雅琴重新回到票亭,吴春玉又去问李美桦需不需要替换,在得到李美桦"我暂时不用"的明确答复后,自己方才匆匆地跑了一趟卫生间。

其实,吴春玉自己也早内急了,只是还可忍一忍,作为班长也须让一让,让这些年轻人先解决,然后,才是自己。一个女人管着一帮女人,这个时候只能这样做才会被人尊重。

不一会儿,李美桦那个车道传来争执声。

"我的通行费卡确实丢了。"驾驶员辩解说。

"假使是丢了,就要按全程计费。这是规定。"李美桦强调说。

"谁的规定?"驾驶员追问。

"上头规定。"李美桦不耐烦地应道。

"拿文件来看看。"驾驶员不甘示弱地要求说。

李美桦不再回应对方,扭头朝吴春玉这边看看,意在寻求帮助。这会儿,吴春玉已经听到争执声,正朝她的票亭走来。

"怎么回事?"吴春玉站在票亭窗口问李美桦。

"他说卡丢了。"李美桦面无表情地应道。

吴春玉已经明白是怎么回事了,转身对驾驶员认真地说:"师傅,通行卡丢失就无法准确核定入口收费站,这是你的过失,如果发生这种情况,须按省政府关于车辆行驶高速公路的有关规定条款处理,即从离我们收费站最远的收费站全程计费,不仅如此,还要赔偿通行卡成本费。现在,是不是请你在座位前后左右或者衣服口袋等地方再仔细找找。”

听吴春玉这么一说，驾驶员意识到问题的严重性，也自知理亏，不敢再说什么，只得低下头在这里看看，那里瞧瞧，同时两只手在这个口袋摸摸，那个口袋掏掏，一阵忙碌后，终于在副驾驶座椅缝里找到他的那张通行卡。

“对不起，刚才可能是我入口取卡后顺便放在边上，滑入缝内了。”司机有些不好意思地解释，并把卡递给吴春玉再传入窗口李美桦手中。

“没关系，找到就好了。”吴春玉应道，接过司机的钱转交给李美桦收。

“谢谢你。”司机接过李美桦递过来的票据说道，眼睛却对着吴春玉。

“不用谢了。后面还有很多车等着缴费通过。祝你一路顺利。”吴春玉打着往前走的手势说。她心里巴不得这部车赶紧离开，后面的车已经被耽误一段时间了，不时还有催促的喇叭声响。平时，收费员最不希望听到如此的喇叭声响，因为，尽快收费放行一直是她们追求的目标。

下午 4 时，吴春玉带着全班人员到兰碧云那里交款，而后回宿舍的路上，走近沈倩倩身边低声说：“小沈，我看今天美桦情绪特别低落，我还不知道是什么原因，你回宿舍后不妨问问。”

“班长，美桦姐她前一段时间好像都心事重重，我只知道她的孩子患病住院，她每天都是去医院看护，其他的我又不敢多问。”沈倩倩说。作为一个新职工，对老职工自然不便打听太多的私事。

“是有段时间了，有时候我想找她聊聊，可是她总不在宿舍，等她回到宿舍，又马上要上班了，没找到机会。我估计她等一会儿又走了，你看看吧，如果她一时还没走，告诉我，我自己到你们房间找找她。”吴春玉说。

“是的，连我们同一个房间，也难得坐下来聊聊。”沈倩倩点头同意。

回到宿舍，李美桦习惯地走到床头，先拿起手机看看信息或者未接电话等，然后再去洗衣、洗澡或做其他事情。

“美桦姐，你要不要先洗？”沈倩倩看李美桦脱去外衣后，一声不吭地躺在床铺上，便问。因为，经常是李美桦急着赶去医院，都是由她先洗。

“不用了，你去洗吧，我后面来。今天我可以吃完晚饭后再去医院换我婆婆。”李美桦应道。她们下一班是明早 8 点才上。

“美桦姐，豆豆的病情怎样了？有时我想问，又不敢问，也没机会问。”沈倩倩觉得机会来了，就直接问道。

"还是那样。在等配型。"李美桦简略应道，不愿多说。

"那要等多久呀！"沈倩倩问。

"不知道，看运气喽。"李美桦无奈地说。

"如果配型成功了，那得好多钱噢。"沈倩倩说。这种费用的巨大，在报上也可以了解到，所以，沈倩倩表现出一种担忧心情。

"是呀，医院通知说起码要 25 万。"李美桦说，叹了口气。

"25 万呀！"沈倩倩惊异地说。"不过，治豆豆的病要紧，管它多少钱。"沈倩倩又补充一句。

"可我家的积蓄在前一个治疗阶段都花完了，现在又要筹这么多，到哪儿去找！"李美桦起身坐着，摇摇头说。

"那我们一起来帮你想办法吧。"沈倩倩一本正经地说。

"谢谢你，到时候再说了。"李美桦颇为感激地说。

110

"美桦姐，我们班长想找你聊聊。"沈倩倩突然想起来说。

"哦，是吗？那我去她房间。"李美桦说着，起身要走。

"不用，班长说她来我们房间。这样也好，我们房间说话方便。我去叫她。"沈倩倩劝说道，并直奔门外。

"班长，美桦姐这时候在房间，没出去。"沈倩倩推开吴春玉房间没有关紧的门，说。

"好，我就等着你来告诉我。"吴春玉边说边走出来，直往沈倩倩的房间去。

"什么事，倩倩？"卢雅琴感觉奇怪就问。

"班长找美桦姐有事。"沈倩倩应道。她看见吴春玉走出了门，低声告诉卢雅琴说："美桦姐很不幸，孩子患白血病，做干细胞移植要筹 25 万，真是苦死了。"

"哇，太可怕了，孩子多大？"卢雅琴睁大眼睛问。

"才上中班。"沈倩倩应道。

"太可怜了吧。"卢雅琴怜悯地说。

"走，一起到我房间看看美桦姐去。"沈倩倩建议说。

"好，反正现在有的是时间。"卢雅琴应道。

"美桦，近几天看你心情特别沉重，是不是还是孩子的事情？"沈倩倩和卢雅琴一进门就听到班长在问。

"确实是，我女儿已经患病近一年了，在我调来城南收费所之前就开始了，一直到现在都住在医院。"李美桦应道，一脸苦楚。

"哦，那现在怎么治疗？"吴春玉急切地问。其实吴春玉也从旁知道一些关于她孩子的病情，只是李美桦不愿意多说，也就不敢多问。

"前几天医院告诉我，要我筹集25万左右等着用于干细胞移植。说是等着，其实已经等了很长时间了都没有能够配对的，很难呀！"李美桦唉声叹气地说。

"美桦姐，刚才我不是说了？只要有机会，我们大家来帮你。"沈倩倩在旁插话说。

"对呀，我们全班都会，甚至全所都可以帮，不能灰心。"吴春玉听沈倩倩一说，也坚定地表示说。

"对，我也来帮，哎，帮什么呀？"姜露娴笑呵呵地说。她不知什么时候走进来，不过又不清楚是什么事，就乱接一句。

几个人看见姜露娴挺着肚子一步一抖地走进来了，只觉得好笑，可又笑不出来，只好看着她。

"小姜，你赶紧坐下。"吴春玉关切地招呼说，起身将原来自己坐的椅子搬到姜露娴面前。

"谢谢啦，你们都在说什么？看起来大家都闷闷的。"姜露娴坐好后问，扫了一眼大家。

"美桦姐的孩子患病，大家正在发愁也在想办法。"沈倩倩应道。

"哦，是这样。"姜露娴一听说是孩子的事，马上就不敢吱声了。因为，这时候她也有关于孩子的诸多事。

"班长，我建议我们全班都来帮忙凑，能凑多少算多少，其余的再发动整个收费所，甚至全公司的员工，能捐的就捐，没法捐的就先借，这样才能凑到25万。"沈倩倩想出这么一个建议说。她念大学时也碰到过此类捐助。

"哦，这个办法不错。"卢雅琴附和说。

"嗯，是个好办法。咱们一起努力吧。"吴春玉肯定地说。

"不敢，谢谢大家，不好意思给大家添麻烦，再说了，让整个所甚至全公司都知道，都来凑钱，别说还钱，就是还这个人情债，我一辈子也还不起。"

李美桦谢绝说。

"哎呀，美桦，你还顾忌这些，治孩子的病最重要。"吴春玉坚持说。

"是呀，美桦姐，你就不用想那么多了。"沈倩倩说。

"美桦姐，你听大家的吧。"姜露娴劝说道。

"现在，我们全班都在这儿，都知道美桦孩子的这件事了，也算是大家在讨论和商量这件事了，我看，刚才倩倩的建议就是我们全班人的意见，我们从现在就开始着手准备。我们全班自己先带头，然后再向全所、全公司倡议。这件事我准备向所里领导报告后，咱们就正式开始，好吗?"吴春玉对着大家说。

"好。"大家不约而同地同声应答。

这些女收费员们朴实的善心和热情由此被激发起来，这或许是一个女人的天性，或许是一位母亲的大爱，也是一群路姐们的道义。

"我建议，现在我们刚下班还不困，马上跟着美桦姐去医院看看孩子。"沈倩倩说。

"哦，这样可以。除了小姜外，我们三个人都去。"吴春玉赞同说。

"那不好意思让大家都去，你们要休息的。"李美桦推辞说。

"不客气了，走。我都还没看过豆豆呢。"沈倩倩拉起李美桦的手说。

李美桦无奈地带着吴春玉、沈倩倩和卢雅琴一同坐上班车往医院去。下车后，她们特意到医院边上的超市买了一个毛茸茸的布熊猫带着，准备送给孩子。

豆豆坐在病床上，两眼无神地看着妈妈走进病房，后面还有几个不认识的阿姨跟着进来。豆豆只是叫声妈妈，声音很低，很弱，如果不注意，可能听不到。

吴美玉她们一进门就猜到了眼前这位瘦弱的小病人就是李美玉的孩子了，她不仅两眼无神，而且脸色苍白，头发稀疏，身子单薄，一副病恹恹的状态，让人看了真觉得心疼。

"豆豆，这是妈妈在收费所的同事阿姨，她们来看你了。这是吴阿姨，这是倩倩阿姨，这是卢阿姨。"李美桦给孩子逐个介绍了一下，想唤起豆豆的微微开心。

"谢谢阿姨。"豆豆发出柔弱的声音。

"不用谢，这是阿姨们送你的小熊猫，我们都希望你乖乖养病，早日回去上学。"吴春玉俯身拉着孩子的手说，眼里强忍着泪水。

"谢谢。"豆豆抱着小熊猫，露出丝丝笑靥说。

"豆豆，我和你妈妈在同一个宿舍住，等你病好后来收费所，我们可以住在一起……"沈倩倩最后说不下去了，眼睛发红，泪水已经流出，她赶紧转过身，不让孩子看见。

卢雅琴站在边上也脸色凝重，看得出来，心里不是滋味。

她们三人想不到李美桦的孩子看上去已经病得这么重，所说的骨髓移植配型却还遥遥无期。由于心情难受，她们只得与李美桦及她的婆婆简单地谈谈后，就离开医院返回了。

"太可怜了，我看了直想哭。"从医院出来，沈倩倩哀叹地说。

"是呀，但愿孩子能够早日康复。我们回去马上帮助筹款，一定要救孩子。"吴春玉说。

"好，不管怎么样，回收费所后，我们马上开始行动。"沈倩倩附和着说。

卢雅琴提出回家看一看，吴春玉便和沈倩倩一同回到了收费所。

"倩倩，你先回宿舍，我到办公室去找所里领导汇报一下。"吴春玉交代说。

"林所长，我有件事给你报告一下。"吴春玉一进入办公室就说。

"什么事？"林小芳起身让吴春玉坐下。

"是这样……"吴春玉一五一十地将她所了解的及刚才去医院看望的情况向林小芳做了汇报。

"哦，有这么回事。我与李美桦原来不是一个收费所的，有些情况真不了解，她太不幸了。"林小芳自言自语说。

"我们全班先带头，然后向所里和全公司倡议，请你们所长多支持。"吴春玉要求说。

"那肯定会的，就不知道最后效果如何，也就是说不清楚能够筹措多少钱。"林小芳应道。

"反正我们班先做吧，能解决多少算多少。"吴春玉应道。

"只能这样了，你们班先行动起来，下一步我们一起来。"林小芳说。

"还要不要向黄所长报告？"吴春玉不放心地问。

"不用了，我会对他说。"林小芳应道。

傍晚时分，收费所的车道更加忙碌，特别是驶出高速公路回城的车辆接连不断，在车道全开的情况下，还不时排起长队。所部的黄健伟、林小芳及刘莉珍等时不时地到车道上帮忙维持秩序，检查督促，顶岗收费，目的只有一个：确保"春运"安全畅通。

等到收费广场车流量趋小后，已是晚上8点左右，黄健伟和林小芳一起到食堂吃晚饭时，林小芳才说了1班吴春玉来报告的事，并且谈了自己的看法。黄健伟听后很赞同，嘱托林小芳到时候向全省公司提出倡议。

回收费所的路上，沈倩倩就一直在思考怎么筹集，可能筹集到多少。心中基本有个盘算，回想着在学校遇到的捐款活动情况，虽然那时她不是发动者而只是参与者，但整个过程也有所了解。

吴春玉一回宿舍，径直到沈倩倩的房间敲门，她也想早点听听沈倩倩的计划，以便早日筹集到救孩子的款项。

"班长，我正想等你回来报告一下我的想法。"沈倩倩一边拉开房间门，一边让吴春玉进来说。

"你说吧。"吴春玉进到房间坐定后说。

"我想，我自己首先认捐2000元。另外，向全所发出的倡议书，刚才一回来我就写好了，你看看。"沈倩倩指着电脑给她看。

吴春玉轻声念着全文：

救 救 孩 子

城南收费所的全体姐妹们：

我们1班有个同事的女儿叫豆豆，5岁了，已经上幼儿园中班，活泼可爱，乖巧懂事，却在一年前，被检查出患了白血病并住进了医院。现在她每天接受治疗，顽强地吃药、打针，小小的心灵总是期待着自己早日离开医院回到幼儿园，而她的妈妈每天下了班就从收费所赶到医院去陪护，直到上班才赶回来。一年来，全家人都为了孩子的早日康复而费尽心力，耗尽积蓄。如今，又一个巨大的困难摆在他们面前，即需筹集25万元钱用于孩子的骨髓移植。这个数额，作为我们一个普通收费员家庭来说，是个不小的负担，我们的同事在苦苦挣扎，一筹莫展。

城南收费所的同事们，我们不能眼睁睁地看着一朵小花蕾被踩躏，一个小生命受摧残，我们大家都伸出手来救救她，凑足骨髓移植费用，一定要把她从生命的危境中拉回来。

关于筹集钱款一事，可捐可借，1元不拒，2元可以，数百上千都行，志愿者到203房间找沈倩倩同志登记交款。

1班全体收费员

吴春玉看完倡议书很高兴，连声说："倩倩，你不愧为大学本科生，写得很真实，很感人，一目了然。你用U盘拷下来，我马上去所部办公室打印，贴到食堂门口去让人看。"

第二天清晨，食堂门口围拢着几个人，正在看墙上那张"救救孩子"的倡议书，那是吴春玉连夜贴上去的。

"哦，我们城南收费所还有这么困难的同事，是谁呀？"

"很不幸呀，我会帮忙的。"

"这孩子太可怜了，我们愿意救她。"

"太可怕了，孩子还这么小，就得了这种病。"

"我准备捐500元。"

"我也捐500元。"

看倡议书的人群中，突然出现了一个陌生的男性身影，好多人都不认识他是谁，有几个收费员一边抬头看倡议书，一边不忘扭头看他一眼。无疑，在城南收费所这个"女儿国"里颇为新鲜，然而，他不是所长黄健伟，而恰是林小芳的丈夫唐德武。尽管林小芳也站在边上一同看，可此时没有几个人能猜出他俩是一对。

唐德武是第一次到妻子工作的城南收费所来的。他是昨天下午值完班后，临时起念头搭了一个朋友的便车来的，因为，第二天不是他值班了，等到第三天才轮到他，因此，他决定来收费所陪妻子一天时间。

说起唐德武的路政工作，相当部分的职责是抢险施救、清理路障，这是在路上发生交通事故情况下才履行，一旦路上没有交通事故，那就意味着这个职责可能处于轻松"空转"状态，也就是说，路政人员只要值班就行了，没有具体实施的任务，即使是现在的"春运"期间，尽管车流量再大，只要没有交通事故的发生，同样也如此。然而，收费所却大不一样，不管是什么时间，路上什么态势，收费所都必须守着车辆进进出出，一部都不能漏，一部都不能错，没有任何"空转"的间隙，而且还是受制于车流，被车流顶着走。这么分析下来，路政与收费显然有着迥然不同的工作形态：同样在繁忙的"春运"大背景下，只要没有发生交通事故，路政人员仅需值班，有相当长的空余时间；收费所则不然，不管有没有交通事故发生，收费人员都必须在岗，没有空余时间，只有机械的轮班制。正因为如此，唐德武才能"忙里偷闲"匆匆赶到妻子身边来。

唐德武到达收费所时已经是晚上9点左右，此时，林小芳正在办公室与黄健伟商讨1班准备发动全所捐款一事。

"哎哟，唐大队长光临，怎么没听小芳说起？"黄健伟一见唐德武赶忙起身问。他们原来都属路政部门的中层干部，所以认识。

"他是临时决定来的，也就没有告诉你。对不起了。"林小芳赶紧应道。

"是的，刚才值完班才请假，明天轮空一天，就跑来看看你这个新所是什么样子。"唐德武又对黄健伟补充说。

"没什么，我求之不得，我们也好长时间不见了。"黄健伟赶紧招呼唐德武坐到林小芳身边的沙发上，倒了一杯茶端给唐德武。

当然，黄健伟意识到这位唐德武既是自己副职的丈夫，又是路政大队长，与自己同样是中层领导，其身份特殊，自己作为主人，还应更加热情周到才是。

"唐大队长，这次来多住几天吧，我明天晚上请你吃饭，喝几杯啤酒，慰劳慰劳远道而来的大队长。"黄健伟盛情地邀请说。

"好呀，我请了两天假，可以陪你喝一杯。"唐德武爽快地答应说。

"陪我可不敢，你要陪陪小芳才是，我只是邀请你喝酒哦。"黄健伟笑笑地说。

"谢谢，更要谢谢你关照和支持小芳的工作。"唐德武发自内心地表示说。

"不敢当不敢当，小芳对我的工作帮助不少，我要谢谢你们。"黄健伟慌忙摆手应道。确实，林小芳在所里独当一面开展工作，为黄健伟减轻了许多压力，这一点黄健伟深有体会。

"那还是你领头嘛。"唐德武坚持说。

好久没见面的两位老路政人员无话不说，大多话题都集中在他们共同熟悉的路政事务，偶尔黄健伟会谈及城南收费所开通以来收费、流量及员工等等的大致情况。

"好了好了，咱们不说了，时间不早了，你们早点回宿舍休息吧，唐大队长大老远来。"黄健伟突然回过神来意识到什么，马上不说了，起身催促他们。

黄健伟与唐德武夫妻俩都是多年的同事，他们甚至还可以称是朋友，因而，黄健伟对他们俩除了工作上的熟悉外，也清楚他们俩至今心头存有一个最大的苦衷……黄健伟就是想到这点关键处，赶紧停止寒暄，力促他们早点回宿舍，好让这对久别的夫妻"耕耘播种"。

是的，林小芳自从去培训班带新学员开始直到来城南收费所上任，都没有见过丈夫，已经3个多月。对唐德武来说，妻子在培训班时不方便去，到城南收费所后，也因新所开通林小芳忙得不得了而不便打扰，一天拖一天也就3个多月过去了。多年来夫妻分居两地，聚少离多，这样的日子，他们怨谁都没用，只怨他们自己因为奉献给高速公路事业而必须付出的代价。

回到宿舍房间内，林小芳一时成为主人，丈夫成为客人，她赶忙为丈夫拿出原先备好的毛巾、拖鞋等，好让丈夫去洗澡，同时，又帮忙打开丈夫带来的行李箱，取出换洗衣服放在床铺上，极尽妻子职责。

"你先去洗澡吧。"林小芳对丈夫说。

"好的。"唐德武顺从地应道。

丈夫进卫生间洗澡时，林小芳赶紧收拾床铺上一些乱七八糟的东西，因为最近那么忙，有时也会把用的东西随便放在床铺上，尤其是一时没用的床铺另半边，堆积了书籍、报表及文件之类的，所以，林小芳主要是收拾那一半，好让丈夫睡。

唐德武洗完澡出来，林小芳正好收拾清楚，叫丈夫先躺到床上休息，自己则洗澡去。

唐德武没有立即躺下，而是环顾一下房间，觉得妻子的房间根本谈不上特意布置，除了公家配备的用具外，个人没有添置什么，顶多有一个行李箱高档些。唐德武完全明白妻子的房间本应不是这种风格，她一定会根据可能的条件进行一番布置，比如贴些儿童画或者挂一幅夫妻合影，这是必不可少的，再摆放一些女性用品等，也许是所里工作太忙，还无暇顾及。

"德武，今天怎么匆匆忙忙想着来？"林小芳也洗完澡，随口问丈夫。

"这还用问，想你嘛。"唐德武一边说一边走向前搂住妻子。毕竟是多年夫妻了，没有年轻人那样冲动。

林小芳一边顺着丈夫，一边往床铺上坐，并就势躺下让其搂着。

"你要来事先也没说一声。"林小芳颇有些嗔怪口气。

"哎呀，来不及了，朋友的车都到我大队门口了，才决定来。"唐德武解释说。

"我这几天可能会来事了，又像以前一样痛经得厉害，下腹坠痛，感到没力气，难受死了。"林小芳道出缘由。

"哦，那这几天有没有煮点红糖姜茶什么的？"唐德武赶忙问。妻子的痛经已是老毛病了。几年来只要妻子一发生痛经，他就会劝妻子注意保暖，少吃生冷，多吃温性、补气、补血的食物，有时碰在一起了，不忘煮碗红糖姜茶给妻子喝，还会帮妻子按摩几下直至其缓和一些。

118

"没有，这里条件还不行，刚来又不好意思要人家去买，自己又没时间，反正习惯了，忍一忍过去了。"林小芳应道。

"那现在我帮你揉一揉吧。"唐德武立即叫妻子平躺着，用一只手轻轻地在她下腹上下左右按摩着。

丈夫那只男性特有的强劲大手在其腹部下按着按着，一会儿便让她感到有一股莫名的暖流轻轻扑来，心里似乎在翻腾着需要什么。

唐德武则很认真地按着，难免手指不时会触及妻子那个他再熟悉不过的敏感部位。可是，此时他不敢多想，一心只想减轻妻子的痛楚。他克制住欲望，不想图一时快感而置妻子的痛苦于不管。

林小芳的痛经属于原发性的，虽然不是每次月经期前后都会发生，但发生的频率还是较高。虽然丈夫一直不停地按，疼痛稍稍缓和，可毕竟不如吃药快，躺在床上还是感到力气不足，刚才那种渴望也就很快偃旗息鼓了，最后，只得一边谈论家常，一边平静地躺着接受丈夫的"治疗"。

这一夜他们就是在这"治疗"过程中度过了"小别胜新婚"的时光。

第二天天刚亮，唐德武的手机响了，是大队办公室打来的，说是路政总队领导要到大队检查工作，请他立即赶回准备迎接。

食堂门口，唐德武看清楚了倡议书，对林小芳说："这件事你得多关注和支持，到时候我们要带头捐，不仅如此，我回路政大队去也发动大伙儿捐款。"

这时候，刘莉珍正好走来，远远看见林副所长与一个男士在一起边走边说话，便问："林副所长，这位帅哥是谁呀？"

"是我老公呀！"林小芳大方地应道。

"哦，是唐大队长，久仰久仰。真是'绿豆里找红豆——难得'。"刘莉珍三句不离歇后语。

"哪里哪里，第一次来参观学习。"唐德武谦逊地应道，转头问林小芳，"这位是……"

"哦，这是我们所部干管小刘。她可有文化了，歇后语一串一串的。"林小芳介绍说。

"哦，你好。小刘。"唐德武伸手与刘莉珍握了下。

119

"唐大队长，请多指导。多住几天吧，陪陪我们林所长，免得只有我们这些同类相陪。"刘莉珍俏皮地应道。

"不了，吃完早饭我就得回大队了。"唐德武应道。

"林所长，唐大队长这么快就走，你也同意啦？"刘莉珍笑笑地问。

"我不同意又怎么办，现在人家是路政总队的人，又不是我们公司的人。"林小芳笑笑地应道，没有显露出埋怨和不舍的心态，因为像这样的"计划不如变化快"的情况已经不是第一次，所以，她习惯了。

"都是我们高速公路的事，你们都清楚，一年365天，不管是你们收费所还是我们路政大队，或者沿线服务区，天天紧张，夜夜有事，哪一天闲着？我们不都是这样过来了吗？"唐德武述说着。

"是是是，我们都命里注定了与高速公路结缘了，就像'糯米粉就糍粑——粘上了'。"刘莉珍赶忙笑哈哈地应道，引来在场几位收费员的会心一笑。

第九章　无奈"专道"

"救救孩子"的倡议书贴出后的第三天下午，也就是沈倩倩下班回到宿舍时，房间门口已经有好几个人在等候捐款。她们都是所里其他收费班的同事。

"小沈，我捐1000元，帮登记一下。"

"倩倩，这是我的5000元，是捐，是借，到时随便。"

"小沈，我的3000元，不用登记了。"这位同事放下钱就走了。

"这是我们全班的，一共2万元。"

"倩倩，我自己捐2000元，我老公也说捐2000元，我们共4000元。请收好。"

"这是我全家人的心意。"一位同事拿出一个鼓鼓的信封交给沈倩倩，里面不知有多少钱。

沈倩倩从开门进房间，一刻不停地登记、收款，并连声说感谢感谢。从各个收费班、监控班及后勤赶来捐款的收费所同事络绎不绝，整整忙了一个多小时。而此时，同宿舍的李美桦并不在房间，她在所部财务室交完款后，就直接去医院了，因为她婆婆打电话到所部，要她下班后立即赶去医院。

沈倩倩等到没人再来交款，就清点数额，然后去敲班长的房间门。

"班长，刚才有一部分同事来交款，我都登记了，一共收到56800元。"沈倩倩推门进来报告说。

"哦，真是不容易，城南收费所的姐妹们有这样的热情和爱心，我真没想到。太谢谢她们了。"吴春玉连声说。

"她们仅仅是一部分，所里还有一些人还没来呢！要是都来捐，我看起码可以收到十几万。"沈倩倩估计说。

"大家真慷慨，她们哪来的那么多钱呀！"卢雅琴一边插话说。

"这不是有钱没钱的事，要说收入，咱们收费员收入并不高，这是咱们姐妹们的爱心所致。"吴春玉对卢雅琴说。

说起工资，卢雅琴满肚子怨气。参加高速公路收费工作第一次发工资下来，仅有 1217.77 元，当时她感到很奇怪，怎么会只有这么一点点？她不可理解。后来，她拿工资表仔细一看，才知道自己的工资是这样构成的，即基本工资 860 元，月绩效奖励 490 元，月津补贴 450 元，年摊月绩效奖 700 元，以上合计应发 2500 元，可是，接着需扣绩效考核基金 300 元，扣津补贴 450 元，缴养老金 172.96 元，扣住房公积金 300 元，扣医疗保险 44.78 元，扣工会费 2 元，扣失业保险 8.6 元，扣个人所得税 3.89 元，应扣合计 1282.23 元，每月实发数就剩 1000 多元了。说实在话，这跟卢雅琴当初参加高速公路工作时对工资的期望，落差很大。原先，她并不敢奢望像有人传说的收费员月工资有 8000 元之多，但少说也得有个 3000、4000 元吧。她没想到会是这么少，少到仅千余元，至今已经几个月下来了，月月就这么一点儿，虽然听说年底还要发一笔绩效奖，可猜想也肯定不会有大笔的"巨奖"，因此，卢雅琴对在高速公路上的工资待遇从心底里已经失去希望，只是目前先将就着而已。至于同事们的捐款，经班长一说，她心底里也认同了，也在思考自己准备捐多少。

121

"那咱们自己班里几个人也一起捐吧。我捐 3000 元。"吴春玉从背包里拿出钱，数了数递给沈倩倩。

"那我也捐 2000 元。刚好是我父母亲让我带着来单位报到、培训等用完节余下来的。"沈倩倩也表示说。

"我就捐 1000 元，这个月工资还没剩下多少，这是我的积蓄，表示个意思。"卢雅琴表态说。

班里就剩下姜露娴不在现场了，她们怕打扰孕妇休息，没有马上到她房间去说这个事。沈倩倩也急忙把班里的捐款再次进行合计。

"我看，小姜捐款的事再说吧，现在不去说，过两天再告诉她。所里其他的同事咱们就继续等待和发动，几天后再向全省各个收费所发动，争取达到 15 万以上。现在我带你去财务室，将钱寄存在保险柜，以保安全。"看完登记的捐款人员名单后，吴春玉对沈倩倩说。

"好。"沈倩倩提起装着现金的挎包跟着吴春玉走出房间。

来到所部财务室，林小芳正与兰碧云说着什么事，见吴春玉她们进来，马上招呼道："春玉，倩倩，你们刚下班，还没休息呀?"

"还来不及洗一洗，就忙着接受一些同事到我们宿舍来捐款。现在我们把钱带来，想寄存在财务室的保险柜，行吗?"吴春玉赶忙解释说。

"当然可以，我把它封包好放进去保管，不与其他公款混在一起。"兰碧云马上答应说。

"有多少了?"林小芳问。

"5万多。"沈倩倩应道。

"哦，不少。我们所部还没有捐呢!"林小芳微笑着说。

"那没关系，再说吧!"吴春玉也微笑着说。

"那不行，要尽早，孩子不能等。我先捐 5000 元。"林小芳表态说。这也已经包含了唐德武的意愿。

"我也捐 2000 元。"兰碧云也马上表示说。

"哎哟，那我们 1 班要表示感谢。"吴春玉笑笑地说。

"这哪里的话，还不都是我们大家的事。这样吧，我把黄所长他们一起叫来，现在就办完这件事。"林小芳一边说一边走出财务室，去叫其他几位所部干管。

听林小芳这么一说，黄健伟、张温平、刘莉珍及所部其他几位办事员很快都集中到财务室来。

"我拿 5000 元，到时候如果还不够，我再拿，至于今后能不能还，再说吧，先凑够数额解决当前问题最重要。"黄健伟一进门就表示说，还一边掏钱，显示出一个大男人和一个领导的胸怀和慷慨。

"我捐 2000 元，不过，我要明天去银行取，现在现金不够，我这个人平时不喜欢带钱，好像'老鼠尾巴熬汤——没多大油水'。"刘莉珍接着也表示，并打趣地说。

"我也捐 3000 元。如果需要，我可以再借一部分。"张温平表示说。

"我捐 100 元。"一位电工表示说。

"这是我的一点儿心意。"

"这是我的 50 元。"

"不用登记了，不多。"

来的几个办事员、卫生工、炊事员等都一一伸出了援手。

城南收费所接连两次上演了善心、爱心的大比拼，温暖的人间气息不仅感染了刚参加高速公路工作的沈倩倩等，也感动了黄健伟、林小芳及吴春玉这些高速公路上的老员工，展示出高速公路队伍里互助互爱的美德。

"总共 69000 元。"沈倩倩将累计后的捐款数额告诉大家。

"我看今天就到这里，过两天把倡议书发到省公司的网站上，争取向省公司范围内的职工再一次号召求救。由沈倩倩提供一个银行账号供捐款人汇入。这件事由温平来帮忙做。"林小芳似乎意犹未尽，当场布置说。

"我同意。"黄健伟马上表态说。

"好，我来办。"张温平立即应道。

沈倩倩又把新增加的钱款登记、包裹好后，交与兰碧云放入保险柜，然后与吴春玉一同回宿舍了。

路上，吴春玉问沈倩倩："你春节回青海过年吗？"因为，春节将至，吴春玉在考虑人员排班的事。

"我能请假吗？"沈倩倩听后倒反问起吴春玉了。

"说实在话，春节是我们老百姓阖家团圆、迎春接福的大节日，家家都盼团圆，人人都望回家，我们都有一样的心情，可是，高速公路不比一般企业，可以按照个人意愿或者公司意见说停就停，说动就动，而像一台 24 小时都在运转的庞大'机器'，没完没了地运转，各个管理部门都得坚守岗位，维护正常运行。我们收费部门也一样，而且工作量还有增无减。所以，高速公路部门没有什么节假日概念，春节都如此了，别说一般假日，反正我们不可能每逢佳节高喊一声'一二三'大家同时休息，平时只能是轮休而已。"吴春玉感慨地说。

"是呀，我离开家差不多半年了，挺想父母亲，也希望春节期间可以回青海看看。那现在怎么办呢？"沈倩倩袒露自己的想法说。

"只能是小部分人休息，大部分人照常上班了。比如我们班里李美桦那样的情况，怎忍心叫她放弃休假来上班？应该让她去照顾豆豆；姜露娴的肚子已经那个样子了，怎敢安排她上班？应该尽可能多些休息时间。这样算下来，我们班就剩下我们 3 个人了。"吴春玉解释说。

"那怎么够，每天都得开 3 个收费车道呀！"沈倩倩不解地问。她刚到收费所，只是了解一些正常排班，对节日排班情况不清楚。

"是呀，到时候就只能由我们 3 个人在 3 个出口车道的票亭，入口自动发卡车道及机动岗位都得请所部节日值班干管来顶替或者兼顾了，没有其他办法，除非关闭一个或者两个车道，但，这是不可能的。巧的是，今年春节期间，我们班正好轮到小夜班，也就是说，大年三十下午和晚上就是我们的班。如果你再请假回青海去，那就麻烦了。"吴春玉继续解释说。

"哦，是这样啊！"沈倩倩感叹道。

"是的，我们收费岗位遇到节日排班最困难，谁都想如期过节，可是，我们收费员偏偏就难以如期，甚至有时候连补休都没法保证，最后只能作无偿奉献了事。"吴春玉也感叹道。

"班长，如果是这样，那我春节不请假回去了，在这里与你们一起过春节吧。"沈倩倩略一思索后说。

"那当然欢迎了，不过，到时候不要想父母亲想得掉眼泪哦。"吴春玉笑笑地说。

"不可能吧，虽然以前每个春节都在家里过，但是，毕竟离家念书已经多年了，也有些习惯了。"沈倩倩自我解释说。

"那好，我就把你算一个了，我也心里有底了，另外，我再与李美桦、姜露娴谈谈，劝她们休息。"吴春玉接着说。

沈倩倩此时难以置信，一个小小的收费班班长竟然也有这么多难事，而且，这样的事牵涉面还这么宽这么广。

说话间，两人已经到了房间门口，此时，还不到吃晚饭时间，于是，各自回房间去了。沈倩倩准备洗一洗后去吃晚饭，接着再去练歌。

刚才卢雅琴向沈倩倩交完捐款后就被朱加水约去城里吃晚饭了。他们相处了几个月，卢雅琴也已经对朱加水有所适应，而且还有一些好感，特别是出手大方，给卢雅琴留下很深印象。

闹市区的一家"夜来香"小餐馆，卢雅琴与朱加水并排坐在一个隔断包厢里，两人都点了一盘"肉丸面"，桌上还摆了一瓶葡萄酒。

"我看，你辞职算了，工作'三班倒'，工资又不高，有什么干头！倒不如跟着我，做点什么事，不会亏待你。如果结婚了，就更不用干了，我养着你。"朱加水盯着卢雅琴动员说，并举杯劝酒。

"这怎么行？我才参加工作不到半年呢！"卢雅琴一时并不愿意。

"你就那点工资，够什么？是够上饭店？还是够去买一件时髦点儿的衣服？或是买上档次的化妆品？"朱加水对卢雅琴的工资一阵奚落。

经朱加水一说，卢雅琴仔细算算，确实就那么千把元，没有什么花头。自从第一个月领到工资到现在没有积存，月月光，也没有添置过什么好衣服，而且还花了家里的不少钱，回想起来，确实有些寒碜。

"再看看你的脸色，苍白得没有血色，这是没有睡好觉才会有的。"朱加水进一步说。

这是真的，有时照照镜子，卢雅琴发现自己的脸色没有像来高速公路上班之前那样红润了，变得有些白里透黄，尤其感觉这两个月来月经都不准时，上个月提前，这个月推后了，总之，生理已经有所变化。

125

"这也没办法，我们的工作特点就是这样嘛。"卢雅琴默认着应道。

"原本是一个黄花闺女，不要过了几年就变成黄脸婆咯。"朱加水继续奚落说。

"那到时候你不要我啦？"卢雅琴追问说。

"那不会不会，顶多人家说我找了一个'老婆姐'而已。"朱加水边笑边说。

"我不会那么快变老的，你放心。"卢雅琴辩解说。

"只要你继续在收费所上班，我包你三年内就变了，不信你就试试看。"朱加水笑哈哈地应道。

不过，此时卢雅琴自己确实没有办法担保自己三年内不变老，现在仅仅才半年不到就这样，还要再乘以6倍，而且还是递增模式，显然，刚才说的"不会那么快变老"，其底气不足。想到这里，卢雅琴有些茫然，甚至恐惧，生怕自己快速变老。

两个人边吃边聊，边聊边喝，不觉得已经是10点多了，一瓶酒也见了底。不过在整个过程中朱加水自己喝得多些，卢雅琴少些，也没有强灌酒，只是卢雅琴的酒量不大，喝那么一点儿就感觉得有些脸红脑袋涨而已。

"晚上别回收费所了。"朱加水搂着卢雅琴要求说。

"那我回家里睡，我妈在家呢！"卢雅琴转过头应道。

"那也不要回家去了。"朱加水要求说。

"那去哪里睡觉呀?"卢雅琴不解地问。

"我们去宾馆开个房间睡觉嘛，反正今晚你又没上班，是明早8点的班。明天一早我就送你回收费所。"朱加水马上应道。

"那怎么行? 我们还没结婚。"卢雅琴应道。确实，对于卢雅琴来说，与朱加水是第一次正式谈恋爱，多少还有些戒备。

"没结婚怕什么，现在多少人都是未进洞房先同房，未结婚先试婚。"朱加水辩解说。

"不敢不敢。"卢雅琴推辞说。

"有什么不敢，反正这么晚了，我不送你，你也回不去。"朱加水狡黠地一笑说。

卢雅琴此时有些束手无策，低头不语，似乎心中在挣扎着。

"我的美人，别害怕啦，担心什么呀? 走啦!"朱加水一边起身一边想拉起卢雅琴。

卢雅琴一时没有让朱加水拉起来，坚持坐着不动，她抬起头对站着的朱加水说:"去，可以，但是，我有一个条件。"

"什么条件?"朱加水不解地问。

"晚上睡觉时我不脱衣服。"卢雅琴认真地说。

情场老手朱加水一听，心里暗暗发笑，笑话眼前这个傻女人，不过马上答应说:"可以，没事，我不会强迫你做什么事。"他心想，只要进了房间，上了床，还不都乖乖听从摆布，女人都一样，先答应再说。

毕竟是恋人关系了，卢雅琴考虑到今晚没有上班，且朱加水又答应了她的条件，她相信自己能够控制得了而不吃"禁果"，于是，也就跟着朱加水来到宾馆，开了一间房住下了。

"我要先去洗澡，刚才下班后没有洗澡就跟着你来了，收费车道上8个小时的'熏陶'，身上从头到脚脏死了，都是汽车尾气和汽油味。"卢雅琴要求说，也抱怨了一下工作。

"我就说了，要不我会劝你辞职? 哎，我帮你洗，好吗?"朱加水不怀好意地笑着说。

"我才不要你帮我洗，我自己不会洗呀！"卢雅琴冲着朱加水说。

"好好好，你自己洗，真不懂得人家好意。"朱加水无奈地应道。

卢雅琴为了保护自己，没有像在宿舍里喜欢脱光衣服进卫生间的裸体习惯，而是全身穿着衣服走进卫生间，进去后，反手关上门，并"咔"的一声，反锁了。其实，欲火正旺的朱加水原准备在卢雅琴洗澡时，推门硬闯进去的，可此时已经无计可施了，只能坐在沙发上等待下一步。

当卢雅琴洗完澡还是保持原装走出卫生间时，朱加水迫不及待地一把将她抱住，用那张带着烟臭的嘴在她脸上猛地狂吻一通，让她不知所措。他脖子上那条金项链贴着卢雅琴的肌肤，冷冰冰的，总之，朱进水的一连串动作弄得卢雅琴很不舒服，还差点儿要恶心了，所以，卢雅琴没有反抱朱加水。

此时，朱加水抽出手想解卢雅琴衣服的扣子，一把被卢雅琴挡住说："不是说好了，我不脱衣服睡觉吗？"

"哦，那是刚才，现在你不脱衣服怎么睡，这么漂亮的外衣你忍心把它睡皱呀？"朱加水反问说。

127

"那我也只能把外衣脱了，里面的毛衣、秋裤就不脱了，就这样我也可以睡。"卢雅琴坚持说。

"好好，我帮你脱外衣。"朱加水赖皮着说。

"不要你帮忙，我自己来。"卢雅琴边说边推开朱加水，自己脱下外衣、外裤，挂到衣架上。幸好，冬天衣服多穿了一些，卢雅琴身上有层层防线。

朱加水眼睁睁地看着卢雅琴脱去外衣，暴露出紧身衣裤包裹下的身姿体态，那种女人的气息把朱加水迷得像被烈性高粱酒灌过的人，再加上刚才真实的酒性还未退，顷刻醉醺醺晕乎乎地难以自制。也许，在灯红酒绿的场所，朱加水对女人的身子早已习以为常，但是，面前的卢雅琴毕竟是恋爱对象，又是初次，心里的躁动显然不同于往常。

卢雅琴挂好外套后便径直走到床边躺下，拉来被子把身子裹得严严实实准备睡觉，朱加水见状马上脱去衣服。他不敢贸然全脱光，还剩背心和短裤，就想钻进卢雅琴的被窝里，可卢雅琴把被子抓得紧紧的，不想让朱加水得逞。

朱加水此时只能蜷缩着，一时不敢强来，因为，他确实从心底里爱卢雅琴。常言道，男人对女人越爱，越不敢得罪对方，所以，他只好苦苦求。

"让我盖上被子嘛，不然，会冷死我的。"朱加水哀求说。

"那你自己去衣柜里拿床被子盖。"卢雅琴转过头对朱加水说。

"我不要。我就要盖这床被子。"朱加水应道。

"那你把被子拿过来，我盖那床，你盖这床，行吗?"卢雅琴应道。

"那还不一样呀，现在你就不让我与你同盖一床被子呀?"朱加水边说边扯被子。

"今晚不行，以后再说。"卢雅琴坚持说。

朱加水此时也没辙了，他还是不敢硬来，最后无可奈何地屈服地说:"行了，听你的，咱们各盖各的。"

也许是被卢雅琴一再拒绝，大为扫兴，加上烟瘾袭来，顿感有气无力了，朱加水只好翻身下床，穿上衣服，走入卫生间，关上门，从口袋里取出一小包白粉，点燃吸食。

朱加水吸毒已经有一段时间了，这是他在生意圈里养成的，不过吸食量还不大，只是有瘾而已。这个嗜好至今还瞒着卢雅琴，因为，一旦卢雅琴知道，他俩必定告吹无疑。尽管他不缺女人，也曾经在那一次背着卢雅琴挑逗过沈情情却被拒，最后他还是下决心要了这个可以做老婆的卢雅琴。

吸完，朱加水似乎来了精神，重新躺到卢雅琴身边。他想重新再钻进卢雅琴的被窝里，可是卢雅琴仍然死死压住被子的一边，令朱加水始终无法掀起被子。无奈之下，朱加水再次起身到衣柜里拿出宾馆备用的被子盖在身上，彻底放弃了原想今晚"破掉"卢雅琴处女地的欲望。在强压欲火后，转而只能从被头伸进一只手透过内衣在卢雅琴身上寻找满足，对此，卢雅琴在睡意中并没有反抗，觉得迟早都是他的人，于是，任由那只手在胸脯上又摸又捏。

也许还是不敢得罪卢雅琴，朱加水只是摸摸而已，折腾一阵子后也困意来了，只得抽回手，自己盖好被子乖乖地睡觉了。

第二天未起床前，朱加水还像昨晚一样纠缠了卢雅琴一阵子，仍然被拒，最后，只好赶紧起床收拾洗刷，到餐厅吃点早餐。最后，受尽"自我煎熬"的朱加水也只能一脸不高兴地送卢雅琴回到收费所。卢雅琴则暗自庆幸昨晚"防卫"成功，下了车向朱加水打个招呼。看着他离去的小车，她偷偷抿嘴一笑。

回到宿舍，吴春玉见卢雅琴进房间，便问:"昨晚回家去啦?"

"是，昨晚在家睡。"卢雅琴从容地应道。因为昨晚没有做什么出格的事，心里倒坦荡得很。

"准备一下，要上班了。"吴春玉提醒说。

在走向收费票亭时，吴春玉想起一件事，问："小卢，春节快到了，春节期间我们高速公路要照常运行，收费所也同样要照常上班，你能不能来上班呀？"

"这个情况我早知道了，反正我的家就在城里，来回方便，我也没什么大事，可以来上班。"卢雅琴应道。

"好，那我们班就没有多大问题，有了基本人数就好排班了，现在就看李美桦和姜露娴怎么样。对李美桦，我肯定要求她放假去照顾孩子。对姜露娴，要看她能不能坚持，能坚持，也就那几天，这样我们排班会松动些，如果不能坚持，就别为难她，我们3人顶着，让她好好休息待产。"吴春玉向卢雅琴细说着想法。

"她们两人都有实际问题，平时没有办法，必须上班，节假日既然允许请假，我看，干脆动员她们都不要来了，我们几个人轮着排班。"卢雅琴建议说。

"是，尤其李美桦，在你之前她刚从医院回来，我就去问豆豆现在什么情况，她说很难办，指标一直在提升，压不下来，向危险方向发展。唉，太不幸了。"吴春玉沉重地述说着。

"太可怜了，一个活泼可爱的孩子，怎么这么难救！"卢雅琴也心疼地说。

"但愿小豆豆会出现奇迹，早一天好起来。春节排班的事，有你们的支持就行了，我与李美桦、姜露娴她们说说。"吴春玉应道。

1班几个人都到齐了，她们像往常一样排着队，提着票箱，由吴春玉带着，一个接一个分别走到各个票亭，与上一班的同事交接完毕后便开始新班次的收费。

越是临近春节，车辆越多。吴春玉考虑到李美桦近来思想负担比较重，怕她在收费量大的情况下出差错，所以，把她分配到入口车道，不用点钞收费和计算机操作，只是统一值守、检查3个车道的自动发卡机正常工作就行，而沈倩倩、姜露娴、卢雅琴均各自负责一个收费车道，作为班长的吴春玉也独自开启一个车道收费，这样，整个出口就有4个人工收费车道，加上一个

ETC自动收费车道，就有足足5个车道应付出口车辆的缴费。城南收费所这样的流量，突显出该所地处城市出入口、机场大通道的特殊重要性。

10点左右，林小芳匆匆忙忙从所部走到吴春玉的票亭前，向手中正在忙碌的吴春玉转达一个消息，说：11点有市领导的车队要通过，要求做好准备，开启一个专道让其通行。

领导的车队通过收费所，这样的事情太多了，对吴春玉及老收费员来说都是司空见惯的事，至于开专道让车队通行，也是常有的事。

吴春玉记得每一次领导车队要通过时，所里都要召集各部门、各班长开会动员和布置，要求全所人员高度重视，划分责任落实任务什么的，接着要打扫收费车道、票亭内外，检查设施电路，有时还要挂横幅贴标语，甚至还要抽人为领导车队准备洗脸水，端茶递毛巾等。车队即将到达前半小时，要封闭一个车道阻断其他车辆通行，专门等候车队，直到车队通过后，才恢复正常，此即所谓专道；不仅如此，还需要调来本该轮休的多位收费员，穿着制服列队站立在车道两旁行礼欢迎，一直要等到车队通过后才能撤离。

吴春玉更记得有一次也是为了迎接领导的车队，她们被调去车道两旁站立等候。那时正值夏季的中午12时左右，烈日当空，骄阳似火，很快把站立在车道边的几个收费员烤得个个大汗淋漓。在足足等了半个多小时后，车队才在警车的带领下出现并从眼前呼啸而过。退场时，汗流浃背且两腿僵直的吴春玉苦笑着说："我看见中巴车上坐着的好几个人都靠着窗口睡着了。"是的，那一刻已是午后1点，谁不会困呢！像这样的情形，吴春玉的过往记忆中，绝非仅仅一两次，而是经常的事情，也不仅仅是夏天，寒冬有过，雨天同样有过，总之，一年到头，领导的车队都会常来常往于高速公路收费所。

城南收费所还是按照高速公路上的惯例，同样很重视领导车队的通过。不到11点，所部几位管理人员都陆陆续续来到收费棚，准备安排专道及迎候人员，只是没有安排打扫、张贴欢迎标语而已。

根据通知，领导车队要从高速公路下来出收费所再进城，可此时，收费所出口几个车道都已排满了等候缴费的车辆。沈倩倩、姜露娴、卢雅琴及吴春玉均在票亭里忙碌着，特别是吴春玉得知有车队要通过时，她就暗暗加快收费速度，想尽量减少滞留车辆，以便能腾出一个专道来，可是，"春运"期间的车辆，在这个中午时间段里只会增加，不会减少，她的努力效果微乎其微，4个车道还是排着长长的车辆。

林小芳非常明白现在要封闭一个车道来用作专道是很困难的，但又没办法，上级公司不了解现在所里出口车流实际情况，车队领导就更不了解了，怎么办？确实，上级给城南收费所出了一个大难题。难题归难题，车队总要通过，问题总要解决，林小芳只能站在票亭外，一边让吴春玉收费，一边与她商量。

"春玉，专道放在哪个道为好？"林小芳问。

"我看就我这个道吧，靠边，容易封闭。"吴春玉建议说。

其实，经验丰富的林小芳心中也认定了只有这个道，只是想多听听吴春玉的想法。"行，我看也是。现在可以开始做准备了。我去叫站队列的同事们过来。"林小芳马上应道，并向已经站在所部大厅等候的几位女收费员招手。

这几位准备站队列的收费员都是从其他班抽调来的，她们当中有的刚在8点才下班不久，有的是下午4点准备上班，有的是正在轮休，总之，都是在不当班的收费员中临时凑来的。当然，说是凑来的这些人，也需要在穿上制服后，高矮、胖瘦等身材差不多，还要端庄秀气，特别是站立的姿势、敬礼的手势都要标准。幸好，林小芳对所有收费员这方面的情况在培训班时就了解，因此，选几位能够撑"脸面"的女收费员还是有把握的。

时间很紧了，所部人员及站队列的收费员都迅速集中到了吴春玉的票亭外。林小芳马上安排刘莉珍带几个人到前方将车流拦截并指挥到其他收费车道去，以便吴春玉把该车道内等候的车辆收完费后，不再有车辆进入，以此来腾空车道。

不一会儿，吴春玉的车道上已经没有排队的车辆，但沈倩倩她们的车道上排队的车辆瞬间增多起来，队尾巴又长了一截。明眼人对此不足为怪，这是封闭或者说压缩了一个车道后不可避免的现象。

林小芳将抽调来的几位收费员按照一边5人分开站立，其他人则安排站在收费岛上，大家一起等候即将到来的车队。

江南的冬季，虽说算不上酷寒，但也是寒气逼人，加上细雨飘洒，北风吹袭，难免让人手脚冰凉，冷飕飕的。站立在专道两侧的几位收费员不时在轻轻跺脚、搓手。

前方报来消息，说是领导车队距离城南收费所不远了，最多5分钟便可到达这里。

林小芳赶忙向 10 位收费员发出口令："大家注意了，各就各位站好，不要再走动了，领导的车队马上就到，等会儿听我口令敬礼。"

"林所长，车队已经离开主线进入互通匝道。"刚说完，林小芳的手机里就传来所里监控室的报告。

林小芳赶紧将手机放入口袋，立正着向收费员喊道："各位注意，立正！敬礼！"

随着林小芳口令的下达，10 位收费员朝来车方向齐刷刷地原地立正并敬礼，包括吴春玉也得在票亭里站立起来，面向车队敬礼。

没一会儿，开道警车拉响着警笛，后面紧跟着两辆中巴车及几部轿车，一路风驰电掣般地呼啸而来，穿越专道，疾驶而去。

领导的车队通过了，走远了，大家才松了口气。此刻，也不管所长的口令，几位收费员放下手臂就赶紧往办公室或者宿舍跑去，因为实在有些冷，而且有的还没有吃午饭，因此，都想尽快跑回去避寒或者去食堂用餐，或者睡觉。她们完全是一种"总算应付了一件事"的心态。她们不关心车内坐的是谁，是什么领导，当然，也看不清楚是谁，更何况，车上也没人挥手向她们打招呼。就如前面所言，领导车队通过收费所大都如此，她们大多数人已经习惯了，尤其对林小芳、吴春玉、刘莉珍她们这些在收费所已经工作多年的老收费员来说，更是习以为常的事，当然，对于像沈倩倩、卢雅琴这样一批刚参加高速公路工作的新收费员来说，还没有经历过几次。

车队过了，吴春玉负责的车道开始收费，一辆辆机灵的车子从排队的后面瞬间挪到这个车道上来等候，由此，收费广场内外一下子又恢复到原样。当然，像这样专供领导车队通行的"专道"现象，想必今后会逐渐减少或取消，应该不会长久的。

毕竟卢雅琴昨晚在与朱加水同铺睡觉时没有睡好，到了中午有几分困意，她只能让两只手快速地做出打招呼、接卡、读卡、点钞、找零、撕单、递票、按键、送行等一系列收费动作，以此来提振精神，防止出差错或者出问题。历经数月的实践，她收费操作的熟练程度已经与一般老收费员相差无几了。

正当卢雅琴收完一部白色"霸道"车的通行费而按下开启键让其通过时，

一辆黄色"丰田"小轿车不缴费而紧随其后驶过卢雅琴的窗口，在栏杆尚未放下时，加大油门冲出，接着扬长而去。

这显然是一种冲关行为，卢雅琴被这突然发生的情况弄得一时慌了手脚，不知所措，连忙从窗口探出头向小车尖声喊道："喂，喂，喂。"那小车哪会听她的，一溜烟跑了，她连车号都没来得及看一眼。

这是卢雅琴参加收费以来，也就是说在城南收费所第一次碰到这种明目张胆冲关的车子，她又气又急又无奈，一屁股坐到椅子上。待到回过神来，想一下刚才那部车子时，才觉得是一部黄色轿车，丰田牌子的，再想想那驾驶员，模模糊糊中看出好像瘦瘦的，有胡须，接着她再细想一下，又好像见过。

这一切也被在收费棚的刘莉珍看在眼里，她当时发现苗头不对，几步就奔到卢雅琴的票亭旁，想去拦这部车，可是，已经来不及了，她的速度哪有汽车快，于是，只好气呼呼地走到票亭的窗口前，对卢雅琴说："这部车跑不了，等会儿我去调监控录像带来查，把它列入省公司的黑名单，今后不让它上高速公路，咱们就来个'石匠会铁匠——硬对硬'，看他怎么办?!"

"可惜我没看见它的车号，不过我有点印象，好像这部车的驾驶员有一次在我这儿要流氓行为，很像是这个人，当时，那个人还说'后会有期'。"卢雅琴记起了前几个月被摸手的那件事。

"哦，是吗? 还有这事?!"刘莉珍反问。她不知道当初那件事，因为她当时不在场，只有吴春玉在场看到，过后谁也不愿意再张扬或者说起，其他人也就不知道了。

"模模糊糊，好像是。"卢雅琴应道。

"如果是这样，那他肯定还会有下一次。黄色丰田轿车，咱们今后注意它。"刘莉珍提醒说。

"嗯。"卢雅琴一边忙着一边应道。

刘莉珍的手机响了，是黄健伟打来的，说是当地公安局有件重要的事情须布置，要她速回办公室一起开会。

刘莉珍没再与卢雅琴打招呼，便赶忙离开票亭一路小跑回所部去。

第十章　惊险一刻

　　第二天下午 2 时，城南收费所与往常一样，车辆排着队进出票亭的车道。此时，还是吴春玉她们当班，沈倩倩在 1 号票亭，姜露娴在 2 号票亭，卢雅琴在 3 号票亭，李美桦跟昨天一样监管几个进口自动发卡车道，吴春玉则不排在票亭里，站在票亭外面作机动，或者叫稽查。今天特意安排她这个岗位，其实也就封闭了她负责的那个车道，这也是特别安排的。

　　进进出出的车辆都在正常缴费通过，各个收费员也一如既往地在票亭里履行职责，收费工作一切如常。唯有不同的是，所部黄健伟、林小芳、刘莉珍等三人分别站在沈倩倩她们 3 个车道票亭外，像是协助各个车道的工作，如指挥车辆排队、帮忙收卡递票等。而更不同的是沈倩倩等 3 人的票亭里还分别进入一个身穿警服的人，悄悄地躲藏在角落，注视着窗口。昨天吴春玉收费的那个小小票亭里，也埋伏着几个穿便服的陌生人。这些人神情严肃，一言不发，他们胸前和腰间有些鼓鼓的，可能是防弹背心和枪支。另外，还有几个平时常在收费所执勤且认识的交警，这时候也好像若无其事地照常站在各自位置，巡视着各式各样的车辆，他们看上去跟平时没有两样。

　　不言而喻，貌似一切如常的收费棚下，笼罩着一种非同寻常的紧张气氛。

　　黄健伟、林小芳他们都已经被公安部门告知，今天午后缉毒大队要在城南收费所拦截并且抓捕贩毒分子，而且案子特别重大，要求收费所给予全力支持协助，还交代说，大家不用怕，与平时一样收费就行了。吴春玉她们也被所里通知今天要配合公安局抓人，以收费的方式拦住一部黑色"宝马"轿车。至于详情如是什么人、多少人、从哪儿来，均不得而知了。这就是刘莉珍昨天被急匆匆叫回办公室开会的那件事。

　　不过，协助公安机关、安全部门拦车，甚至抓捕，对于收费所来说不是什么新鲜事，尤其是一些进出县、市的收费所，更是会经常遇到。

　　林小芳还是收费班班长时，有一次公安局刑侦大队要求收费所协助拦截一部从外省开来的大巴车，说是车上有一个杀人逃犯，准备实施抓捕。那天，大巴车正好驶入林小芳负责的车道，她也就按照事先的布置，假借入口图像与大巴车不符为由拦下，并由稽查班人员将大巴车引离车道至收费广场边，交予事先守候的便衣警察。当警察责令驾驶员打开车门，准备上车盘查核对时，一个乘客模样的人，突然从车后窗跳下，并且拼命往远处跑，警察意识到这个人应该就是逃犯，于是，马上追赶，可没想到该逃犯携带枪支，他一边跑一边掏枪朝警察开枪。一时间，枪声大作，子弹横飞。林小芳等几个收费员从来没有碰到过这样的枪战场景，那时，尽管票亭与枪林弹雨还有点儿距离，但她们也吓坏了，赶紧停止收费，关上窗口，蜷缩在票亭里，直到逃犯被击中倒地后带离收费所广场，一切恢复平静了，才逐渐回过神来重新收费。当然，那时候警方已将现场封锁。

　　过后，林小芳确实有些后怕，她想，如果逃犯跳车后慌乱地跑进收费所里或者被击中死在收费所里，如果逃犯跑到票亭里挟持收费员，以此与警察对峙，如果有收费员或者群众被流弹击中，或者警察中有人不幸中弹等等，那该是多么可怕的事。

　　之前，吴春玉也曾经协助公安经侦部门在出口拦截一部嫌疑车辆，那部嫌疑车发现事情败露，于是，凭着有坚硬外壳的"奔驰"不顾一切地冲开栏杆及前方一部预先堵路的公安车往前逃窜，不料，才跑几百米又察觉前方车多不易逃脱，于是突然调转车头，重新往收费所入口飞驰而来，在撞开一部小车及入口栏杆后，驶上高速公路，狂奔而去。整个过程就像外国电影中的警匪追车一样惊心动魄。

　　当时，眼看那疯狂飞驰的嫌疑车将车辆冲撞得七零八落，吴春玉等几位收费员眼发呆，脸发青，一时无策，不知道怎么躲避或者跑开，只能呆若木鸡地在票亭里坐着。倘若嫌疑车撞上票亭，倘若被撞的车辆或者残片击中收费员，那后果不堪想象，因为，那时在收费棚下多处都还有收费员在正常工作。

惊吓归惊吓，危险归危险，收费所作为高速公路上一种特殊的关卡形式，除了高速公路自身经营需要的入口登记、出口结算外，它也是拦截车辆、盘查人员的最佳地点和位置，由此，势必经常会被公安、安全、司法等部门利用，自然，作为收费所的工作人员需要给予配合和协助的责任和义务也就在所难免。时间长了，次数多了，老收费员们对协助这些部门破案也就不足为奇了，只是，每协助一次破案，都是事前担心，过程惊心，后来放心。

下午 3 时左右，根据路上监控显示，一辆挂外省牌的"宝马"黑色轿车已经离开高速公路主线正驶入匝道，向收费所驶来，进而判断，该车正是准备抓捕的嫌疑车，现场抓捕小组通过对讲机用暗语要求警察各就各位准备行动。

嫌疑车从匝道驶入收费广场那一刻，便立即被埋伏等待的警察盯住，同样，也被在场的各收费员发现，大家都在注视着，嫌疑车会驶入哪个收费车道缴费？因为，嫌疑车主还是认为这是个普通收费所，缴费通行就得了。

不一会儿，嫌疑车减速后进入沈倩倩的 1 号车道等候，在它前面还有 4 部车在等候缴费，此时，指挥员没有发出抓捕信号，可能是怕前面有车不方便，因此准备在驶入车道的栏杆前行动，那时前方没车，又在窄窄的车道里，这样有利于抓捕。

"就后面那一部黑色的'宝马'。"在沈倩倩票亭里埋伏的警察小声地告诉她。

"哦，我看到了。"沈倩倩点了点头应道。这个警察在嫌疑车到来之前，还抽空与沈倩倩稍微闲聊几句，问是哪里人呀，什么时候到高速公路工作呀，累不累等等，沈倩倩也作了应答并且感觉这是个颇具帅气的年轻警察。

"你就按平时收费一样对待，不要怕。"警察告诉沈倩倩说。

"嗯。"沈倩倩应道。话是这么说，其实，沈倩倩心里已经开始不安，神经紧绷，嗓子眼直发干。也难怪，身处"生死决战"的前线，真不知道等会儿会发生什么事，如何能让一个年轻姑娘家保持镇定自若？还好，刘莉珍恰好也在她这个票亭外的收费岛上站着，有个伴，心里尚有几分踏实。

"等一会儿，我们冲出抓人时，你马上把收费窗口玻璃关上，人退到我这个角落藏着并且蹲下，千万不要出去看热闹，防止出现意外。"警察再次交代说。

"好。"沈倩倩机械地应道，因为那嫌疑车快驶到窗口前了。

沈倩倩收完前车通行费，接着马上举手招呼嫌疑车。跳动的心已使沈倩倩没有了往日的笑容和热情，只是机械地举手招呼。此时，嫌疑车驾驶员也主动地摇下了车窗玻璃，伸手将通行费卡送至窗口，想递给沈倩倩。看来嫌疑车的驾驶员并没有觉察到什么，也就没有戒心。

就在这当儿，隐蔽在各处的警察迅猛地冲出票亭，举着枪一拥而上，把嫌疑车团团围住并厉声命令道："不许动！"

嫌疑车驾驶员见状，马上想把车窗玻璃摇上，可是，不等他摇，埋伏在沈倩倩票亭里的那个警察已经迅速冲上前去，左手按住玻璃，右手举着枪指着车内喊："举起手来！都不许动！"

这时，驾驶员还想使劲摇玻璃，那个警察马上"砰"的一声，对天鸣枪警告并继续命令车内不许乱动。

可是驾驶员不听，又企图掰开警察的手，这时候，另一名警察便朝嫌疑车的轮胎开了一枪，瞬间，轮胎没"吱"几声就瘪了。

又是"砰"的一声，这一枪不是警察开的，而是车内坐在后排的一个人朝外开的枪。说时迟那时快，在车窗压住玻璃的那个警察往后一跳，不知是车内歹徒枪法不准，还是警察敏捷，那警察躲开了子弹，在场也没有人受伤，子弹也不知打到什么地方去了。

就在车内枪响后的瞬间，突然一个握枪的歹徒极快地打开车门跨上收费岛，一把将还站在票亭边的刘莉珍脖子卡住，并且用枪指着警察大喊："你们放我们走，否则，我要打死她！"

刘莉珍被这突如其来的袭击，吓得一时脸色苍白，手脚发软，只是尖叫着："啊，啊！"很快就没声音了，也许是脖子一时被卡得发不出声音了。

歹徒对刘莉珍喊道："你不要乱动。"刘莉珍原想挣脱歹徒的手臂，听歹徒一喊，也就不敢再挣扎了，只是本能地用手抓住歹徒的手臂，想不让他使劲。此时此刻面对此情此景，刘莉珍也许心里还忘不了自我念叨一句"苍蝇碰上蜘蛛网——难脱身了"。

很清楚，这是歹徒要把刘莉珍作为人质了。

可能是抓捕小组没有料想到歹徒会来这一手；也许是事先警察没有像交

代沈倩倩一样去对票亭外的刘莉珍说，行动后她必须立即退到票亭里；还可能是刘莉珍自认为无所谓，凭着个子高，必要时还想亲自动手协助抓坏人。这一切猜测都有可能，但是，都来不及分析了，刘莉珍已经落入歹徒之手，有着万分的生命危险。

这时，包围嫌疑车的警察一时也都傻了眼，可是，警察终归是警察，短暂的一惊后马上镇定下来，原包围嫌疑车的警察继续包围，另外几位警察转过身来形成包围圈，把持枪歹徒围在收费岛上，并且大声喝道："不许伤害她，放下枪！"

蹲在票亭角落的沈倩倩清楚地听到了刘莉珍"啊啊"两声及警察严厉的呵斥，又从票亭的半截玻璃门往外看到一些。她面色铁青，吓得全身哆嗦，因为，她自小没看过人家打架，更没看过这样真枪实弹的场面。最后，她还是听从了那个警察"不要看热闹"的告诫，仍然蹲在原来位置，心惊肉跳地注视着歹徒手臂里的刘莉珍，不敢乱动，只是心里一个劲地默祝着刘莉珍平安无事。

其实，在抓捕行动开始后，在场的交警已经指挥车辆停驶的停驶，转移的转移，封闭了所有出入口，所以，整个收费所已经停止收费，卢雅琴和姜露娴都被要求躲在票亭里，不准出来，李美桦则在远处的发卡车道，没有走近，吴春玉却与黄健伟、林小芳三人躲在原埋伏着警察的票亭里，看着现场发生的一切，当然也看到刘莉珍突然被扣作人质。他们的脸色也顷刻变青，手脚开始有些发麻，因为，他们多次协助公安破案，再惊险也还没有见过这样的境遇。此时，他们束手无策，也不敢轻举妄动，只能提心吊胆地盯着刘莉珍，但愿警察早点采取措施。

现场上，人质一处，嫌疑车一处，警察分别将两处包围着，形成两个小包围圈。

刘莉珍稍微缓过神来后，就觉得脖子不是被卡得很紧，斜视下发现卡她脖子的歹徒，不比她高，加上略瘦，所以，歹徒的手劲有限。只不过，此时的歹徒已到穷途末路，只懂得声嘶力竭地威胁狂叫而已。这一看，刘莉珍倒有了几分冷静，只要歹徒使不上劲来卡住她的脖子，她就有喘息呼吸的机会，也就不会被卡死，唯一可怕的是歹徒手中的枪，在眼前晃来晃去。她从小没有看过枪，更没有近距离地看过，那黑洞洞的枪口，让她望而生畏，不敢乱动，不敢作声，顺从地被歹徒卡在收费岛上站着。

"放开她，把枪放下。"警察还是重复着对持枪歹徒喊道。

"放我们走，我才放开她。快、快，要不我们同归于尽！"歹徒一再狂叫并威胁道。

尽管警察不断地对卡住刘莉珍的歹徒喊话，歹徒仍然没有放开刘莉珍，车内的歹徒也没有下车。警察不能开枪，生怕伤及无辜，歹徒也不敢开枪，明知寡不敌众，双方还在僵持着。

像这样的僵持局面又过了几分钟，没有缓和的迹象，现场气氛非常紧张。时间一秒一秒地过去，危险一分一分地增加，尤其被卡住脖子的刘莉珍，危险性更大。

就在这千钧一发的时刻，包围在歹徒背后的一个警察，也就是埋伏在沈倩倩票亭里的那个警察，趁歹徒只顾对面前疯狂喊叫的时机，纵身一跃，扑向歹徒后背，瞬间抓住歹徒握枪的手，并顺势往外一拗，歹徒的手枪随即落地，歹徒卡住刘莉珍的另一只手也松开了，还差点儿把刘莉珍扯倒。其余警察见状立即一拥而上，其中一个警察迅速拉开刘莉珍，并将她推向沈倩倩的票亭方向，然后，扑上前按倒了这个歹徒。歹徒终归瘦弱，不及人高马大且有擒拿格斗本事的警察，尽管拼命挣扎，也已经无济于事，敌不过这么一个"夹颈别肘"招式，马上被牢牢地压在地上并扣上手铐。而包围嫌疑车的警察也在那一刻扑向车身，迅速打开车门，死死压住驾驶员使他动弹不得，然后拖出车外。幸好车内就剩下这个驾驶员一个人，又没有枪支，便比较顺利地制服了。

一场惊险的抓捕行动结束了，黄健伟、林小芳马上跑到刘莉珍身边看望，吴春玉及沈倩倩、卢雅琴三人也都从票亭里冲出来，集中到刘莉珍旁边，看看她怎么样了。只有姜露娴走路不便，仍然坐在票亭里。

刚才的一幕，确实把刘莉珍吓得不轻，她没想到自己竟然会突然被扣做人质，处于生死边缘，这是她平生第一次的不幸遭遇。她回想起歹徒那凶煞的脸相和黑洞洞的枪口，此刻才感到有些后怕，也有几分狼狈和尴尬，眼神里流露出委屈和无奈，眼眶里有些湿润，有点想哭了。

"莉珍，怎么样？有没有伤着？"黄健伟、林小芳同时跑过来关切地问道。

"太可怕了。莉珍，怎么样了？"吴春玉跟着问。

"没事。这个家伙太可恶了，拿我做人质，要不是他有枪，我可以跟他较量一下。你看他那个样子，瘦得像猴一样，可能没有我的力气大。真是'三伏天孵小鸡——坏蛋'。"刘莉珍略回神后应道，并面带苦笑，指了指正被押解上警车的歹徒。

"刘姐，你没有受伤吧？"沈倩倩关切地问。

"没事。"刘莉珍应道。也许是故作没事。

"太危险了，好在你个子高，被掐得不厉害。"吴春玉说。

"哇，太恐怖了。"卢雅琴同时惊慌地叫道，因为，她已关上票亭窗口，没有看见刚才这一幕。

说话间，几个警察走过来，他们围住沈倩倩的票亭在查看什么，应该是在寻找刚才歹徒开枪时射出的子弹痕迹。其中有一位肩扛二道横杆缀三枚四角星花的警察领导对刘莉珍及在场的黄健伟等说："对不起，让你们受惊吓了。这两个是被跟踪很久的贩毒人员。刚才是我们没预防和布置好，应该向你们道歉。刚才你受伤了没有？"

"没事，我个子高，他抓我没力气。"刘莉珍还是逞强地应道。

"你真是不简单，要不是那个歹徒有枪，说不定还不是你的对手。"另一个缀着两枚星花的警察在旁插话道。沈倩倩一看，正是埋伏在她票亭又最早冲出去的那位警察。

"他叫董弘光，是他第一个扑向歹徒，刚才他那么用劲，有没有把你也碰痛了？"警察领导关心地问。

"没有，好在是你，否则，也不知道要被坏蛋卡多久，或者发生其他意外。"刘莉珍也夸赞那位董弘光警官的勇敢。

"让你出意外绝不可能，我们也绝不会坐等意外出现，这是我们警察的职责。"警察领导笑笑地说。

"这位路姐，刚才有没有看到你的同事被歹徒扣住？"那位董弘光警官转头问沈倩倩。

"看到了，从玻璃门看到的，你不是交代我蹲下，不要看热闹吗？我一直不敢出来，你看我们刘干事多么危险。"沈倩倩应道。

"小沈，这也好，否则，离那么近，如果歹徒冲进票亭去把你扣作人质，那就坏了，你比我个子小，他可以像老鹰捉小鸡一样。"刘莉珍淡淡地说。

"那可不会，当时，我就在票亭门口，他冲不进去，小沈。"董弘光不知出于什么原因，赶忙解释说。

这时一个警察从票亭走过来说："大队长，弹孔找到了，子弹头也找到了。"

"在哪？去看看。"那个大队长问，跟着那个警察走到票亭边。黄健伟也一起跟着去看。

"在这里。"警察指着票亭窗口底下的一个孔说。

果真，票亭窗口下方，即收费桌桌面下的铝板墙上出现了一个圆孔，对面铝板墙的同样高度地方也有一个孔。这说明，刚才歹徒开枪时，子弹从窗口下进，对面墙出，子弹头落在了紧邻的车道。

在场的沈倩倩看到留在自己票亭铝板墙上的两个子弹孔，又吓出一身冷汗，因为，她看到子弹孔离她刚才躲避的位置并不远，如果，子弹往她的方向偏50厘米左右，也许就会击中她，幸好没有发生这样的状况。

"看来，刚才小沈也很危险。不单单是我咯。"恢复神气后的刘莉珍笑笑地说。

"是，你们两个人幸好都没事，刚才真把我们吓坏了。"黄健伟接着说。

"好了，没事就好。谢谢你们的配合，我们该回去了。今后还得依靠你们帮忙。"公安局领导对黄健伟说。

"这是应该的。你们也辛苦了，也要感谢你们保护了我们的职工，没有发生意外。"黄健伟应道。

"像这样的事情，今后你们还是少来为好，太可怕了，受不了。"

"警察叫我们这些人不要慌，不用怕，他们却穿着防弹衣。"

"那些坏蛋还是少从我们收费所经过，免得我们心惊肉跳的。"

也许几个收费员心里都在嘀咕着，只是没有说出来。

随后，公安局领导一个个地与黄健伟及在场的各位收费所人员握手表示感谢，然后带着各位警察乘上警车，拉响警笛离开收费所。董弘光也特意与沈倩倩握手告别，说："小沈，后会有期，再见！"

"我们回所部吧！大家各就各位回票亭收费，现在车辆滞留了很多。小芳，你留下再陪陪吴春玉她们一会儿，我和莉珍先回。"

"好。莉珍，小沈，下班后我会交代食堂给你们各煮两个太平蛋吃，压压惊。我们当地有这一风俗。"林小芳应道。

"谢谢了。"刘莉珍勉强地应道，便与黄健伟一起回所部去了。

收费所内外恢复平静继续收费，一切又照常了，好像刚才的一幕没有发生过。

下午 4 点，吴春玉带着全班同事下班了。回到宿舍的沈倩倩向李美桦详细地叙说着刚才发生的一切，因为，李美桦站在入口车道，与沈倩倩的票亭有几十米远，很详细的情节，自然没有看清。

"那刚才你确实很危险。以前我也碰到过，但像这样开枪的很少很少，而且子弹打到票亭的根本没有过。同样，收费员被扣作人质的事也从来没听说过，太可怕了，你们也太幸运了。"李美桦听完感叹说。

"是的，我当时吓坏了，也没想到会发生这样的事。"沈倩倩心有余悸地应道。

时间还早，李美桦又准备去医院了，刚要出房间门，就碰到卢雅琴走进来。

"美桦姐，你要出去呀?"卢雅琴问。

"是，去医院。"李美桦一脸愁容地应道。

"哦，但愿豆豆早点好起来。"卢雅琴说。

"谢谢，我走了，你们聊吧。"李美桦边走边说，离开了房间。

"刚才没有把你的胆子吓破了吧? 我刚才没有看到什么，躲在票亭里不敢看。"卢雅琴进到房间对坐在床头沉思的沈倩倩说。

"那是，那时候你在哪里? 也不过来救救我们!"沈倩倩也是苦笑地说道。

"我哪有这本事，我自己躲在票亭里不敢出来，直到没事了我才起身，才知道你们那边发生了这件事。"卢雅琴辩解地说。

"胆小鬼。"沈倩倩开玩笑地说。其实知道自己也是个胆小鬼，否则，不会惊心到现在还不平静。

"哎，说点别的吧。"卢雅琴提出说。毕竟，她受的惊吓轻微些，可以避而不谈。

"哎，你昨天晚上没回来住，回家去啦?"沈倩倩像是记起什么，马上问道。

"是，昨晚没回来，也没在家。"卢雅琴应道。

"那去哪里?"沈倩倩不解地随便问道。

"你猜猜。"卢雅琴故弄玄虚地应道。

"我才懒得猜呢，谁知道你去哪儿了。"沈倩倩应道。

"哎，我跟你说个秘密，不许再告诉别人。"卢雅琴笑呵呵地说。

"我才不管你那么多，我去给谁说呀？快说！不说，我也懒得听，把你憋死。"沈倩倩也笑笑地应道。

"我昨晚与男朋友在宾馆睡觉，今天早晨才回所里上班。"卢雅琴神秘地说。

"哇，你和他开房去啦？"沈倩倩惊奇地反问。

"是呀，不奇怪吧？"卢雅琴略带神气地应道。

"奇怪倒不奇怪，可就……"沈倩倩欲言又止，没有说下去。

沈倩倩上次被卢雅琴邀去与其男友朱加水吃饭，朱加水时不时地背着卢雅琴，找沈倩倩说些不三不四的话，甚至找机会故意触碰沈倩倩的身体，让沈倩倩极其反感和恶心，认为朱加水肯定是个流氓。正因为如此，那晚沈倩倩在饭后坚决拒绝继续去唱歌什么的。这事，沈倩倩始终没有对卢雅琴说过，怕影响了他们的恋情，也不想干预他们，毕竟是卢雅琴自己看上并交往的人，只是自己今后坚持着再也不与朱加水接触就是了。

而现在听说卢雅琴与那男朋友开房了，她心里难免"咯噔"一下，似乎感觉是"鲜花插在牛粪上"了，而且那还不如"牛粪"，而是"垃圾"类。沈倩倩还真的有几分为好朋友感到惋惜。

"你想说什么？怎么不说了？"卢雅琴发现沈倩倩吞吞吐吐后问。

"哎，你们那个啦？"沈倩倩反问道。

"什么那个？"卢雅琴故意反问说。

"发生关系！明知故问。"沈倩倩怒斥一句说。

"开玩笑，在一起……还……没有！"卢雅琴笑笑地应道。

"有，还是没有？"沈倩倩逼问。

"没有啦！"卢雅琴笑嘻嘻地应道。

"不可能，哪有一整个晚上在一起不发生这样的事，鬼才相信，你不想，难道你那个是个好人？"沈倩倩不相信她说的，一语双关地反问说。

"真的没有，不骗你，我跟你说吧。"卢雅琴应道。

接着，卢雅琴将自己昨晚睡觉时如何洗澡，如何和衣而睡，如何不让朱加水得逞等一五一十地告诉沈倩倩。

"我还是不相信你那个家伙，他是个好人？他能听你的？他不强暴你？"沈倩倩听完还是不相信。

"是真的啦！姑奶奶，你不相信人家，还能不相信我呀！"卢雅琴急了，哀求地说。

"哦，好了好了，有没有，都不关我的事。"沈倩倩笑笑地说。

"我厉害吧！这叫作'闭关自守'！"卢雅琴神气地说。

"什么'闭关自守'？"沈倩倩不解地问。

"哈哈，你看吧，我自己夹紧双腿关口，守着不让'侵略'，这不就叫作'闭关自守'吗？"卢雅琴笑嘻嘻地一边做着将自己两只大腿用力夹住的动作，一边解释说。

"谁知道你怎样！我不会管你的。哎，你准备与他继续发展下去，是吗？"沈倩倩看后笑笑地问。

"有这个准备，因为，我觉得他还是喜欢我，尤其昨晚在一起时，他对我还是尊重，没有乱来，这一点让我对他颇有好感。"卢雅琴应道。

144

"反正你得多了解他的人品及从事什么职业，不要上当受骗就是了。"沈倩倩告诫说。

"他还劝我辞职，不要在这里干，说是太累，三班倒，工资又不高。"卢雅琴和盘托出其男友的想法。

"从我们参加高速公路收费开始，基本上是这样的情况，但是，不在高速公路上工作，他叫你干什么？"沈倩倩问。

"他说，跟着他跑腿。"卢雅琴应道。

"跑什么腿？"沈倩倩追问说。

"那不知道，我也没问，应该就是做生意吧。"卢雅琴应道。

"你答应啦？"沈倩倩问。

"那没有，只是说说而已。"卢雅琴应道。

"哎，你居然能'闭关自守'，那你准备什么时候'改革开放'？"沈倩倩突然笑呵呵地问。

"什么？"卢雅琴一时没想到什么意思，便问。

"改变原来的，开放呀！你不懂？这是你的发明嘛。"沈倩倩也忍俊不禁地做一个将两腿张开的姿势，笑着说。

"看来你也是不正经。还不知道，要看情况再说，起码结婚时吧。"卢雅琴应道。

"反正你自己把握，对你那个男朋友看清楚再行事喔。"沈倩倩再次提醒说，其他的话，她也不想再说了。

"好啦。哎，刚才在票亭时，我发现有个警察时不时在偷看着你，不知道是不是对你有意思。"卢雅琴突然想起什么，问道。

"我哪知道，那时候吓死了，我的心还在不停地跳，根本没有感觉有什么人注意我。"沈倩倩应道。

"那个警察要走时，还特意跟你握手。边上那个当官的还介绍说，他叫董弘光呢。我猜，他肯定对你有意思。"卢雅琴进一步强调说。

"哦，是那个警察呀！他刚开始就躲在我的票亭里，聊了几句。看来人不错，当时他很勇敢，第一个冲出去抓人，还好歹徒开的那一枪没有打到他，要不，轻者受伤，重者完蛋。"沈倩倩心中有几分佩服，说。

"我没看到这一切，不过，刚才看了长得挺帅气。"卢雅琴赞叹地说。

"他离开时，还说'后会有期'呢！"沈倩倩笑笑地说。

"那以后肯定会有戏，你看吧。"卢雅琴眨一眼笑嘻嘻地说。

沈倩倩却抿嘴一笑，没有应答。

两个人继续东南西北地在一起直聊到吃晚饭了，才走出房间去食堂。看上去沈倩倩刚才在票亭受惊的事，似乎也平静了些。

食堂里，刘莉珍先到桌子上吃太平蛋了，边上还摆着一碗面条加两个红蛋，那是给沈倩倩准备的。见沈倩倩进来，刘莉珍便打招呼说："小沈，快来吃。"并对着卢雅琴说，"没有你的喔。"

"好的，谢谢。"沈倩倩应道。

这时，刘莉珍好像想起什么来，站起身自言自语地说："这样不对，应该1班的人都有份，不能就我们俩吃太平蛋。"

说完，她走向食堂厨房，可能是交代厨师去。

"我刚才给厨师说了，给你们全班每人两个红蛋，受惊吓的不止我们两个，大家都受惊了，都要吃太平蛋。咱们'待人不分厚薄——一视同仁'才对。"刘莉珍返回时说。还好，她是协助管办公室的干管，在食堂里对一个厨师下指令，还是行得通的。

"那就谢谢刘干事喽。"卢雅琴马上接着说。

不一会儿，吴春玉陪着姜露娴也来食堂了，这样，刘莉珍与1班的同事们围坐在一起，吃着刚刚端上来的太平蛋，大家有说有笑，心里确实安宁了许多。

吃完，吴春玉正好利用大家在场的机会，针对春节期间的上班问题说："各位姐妹，大年三十快到了，原先与大家商量的安排就这么定了。小姜和美桦不安排上班，我、倩倩和雅琴，我们3个人全排班。这样就对不起倩倩和雅琴了。你们俩第一年来高速公路上班就不能回家团聚，实在对不起。"

"没关系，我准备征求我父母亲意思，看他们来不来这里过年，他们如果来就更好，不来也无所谓，第一年不在家没关系。"沈倩倩说。

"我也可以。反正我的家就在城里。"卢雅琴也应道。

"班长，我离产假还有一个月，现在我们班人手不够，我可以留下来在春节上班。"姜露娴要求说。

"你已经这么大的肚子了，趁这次春节，你就接着请待产假吧，不要强撑了，万一有个什么不顺，我们都负责不了。"吴春玉强调说。

146

姜露娴的肚子确实越来越大了，不说别的，就说穿的裤子，一个星期就变紧了，幸好，她妈妈会裁缝手艺，一条一条跟着她的肚子改大。她走起路来也笨得多了，两个胎儿在肚里挤得她心窝直发慌。这样的状态，确实应该躺到床上静养休息了，不能随便动作，真不该再上班，尤其上大夜班。

"我没问题，真的可以。起码可以上到春节过后。"姜露娴还坚持要求说。也许一种工作责任心在驱使她这样坚持。

"露娴姐，你就听从班长的安排吧，我们可以顶住的，听说真正到了春节那几天，车辆也不多，我们应付得了。你就请假回家去吧。"沈倩倩在一旁劝说。

"再说了，如果一时车辆多了，发生滞留时，所部还有值班干部会来票亭帮忙。"吴春玉进一步解释说。

"是，露娴姐，今年春节我们来值班，等到我们怀孩子时，那时你的孩子大了，可以放手了，就帮我们顶班吧。"卢雅琴一边帮腔说。

"是呀，也许卢雅琴明年春节也怀上了。"沈倩倩一旁笑笑地说。

"八字还没一撇，你以为能这么快呀？你以为吸口南风就可以怀呀！"卢雅琴冲着沈倩倩笑哈哈地说，她知道沈倩倩话里藏着话。

"我先尊重班长的安排，过两天再说吧。"姜露娴勉强答应下来。

"就这样吧，下一个倒班时，该请假的去请假，该春节值班的安排好自己的计划。"吴春玉最后总结说。

在旁一直听着1班商议的刘莉珍开始插话说："你们班这样安排可以，到时候如果车辆拥挤，或者有其他需要时，我会来帮忙，春节我也在所里值班。"

"谢谢，莉珍。我们班这样安排应该没问题，只是今年这里是新收费所，车流的规律还不清楚，如果在我原来的那个收费所，肯定没问题。"吴春玉说。

"那是，车流再大，我们这些人都有办法对付，老收费员肯定有这样的本事来解决。'各米下各锅——哪个怕哪个'嘛。"刘莉珍说完又来一句歇后语。

说实在话，吴春玉不太喜欢刘莉珍经常说歇后语，一来，她一时听不懂，二来，她讨厌刘莉珍以这种方式炫耀自己有文化，但是，她又没办法阻止人家说话，更不能当面抵制她，甚至挖苦她。如果两人真正辩论起来，吴春玉肯定不是刘莉珍的对手，因此，心里虽然有些烦，脸上却不露声色。

"好吧，我看春节排班的事就这样定了。还有一件事，就是捐款的事，咱们在网上再继续发动。"吴春玉交代说。

"班长，那个银行户头上已经有16万多了。"沈倩倩马上应道。

自从在网上发动全省高速公路系统捐款以来，在沈倩倩提供的银行户头上，捐款数额每天都在增加。每次下班回去，沈倩倩不忘打开手机马上上网，查对捐款数额，这是她这几天孜孜不倦的一件事。

"我们继续发动，争取达到20万。我们明天再找美桦说说，问她什么时候需用钱，我们尽快转汇给她。"吴春玉告诉沈倩倩说。

"好的，明天上午美桦姐回来上班时，我告诉你。"沈倩倩应道。

"我还要说件事，对倩倩、雅琴当前关系不大，就是'收费无差错'岗位能手问题。这次省公司年终合计出来了，我们几个人都增加了一部分，但还未达到一个整数，还不在表彰范围之内，要累积到新的一年年底，总数可能才提上一档。至于你们两人，从开始收费到现在才几个月，数额不多，更要积累几年成果，才能达到'百千万无差错岗位能手'。"吴春玉又想起了这件事，便顺便将事情说完。

一个小小的收费班，没有太多的事情，也没有重大的决策，更没有什么秘密；一个普普通通的班长，不是国家干部，没有行政级别，更没有办事机构。就这么一个小小的班务会，利用食堂吃饭的时间，商定和解决了几件全班关注乃至关系高速公路的重要事务，实在不可小觑。

第十一章 自寻欢乐

今天已经是农历的大年二十八了，按照黄健伟、林小芳他们在老收费所过新年的惯例及年前各项工作的安排，决定今晚在城南收费所也举办一场迎新春联欢会。无疑，这是城南收费所的第一次，考虑到收费所职工只有四五十人，扣除正常排班的人无法参加外，就剩下 40 人左右，这样，观众不多，必然人气不够旺，场面不热闹，因此，林小芳就特意提出邀请有条件的职工带家属参加，以增加人气，活跃场面。这个提议当时就被黄健伟立即采纳及得到所里其他干管人员一致赞同。

前几天，所里通知要求带家属参加联欢会，这让吴春玉她们一班人各自思绪良多。首先是吴春玉自己，她带妈妈和孩子来，肯定没问题，一老一少原本在收费所生活多年，很惦念收费所，尤其是孩子，平时就经常闹着要来，何须邀请？一听说有这事，马上就会吵着要姥姥带着来，可是，能不能动员老公来参加，则是个问题了。

自从她的丈夫金凯宾在那个方面开始对她不感兴趣后，吴春玉刚开始也有所自责，理解他，原谅他，等待他，可是后来很长的一段时间里，尽管吴春玉时真时假地撩拨甚至冲撞时，老公都还是那样，不是冷淡，就是应付，且应付得极其勉强。说实在话，女人在这方面是很容易检测出男人是不是在正常的轨道上，除非女人自己也不在轨而对对方无所谓，或者是有其他生理毛病，由此，吴春玉隐隐约约感到事情不是那么简单了。特别是近段时间来，听自己的母亲说，自己上晚班时，老公没回家睡觉，这让她吃惊不小。以前，不管吴春玉在收费所上班还是不上班，白天班还是大、小夜班，老公都不会留宿外头不归，即使不回家，也会给家里说明一下原因，打个电话或者发个信息，算是请假了，但是，现在不一样了，有几次家里母亲、女儿及自己谁也没有他事先不回家的消息，顶多过后说一下敷衍了事。为此，吴春玉更是加剧了对老公的不安。

不安归不安，不管来不来，所里的邀请还是要转告，于是，前几天吴春玉就给金凯宾打了个电话说："凯宾，农历二十八那天晚上，我们所里开联欢会，邀请家属都参加，我妈她们两个肯定会来，你能不能带着她们一起来呀？"

"我可能没有时间，最近比较忙。"金凯宾婉拒道。

"忙什么呀！一个晚上都抽不出时间吗？"

"年终到了，我们公司肯定事情多嘛！"

"我们城南收费所是第一次举办春节联欢会，也是我调到这个所的第一次，所长希望各位家属到所里看看，说好听点儿，叫指导指导。我也希望你能来，我妈及我们那个宝贝更希望你开车带着她们来。"

"不要啦，顶多我到时候送她们去后，我就回来了。再说了，我这个大男人也不好意思去充当家属呀！"

149

"男人家当女人家的家属有什么奇怪，我们林所长的丈夫也算是我们所里的家属啊，人家还是路政大队长呢，我们所里都是女同志，家属也都是男人家了嘛！"

"算了算了，我还是不去了，没空。"金凯宾最后应道，说完不等吴春玉回话，就把手机挂断了。

吴春玉虽然生气，想训斥一下老公，但还是忍住了，没有再拨他的电话，反正到时有母亲和孩子来参加，也算是带了家属，不会没面子。

说起林小芳的丈夫唐德武到时能不能作为家属来参加，他们早已商量好了，唐德武是满口答应，只是肩负大队长一职而身不由己，到时，如果遇到难以估计到的突发事件要他处理或者一定得他值班不可，他就实在是没办法参加，甚至如上次一样，来所里后又有急事必须马上回去，那也是没办法的事。对此，尽管林小芳想在所里能起携家属参加联欢会的带头作用，但也十分理解丈夫的难处，最后，只好交代丈夫说尽量争取来，另外，之所以想要丈夫来所里，也因为他们已经好长时间没有在一块了，所以，还蕴藏着几分思念的缘故。

"豆豆，后天晚上我们收费所开春节联欢会，妈妈带奶奶和你一起去，看看妈妈那里的阿姨们唱歌跳舞，好吗？"李美桦在医院里问孩子。李美桦准备带豆豆参加所里的活动，因为在医院里时间太长了，每天打针吃药，在病房里就那么几个病友在一起，很单调，趁这个联欢会带孩子去散散心，正好这几天豆豆的病情还可以。李美桦甚至想过，今后可能出现最坏结果前，也要找机会给孩子点儿欢乐，这就是一次机会。

"好。"豆豆应道，声音很小，很淡。虽然，豆豆那面无血色的脸没有明显的喜悦表情，但孩子的心里应该还是高兴的。

"那你这两天要好好休息，养足精神，到时看节目时才不会累。"李美桦哄着孩子说。

"好，我听妈妈的话，好好休息。"孩子乖乖地应道。

"真是我的乖豆豆。"李美桦眼睛湿润，心痛地一把抱过孩子。

自从班长与沈倩倩商量春节上班的事定了后，沈倩倩马上打电话给父母亲说了高速公路上春节节日运行的情况和要求，父母亲听后虽然有几分遗憾和不舍，但最终还是同意了，而且表示说，既然没办法请假回青海与家人团聚，那就在收费所集体过年了，一方面顾及了工作上的要求，另一方面可以体验离家过集体年的滋味，对人生的锻炼成长有好处。至于沈倩倩提议父母亲来所里与她一起过春节，她父母认为，今年是她第一年参加工作，不好这样拖家带口地在单位过年，怕给人家留下不好印象，所以，也就回绝了女儿的提议。由此，对参加联欢会一事，沈倩倩也就无从谈起了，无论如何是带不来父母了，他们不可能春节前特意赶来参加一回。

姜露娴挺着一个"超级"大肚，走起路来一左一右地摇摆，背影真像个企鹅模样。在吴春玉做出春节上班安排时，她坚持不肯就此请产假，说春节期间收费所人手少，车辆多，一定要过完春节后再请，吴春玉最终拗不过她，也是被她的韧劲和执着精神所打动，只得尊重她的意见，让她上班到正月初七春节假期结束，再开始正式请假回家待产，这样，离她的预产期20天不到。对于春节联欢会，她表示不仅带妈妈参加，还会叫丈夫一起来，连肚子里两个宝宝，一家人就有5个人参加了，到时，肯定是所里来参加联欢会最多的一家人。

至于卢雅琴，她已明白告诉班长说，会带父母亲参加。毕竟她与朱加水还未结婚，不可能带他来。而吴春玉当然清楚，一个未婚女孩子，顶多带父母亲，不会带男朋友来抛头露面，尽管卢雅琴是个开放的女孩子，何况，吴春玉还弄不清楚她有没有男朋友呢，因为，朱加水的事卢雅琴只是透露给沈倩倩一个人知道，班里或者所部的其他人一概不知道。

晚上准 7 点半，收费所一个能够容纳 80 人左右的大会议室里，日光灯、节能灯齐开，有些灯还包上色纸，既照得会场亮堂堂的，又显得五彩缤纷。墙壁上用彩条绸布扎成的花束装点，天棚上飘荡着彩色气球，还用红的塑料布铺在地上，以代表舞台，"春节联欢晚会"四个字贴在台子中央。虽说因陋就简，但也不失节日气氛，看得出来，所里确实是花心思布置了一番。

大人小孩，男男女女，家属职工，整个会议室坐得满满当当的。虽然，室外冷风吹拂，寒气逼人，可是，室内人声鼎沸，热气腾腾，尤其是淘气的孩子们更是兴高采烈，在会议室嬉笑打闹不停，给现场增添了不少欢乐的气氛。也许是孩子们太喜欢妈妈工作的收费所了，可平时又因为妈妈按"三班倒"上班，很难得来一次收费所，今晚能来尤其兴奋不已，更不用说，有这么多的孩子，有这么集中的机会都到收费所来。

豆豆则不然，她由奶奶陪着坐在一旁，静静地看着平时难得一见的小伙伴们在她周围跑来跑去，追逐玩耍。也许她也想与他们混在一起玩、一起笑、一起闹，可是，她已经没有这样的力气下地了，更不用说跑来跑去，她只能够坐在那里用无神的目光看着小朋友窜来窜去的身影。此时，豆豆她那幼小的心灵不知道是欢喜还是痛苦？也许李美桦都难以捉摸。

所里干部职工的家属该来的都来了。黄健伟的妻子带着孩子来了，他妻子是一位中学语文老师，学校已经早早放了寒假，有的是时间；林小芳的丈夫唐德武也抽空来了，他参加完联欢会后，明早要赶回去值班，直到大年初三；刘莉珍带着妈妈来了，妈妈本来要求她把杜建国一起带着去，如果不从，妈妈也不想去；这是因为，刘莉珍的婚事让她实在着急透了，才时时刻刻催着，可是，刘莉珍不肯，认为两人的关系"八字还没一撇"，怎敢带到收费所去"曝光"，要是今后不成岂不是让人笑话，那自己这个所部干管还怎么当?！所以，刘莉珍坚持不肯，最后，妈妈也没办法，只好从了女儿；张温平和兰碧云各自的丈夫、孩子、妈妈都来了。所里其他没有当班的收费员及工作人员的家属也基本上都来参加了，甚至有些当班的收费员，自己在票亭收费，却叫家属到会议室参加联欢会。

受所里邀请，负责这一路段的交警中队、路政执法中队的人员也来参加了。

目睹这样的场景，置身这般的氛围，身为所领导的黄健伟和林小芳深有感触，他们真切地体会到所里职工爱所爱家爱高速公路的情怀；作为收费所的员工也同样颇为自豪，是高速公路把他们召集在一起，好比兄弟姐妹，犹如一家老小。

"亲爱的爸爸妈妈、兄弟姐妹、大小朋友及我们的同事们，晚上好。先请大家检查一下是否把兑奖券都放进小箱子了，别忘了，以免待会儿摸奖时遗漏。"沈倩倩站在台上拿着麦克风开始主持了，并微笑着向人们点头施礼，很有主持人的风范。加上她的声音很甜，话音刚落，就把在场人的眼光吸引过去了。

确实，沈倩倩是受所领导指派准备主持今晚的联欢会。

原先在选拔主持人时，黄健伟和林小芳意见不同。黄健伟推荐刘莉珍，说她个子高，在观众中很突出，容易出众，而且有文化，听说在没调到城南收费所前在原来收费所曾经主持过所里不少活动，又是所部干事，理所当然。林小芳则推荐沈倩倩，认为她来自艺术专业，有舞台经验，肯定能够操控现场气氛，因为，晚会是以联欢互动为主，需要灵活处理，她觉得刘莉珍可能生硬些。最后，还是黄健伟迁就了林小芳的意见，认为女人对女人肯定更了解，加上沈倩倩的文艺特长明摆在那，无人可比，也就同意选了沈倩倩。

其实，刘莉珍自己倒是信心满满地准备担当联欢会的主持人，她确实觉得自己已是老主持人了，虽然没有主持过联欢会，但也不过是"小巫见大巫"，自感可以胜任，加上自己是干管人员，不用要求，所领导也会叫她干，因此，前几天就等着所长来通知。可是，前天林小芳却通知沈倩倩当主持人，这对她来说，太出乎意料了，同时，也大失所望，心里有说不出的滋味，甚至对沈倩倩还有些许嫉妒，只是不好明说。

"现在请我们林小芳副所长致辞，大家欢迎。"沈倩倩宣布说。

"这姑娘是哪来的?"刘莉珍的妈妈低声问刘莉珍。刘莉珍和她的妈妈坐在后面一排。

"是收费1班的收费员，西北那边的青海考进来的，不过她原先就在我们这儿念大学，听说她的父亲老家是我们省秀春县人，妈妈是内蒙古人，算是南北方混血儿吧。"

"哦，是这样，难怪长得这么俊。"

"那你女儿长得不俊呀?"

“那也俊。”

“妈，原来这个主持人应该是我，现在被她抢去了，她是学音乐的。”

“哦。”

两母女对话间，刘妈没有很认真与女儿对话，因为，她的眼睛始终没有离开过沈倩倩，一直盯着，似乎想在她身上寻找什么。

“各位来宾，我受黄健伟所长的委托并代表所部所有干管人员在这里向各位长辈、兄弟姐妹以及小朋友们问声好，对你们今晚的到来表示热烈欢迎。我们城南收费所成立以来，我们的职工秉着为高速公路作奉献的精神，兢兢业业，辛辛苦苦，以优异的成绩完成了上级下达给我们收费所的各项任务。高速公路收费是个艰苦工种，作为我的同事们最清楚，各位长辈清楚，各位亲爱的人清楚，连各位小朋友也都清楚你们妈妈的苦衷。但是，辛苦归辛苦，我们的同事始终坚守着这个岗位，各位亲人也都支持着我们，支持我们高速公路事业的发展，值此，我们感谢你们，特别要感谢各位亲人们，有你们的支持，我们所必将越来越好。最后，我代表黄所长及全体员工向大家祝福新春愉快，全家幸福。谢谢大家。”林小芳简短地致开场白。

153

“谢谢小芳所长热情洋溢的讲话。现在有请亲人家属代表刘妈讲话。”沈倩倩按照事先的议程宣布说。

听到主持人这么一叫，刘妈才回过神来，笑笑地起身往台上走去。

请刘妈代表家属讲话，这也是两位所长商量定的。一是考虑到刘莉珍在收费所工作好几年了，一直都得到她母亲的支持，同理，说明刘妈也很支持收费员这项工作，且她母亲是上山下乡知青，有知识，有文化；二是怕今晚不叫刘莉珍当主持人她会有情绪，就叫她母亲出场，以此来安慰刘莉珍的失落。事先刘莉珍给她妈妈说过，所领导很看重妈妈，联欢会上准备特别邀请妈妈代表家属上台讲话，她妈妈起先有所推辞，说不好意思，也不知道说些什么好，可刘莉珍执意要母亲上台，她认为这是给自己争气撑面子，也是借此机会让秀外慧中的妈妈展示一下风采。机不可失时不再来，在她一再纠缠下，刘妈也就同意了。

“收费所的各位领导，收费所的同志们，晚上好！你们辛苦了。”刘妈接过沈倩倩的话筒，手势比较僵硬，而且竖着拿，没有对准嘴巴，沈倩倩见状帮忙她拿正对着嘴。

"哇，刘莉珍的妈妈真有风度，年轻时肯定长得很漂亮。"台下有人窃窃私语说。

"让我代表家属说几句话，我真的不知道说什么好，以前从来没有在这么多人面前说话过，心里慌得很。我要说的是，我们作为收费员的家属，能够了解他们特别不容易，好辛苦喔，'三班倒''四班倒'，经常不能准时吃饭、睡觉，白天当晚上，晚上当白天，还要吸烟尘，听噪音，挨批评，不仅如此，连他们谈恋爱都没有别人那样的正常时间，就像我女儿，整天忙于收费所工作，自己的事一点儿不着急，真急死人。"刘妈说到这里，引起全场一阵笑声。

"真是'马背上钉掌——离题（蹄）太远'了，叫致辞，说到哪里去了，现在变得批判我来了。"刘莉珍暗自嘟噜说。

刘妈见大家在笑，她也乐了，继续说道："大家高兴就好。晚上所里请我们来参加联欢会，我们十分高兴和感谢，祝收费所新年更进一步，取得更好成绩，同时预祝大家新年快乐、幸福安康。完了，我不会讲话，请大家原谅，谢谢大家。"说完，刘妈向大家还深深地鞠躬了一下，博得全场一阵掌声。

154

"谢谢刘妈富有情感的讲话，谢谢对我们收费员的理解，请大家再次热烈鼓掌感谢。"沈倩倩说完，带领全场又是一阵鼓掌。

"现在我先给大家唱首歌，是我们省高速公路公司一位领导写的，歌名叫作《高速公路之歌》，这是我们在培训班学习时学唱的，希望大家喜欢。"沈倩倩自我报幕，并唱道：

平展展的大路/大地上的飘带/青山绿水中向前/城市乡村中伸延/通向四方/通向四方/啊高速公路/啊向前向前/啊伸延伸延/我们逢山穿越我们遇水架桥/我们高速公路通向四方

绿茵茵的大道/蓝天下的坦途/无数汽车在奔驰/千万人们在忙碌/连接四方/连接四方/啊高速公路/汽车在奔驰/人们在忙碌/我们填平沟壑/我们劈开群山/我们高速公路连接四方

沈倩倩将这首歌唱得豪迈、舒展、大气，激起台下一些原来就会唱的收费员也跟着哼起来。

"唱得太好了。这姑娘叫什么名字？"刘妈听完问刘莉珍。

"她姓沈，名叫倩倩。怎么，歌声打动你啦？"

"是的，很难得有这样的人才。她姓沈？刚才你说她父亲是秀春县人？"

"是呀，是姓沈，她说原籍是秀春县，还说她父亲曾经在我们这里当过知青。"

"哦，有这事？"

"妈，难道你认识？"

"说什么话，我怎么会认识。"

"那是，人家远在西北，哪有可能。"

"她的父母亲有没有来？"

"太远啦，怎么会赶来呢？"

"哦。"

此刻，台上沈倩倩宣布一个游戏规则说："现在咱们来个互动节目，叫作对接歇后语，也就是说我出第一个字，后面用这个字说一句歇后语，比如'飞'字，一人说'飞机上的婚礼——空喜'，另一人就接'飞行员跳伞——一落千丈'，再一人又接下去说'飞机放屁——一溜烟'，就这样，一个字连接说 5 句歇后语，然后，再换一个字。能够接的人奖给一个小礼物。"

"好！"台下齐声应道，但附和者大多数是所里的职工，一群小孩也跟着起哄应道。

"我先说一个公路的'公'字，看谁先接着说？"沈倩倩开始出题说。

刘莉珍等沈倩倩说完，马上站起来说："我来开头，'公园里的长颈鹿——就你脖子长'。"

其实，这个节目是刘莉珍策划的，是受电视里一个接成语的节目启发而来的，这对于一般人来说有些难度，但她还是想玩一玩，如果联欢会上人家接不上，还有她做后盾，反正自己满肚子歇后语。

"公鸡不下蛋——理所当然。"台下一个男人声音，大家回头一看是林所长的丈夫唐德武接下了。全场一阵笑声和鼓掌，可能有些人会想，就是你这头"公鸡不下蛋"。

"来，给我们的唐大队长一个小纪念品。"沈倩倩请工作人员送一个有高速公路标志的杯子给唐德武。

"公婆打官司——各说各有理。"这是吴春玉的声音。在座的公婆们相互对视一眼，会心地"呵呵"一笑。

"公子娶小姐——两相配。"声音从后面传来，大家一阵掌声后，回头一看，见是坐在后排的一位警察接着。沈倩倩远远看去好像是前段时间在收费所抓毒贩时，那位预先藏在她票亭的警察，隐隐约约记得他叫董弘光。沈倩倩再定神一看，确实是他，不知什么原因，不由得让她心中一阵慌，心想，该不是又来抓坏人吧。那一次着实让她吓破胆了，至今心有余悸。

"公公背儿媳妇过河——吃力不讨好。"这是3班的一位女收费员接着，也同样引来一阵笑声。

"不对，应该是'公公背儿媳妇过河——心中乐得不得了'。"在场一位交警开玩笑接着，又引来全场一阵哈哈大笑。

"好了，好了，已经接5句了，'公'字就接到这里，下面第一个字是'路'，开始。"沈倩倩见状马上刹车，并推出新的字。

"路边的芨芨草——看不上眼。"不知哪来的灵感，在冷场片刻后，李美桦开了个头，全场为她鼓掌叫好。

"来，这是豆豆的妈妈接上，请给小豆豆一个纪念品。"沈倩倩对着豆豆说，豆豆也愉快地接过杯子，小声说："谢谢。"

"路边的狗屎——不值一文（闻）。"4班一位收费员的丈夫接着，大家转头看看他，没有像刚才那样反应热烈地给一阵掌声，好像跟那"狗屎"字眼一样，味道不对，不值一（闻）。

"路边捡私生子——非亲非故。"兰碧云举起手接着。

"那不一定私生子才是非亲非故，任何捡的孩子都应该是非亲非故吧。"在场一位家属辩解说。

"也对。"沈倩倩附和说，并接上"路边的小草——任人践踏"一句。

"对。现在路边小草不应该任人践踏才是，讲究爱护绿地，保护环境。"刘妈马上说道。

"刘妈太有远见了，向您学习。"沈倩倩在台上称赞不已。

"最后一句我来，'公路道班——各管一段'。"刘莉珍站起来接着说。

此时现场一阵起哄说，第一个字不是"路"。

刘莉珍赶忙解释说："我这一句歇后语虽然第一个字不是'路'，但刚才我们是从'公'字开始，到现在'路'字结尾，那不就是'公路'两字吗？所以，我把两个字都用上了，岂不是更妙！这叫作'山顶上点火——高明'。"

"哈哈，刘干事真是'井里长出一棵树来——根子深'呀！"沈倩倩笑笑地称赞说。

"妙句。"董弘光站起来在后面大声称赞说。

刘莉珍一听沈倩倩如此称赞自己，十分高兴，再一听那句歇后语，不由得心中有几分佩服。

"好了，咱们接歇后语就到此，现在开始另一个节目……"沈倩倩宣布说。

"你看，人家对歇后语也有研究。"刘妈一边看着沈倩倩一边对女儿说。

"那是，平时也听过她说歇后语。唉，妈你怎么老看着人家，好像她是你女儿似的。"刘莉珍不解地问。

"我总觉得这个沈倩倩身上有一种魅力吸引了我，比如歌唱得好，普通话又准，那么从容地主持，很有文化，看来秀春县人都很有文化底蕴。"刘妈解释说。

"这跟秀春县有什么关系？秀春县跟我们绍柏市人有什么区别？怎么会有这样的地域区别?"刘莉珍听母亲一说更困惑了，连问。

"我不是说秀春人与绍柏人有什么绝对区别，是说秀春市那里人受教育程度可能会高些的意思，他们那里是海边地区。这个你觉察不出来，不说了。看节目吧。"刘妈说到这里戛然而止，没再说了，又专心看着沈倩倩，似乎想在她身上找到什么。

"下面一个节目是我们经常玩的，叫作'击鼓传花'，这是大家都懂得的游戏。现在，我手里有一朵绸布花，在鼓声响起时就开始传。预备……"沈倩倩兴致勃勃地准备开始。

联欢会进行了一个多小时，其间还安排了小朋友的儿歌演唱、收费员的窗口服务标准化演示和点钞比赛、收费3班的小合唱等小节目，尤其是沈倩倩再次独唱了一首还是出自省公司领导原创的歌曲《征费姑娘》，歌中唱道：

穿一身绿衣/替代了姑娘的艳装/却遮不住姑娘的窈窕/戴一顶大帽/藏住了少女的秀发/却掩不住姑娘的娇容/在忙碌的小空间呀/在神圣的小天地呀/跟随春秋/跟随冬夏/陪着太阳和月亮/计算机前哒哒哒/打印机上嚓嚓嚓/送一张卡/捎去姑娘的微笑/递一张票/获取司机的欢笑/谢谢/真诚的应

答/换成了一路甜甜蜜蜜/亲切的祝愿/化成了一路平平安安/啊征费姑娘/征费姑娘/青春年华多姿多彩/啊征费姑娘的青春/闪烁在南来北往的车里/啊征费姑娘的年华/飘洒在绵延不断的路上

唱完，不知是因为歌词写出了在场收费员的心声，还是音乐温婉动听，全场报以热烈的掌声并经久不息，把沈倩倩乐得连连弯腰致谢。

"现在进行最后一个活动'摸奖'，奖品是 8G 的电脑硬盘一个，共有 5 份，也就是说有 5 个人可以得奖，看谁的运气好。"沈倩倩又宣布说，并拿着一个事先装好兑奖券号码的小箱子摇了摇。

"好。"台下一阵鼓掌叫好。

"现在有请黄所长来摸，谁希望被黄所长摸到?"沈倩倩笑笑地喊说。

"我，我，我……"台下七嘴八舌地喊叫，尤其是孩子们的叫喊声更大。

"我也愿意。"一个特别大的女声应道。一看那个喊叫的女收费员，顿时，有些人一阵哈哈大笑，特别是有几个男的更是笑话她"让占了便宜，还不懂"。

"有什么好笑的!"那收费员还懵着，不解地问。

"你要让所长摸呀?"不知是谁把笑话挑明了说，又引来一阵笑声。

整场联欢会热闹非凡，职工、家属及来宾都赞不绝口。黄健伟、林小芳都感到满意，一是感谢职工及家属的热情支持，前来参加，二是赞扬沈倩倩主持得很好，调动了现场气氛，达到了他们预期的效果。

不到晚 9 点，考虑到家属们还要回家，联欢会就结束了。

"小沈，你主持得真好，歌唱得更好，实在有才。"沈倩倩刚走出会议室门口，那个董弘光就走上前跟她打招呼并称赞说。

"哦，不好意思，我也是第一次在这里主持。谢谢你的夸奖。"

"你好厉害，我在高速公路上工作这么多年，还没有见过你这么多才多艺的收费员。"

"你不是公安局抓毒贩的吗? 怎么也在高速公路上工作?"

"特意来看看你，听你唱歌呀。我其实是交警支队的，那天是我们配合缉毒大队行动才到你所来。我办公在支队，支队机关设在市里，常驻在你们这个所里的交警是我们的一个中队，平时检查工作或者有任务时才到基层来。"

"哦，你是支队机关上面的警官，那希望你们对我们收费员多支持帮助喔。"

"那肯定，现在我们高速公路交警与高速公路公司关系很好，好比同族兄弟，一样姓'高'，一家人谁也离不开谁了，互相支持，互相帮助。我叫董弘光，绍柏市城里人，我们留个手机号，以便今后多联系。"

"可以啊。我叫沈倩倩。"

沈倩倩感觉眼前这位董弘光说话很爽快，也很热情，再加上对他原来就有不错的印象，于是，也很爽快地将自己的手机号报给对方，再让他打进自己的手机并将号码储存起来。

"那下次再见。"董弘光告辞说。

"好，再见。"沈倩倩应道。

董弘光转身便消失在夜色中。他今晚听中队的同事说，所里要办联欢会，还欢迎交警参加，于是，他趁着晚上休息时间，开着朋友的车子，从城里赶来参加。也许，他来参加的目的不为别的，就是来看一眼抓毒贩那天遇到的这位漂亮的收费员沈倩倩。

"倩倩，刚才你主持得太好了，歌又唱得好，谢谢你。"身后又传来一个大妈的称赞声音。

沈倩倩赶忙回头看，是刘妈，身旁还陪着刘莉珍，她连连应道："不敢不敢，刘妈你过奖了，我还是新职工，今后还要学习，特别是向莉珍姐学习。"

"她哪能跟你比，起码歌唱得不如你，你是专业水平。"

"哎，听我姥姥说，我妈以前在中学念书时，也很会唱歌，还是毛泽东思想宣传队的，到处跳舞，到处唱歌呢！"刘莉珍插话道。

"别为我吹牛了，我哪能与倩倩相比，时代不同了，你们年轻人正在兴旺时期，我们都老了，不中用。"

"刘妈，欢迎你常来看看莉珍姐，也看看我们。"

"会的。那我要回去了，再见吧。"

"我陪我妈回城里的家，再见。"

"再见，刘妈，莉珍姐，你们走好。"

"你看，人家多懂事的姑娘，不像你整天疯疯癫癫的，不守规矩。"

沈倩倩送走了她们，也回宿舍准备给家里父母亲打电话，这是她每两天必须做的一件事。

豆豆好不容易坚持看完全场节目，其实她已经很疲倦，差点儿吃不消了，但她还是很坚强，一直依偎着妈妈，看完所有节目。她最开心的是刚才妈妈抢答了一句，让大家都看到她们母女俩，还得个纪念品。联欢会一结束，李美桦便搭乘同事丈夫的车子回到医院，安排豆豆吃药、睡觉。

关于豆豆移植造血干细胞一事，虽然，前段时间班长和沈倩倩将大家的首批捐款 16 万元交给她，她也马上向医院预缴了这笔费用，可是，毕竟与捐献者的成功配对，不是一件容易实现的事，概率极低，因此，至今还没有消息。李美桦看着女儿的各项指标非但没有好转，有些指标还逐日趋于恶化，这让她实在难以承受，可又没办法，心中只能默默地忍受这样的煎熬。她只能祈望能配对的捐献者早日出现，以解救女儿，也同样祈求那些可恶的癌细胞不要那么肆虐，以减缓女儿向那个可怕世界迈进的步伐。

马上就要过春节了，既然吴春玉不让她值班，她也就准备在假期的那几天日夜守护着女儿，24 小时一刻也不想离开，一则弥补以前因为上班而缺失的守护，二则替换公公婆婆一阵子，好让他们也休息。

吴春玉带着孩子和母亲回到家中，金凯宾还没有回家，本来满肚子怨气的吴春玉这下子更恼火了，马上给丈夫挂电话，问："凯宾，怎么啦，到现在还不回来呀！？有这么忙吗？"

"我还有事，现在没办法回，待会儿吧。"电话那头不耐烦地应道。

吴春玉也不好在电话里再发火，只能忍让，她深知自己没能尽到妻子的责任，才导致丈夫对自己一步一步地生疏。她甚至自我慰藉地认为，两人只是"疏远"还没有达到"离"的这一步。

其实，金凯宾早上就驾车到邻县办事去了，此时还正在开车回市区的路上，不过车上副驾驶座位上还坐着一位妙龄女郎。这位女子是外地人，姓邢，在绍柏市一家 KTV 歌厅当陪侍，也就是坐台小姐。有一次金凯宾为接待客户去这家 KTV 唱歌，邢小姐就坐金凯宾的台。邢小姐不擅长唱歌，五音不全，可能文化程度不高，可也许因为她来自农村质朴的家庭，很懂得体贴人，时常主动为客人倒水递烟，挂衣服拿麦克风，点歌翻歌本等，很尽责，很周到，在包厢里简直是无微不至地服务客人，并且说话和气，满脸笑容。如此殷勤又温柔的姿态，加上姣好的面容，给金凯宾留下非常好的印象，并深深打动了金凯宾的心，使他喜欢上这位邢小姐。自那以后，金凯宾只要接待客人，就带着到这家歌厅消费，抑或被人家邀请，他也会建议到这家歌厅，而且都是让邢小姐去订台。由此，金凯宾既可以经常与邢小姐相处，又让邢小姐获取不少的小费，还因为经常超额完成订台指标可以向歌厅老板索取不菲提成。

要不了几次来往，邢小姐对这位经常眷顾自己、心甘情愿地为自己出钱出力的大哥也颇为好感，为了自己的生计想在当地找到靠山的邢小姐，主动提出要与金凯宾交朋友。对此，金凯宾欣然接受。多年来，妻子"三班倒"，经常想见见不到，想碰碰不到，一时需要发泄时无处可泄，久而久之，把一个原本完整的家庭情感，撞得七零八落，留下了外来者乘隙而入的余地。所以，邢小姐的出现，肯定能让金凯宾时常空虚的心灵得到补偿。

男人家是最经不起女人家的温存而往往容易被降服，那天，金凯宾陪客人在歌厅唱完歌后，邢小姐温情脉脉地要求金凯宾送她回家，金凯宾也心领神会，随邢小姐来到了一个小区的出租房。这是邢小姐在市区里租用的单人小套房，一个小卧室，加上厨房、卫生间。像大多数坐台小姐一样，作为寄住在这个城市里的夜生活女人，房间布置得很简单，一张床，一个简便衣橱，里面挂着几件用于上班的时装，一张用于吃饭的小方桌，地上放着两双高跟鞋，这就是她客居这里的全部家当。房间虽小，此时，容不下他们波涛汹涌的激情，掩不住他们干柴烈火的欲望，两人你情我愿地发生了关系，金凯宾也就第一次地尝到了除妻子外的"性福"，而且感觉大不一样。从此，金凯宾有时候白天，有时候晚上，经常来到这里与邢小姐厮混，甚至带到外地出差过夜。尽管金凯宾还没有想金屋藏娇把她包养，但面对这位年轻貌美的女人，他把在高速公路上收费的老婆已经逐渐边缘化了。难怪，任凭老婆今年来多次挑逗、引导，他都无动于衷，小家伙趴着不起来就是不起来。

这一切，吴春玉尚不知情，她更不知道此时此刻丈夫的车上正载着一个"小蜜"或者说"死敌"，有说有笑地在回市里的路上，她仅仅是埋怨今晚的联欢会丈夫不愿意参加太不顾及她脸面而已，因为，那么多同事带着老公参加，而作为一班之长却没有把老公带去参加。为此，有些恼火，打个电话问问，发发牢骚了事，其他她不愿意想太多，总觉得自己欠丈夫多于他欠自己。进而又想到，后天就是除夕，正排到她们1班上小夜班，也就是说她肯定无法与家人在除夕团聚吃年夜饭了，又是丈夫、孩子和自己的妈妈3人冷清清地度过除夕。

再说了，像这样不在家中过年过节，不能团聚团圆的情况，不是一次两次，一年两年的事，自她参加高速公路收费的近十年来，是再普通不过太经常的事，所以，善良的她，觉得自己没有权利责怪老公，反而有愧于老公才是。

打完电话后，吴春玉安排好孩子，与母亲道个晚安，不等丈夫回来便进房间睡觉去了，因为，明天上午她还要到超市买些年货。一部分给家里准备着。她怕丈夫不懂得买什么，买多少，所以，凡是她不在家过年过节的时候，她都要事先给家里做准备，以便他们在家能够吃好。另一部分带回收费所。由于所里没排班，该请假的职工都不在所里而回家过年去了，除夕那天下午所里只剩下她们1班的人，因此，食堂就暂时熄火，没有供应伙食。如何能够既坚守在票亭上班，又不错过中华民族传统里吃年夜饭的那一刻？吴春玉左思右想后，借用以往在其他收费所的做法，终于想出了一个能够边上班边吃年夜饭的绝佳办法，于是，她便暗暗在做准备，以等待后天付诸实施。

第十二章　路旁年饭

从大年三十的下午开始，收费所进出的车辆逐渐减少，根据现实情况，所里决定出口仅开两个人工缴费车道和一个 ETC 自动缴费车道，入口仅开一个自动取卡车道，其余车道均关闭了。

今天正好是大转班，轮到吴春玉她们上小夜班，即下午 4 点至明早大年初一的 8 点。除李美桦请假外，吴春玉她们班还有 4 个人。上班后，吴春玉事先已根据不同情况作了这样的安排，即沈倩倩负责车流稍多点儿的车道，"超级孕妇"姜露娴暂时安排在另一个车流较少的车道，视车辆情况到时候还准备再关闭这个车道。入口的自动发卡车道只安排卢雅琴站在那个区域照看，说是照看，只要自动发卡机不出故障，也就没有什么具体事务需要做，属于机动岗位，因此，吴春玉已经招呼她帮忙做另一件事。

这件事就是吴春玉要在收费棚下的车道旁搭建一个临时蒙古包，也叫蒙古屋吧，并将其作为小伙房来办年夜饭，让全班人在蒙古包里吃年夜饭过除夕，同时兼顾着车道收费，做到收费吃年夜饭两不误。这就是联欢会后回家时吴春玉事先谋划好的主意，并且都已经告诉班里其他几位，得到了一致赞同，接着也报告了所里领导，同样交代当天值班的干管张温平也一起参加。

安排完她们上岗后，吴春玉马上招呼卢雅琴帮忙将在城里借来的一顶红色蒙古包搬到收费棚，并选择在最靠边且现时封闭的车道上把它搭建起来，又摆进从食堂搬来的一张饭桌、几张椅子及锅碗瓢盆等，再把家里带来的电磁炉、炖锅及超市买来办年夜饭的各种主食材和佐料，统统搬进了蒙古包，接上电灯，一个因陋就简的微型伙房就落成了。还将宿舍里的电视机也搬来，准备吃晚饭后再看中央台的春节联欢晚会。

张温平没有闲着，整个下午在所部大门前作节日布置。她首先将各办公室、走廊、楼梯的电灯打开，让整幢办公楼灯火通明，这意味着红红火火过新年，然后，把买来的杜鹃红、福橘树等花花草草摆上台阶，预示着万物逢春，最后，再在办公室大门上贴春联、挂灯笼。春联是公司统一定制后发到各个基层单位的，这副对联的上联是"用心连接十分笑脸十分暖"，下联是"真情互通一路春风一路歌"，横批是"情暖高速"，从对联的格律来考究，显然有误，但内容充分表达了高速公路收费员敬业爱岗的精神。反正贴在自家门口，少有外人顾及，即使有人看了，也不一定能看得出毛病，因为现时的人都不太懂得这些古典韵律了。张温平将办公室装饰得喜气洋洋。差不多快 4 点了，于是，她马上关好办公室的门，就赶来蒙古包与吴春玉会合。

蒙古包搭建好，年夜饭该如何办？不用说，作为老大姐班长，肯定得由吴春玉来主持并掌厨，而张温平只能当助手，洗洗涮涮、切菜切肉及拿油盐酱醋等。其实，张温平也是烹煮能手，母亲开过小食店，她从小耳濡目染，烹调技术在所里并不亚于谁。4 点半，吴春玉和张温平系起围裙正式动手了，蒸蒸煮煮，她俩想赶在 7 点钟前能够让大家准时吃上。

当然，设施如此简易，年夜饭也就不可能是色香味俱全的精细佳肴，而只能是大众化的菜肴。吴春玉准备了如捞米粉、煮面条、炒肉片、炖猪蹄、蒸螃蟹、烫饺子及熬蘑菇汤等几道菜，再加上城里买来的猪耳朵、鸭爪、鸡爪、牛筋等卤味品，另外，母亲特要她捎带来绍柏市当地办宴席的名菜"烊鱼"和"什锦"两样，这是她老人家长期生活在收费所并与收费员结下不解之缘所使然。这样数来，今晚的年夜饭也有近 10 道菜，应该说，不算丰盛，但肯定能吃饱，不算高档，但肯定可口。

春节前后，南方正逢寒潮来袭，白天最高气温也仅 8 度，夜间可低到 1 度，确实有些冷，因此，夕阳西下，余晖散尽后，气温马上转低。不过，天气的寒冷，一点儿也不影响百姓的节日气氛。从 5 点开始，周边乡村百姓家里就有陆陆续续的烟花爆竹响起，过了 6 点，天色幽暗，夜幕降临，烟花爆竹声就更是接连不断，震耳欲聋，响彻夜空，映红大地，千家灯火齐明，万户盛宴飘香，一年四季忙碌的人们已沉浸在共度除夕喜庆佳节的良辰美景中。

此刻，车道上的车辆已经稀少，半个小时或者一个小时才有一部车通过，与平时那种繁忙、拥挤的现象相比，不可同日而语。除了周遭的烟花爆竹声外，听不到往日汽车的发动机、喇叭、轮胎与地面产生摩擦及司乘人员发出的各种嘈杂尖厉声音，平静得一时令人不可置信。是的，从除夕下午开始，高速公路上的车辆稀疏，别说收费所进出车辆少，连服务区也见不到人上卫生间、超市，餐厅也都已关门大吉，没人用餐了。但是，稀少归稀少，服务区可以歇业，高速公路收费所却不能关闭，毕竟还是有车在跑，因此，不论什么节假日，收费员必须在岗，成了高速公路人的职业特点。

收费棚下，一个被灯火映衬得通红通红的蒙古包，显得格外亮眼和别致，它就像一朵红艳艳的玫瑰花蕾，含苞在大地上，待放在车道旁；它又像一个红彤彤的落地灯笼，闪耀在收费所，亮堂着除夕夜。一群已经注定今晚无法与家人团聚的女收费员，她们既坚守在各自的收费岗位上，而又将集中在这座蒙古包里度过除夕。

蒙古包的小小窗口，不断飘荡着袅袅炊烟，散发出阵阵香味，一餐别样的年夜饭已经烹煮而成。虽然时值寒冬腊月而冷飕飕的，可是这个蒙古包内却充满着热气而暖洋洋的。

"倩倩、雅琴、露娴，咱们准备过年啦！"张温平向票亭里的各位兴奋地大声喊道。空旷的收费棚里没有其他声音，在这特殊的环境里，她的一声喊犹如报春的佳音，让人喜形于色。

沈倩倩一看表，差不多7点，心想，班长4点半才开始，从搭蒙古包连烹煮在一起，用了2个半小时就弄成了一桌年夜饭，真让人佩服，至于味道，班长烹调的肯定能行。

这个时刻，车道上已经没有车辆经过，估计一时也不会有车辆驶来，于是，按照吴春玉事先布置好的预案，沈倩倩和姜露娴收拾好抽屉里并不多的几十元现金，装进票箱提着，并把两个车道通行指示灯开一个关一个，开着的是沈倩倩负责的车道，保持绿色箭头，关的是姜露娴负责的车道，将绿色改为红色箭头，此举就是说，偶尔有部车辆来时，由沈倩倩及时上岗收费。所有工序完成后，她们才关上票亭的门，进到蒙古包内。

饭桌上已经摆好了饺子、米粉、面条、猪蹄和卤味，杯子里倒上了张温平带来的饮料，为保持新鲜及热度，其他几道菜吴春玉准备现煮现上。

"来，姐妹们，咱们的年夜饭，就举杯开始，以饮料代酒，祝福我们大家新年愉快，全家幸福，祝福我们高速公路兴旺发达，祝福我们城南收费所事事顺意。干杯！"吴春玉首先举杯提议并表达祝愿。

"好，干杯！"5个人高兴地齐声响应道。女孩子集中在一起的声音特别亮丽、清脆，在这乡村山野、在这高速公路上空不断回响。

"动筷子吧，可能我煮得不太合大家口味，那就请原谅了。"吴春玉谦逊地说。

"哪会？班长大姐煮的肯定好吃，你看这面条煮得就不输我们北方人煮的。"沈倩倩马上讨好地应道，并拿起筷子先夹面条。毕竟北方出生，优选面食。

"我喜欢吃猪蹄，味道真好。"卢雅琴嘴里边啃边赞扬说。

5个女人挤在一屋，围成一桌，开始了没有家人陪伴而集体团聚在一起吃特殊年夜饭，共度除夕的时光。

"有车来了！"沈倩倩叫一声，并起身冲出蒙古包奔向票亭。她刚把面条送入口中，还没来得及嚼，就听到匝道上的来车声音，当然，此刻她是最警觉的人，因为她的车道还开着绿色箭头。

"来，我们先吃，把面条多留些给倩倩就行了，西北人爱吃面食。"吴春玉招呼大家说。

"嘟、嘟、嘟。"吴春玉的手机响了，一看是她家里的电话。按规定上班是不准带手机的，但今天这个特殊时间段上班，吴春玉特意交代可以带，一是车辆少不忙，特别是午夜那几个小时，几乎没有一部车，二是今晚乃新旧年的交际时刻，可以让大家收发一些祝贺信息。这是她人性化管理的又一得人心办法。

"妈妈，你们现在吃什么？"吴春玉的女儿在问。

"我和阿姨们在吃面条，还有米粉，还有水饺，还有鱼等等，可多呢！"

"这么多呀，我也想吃水饺，可家里没有水饺。"

"那妈妈明天上午给你买。你现在乖不乖呀？爸爸有没有买什么东西回来给你吃呀？"

"爸爸没有买东西回来，爸爸吃完就出去了，我和姥姥也吃完了，姥姥正在洗碗。"

吴春玉听完心里一阵不是滋味。丈夫干什么这么忙？她不解地问自己。

"好了，你就和姥姥一起，乖乖的，待会儿看中央电视台的春节联欢晚会，好吗？"

"好，妈妈再见。"

吴春玉的女儿毕竟在收费所住了好长时间，对妈妈的了解也许比其他的孩子多些，至于妈妈没在家过年，虽然大道理不懂，但因以往也有过几次而习以为常了，所以没吵没闹，听从妈妈的吩咐。

倒是第一次没和父母一起过年的卢雅琴，心情始终不悦，从票亭走到蒙古包时，就没有吭声过，似乎郁闷得很。虽然，事前吴春玉做节日安排时她没有拒绝，而且还主动要求上班，可是，到了此时此刻她的心就不是滋味了：往年一家老少团聚在一起，满屋子亲情爱意，品尝母亲做的美食佳肴，还得到压岁钱。这种气氛显然没有了，反之，却是躲在这个狭小的蒙古包里过年，特别是朱加水时不时来电话，说是问候，其实言语迂腐，酸溜溜的，说什么这么大的节日还得上班，又赚不了几个钱，你们现在收费所冷冷清清的，我们家里多热闹呀等等，总而言之没有鼓励的话，弄得卢雅琴难受极了。

"怎么了，雅琴，第一次在收费所过年不习惯吧？想家了吧？"吴春玉看出卢雅琴的心事，问道。

167

"那倒没有，不过……"卢雅琴嗫嚅着应道。她又不好再说下去，吞吞吐吐的。

"肯定是啦，第一次不习惯，今后会好些。我几年前第一次没回家过年也难受得很，后来慢慢地就好些了。你看，我就不打电话回去，让家里人自己过吧。"张温平插话说。

正说话间，一个手机铃声响了，是一首《回家》的萨克斯演奏曲，听起来轻柔忧伤，缠绵悱恻，挺煽情的。大伙一听声音方位，都把目光集中到张温平的手提包里。

果然不出所料，张温平明白是自己的手机响，明明刚刚才说不打电话，恰恰此时来电话，让她颇为尴尬。

"妈，现在吃饭了没有？"是儿子来电话问。

张温平的儿子去年刚考上高中，由于丈夫在外任职，自己平时又忙于收费所工作，在儿子考高中的那个阶段，都没办法多陪着他，如煮些好吃的或有营养的菜肴给孩子吃，全靠儿子自己在奶奶有限的照顾下生活、学习及考试，最终还不错，考上了市里的二中，也是重点高中，这给张温平极大的安慰。

孩子这时候来电话问，她说是尴尬，其实心里高兴得很，这说明上了高中的儿子又比念初中时懂事了。

"我们正开始吃呢，怎么样，家里开始吃了没有？"

"我们已经吃了好几个菜了，爸爸也下厨炒了一个我最喜欢吃的'蛋炒土豆丝'。"

"过年了，还吃这个菜呀！"

"是啊，吃久了，我变得爱吃了。"

"那不行，叫奶奶给你煮点好吃的，比如……不行，你叫爸爸来听电话。"

"老公，你怎么还叫孩子吃那些平时下饭的菜，不去做些好吃的，比如'清蒸鱼''捞河虾''炒牛肉'什么的。"

"我也没办法，不懂得做，也没去买这些，只好家里有什么就吃什么了。你又没回来。"丈夫无奈地应道，最后还埋怨一句，此句还不算重话，仅仅说妻子没回来。

"是怪我，但你也可以去想想办法呀，跟你妈妈商量过年吃些什么嘛。"张温平自知理亏和内疚，不敢发火或者埋怨，只能跟丈夫好好说。

"好啦，等你值班完明天回来再补吧。"丈夫最后说。

说起儿子喜欢吃的那"蛋炒土豆丝"，是孩子长期在家里吃饭时的主菜，虽然有鸡蛋，可是毕竟单调，一日三餐没有花色品种调节。跟着老人生活，弄得孩子现在只懂得吃"鸡蛋炒土豆"，这样的结果很明显，就是正在长身体的孩子，营养不足。

这是张温平最负疚的一件事，但又没办法，自己工作在收费所，远离家里，能叫自己怎么办？她想想此时的儿子，心里一阵乱，鼻子一酸，眼圈发红，直想流泪，要不是眼前有人围坐在一起，她肯定要哭出声来了。

张温平心情的变化让卢雅琴看得一清二楚，尤其是看到张温平眼圈发红，像红眼病一样迅速传染给她，再想想此情此景与往常在家过年相比，更显得寒碜、孤独，虽然此时几个同事凑在一块过年，但毕竟是没有血缘的情分，她终于也忍不住了，两行泪水顺着脸颊滴落在裤子上，湿了一小圈，她赶紧转过脸去拿出面巾纸抹去泪痕。

吴春玉和姜露娴看了，心里也照样难受，只是她俩经历多了，没有跟着流泪而已，同时，也不好说什么。此时谁不会想家？又能拿什么话来劝别人？最后，还是吴春玉默默地给她们拍一拍，抚一抚肩，以示理解和同情。

沈倩倩收完费，回到蒙古包一看几个人都没有了刚才那种高兴劲，只有吴春玉招呼说："倩倩，快吃东西，别凉了。"

"好，谢谢。"沈倩倩随口应道，却看到几个人都沉默不语，只是低头夹菜或者嚼着，似乎大家的神情不对头。

"怎么啦？大家都不说话？"沈倩倩不解地轻声问。

"没有啦，可能她们想家里的事了。"吴春玉淡淡地应道。其他几位仍然没有吱声，只有嘴里嚼食物的微微声响。

沈倩倩顿时明白了。

沈倩倩刚才收费时正好碰到来自青海的一部车，只有驾驶员一个人，因为看到挂青海的牌子，感到格外亲切，禁不住问了驾驶员怎么这时候还在路上跑，才得知驾驶员是长期在青海做生意的绍柏市人，他自己驾车从青海开了两天的长途，想赶回这里的老家过除夕，现在只是赶得晚了些，不过他说没关系，家里在等着他。目睹这样一位长途跋涉赶回老家过年的人，再想想远离父母的自己，不由得心里骤然升起一阵思亲的感伤。

她按键抬杠让车辆驶离车道后，收拾好现金，关好票亭的门，重回到蒙古包，不料，遇上了同样感伤的气氛。当然，明白此情此景后的沈倩倩更是无言以对，她干脆放下筷子和碗，走出蒙古包再回到票亭里，没有来车，一个人呆坐着，两眼直瞪瞪地望着远处的高速公路，并顺着高速公路的不断延伸而想得远远的，因为，远远的那头有父母亲。

沈倩倩出生在青海，如果不出来念书，她没迈出过青海地界，因此，年年的春节都是在青海过，包括在外 4 年的念书期间也是赶回青海在父母亲身边过。一个重要的原因是她父母亲的单位地处高原深处，又是个保密单位，鉴于特殊的规定和要求，在这个单位工作的人，不但要求长期隐名埋姓，平时还不让过多外出，节假日也要求在单位里"自娱自乐"。即便如此，沈倩倩的父母亲那一辈人为了国家利益也毫无怨言，甘于寂寞，终身献给事业。一二十年来，沈倩倩就是这样从小跟着父母亲在如此环境里度过孩提时期和青春时光的，即使是过年过节那样的重大节日也习惯了，也其乐融融，十分美好，因为，在那个封闭的小天地里，那来自五湖四海的每户人家，其老老少少同样团聚在一起享受北方除夕夜 12 点前包饺子、12 点煮饺子、12 点后吃饺子这样的快活节日，一样拿大人送的"压岁钱"，一样走门串户拜年、贺喜、祝福，一样有小朋友邀在一起放鞭炮、做游戏等天南地北同样的过年风俗。如今，虽然这个单位的保密要求没有原来那么严格，放松了很多，但这些人还是愿意过着那样的圈内生活。对于沈倩倩来说，她不但是适应的，也是留恋的，特别是欢度独具当地风情的春节。

此刻，孤身一人在远离父母2000多千米之外的此地，沈倩倩真想顺着高速公路飞回到父母身边去团聚，可惜，这仅是愿望和幻想，一切都不可能了。虽然前段时间自己还信心十足地表示要在收费所过春节而不回青海去，可真正到了这个时刻，境遇和心情确实大不一样。因为，在这新春佳节之际，缺了面对面的亲情，仅限于短信问候和祝福，即使包括那位董弘光还特意打电话来，也远比不了真正的一家亲。又想想父母在家里接到通知时的那种心情，心里一酸，眼泪簌簌直流。可是，票亭不是哭爹喊娘的地方，她不敢哭出声，只能暗暗地抽泣几声就忍住了。

"倩倩，回来继续吃，大家不要这样，愉快些。快回来！"吴春玉走出蒙古包对着票亭喊。

"嗯。"沈倩倩听见后，一边擦着泪水一边走出票亭应道。

"你们这些妹子呀，真是的！在高速公路当收费员都得这样，回家过年团聚的机会并不多，哪有那么痛快呀！几年才能够排到一次回家去舒舒服服地过个年，即使除夕不在收费所过，那大年初一、初二也得值班，反正，在收费所工作不可能那么如意，没有什么节假日的意识，我们这些老姐都习惯了，我相信全国的高速公路收费员都这样。"吴春玉等大家重新坐定后，劝说着大家。她想不出其他什么革命的大道理来开导大家，只能这么劝。

"我们也懂得，只是这时候抑制不了。"沈倩倩一边自我解释，一边用纸巾轻轻地擦去眼眶里残留的泪水。

"是这样，刚才想一想家里，一阵难受，尤其是我每年都在家里过年，习惯了家里，不习惯这里。"卢雅琴也接着说，眼圈还红红的。

"好了，我们大家什么都别想了，我们姐妹几个开开心心地现在开始过年。来，再碰一次杯。"张温平提议说。

"是，我们感谢班长为我们准备了这么丰盛的年夜饭。我这肚子里的两个宝宝也算一起在收费所过年了。"姜露娴笑笑地说。

"对、对，露娴的两个小宝宝也知道我们在一起过年了。咱们吃、吃、吃。"

吴春玉笑呵呵地说着。一说到宝宝，似乎这些已当母亲和未来母亲的女人们，都有一种莫名的喜悦，像注入了兴奋剂一样来劲，但也有可能是班长一再劝导的结果，一时间，她们开始振奋了精神，没有再去想念那不在身边的家人，脸上渐渐露出了笑靥，正式开始了吃年夜饭、共度除夕的时光。

此时此刻，蒙古包内充满着热气和香味的同时，还充满着姐妹般的友谊和真情，使这个寒冬之夜，显得别样的温馨。

"哎，是不是请倩倩唱首歌，要不她的才华白浪费了。"吃过几道菜后，卢雅琴倒是想起这个节目，说。

"对呀，前几天你在联欢会上唱给全所的人听，现在就唱给我们全班的人听。"吴春玉赞同地说。

"对，来一首，我的宝宝也爱听，让她从娘胎里就熟悉倩倩阿姨的歌声。"姜露娴也插话说。

"好，那我就唱一首《天路》。"沈倩倩也很乐意地答应说。

没有伴奏带，没有麦克风，只能清唱，效果肯定不如台上演唱的好，尽管如此，沈倩倩还是站立起来，很认真地亮开那银铃般的嗓音给大家唱。

顿时，歌声充满了蒙古包，并且飞扬到天外，撒满在高速公路上。在这除夕之夜，也许这正是收费员情愫的激发或者是孤独的宣泄。

"倩倩，有车来了。"歌刚唱完，卢雅琴听到了汽车的喇叭声，赶紧提醒沈倩倩上岗收费。

这时，大家都听见汽车声越来越近了。沈倩倩二话没说，马上冲出蒙古包，三步并成两步奔向票亭。

"没想到这时候还有载鲜活农产品的车，我简单看了看就给放行，让驾驶员赶紧回家过除夕去。"沈倩倩回到蒙古包边说边坐下。大家再次谈笑着品尝班长的妈妈送的"烊鱼"和"食锦"这两道菜。

"我爸爸当年在这里上山下乡时，就喜欢这两道菜，听我爸爸说，很好吃，现在我吃起来果真如此，好吃。"沈倩倩边嚼边赞赏说。

"这两道菜呀，凡是曾经在我们当地生活过的人，都难以忘怀的美食。"吴春玉得意地说。

"是是，我们当地人都喜欢，可我不知道怎么不太喜欢。"卢雅琴笑笑地说。

"那你肯定是跟着谁吃西餐多了。"沈倩倩笑呵呵地指责说。

"没有没有，你这是污蔑，我哪去吃西餐呀？你说好吃，是不是遗传了你老爸的喜好呀？"卢雅琴回应说。

"可能有点吧，我爸在这里生活了几年，从小就给我说绍柏市什么什么好吃，哪里哪里好玩。"沈倩倩不回避地应道。

"就是嘛，完全继承了你爸的衣钵，比我们绍柏人还绍柏人，没说的。"卢雅琴奚落着说。

"当然呀，那时我爸年轻时也是孤身一人来到这里，既接受农民教育又体验了民情，喜欢上'烊鱼'和'食锦'，两不误，很棒。"沈倩倩因父亲在这里的经历而自豪。

"你爸怎么没喜欢上我们这里的姑娘呀？"卢雅琴继续逗说。

"是哟，你父亲在我们这里下乡那么久，怎么没有在这里找对象？"张温平笑笑地也插话说。

"肯定有相好的女朋友吧。"卢雅琴笑着说。

"哪有呀，他们那一代人只懂得接受劳动，肯定不敢胡思乱想，如果有，就没有我这个内蒙古妈妈了，你们别乱七八糟地联想呀。"沈倩倩辩解说。

"是的，我也听父亲说过，当年那些上山下乡的知青都很艰苦，个个住在农民家，吃在农民家，条件好些的农民家，知青生活也好些，条件差的农民家，知青也跟着受苦。我们本县城里的知青下乡在当地还算好，听说那些从秀春县来我们这儿下乡的知青更苦，因为人生地不熟，孤苦伶仃的，好可怜。"姜露娴一边双手捧着肚子一边说。

"我父亲就是从老家秀春县下乡到这绍柏市的，具体哪个公社，哪个大队，现在叫什么乡或镇，那不清楚，我也没问。"沈倩倩接着说。

"好了，大人的事不说了，咱们快点吃，央视春晚就要开始了。"吴春玉催着大家说。

"好，我们再举杯谢谢班长的妈妈给我们增添了两道美味可口的佳肴，同时，我们大家更要谢谢班长今晚这样出色的安排，让我们几位姐妹能够欢快地过新年。"沈倩倩毕竟是见世面有文化的人，很贴切地把大家想说的话说了。

"好，谢谢班长。"大家异口同声地说。

"也祝福你们1班全体收费员新年愉快，身体健康，全家幸福。"张温平也跟着祝福说。

"祝姜露娴的两个宝宝平安来到我们中间。"卢雅琴俏皮地高喊着。

"祝我们大家幸福安康，祝高速公路事业发达，安全畅通。"吴春玉最后祝愿说。

"好。"大家再次起立高声应道。只有姜露娴坐着。

声声发自内心的美好祝愿，跟刚才沈倩倩的歌声一样，灌进这群收费员的耳朵里，沁入这群路姐的心扉中。置身于高速公路的她们，这阵子已经抛开一切烦恼和思念，在特殊的条件和环境里一起共度除夕迎新年，竟然其乐融融。

等到吃完，电视机里的央视春节联欢晚会也拉开了序幕。

这时，吴春玉凭着以往的经验，又进行新的安排，即这时候车辆将会略有增加，因为吃年夜饭那阵子，人们不会轻易离开家，开车外出，而团聚吃完团圆饭后，有可能有人必须回住地，也可能有人还得赶回单位值班，还可能有人不爱看联欢晚会而出来兜风等等诸多开车上高速公路的情况，因此，吴春玉还是首先安排沈倩倩到票亭值守，其他人看电视，等一个小时后，再安排卢雅琴打开另一个车道接替沈倩倩的车道，至于姜露娴和吴春玉自己则到时候再临时顶替，直到明早下班。这样，全班人既可轮流值班又可轮流看晚会。

大年三十那场文化上的饕餮大餐终于没有错过，电视机虽小，但歌舞、小品、戏曲、相声尽收眼底，小小的蒙古包内不时飞出笑声赞叹声；午夜，电视机里传出的新年钟声照样敲出几位收费员对来年的祝福和期盼，让她们情不自禁地相互大声恭贺新年好；那首演唱了几十年的春节联欢晚会终场曲《难忘今宵》，一样催动收费员对人生、对未来的情愫，使她们久久盯住电视机而沉浸在无限的遐想中。

吴春玉的如此安排不失为好主意，连同架设蒙古包吃年夜饭的策划，在这样一个重大民俗节日且车辆稀少的时刻，灵活安排值守，巧解两个"大餐"，应当是可行的，也就是常说的人性化安排。此举无疑得到了全班人的拥护，也得到所领导的默许。

第二天一早，也就是大年初一7点左右，周围农村百姓家新年开门大吉的鞭炮声还在响个不停，大地沉浸在欢天喜地的气氛里，黄健伟和林小芳带着所里的全体干管人员赶到收费所了。一是年前就说好初一上午所里要搞一个团拜会，参加人是所部所有干管人员及后勤人员，各收费班根据工作安排自行决定，来者必须 7 点到所部；二是春节放假期间收费所必须有领导带班，而带班者虽然不必整天 24 小时在所里待着，但需要有人为主处理应由所里承担的各自事务。鉴于城南收费所领导就两人，所以，林小芳年前就与黄健伟商量，两个人大致可以分别带班，分年前和年后。林小芳认为男人家年前没有什么事情，不需要打扫房子，不需要购置过年物品什么的，不比女人家要赶在过年前洗洗涮涮、买办采购等事情多得很，而年后，男人家走门串户交际多些，女人家这方面少些，所以，建议黄健伟年前带班，自己年后带班。黄健伟听后觉得有点道理，也就同意了，所以，今天也是林小芳带班的时间。

"大家新年好，向你们拜年了。"黄健伟、林小芳还没走到收费棚就朝着吴春玉她们招呼道。这时，她们还未下班，吴春玉正好站在蒙古包外，巡视着车道。

吴春玉一看是所长带着一帮人来收费棚，知道是拜年来了，立即回应道："也向你们恭喜，新年好。"

"黄所长、林所长，新年好。你们来得这么早呀！"张温平走出蒙古包说。她昨晚整夜都陪着 1 班的人，没有回办公室睡一觉。

"我们倒没什么，你们辛苦了。"林小芳应道。

"向 1 班的姐妹们拜年了。"刘莉珍及兰碧云异口同声地对着大家喊道。

"也向各位拜年，祝你们新春快乐！"吴春玉、卢雅琴及姜露娴也赶忙同声笑笑地喊道。

"这个真好，既可烹调，又可保暖。"黄健伟拍拍蒙古包称赞说。

"是很适用，我原来在所里时也拿它来用过。"林小芳接着说。

初一早晨的车辆还是不多，开一个车道也就足够，按照一个小时换班一次，恰好这时候又轮到沈倩倩在票亭值班。

"倩倩，向你拜年。昨晚过得怎么样？想家吗？"林小芳看到沈倩倩在票亭，连忙走过去打开票亭门站在沈倩倩背后，像大姐一样问。

"很好，我们班长安排得很周到。所长，也谢谢你，新年好！"正好有一部车驶来，沈倩倩一边做迎接动作，一边爽快地应道。

"谢谢你，路姐，新年好。"不知是车子的驾驶员以为沈倩倩最后一句"谢谢你，新年好"是向他问候而回敬一句，还是本来驾驶员素质就这么高，特意向沈倩倩打招呼。

"谢谢，新年好！"沈倩倩倒是对驾驶员补上一句，否则，就失礼了。

收完费，沈倩倩按下键随之抬杠让车子通行。沈倩倩暗自称赞这个驾驶员有礼貌，很少有，因为她认为是驾驶员首先向她致意的。

"第一次不在家过年有什么感受？"林小芳趁没有车辆来，抓住机会问。

"不一样。"

"具体说说，我听听。"

"我们大西北过年跟这里南方过年吃的东西不一样；我们是在一个大单位过年，很集中，这里是在农村过年，周围只听到鞭炮声，看不到人，只有我们5个人，很不一样，特别是快吃饭那阵子，挺难受的。"

"哦，真难为你了。"

"那没什么，我们几个人一会儿情绪就好了，没有影响票亭收费。"

"好，了不起的奉献精神。谢谢你们。我到你们的蒙古包去一下。"

"好，谢谢所长。"

一时间，蒙古包成了黄健伟和林小芳带着大家慰问职工的场所，几个所部的人坐在里面，感到既有几分熟悉又有几分新鲜，因为有些人经历过，有些人没看过。

"报告领导：我们全班人一个晚上都很好，既不误收费，又不误年夜饭和看联欢晚会，大家很高兴。"吴春玉见林小芳从票亭回到蒙古包，便来个汇报。

"行，这就是我们收费员热爱岗位，不惧艰苦，勇于奉献的精神所在，尤其你们女同志，更是精神可嘉。"黄健伟鼓励说。

"谢谢你们的支持。新的一年里我们所肯定会更上一层楼。"林小芳补充说。

"各位领导，谢谢你们来看望。这里还有些乱，你看锅碗瓢盆到处都是，我们马上整理一下并且把蒙古包拆了，好去参加所里团拜。你们就先回所里办公室去吧。"吴春玉要求说。

"那我们来一起帮忙收拾整理，岂不是'割草拾柴火——顺便'的事。"刘莉珍说。

"对呀，好主意，咱们一齐动手，这样快些。"黄健伟也赞同说。

说着，所部几个人和吴春玉他们七手八脚地搬的搬，抬的抬，拆的拆，没一会儿就把蒙古包给拆了，并且整理好，往食堂或者宿舍搬运，再打扫一番，原本的车道又恢复了。

时间正好 8 点，下一班的收费员来接班了。

交完班，吴春玉帮忙提着两个票箱走在前面，沈倩倩则提着自己那个没装多少现金的票箱，与卢雅琴一起，一左一右挽着姜露娴跟在吴春玉身后，大家一同前往所部财务室去缴交款项并准备参加团拜会。

按理说，团拜应该是人声鼎沸、热热闹闹的才对，可是城南收费所的团拜会却显得冷清，首先是人气不足，所部几位干管人员，再加上 1 班 4 个人，其他收费班零零星星来了几个人，总共才 15 个人左右吧，一个会议室坐着实在不成气候，还好，应该说来者都是骨干。当然，这是黄健伟和林小芳原先预计到的情况，因为，一个收费所就那么几个职工，上班的、请假的、待班的除外，就所剩无几了，否则，前几天的联欢会就不会要求动员职工家属来参加了。不过，他们两位要搞个团拜会，不为其他什么，就想通过这个传统习俗提振一下全所职工的士气，为新的一年开个好头，图个吉利。

"各位大家好！我向你们拜年了。"黄健伟首先开场，并抱拳作揖做拜年动作。

"我也给大家拜年了。"林小芳也跟着祝福说。

"大家新年好！"在场的十几号人都起立，互相祝福，互相恭贺。

"过去的一年，我们所仅仅才工作了几个月，就取得了不菲的成绩。现在一个新的年头摆在我们面前，我们将面临新的环境，新的任务，新的要求，我们一定要……"黄健伟说着说着把团拜会开成了一个新年工作动员会。

第十三章 巾帼天下

元宵节过后，市公司决定对城南收费所领导干部进行调整，首先是把黄健伟调离收费所到公司机关的路产管理部去当主任，所里工作暂由林小芳副所长主持，同时在所里进行公开选聘两名所长助理，以协助林小芳的工作。

这个人事安排，对城南收费所来说既在意料之中，又有意料之外。意料之中的是，城南收费所本来就是准备建成一个以女性为主的收费所，黄健伟迟早要调走，意外的是，没想到公司上面这么大胆放手，步子迈得这么快，一下就将城南收费所全交给林小芳来主持了。

其实，黄健伟也没想到这么快就要调离，他还想施展才华来带领这帮女收费员打拼一年或者两年，夯实基础后再离开，否则，在大年初一的团拜会上就不会做那么多工作安排。不过，既然组织上定下来，自己也服从安排，欣然接受去公司机关坐办公室。

对此，林小芳很明白这是公司将所里的担子完全压到自己身上，是一种信任，又是一种考验。现在已是一所之长，她深感责任重大，任务艰巨，深知既没有任何理由推托，也清楚自己通过努力绝对能够担当，于是，她似乎踌躇满志，信心十足。

在旁人看来，一个年轻女人要领导这个也是由年轻女人组成的收费所，说难也难，说易也易。说难吧，就是失去了依靠，尤其像黄健伟这样的男性的依靠，以往有什么重大事情，特别是一些突发事件发生，有个男人在场多少能提高一些自信和力量，而从今开始别说突发事件，就是所里全部事务都必须由她一个人扛起来了，这对于在全省算是中等规模的市级出入口重点收费所而言，以后肯定会有诸多艰难险阻在等待着她，她一个女人家有这个能耐吗？说易吧，她从事收费工作多年，从担任助理到副所长，也有一段时间的历练，特别是在城南收费所的这段时间，更是在组织协调、处理事务等领导才能方面长进不少，在日后带领收费所开展工作时，暂且不敢期待能得心应手，但也应该不至于手忙脚乱，更何况还将有两位助理在辅佐帮忙她。

"城南收费所的领导班子调整是为适应当前高速公路营运工作的需要，也是力图充分发挥女职工的积极性而考虑的，同时也是为市公司创建各种高速公路服务品牌而准备的，希望城南所的全体职工在林小芳副所长的带领下一起努力，把城南收费所建设好，管理好。"市公司领导在宣布干部调整时，对在座的干管人员及班长们这么说的。

"我服从组织安排去新的岗位工作，但是，我也真的有些不舍，因为，在城南收费所工作，从筹备开始到现在，时间太短了，我有很多想法还来不及与同志们一起去实现，有点遗憾，不过，幸好有许多想法都是与小芳副所长一块想的，想必她会带领全所职工一如既往地去实现它。相处时间虽短，但与这里的姐妹们也建立了很深的友谊，现在说走就要走了，心里有点难受，希望今后我们在同一高速公路上相互支持，相互帮助。"黄健伟在会上深情地表示说，说到最后眼眶里还有些红红的。

"感谢公司领导的信任，感谢健伟所长的勉励。我真没想到城南收费所的担子今天就落到我的肩上，让我有些不适应甚至惶恐，但是，我又想到有这么多的姐妹们在一起努力和奋斗，又有些胆大了，不是吗？我们城南收费所从开征到现在所走过的历程，证明了我们收费所的女同志也是很棒的，并不亚于男同志多少，基于这点，我就来了信心，今后我们城南收费所也会与往日一样，与其他收费所一样，为高速公路营运工作增添光彩。"林小芳在会上这样表态。

"很好，希望你取得好成绩。"公司领导表扬林小芳说。

"好样的。小芳，咱们今后一起努力，今后有什么需要我办的事，打个电话或者叫唐德武说说。相信你会把城南收费所带得更上一层楼。"黄健伟赞扬说。

"那当然了，今后你还得关心我们，你在机关上面更要支持我们。"林小芳笑笑地应道。

出于工作的急迫，公司领导马上布置了两个助理岗位的人选推荐事务。

所长助理是协助所领导工作的，其职位低于副所长高于各部门主管，在收费所大小也是个官。在收费所这样一个仅几十人且官位稀少的单位里，这个助理岗位也是个香饽饽，还是挺吸引人的。至于选配助理，如果按照惯常做法，由公司上面选拔、考核并任命了事了，现在已经不能这样，须体现不拘一格选人才，走群众路线，由职工先自愿报名，即不论先来后到，只要大专以上文凭，系正式职工，都可报名，再由公司组织理论考试、口才面试、职工考评、公司考核并公示，没有不良的反映后，才能定案宣布、正式任命上岗。这是一整套公开、公正、公平的做法，基本上是竞聘上岗。

当然，就在本所里推荐选拔，那所部的干管人员在人们的心目中无疑是第一层次被考虑的，然后才是其他人，如班长等。而在城南收费所作为第一层次被考虑的人肯定离不开张温平啦，翁碧云啦，以及刘莉珍等几个头面人物。而对张温平她们三人来说，各有不同的思考，从她们平时的工作便可揣测出各自的意向或者说期望。

已经进入高速公路系统十余年的张温平，是负责办公室工作的，管理全所后勤具体事务，吃喝拉撒用样样都由她直接管或者发派，工作涉及所里的方方面面，有一定的大格局管理概念，即使之前在收费所没有设助理岗位时，她的工作也近似干助理一职，于是，她对助理这职位就自然会认为非她莫属，不用耗太多精力，职工也会认可她。

像翁碧云，虽说在高速公路上的资历也不浅，可她从学校毕业，分配到收费所从事她所学的财务专业至今，也近十年过去，长期潜心于数字、科目和核算，养成了一种"只管算数字，不问其他事"的心态，这种与世无争的心态，决定了她对升职的忽视，她曾经这样评价助理岗位说："唉，这个助理没什么具体工作，空空如也，不像我做财务实在，一元一角看在眼里算在心头，多有意思呀。"其明白的意思便是不在意去竞争。

"妈，我们所里领导调整，黄所长调到市公司机关，所里由小芳副所长主持工作，另外还准备再提两个所长助理，这个所长助理职位由人报名，竞争上岗。我想去报名试试，怎么样?"刘莉珍会后一回到家就兴致勃勃地将这个好消息告诉妈妈。

"哦，黄所长调走啦，那小芳所长的担子可变重了。整天那么多人那么多事，那今后可能就累了。"刘妈感叹道。她并不在意女儿后面那个意思。

"也不会呀，还有助理嘛！"

"说得轻巧，助理哪能一下子跟得上，还不是要适应一段时间，这个时间就叫当家的累得不行。你以为呀！"

"我去报名竞争，如果能上，我肯定可以帮小芳所长做很多事。"

"别先吹牛，如果要报名参加，你自己也得有本事拿得出手，才能帮得上忙，否则只会帮倒忙。再说了，所里肯定还有其他人会报名竞争，人家也不比你差，可能比你强的人才多着呢，你以为呀！"

"妈妈说得也对，我一定做好准备去应试，也一定会努力，妈，你等着瞧吧。"

"哎，这件事你有没有跟杜建国说说，听听他的意见？也可以向他请教请教。"刘妈突然把话题往杜建国扯。这是因为，刘莉珍的母亲心里此时并不关心女儿当什么做什么，而是在意她的婚姻大事，所以，谈话间有意无意地都会提起。

"那还没有，怎么会先跟他说，你才是最疼我的人嘛，我连爸爸都还没说，因为平时他只懂得关注弟弟的事，比较少管我这个女孩子的事，重男轻女。"

"不许胡说，爸爸也是关心你的。"

"好好好，我先告诉爸爸，再告诉杜建国吧。"

毕竟都是大龄青年，容易相互理解，刘莉珍与杜建国通过几个月的接触，两个人的关系大有进展，基本上可以说是确定了关系。这要归功于杜建国对高速公路收费所工作的了解和支持，因为他不像卢雅琴的男朋友那样对收费员有偏见，甚至瞧不起，所以，从认识刘莉珍后，只要刘莉珍没有上班，杜建国都会开着车子来接刘莉珍回城里家中或者去逛逛商店、看看电影等，给刘莉珍留下不少好感，刘莉珍也随着杜建国见了未来的公公婆婆并取得了较高的"满意度"。

"你一定要跟他商量商量，听听他的意见，建国是个很不错的人，对你、对我们都很好，是可信赖的人，再说了，他的知识面肯定要比我们都宽。"

"我会跟他说，讨教讨教，妈，你放心啦！"

"你们快点把婚事办了，妈才能够放心。"

"好啦，你总是催呀催的。"

"你做事也是磨磨蹭蹭的，我不催不行，要是等着呀，不知道要等到猴年马月，我不放心。"

"好啦，年底可不可以？"

"真的呀！那才高兴，终于有个说法了，妈就给你们做准备。"刘妈听到女儿最后一句话，高兴得不知如何是好。

"妈，你也不用高兴过分，要看我这次竞聘结果如何，如果能顺利就年底，如果没竞聘上，那就再说了。"

"那不行，你上不上与婚事无关，我才不管你上不上，我关心的是你办不办。"

"好，好，你放心，到时候自然会办的，就像'江边洗萝卜——一个一个来'，妈。"最后，刘莉珍怕妈妈生气，只好模棱两可地搪塞地应道。

可见刘莉珍对竞聘怀有极大兴趣和希望。对此，她暗自对收费所的人员进行过分析和排比，认为两个助理名额，一个肯定离不开张温平主任，无论从哪个方面的条件看都占优越，首屈一指应该是她，那第二个就未必有无可争议的人了。她排列了几个人，如翁碧云呀，还有像吴春玉等几位班长们呀，她都进行过可能性分析，最后觉得主要的竞争对手应该就是温碧云，其他人并不构成对她的冲击或者威胁。当然，她没有去分析一般收费员的可能性。至于温碧云，刘莉珍清楚，以各方面条件来对比，她并不比自己差，也够条件，但从平时接触来看，刘莉珍也觉察到温碧云不是那种有追求有抱负的人，比较安分守己，也就是说没有流露出想当个什么的意向，因此，刘莉珍认为，只要温碧云不报名参与竞争，那么自己肯定稳操胜券。于是，刘莉珍才信心十足、雄心勃勃地敢向家人坦露心机。

选拔助理一事，由于是件前所未有的新鲜事，同样在各个收费班掀起波澜，收费员们议论纷纷。

"班长，你去报名参加，我看你行，这么多年的工作经历，又是几百万元无差错能手，我们班支持你。"沈倩倩对吴春玉说。

"是，春玉姐应该去报名。"卢雅琴帮腔说。

"我赞同班长去报名，"李美桦也支持说。

除了姜露娴春节假期一结束就回家待产不在场而无法表示外，大家都提议吴春玉去参与竞聘。

181

"我哪行？那是准领导的角色，我干不了，别害我。"吴春玉连忙推辞说。

"这有什么难，只要有位子和职权，什么人都可以做，何况只是个助理。"卢雅琴调皮地说。

"不行不行，我也没那个兴趣，家里事情又很多，没办法做这么多，我只求每天上下班，其余时间我要照顾家里，别把责任揽在自己身上，又做不好事情，害人害己，还是不做为好。"吴春玉口气坚定地应道。

"唉，春玉姐你太让人失望了。"沈倩倩笑笑地说。

"嘿，我看倒不如你去报名参加，你本科学历是全所最高的，也有能力，再说了，你本来就是下基层来锻炼的，将来肯定要调到所部当干事，以后走不如现在就走，对了，就你去报名，再好不过了。"吴春玉不知哪来的灵感，冲着沈倩倩认真地说。

"有道理，反正没有限定参加工作的时间，只要是职工都可以报名，我看也行。"卢雅琴首先反应过来并赞成说。

"你们说到哪里去了，我参加工作不久，哪有资格哟！不可能，不可能！"沈倩倩赶忙辩解说。

"可以的，你的条件都符合，可以去试一试，说真的。"吴春玉坚持说。

"是可以去试试，未必不行。"李美桦也赞同地说。

"就这样就这样，不用说什么了，我们班就推荐你，说定了，明天我就代你去报名。到时候投票，我们都投你的票。"吴春玉像是做出一个什么重大决策，激动地连连说。

沈倩倩说什么也不敢想象，突然这时候会在班里被首先"推荐"去报名参与竞聘，因为，她自己明白，论条件还不太具备，虽然一个本科毕业生在收费所里鹤立鸡群，有一定优势，但毕竟在高速公路上的工作时间还很短，人们对自己不熟悉，这是最大的短板。既然不熟悉，评价考核时，除了本班的人外，还会有谁来说她好话呢？所以，沈倩倩并不看好自己。

第三天的下午，上班前，吴春玉把沈倩倩连推带拽地拉到所部找林小芳说：我们班推荐沈倩倩参加助理岗位竞聘，现在来报名。

林小芳一看这情形也始料不及，一时有些反应不过来，因为在她脑海里应该是吴春玉来报名，而绝没想到是沈倩倩。不过，毕竟对于其他人自愿报名已经有了思想准备，脑子里马上转过弯来并对沈倩倩笑笑地说："欢迎，有胆量，你也具备条件。"

"是班长抬举我，鼓励我，否则哪敢？"沈倩倩匆忙解释说。

"没关系，大胆些，勇于担当，高速公路人就应该要有这样的胆魄。我当年也是一步步走来的，还没有你今天的文化程度呢！"林小芳鼓励说。

"我就是这样鼓励她，年轻，有文化。你想当一辈子收费员呀！"吴春玉插话说。

"我还真没想那么多，我只知道先按林所长在培训班里教导我们的，做好收费工作，为高速公路做贡献。其他的还不了解，更没有奢望当什么。"沈倩倩继续辩解说。她确实没有那种期望，只是被吴春玉赶上架的。

"也没什么，既然班长鼓励你，你就做准备吧，迎接笔试和面试，希望有个好成绩。"林小芳鼓励沈倩倩说。

"既然这样了，我会做些准备，让组织考验我。"沈倩倩最后答应说。

在所里报名完，吴春玉领着沈倩倩以及也到所部会合的李美桦、卢雅琴一起来到票亭接班。姜露娴的岗位暂时由吴春玉自己先顶着，因为，春运已经结束，保证一个自动收费车道及两个人工收费车道，可以适应车流量。机动岗位由吴春玉承担，一旦车流量激增，便由吴春玉自行再增加开启一个车道应付即可。

"师傅，你这车子超时了。"沈倩倩接班后在读取第二部货车交来的IC通行卡时就发现这一情况，告诉司机说。

高速公路收费普遍有一项规定，即超时须按全程计费缴交。所谓超时，就是指车子从一个收费所进入到另一个收费所出口，其行驶该区间的时间有个限定。说限定，其实此限定的时间相当充裕，足够车子在这区间正常行驶甚至休息，但是如果车子出口时间仍然超出这个限定时间，又拿不出如在途中出故障修车或者在服务区停车休息等正当理由，那就算超时。这项规定的出台背景是因为高速公路刚开通时，一些车辆司机利用同一运输公司的两部车在相向行驶途中找机会相互交换各自的入口IC通行卡，后各自车辆再找一个离卡上入口最近的收费所作为出口，这样就把长途缴费变成短途缴费，达到偷逃大部分通行费的目的。针对这种行为，省高速公路公司就出台了限定区间行驶时间的规定，即车辆在限定时间内驶出高速公路就按正常收费，超出限定时间，且又没有超时的充分理由，那么就"全程计费"，即按全省最远处的收费所作为起点至该实际出口的里程计费。这一措施无疑有些许惩罚的意味。确实，该措施很大程度上起到了遏制不法车辆的偷逃行为，但还不能完全杜绝，还有些司机仍然存在着侥幸心理，变着法子企图蒙混过关。

"我路上就这么行驶的，我怎么知道是超时呀?"货车司机对沈倩倩应道。

"请你稍等，我马上通报监控中心，查核你的入口收费所。"沈倩倩冷静地对司机说。

"还这么麻烦，快点嘛。"司机不耐烦地说，眼睛却直视着前方，不敢朝外看，似乎心里有些忐忑。

"师傅，我们的监控显示，你的车子并不是这张通行卡上记录的前面一个收费所进入高速公路，而是在省际收费所前的一个收费所进入高速公路，现在你要按照省际入口来计算通行费。"沈倩倩对司机要求说。

"我就是前面收费所入口，我不管你们什么监控不监控。"司机强词夺理地应道。

"很明显你的车子就是在那里入口嘛。"沈倩倩耐心地说。

"那不管，我的通行卡就是那里。"司机耍赖地说。

"那不行，师傅，你行驶途中有没有与别人对换通行卡?"不知什么时候吴春玉站在票亭边直截了当地瞪着司机问。

"那……哪有呀!"司机没想到会被这样直接追问，慌神地应道。

"我们可以提取监控图像来证明你是从哪里入口，不会有错的。我们见这样的现象多着呢，如果你没有对换通行卡，我们也不会这样计算里程。"吴春玉解释说。

"好了，要交多少?"司机屈服了，说。他可能根本没想到监控这么厉害，让他的企图没有得逞，还赔了一把。

确实，高速公路的监控系统与收费系统、通信系统等三大机电系统构成高科技管理手段。其监控系统可以随时随地抓拍、传送、分辨、查询高速公路沿线各个收费所的出入口车辆图像以及沿途所有隧道、桥梁、路面的车辆行驶状况;收费系统可以准确读出卡内各种信息，计算出任何车型及载重在两地的行驶里程及费额，生成通行数据，进行结算或者拆分并适时报送至省级;通信系统则在高速公路各个岗位、站点间通话，语音清晰、畅通无阻。应该说近几年来高速公路实现了高水平的管理模式，以确保高速公路管理的正当性和严密性，否则，这部货车司机不可能那么快就服输了。

"一共须缴纳1890元。"沈倩倩通过计算机生成费额后告知司机。

"这么多呀！"司机没有底气地感叹说。

"如果持原来的入口通行卡，仅1380元，现在按照全程计费，就有这么多了，还没有罚款呢！"沈倩倩解释说。

"唉，倒霉了。"司机无可奈何地掏出钱递到沈倩倩手中。

"师傅，今后不要用这样的办法来省钱了，真真实实地行驶更省钱，要吸取教训。也请你告诉协助你换卡的人，我相信，你换卡的对方，在别的收费所肯定也会被我们收费员识破的，结果也跟你一样，不值得呀！师傅。"吴春玉对那司机说。

那司机接过沈倩倩递来的发票收据后，匆匆忙忙地发动车子自讨没趣地赶紧离开车道而去。

事情很偶然，又是一个偷逃费的事件让沈倩倩逮着了。

午夜，离吴春玉她们下班仅半个小时，一辆小车缓缓驶近票亭窗口前，驾驶员递出一张IC通行卡给沈倩倩，说："我这是免费车。"

已经劳累了近8个小时的沈倩倩，这时候很困，甚至睡意十足，两眼还不停地打架，但是，一听说是免费车，其精神来了，因为，在当前情况下，免费车已经不多了，怎么还有这样的车子能够免费？利用收费棚顶的太阳灯照耀，她下意识地瞄了瞄驾驶员及车子外形。

所谓免费车，顾名思义就是有一部分车子通行高速公路时，不管行驶多少里程均免缴通行费用。这是一种特殊政策也是一种特权，它是计划经济体制下派生出的一个在整个社会层面上有失公允的现象。在多年前由于各种权势如一些行政管理机构明里暗里的要求和威逼，高速公路公司只得就范，给予这些机构用车以免费待遇；还有各种相互间利益交换或者输送，如高速公路公司与某些部门有利益牵连，高速公路公司投桃报李，也给予这些关系户车辆免费待遇等等。诸如此类现象，导致一段时间内高速公路上免费车泛滥，流失了大量的高速公路通行费。

前年，国家审计署对高速公路通行费进行审计，发现了这一严重问题并责成立即纠正。于是，去年开始，省政府开始部署清理整顿免费车工作，并首先带头将省政府内所有车子，不管是领导用车还是办公厅公车，一律取消免费，全部纳入缴费车辆，然后又发文下令各级各部门均参照执行。最终，在全省范围内仅剩下为数不多的免费车，如高速公路管理、高速公路交警、国家安全等极小部分车辆。

"师傅，你的车子是哪个单位的？"沈倩倩问驾驶员。

"国安的。"驾驶员简短地应道。

沈倩倩从座位上站起来，走出票亭到车子后面看了看，似乎发现了什么，但她并没有说话，只是对站在另一个车道的吴春玉喊道："班长，这里有一部免费车，请你过来审核一下。"

"好的。"吴春玉在那头应道，并迈步快速走过来。

沈倩倩将这部车情况给吴春玉简单耳语几句，吴春玉径直走到小车后面对着车牌一掰，就将面上车牌掀开，里面又露出一副车牌，号码完全不一样，这明显是一部地地道道的假冒车。

186

"师傅，你怎么有两副车牌呀？"吴春玉走到驾驶室边问。

"对不起了，我缴费吧。"驾驶员眼见自己的丑行已经败露，不敢再继续欺骗，只好妥协说。

"这不仅要缴费，还要处以一部分罚款。"吴春玉神色严厉地对驾驶员说。

"好，我服从处罚。"驾驶员无奈地应道。其实，驾驶员如此配合，主要是怕收费所将这一行为交给高速公路交警部门处理，那才叫严罚，扣分、罚款甚至拘留都是可能的，所以驾驶员害怕了，想赶紧由收费所处罚了事。早点离开这里是上策，以免夜长梦多，到时候想跑都来不及。幸好，此时交警没有在现场。

"对不起了，师傅，我们要将你外面一副车牌卸下留在这里，我们要查查这一副牌是真是假。"吴春玉一边说一边就开始用手使劲拉。刚开始还拉不动，只好用扭，终于给扭下来了。

沈倩倩收完钱，并看到吴春玉将车牌拿到手了，然后按下"已付"键让其通行。

"倩倩，看来你很细心，也很警觉，这部假免费车被你识破了。"过后吴春玉对沈倩倩说。

"现在没什么免费车了，我看没有公安标志，又不像是我们高速公路哪个管理单位的，当然就怀疑他了。"沈倩倩认真地应道。

"你这样起疑和识别是对的。社会上总有些人不规矩，爱占国家的便宜。好了，准备一下，马上下班了。"吴春玉交代说。

"好，这样的车子可不可以列入'黑名单'？"沈倩倩问。

"当然可以，你把刚才那部车号码记录下来，回所部交给监控室统一录入，因为他很可能会想办法再弄虚作假，要提防他。"吴春玉应道。

"黑名单"，不难理解这是把一些曾经有不良记录的人或者单位，列入被注意、受监督的名单。在高速公路上被列入"黑名单"的车子，不仅出口受监视，甚至很可能被拒绝进入高速公路行驶。这是高速公路部门为阻止偷逃通行费而实行的另一种严厉措施。

就剩十几分钟了，下一班的同事已经等在票亭门口外。沈倩倩赶紧清点现金、逐项填写交接班单据，而后关闭车道，把收费系统还原复位并退出票亭，与李美桦、卢雅琴她们会合后去所部交款。

可能是"倒春寒"的节气，这几天让人觉得冷飕飕的，尤其是现在的午夜时分。交款完的她们，赶紧想回宿舍睡觉去。

其实，收费所实行的"三班倒"制，上小夜班是最理想的班，因为，白天班容易占用普遍意义上的办事时间，一旦上班了，你想利用这个时间去哪里办事就没办法了；大夜班又严重影响人的睡眠习惯，搅乱人的正常生物钟规律，给人的身体带来损害。所以，唯有小夜班，夜晚12点下班后可以进入人的正常睡眠时间，第二天上午起床后可以做自己的事，甚至还可以外出办事到下午4点前。应该说，这个小夜班是收费员们最希望轮到的班次。

吴春玉回到宿舍，习惯性地从抽屉里拿出手机，先查看短信，看看孩子有什么话说，老公有什么事情交代或者在哪里等等，可是现在第一条则是来自姜露娴手机号码的消息："班长：下午4点45分，姜露娴提前在市妇幼保健院顺利生下三胞胎，都是女孩，现母女平安。露娴的丈夫。"

"哇，太好了，雅琴，你看露娴生了三胞胎，都是女孩。"吴春玉惊叫着，边说边把手机送给卢雅琴看。

"啊，我看看。"卢雅琴也赶忙接过手机看信息。

"不行，我得马上告诉沈倩倩和李美桦她们。"吴春玉说着就转身就去沈倩倩她们房间敲门。

"谁?"李美桦听到敲门声问。

"是我。"吴春玉应道。

"哦,是班长呀!"李美桦听出吴春玉声音了,马上把已经扣好的门打开。

"沈倩倩洗澡啦?"吴春玉进门问。

"是,她一回来就先去洗了。"李美桦应道。

"是这样,我一回来就看到信息说,姜露娴下午生了三胞胎,而且都是女孩。"吴春玉高兴地说。

"哎哟,真好,我们高速公路收费员队伍又添了三个千金。"李美桦也掩不住喜悦,说。

说着,卢雅琴也跟着走进了门。沈倩倩这时候打开门从卫生间走出来,边整理头发边问:"班长,你们在说什么?"

"姜露娴下午生了三胞胎,都是女孩。"卢雅琴从吴春玉身后抢着应道。

"真是太好了,祝贺又祝福,姜露娴有福气呀,称得上'英雄母亲'啦。"沈倩倩高兴地说。

"这样吧,姜露娴自回家待产到现在也已经半个多月没见了,这时候生了三个孩子,又是比预产期提前了几天,身体肯定很虚弱。那明早我们去医院看她,一方面慰问姜露娴这位'英雄母亲',一方面看看三个小千金。"吴春玉掩不住兴奋心情,提议说。

"可以,我们明早就去看小宝宝。"几个人同声应道。

"好,那我们看完姜露娴后,再一起去看看豆豆,怎么样?"吴春玉突然提出说。

"那更好,我们也已经很久没看到豆豆了,一举两得。"沈倩倩赞同说。

"那不用了,反正还是那样,不要劳累大家。"李美桦无奈地应道。

"不行,还是要去看看。倩倩,你明天把那收捐款的卡带上,到城里就转汇到李美桦的账户上。不知道现在已经又有多少了。"吴春玉说。

"我知道,我的手机上有银行发来的短信。"沈倩倩马上拿出手机查询后接着说,"上次汇出一笔16万后,现在卡里又有112300元,至今收到的捐款总数是272300元,已经超出了预估的数额。"

"哇,我们高速公路职工太伟大了,这是大爱的体现,豆豆有救了。我们要报告林小芳所长，再找机会通过一种形式向这些捐款的同事们表示感谢。"吴春玉感慨地说。

"是应该这样。"沈倩倩和卢雅琴随口赞同说。

"那我们明天到市里就把这些捐款汇到美桦账户上。"吴春玉说。

"好。"说倩倩应道。

"那太不好意思了。"李美桦低着头苦应说。

其实，李美桦心里的苦楚谁都知道，患淋巴细胞性白血病的女儿至今还有找到成功配型的骨髓，一天一天等待，一天一天失望，尽管已经化疗，但孩子还是一天天衰竭下去。她心如刀绞，可又没办法。尽管也知道同事们的捐款肯定不少，甚至还会超出需要，但是，能够配型的造血干细胞没钱买不来，有钱也不一定能买得来，豆豆能不能救，还是个大大的疑问，她怕到时候同事们的捐款只是一片好心，而不能遂心。

"也没什么不好意思，已经到这个程度了，坚持下去吧。好，那就这样。大家睡觉去，明天早点起来。"吴春玉说。

189

"好。"大家应道，随后各自就寝去了。

上午 10 点左右，医院刚查房完，吴春玉她们就提着一箱 6 罐装产自新西兰的奶粉和两袋营养麦片，迫不及待地找到了姜露娴的产房。

"班长。你们来啦!"吴春玉一出现在病房门口，躺在病床上的姜露娴看到后就喊道，不过声音很低。她的妈妈及她的丈夫、婆婆都在她身边。

"是呀，露娴，我们都来祝福你，看看你，还要看看小宝宝呀。这是我们给三个小宝宝买的奶粉，麦片是给你平时当点心用的。"吴春玉走到病床前轻轻地应道。

"谢谢你们。"姜露娴轻轻地说。看得出来，姜露娴经历这么一次女人总难以逃避的分娩关，尤其是多于普通女人三倍的分娩关后，身体十分虚弱、无力，加上麻醉药刚解除，脸上没有血色，两眼无神。尽管开始做母亲了，而且还是三胞胎的母亲，心中兴奋无比，可她此时没有什么精力，笑不出来。

"露娴姐，我告诉你，你是英雄母亲啦，在高速公路上要出大名啦。"沈倩倩难掩高兴劲，贴着露雅琴的耳边说。

"是吗? 我心里感到很幸福。"姜露娴略为睁大眼睛，露出一丝丝笑容说。

"三个小宝宝还在保健室吗?"吴春玉问。她们很急迫想看到这稀有的三胞胎。

"是,还在保健室。"姜露娴的妈妈应道。

"可能等会儿会送来。"姜露娴补充应道。

其实,姜露娴还不清楚,由于是三胞胎,又比预产期提前了5天,所以,婴儿出生时的体重是,老大2370克,老二1809克,老三1767克,都属于不足正常婴儿的体重,所以,必须在保健室特护好长一段时间才能回到产妇身边。这些事,姜路娴的妈妈还没来得及告诉她。

自坚持春节上班后才回家待产的那段时间里,姜露娴可说是没有一天能够舒舒服服地过日子,那是因为肚子越来越大,身子越来越沉,胎儿在肚子里越来越挤压心肺等器官,造成她呼吸困难,心跳加快,血压升高,整天坐也难受,站也难受,睡觉时,平躺也不行,侧卧也不行,三个小宝宝又在里头"拳打脚踢",害得姜露娴叫苦连天,距离预产期15天的时候,只好按照医生的要求住进了医院,以便随时观察,掌握状况。

"班长,我最后那几天实在是太痛苦了,快要撑不住了,幸好提前几天生下来了,还是剖宫产。我以后再也不生孩子了。"姜露娴喃喃地说。

"傻丫头,你现在一次性就生三个宝宝了,今后你还要生吗?"吴春玉笑笑地应道。

"再生,再生,再生三个男孩来,反正你是'高产田'。"卢雅琴这边逗乐说。

"露娴姐,雅琴逗你呢,我们不要了,好好把这三个宝宝养大成三个姑娘就行了。"沈倩倩也乐呵呵地说。

"那以后得准备三套嫁妆陪嫁,你负担可不轻喽。"卢雅琴继续逗笑着说。

"那才不一定呢,也许到嫁人时,人家男方的彩礼是3千克金子呢。"吴春玉笑笑地应道。

姜露娴静静地躺着,听几个姐妹在对她三个宝宝作成长的描绘和将来的憧憬,心里乐滋滋的,有说不出的幸福感,脸上终于露出笑容。

"班长,我担心以后奶水不够她们吃。"姜露娴有些忧愁,说。

"要管三个,当然会不足,但按你的身体起码可管两个小家伙吃,剩下一个就吃奶粉,这样也行。"吴春玉凭着大姐的经验解释说。

"不知道什么时候会来奶水，现在我好像没什么感觉，不满不涨的。"

"现在当然还没有，你从产房出来才多少时间？没那么快，坐月子才开始嘛，等你喝完米酒煮小母鸡，或者鱼汤，才能有奶水，明后天可能就开始慢慢来了，如果几天后还没来，那你妈妈她们就会帮助你催奶。"

"怎么摧奶？"

"我看过人家摧奶，就是别人用手抓住你的乳房猛挤，把乳汁硬挤出来，让孔畅通，过后就会正常了。不过这样很痛。"

"哦，有些可怕。但愿我不用这样摧。我也真担心我的乳汁不够，三个小家伙到时候会抢吃。"

"那也不奇怪呀，到时候就看你怎么安排她们就餐了。"

"喂奶时，三个挤在一起吮吸，凑成一窝。露娴姐，你真幸福。"沈倩倩乐呵呵地插话说。

"今年是羊年，像一窝小羊羔。"卢雅琴笑哈哈地说。

"妈，医生怎么还没把小宝宝送来？"姜露娴好像记起来了问。因为，至今她也只是在产房里瞧一眼过，其他时间小宝宝都在医生护士那里看护着。

这时候，姜露娴的妈妈才告诉女儿及吴春玉她们关于宝宝的现在情况。

"原来这样，不过既然医生把宝宝留在保健室，那医院也是有把握的，这样也好，保健一段时间，到时候送到你面前是三个更加健康活泼的小家伙。放心吧，露娴，你就好好保养自己吧，以便今后更好地哺养三千金。"吴春玉安慰说。

"露娴姐，你今后的任务可艰巨了。"沈倩倩认真地说。

"嗯。哎，美桦姐，豆豆现在情况怎样了？还好吧？"姜露娴突然转话题问。

"还好，谢谢你。"李美桦强装笑脸应道。

"我们等会儿正准备再去看看豆豆。"吴春玉说。

"哦，那我就不能去了，代为祝她早日康复。"姜露娴说。

"谢谢了。"李美桦说。

"露娴，不再影响你休息了，我们走了，改天再来看宝宝。"吴春玉说。

也确实不便继续说话了，姜露娴这时候最需要的是睡觉休息，因此，吴春玉她们说完就告别姜露娴及她妈妈，退出病房准备去市立医院。

第十四章　险象环生

豆豆躺在病床上，鼻孔里插着呼吸机的管子，手臂上插着针头，吊着药瓶，脸色灰白，双唇发暗，嘴里有气无力地呻吟着，没有说话，更没有笑容，两眼无神地望着站在床边的妈妈和几个阿姨，似乎她在用一颗幼稚的心或者说透过一双见世不多的眼睛在祈求阿姨们：你们快来救救我。猛地看见如此状况，三个人一时像被什么击中脑袋，吓呆了，晕乎乎地站在病床旁不知所措，只是直愣愣地看着豆豆，很快，两眼涌动着泪花，鼻子酸酸的，嘴唇微微颤抖，说不出话来。

吴春玉她们已经有一段时间没来看豆豆了，平时只是从李美桦的嘴里了解到关于豆豆一些病情，脑海里还没有形成有多么严重的印象。现时的一幕，告诉了吴春玉她们，豆豆的病情确实已经很严重了。

"豆豆，妈妈班里的阿姨们来看你了。"李美桦俯身对女儿轻轻地说。

"嗯。"豆豆低而弱地应了一声。

"豆豆，你好吗?"吴春玉好不容易开口吐出几个字问候说，声音几乎哽咽。她多想扑上去抱抱豆豆，可是又不能。

"嗯，我好。"豆豆还是勉强地应了一声。

"豆豆，你要坚强治病喔。"沈倩倩说，泪水已经差点掉落在豆豆的枕头。

"好。"豆豆应道。

"豆豆，你看，阿姨给你买的绒毛小猫，多么可爱，你要像它一样健健康康的。"卢雅琴把刚才在街上买的一只小猫玩偶送到豆豆的枕头旁说。

"谢谢。"豆豆应道，只是眼睛看了看，没有伸手接，因为，她的骨关节疼痛，手已经无力抬举了。

此刻，她们似乎在痛惜地看着一朵还未绽放就受尽摧残而行将凋谢的花蕾一样，心情极为沉重，极不情愿，但又无助。

太可怜了，三个人已经抑制不住情感，再也想不出什么话来说与豆豆听，也不忍心继续让豆豆应答，尤其是吴春玉，想想自己的女儿，怜悯之心更是油然而生。此刻的心情，她们唯一的就是想哭，让强忍的泪水决堤，哗哗哗地流个够，可是她们又不敢，在豆豆面前只能继续强忍着。

在豆豆身旁站了一会儿，她们的心实在是忍受着一种说不出的煎熬和折磨，她们无法继续面对豆豆，便准备离开了。

"美桦，你不要再上班了，请假照顾豆豆吧。"吴春玉小声地对李美桦说。

"那不好，班里人手本来就紧，现在露娴请产假，就更紧张了。"李美桦应道。

"现在是紧张些，但还可以安排得过来，如果你请假，一是我直接顶岗进票 193 亭，二是实在不足时，请所部干管人员来替班，没关系，照顾豆豆要紧。"

"再看看吧，这段时间我公公婆婆在这里还可以，过段时间再说吧。"

"我回去报告小芳所长，她也会同意的，她也可以帮我们在其他班协调人员来补充。"

"还是不用，过一段时间再说。"

李美桦怎么说还是不肯马上请假，她确实为班里人手不足担忧，怕拖累全班。尽管刚才班长提出替班的各种办法，但她认为，班长自己去顶岗，那么就势必缺了一个总协调人，万一有什么突发事件或者其他需要临时处理的事情，班长就脱不开身了，可能会酿成意外后果；干管来替班嘛，因为毕竟干管在所部也有自己一份应该做的工作，一天半天可以，连续一段时间，那就不行了；至于请所长调动其他班人员来替补，她也清楚现在全省高速公路公司贷款修路后财务负担重，公司上上下下早已加强运营管理核算，每个收费所人员编制、经费预算都紧巴巴的，能开几个车道给几个人，就给几个人的经费，一个萝卜一个坑，没有什么富余人员，各个收费班都一样。尽管所长下决心可以解决，但毕竟为难了所长。李美桦早些时候就想到这些，她也就迟迟不肯请假，所以，当班长劝她请假时，她心中已经有准备，再加上那么多人为她的事踊跃捐款，而且还数额那么多，于是，她决心无论如何要想办法把自己其他的困难担当下来，不愿意再给大家添麻烦。

一个普普通通的收费员，背负如此沉重的负担，还能为高速公路事业着想、担当，不得不让人敬佩。

看来，吴春玉也没办法说服李美桦马上请假，只好再三嘱咐李美桦要好好照顾豆豆，然后，三人便离开病房。

走出病房门口那一刻，三人都禁不住掩面而泣，刚才强忍着的泪水一下子奔涌而出，随之尽情宣泄心中的酸楚。不过，她们还是不敢在大庭广众之前号啕大哭，只是不停地流泪，冲刷了本来薄薄的那点点粉黛。她们穿过走廊，进入电梯，直到医院门厅，相互间都没有说话，各自悄悄地擦拭着泪水，直到医院外大门。这时，吴春玉提醒要到银行汇款后，她们才振作起来，阻止了流淌的泪水，回过神来便走进紧挨着医院旁的一家银行里。在吴春玉和卢雅琴的见证下，沈倩倩将专用银行卡里存有的捐款合计 112300 元，全数转到了李美桦的账户。此刻，她们也许只有一个心愿，即幻想着让这笔款能够马上兑现到与豆豆配型成功的骨髓，快快救豆豆，越快越好。

汇完款后，也许是一个上午在两个医院里遭遇两个截然相反的情景，让她们喜忧参半的缘故，她们似乎都希望能稍稍缓和一下心情，便在银行大厅里商议一起到街上随便走走，下午再回所里。

沈倩倩与吴春玉并排走出银行大门口，发现不远处的医院围墙外有一个很熟悉的身影，沈倩倩定睛一看，不错，是他。那人也好像看见了她，径直朝她们走来。

"小沈，你们到城里来了，怎么没告诉一声？"董弘光走到她们面前时说。

"我们是昨晚上完小夜班后临时决定来城里的，是我们班长带着来医院看一位同事。哎，你怎么也在这里？"沈倩倩应道。

"我也是来医院调查询问一位因交通事故住院的伤者。"董弘光应道。

"哦，是这样。他叫董弘光，在市里交警支队机关工作。"沈倩倩应道并向吴春玉她们介绍说。

"哦，这是你们吴班长，上次见过，认识。"沈倩倩刚介绍完，董弘光抢先说并主动与吴春玉她们逐一握手。

"是是，上次抓毒贩时把沈倩倩吓坏了，如果真的吓坏，那要找你赔喔。"吴春玉笑笑地说。

"如果真是那样，我一定全赔，赔（陪）一辈子。"董弘光话中有话地应道。

"早听你说过了。今天算直接见面了。"卢雅琴边上插话说。

"你们同事在医院，什么事？要不要帮忙？我对城里比较熟悉。"董弘光热情地问。

"没什么事，有事，你也帮不了忙。"沈倩倩笑笑地说。

"没问题，可以帮忙。"

"她在生孩子，你怎么帮忙？"

"哦，这……是不太好帮。"董弘光尴尬地摸了下头应道，又问，"你们现在准备去哪？"

"没想好去哪里，刚从医院出来。"沈倩倩应道。

"要不，我的事情已经办完了，没有其他事，今天又是周末，我请你们吃午饭，吃完饭顺便带你们在市里转转？"董弘光知道沈倩倩少到城里来，所以想当"导游"兼埋单请客。

听完，三人不约而同地相互对视了一下，吴春玉"扑哧"笑了一声。其实，让董弘光当导游，除了沈倩倩还有点需要外，吴春玉和卢雅琴她俩都是本地人，哪会需要。当然，董弘光只是清楚高速公路收费员长期生活和工作在远离城市的地方，即使他知道的城南收费所也离市区大几十千米远，加上平时三班倒，所以，很少有机会到城里走一趟。至于，沈倩倩的班长和同事，董弘光不太清楚她俩就是本地人，因为，沈倩倩还没有告诉他这么多。

"这样吧，我和雅琴就不必了，我们回家吃饭，顺便回家一趟。董警官，你就带小沈去吃午饭并在城里玩玩吧。"吴春玉明白董弘光的好意，或者说更明白董弘光醉翁之意，于是顺水推舟建议说。

"哦，你们的家也在城里呀？"董弘光吃惊地问。

"是呀，我家住在东大路，小卢家住在温泉路，都离这里不太远。"吴春玉自我介绍说。

"哦，那我们交警支队离这里很远，在北边的新店。"

"你也是我们绍柏市本地人吗？"

"不是，老家在四川，我当兵在这里，喜欢上这里，退伍时报考这里的高速公路交警，后被录用，所以就留在这里，你们这里挺好的。"

"哦，还是外地人。好了，今后你们交警还要多支持我们收费所工作。我们就先走了，你们去玩吧。倩倩，别忘了下午还要上班。"

"嗯，我下午会准时回去上班。"

"我下午一定会送小沈回收费所，你们放心吧。"

说完，吴春玉和卢雅琴就离开他们走了。对于沈倩倩与这个警官交朋友的事，沈倩倩悄悄地告诉过她俩，她们心里明白，所以，将沈倩倩推给董弘光，也是情理之中。

196

沈倩倩与董弘光交往已经有一段时间了，彼此相当有好感，尤其是董弘光在抓捕毒贩时的勇敢行为以及特意来所里的春节联欢会上看她，听她唱歌，让这位还没有真正谈过恋爱的少女确实触动不少，留下极好的印象。虽然，董弘光也明白与当收费员姑娘交朋友，直至成家后，势必将有许许多多困难需要面对和解决，然而沈倩倩的长相、身材及一份高速公路的固定工作，更别说是一个会唱歌的姑娘，这些条件对董弘光有着挡不住的诱惑，所以，董弘光下决心要与沈倩倩交朋友谈恋爱，于是，经常从基层交警中队的同事那里打听收费员排班情况，找机会发信息打电话等，还时不时利用下中队工作的机会到所里转一转，看一看，也偶尔利用白天或者小夜班在沈倩倩没有上班的时间里，带着她到城里或乡村玩玩。久而久之，沈倩倩在董弘光不断追求之下，也认为眼下并没有其他男性可与董弘光相比，只好束手就擒，正式确定了恋人关系，只是还没有到告诉父母的程度而已。

"你说去哪里吃午饭？"董弘光问。

"你安排去哪里就去那里，既然留下来了，就听你的了，反正你比我熟悉。今天又不是第一次。"沈倩倩慢声细语地应道。

"那行，我带你去川菜馆吃火锅，我们都是可以吃辣的人，吃完饭去植物公园玩玩。"

"可以。"

"走，我有摩托车。"

说完，两人来到停车场，董弘光启动了摩托车，沈倩倩抬腿跨上后座，双臂紧抱董弘光的腰坐好后，董弘光一加油门便疾驶而去。"幸好，你现在穿着便衣，如果穿着警服载着一个女生，别人会议论的。"

　　"警察就不能载女人啦？不会的。"

　　"那总是不好。"

　　没一会儿就到了一家重庆人开的饭店，入座后两人要了一个小火锅，点了牛羊肉、蔬菜蘑菇等一些食料，开始边吃边聊起来。沈倩倩出生于西北，喜欢吃辣，可是除了在街上的饭馆外，南方各个单位里的食堂普遍不吃辣椒，因此，时间一长，沈倩倩也挺思念辣味的，恰好，这餐饭解了她的馋。对董弘光这位出生于火锅王国的人更不用说了，他们两个今天总算气味相投地饱食了一餐。

　　繁茂的大叶榕，挺拔的棕榈树，蔓延的葡萄藤，遍布的三角梅，千姿百态、万紫千红的形形色色植物，构成了一个绿的世界。沈倩倩和董弘光手拉手，漫步在曲径上，小草旁，花丛中。一对恋人依偎着，尽情地欣赏这大自然的景色，别说有多惬意和甜蜜了。

　　吃完饭，没地方午休，两人便来到植物园。

　　"倩倩，你说我们怎么那么巧！"

　　"巧什么？"

　　"我们两个人都不是本地人，你是青海，我是四川，我们父母都不在这里。你说是不是巧？"

　　"是有点儿哦。你是不是不要父母管呀？"

　　"那不是，今后我们两人的事，父母亲管不住，我们自己说了算。"

　　"那不行，我肯定要给我父母亲说的，要告诉父母亲，征求父母亲意见，取得父母亲同意才行。"

　　"你一口一个父母亲，又一口一个父母亲，看得出来你是个乖乖女。"

　　"那当然咯，在父母亲面前不乖不行。"

　　"很好。我要向你学习。"

　　"好了，别那么装腔作势的。"

　　董弘光正要继续说，他的手机响了。

　　"喂。我是董弘光。"

"董科，刚刚沈海线 1325k＋300 处 B 道发生一起车祸，有数人伤亡，具体人数不清楚，听说还有一个高速公路职工死亡。"支队值班室来电话说。

"好，我马上回支队，再赶赴事故现场。"

"有什么急事吗?"沈倩倩问。

"是，刚刚发生的交通事故，有人伤亡，死亡的人中，听说还有你们高速公路的职工，我得赶去。"

"哦，那是要去的，工作要紧。"

"那对不起你了，等会儿我没办法送你回收费所了，你搭公共汽车回所里吧。"

"没事，我自己解决，顶多我打电话给班长，跟她一起回去。"

"这样我就放心了。我处理完事故再告诉你。"

说完，董弘光转身快速离开沈倩倩，没有回头就消失在园内树林中，奔向植物园后大门去了。的确，同样在高速公路上工作，董弘光所承担的交通警察工作与收费、路政、服务区、养护、监控等诸多部门一样，都肩负着应有的责任，要及时处置，不敢懈怠。对于董弘光的急忙离去，不能实现同游植物园的愿望，沈倩倩也是理解的，毕竟在高速公路上工作已经好长一段时间了，对突发事件的处置过程常常耳闻目睹，也就不难理解了。

沈倩倩独自一人已无心再欣赏什么奇花异草了，也不想再到哪儿玩玩逛逛，于是顺着进来的路往植物园大门边走边给吴春玉打电话。

"班长，你在家吗?"

"我在家，刚吃完午饭，正在洗碗，而后准备回所里。你呢?"

"我也吃完了，原准备在植物园看看，可惜董弘光有交通事故要赶去现场，现在我一个人还在植物园。"

"哦，这么不巧呀！那现在时间也不早了，我们可以回所了。这样吧，你从植物园大门口先走到离那儿不远的一个东街口公交站等我，咱们一起回去，我很快就来。"

"好，我在那儿等你。"

沈倩倩按照吴春玉的意思，看着指路牌走着走着就找到了东街口公交站，并且在那儿等了十几分钟，吴春玉也来到公交站与沈倩倩会合了。

"倩倩，你应该吃饭了吧？刚才没问你呢。"

"吃过了。班长，甜甜没闹着跟你来？"

"没有，现在已经大了，懂事了，虽然还是很想到收费所来，因为在收费所生活了好长时间有些想念，但是，毕竟要上学，也就不敢要求来了。"

"哦，很懂事。"

"那咱们坐2点发往郊区的那班车。"

"好。唉，班长，刚才听董弘光说，他现在赶去处理的交通事故，可能有一个高速公路职工死亡，不知道是怎么回事。"

"有这么回事，是其他市的一个所的收费员，顺便搭乘路过的一部小车回家，中途翻车导致不幸死亡，太可怕了。刚才小芳所长打电话给我，传达了省公司的紧急通知，重申了几项规定和要求，叫我要给班里的同志们说说。"

"哦，是这样呀！"

说话间，她们想坐的班车来了，两人上了车选了个靠后的座位坐下。

"像刚才说的事故在我们高速公路系统也时有发生，不说其他地方，就说我吧，也碰到过呀。"

"你也碰到过？不至于吧，春玉姐？"

"事情是这样的，我说给你听听吧。"

吴春玉回忆起那年一次刻骨铭心的交通事故：

"5年前，我还没调到城南收费所时是在我们绍柏市最边远的洪口收费所，也是高速公路开通时新组建的收费所。那是一个与外省交界的收费所，也就是省际收费所，离市区有58千米远，比较偏远。收费所位置又三面环山，只有我们的高速公路与外界直通，还有一条就是通往乡镇的简易公路，还没有铺设沥青路面，坑坑洼洼又泥泞得很，不好走，真如老公路人常言道：前不着村后不着店的地方，最近的乡镇街道与我们收费所也有1千米左右，没有公交车，没有汽车站，封闭得很。我们除了上班外，平时没有轮班时基本上都只能待在所里，很难外出，如果要去乡镇街道还好，走十几分钟路就到了，但是要到市区办事就没那么随意了，只能到镇街道里坐长途汽车，或者找机会搭乘我们所里一部双排座皮卡车。那部皮卡车在那个时候是收费所唯一的一部车，不像现在每一个收费所都有两三部车可供使用，而皮卡车又不是天天会去市区，所里有什么事情时才出车去市区，这时候才能搭乘，也就是顺风车，而且座位还有限。所以，当时的洪口收费所就所里本身的设施跟现在我们城南收费所的设施相比，因为同是按一个高速公路建设标准建起来的，没有太大区别，但就收费所外部条件尤其交通来说，哪像现在城南收费所去市区那么容易，说走就走，随时有车？我们那个洪口收费所，即使不说它像是大海中的一座孤岛，其实也就是高速公路上一个孤零零的点。当然，可能现在有所改变了，听说所部后面的简易公路铺设水泥路了，所里配有好几部生活车，但有一点无论如何改变不了，即离市区偏远，往返还得在高速公路上跑几十千米。

"那一次是在所里过完端午节，为了回家补休和拿几个粽子，家在城里的几位同事搭乘了所里的皮卡车去市区。那天我们是早晨8点下了大夜班后，随便到食堂吃点东西就出发了。

"我们连司机5个人。除司机外，其他4个人都是我一个班的同事，两男两女，我和两位男同胞坐在后排，那位女同事坐前排副驾驶位置上，那是因为她年纪比较大，当妈妈了，我们都叫她大姐，所以才照顾她坐前排，后排的3个人年纪都比较轻，我那时候刚结婚不久，所以也算比较年轻吧。

"南方的端午节前后正是雨季，那天雨还是下个不停，既不是细雨绵绵又不是倾盆大雨，只是中雨模样，但地上却湿淋淋地有些滑。

"我们是走自己的高速公路，当行驶到谷仓山隧道入口时，驾驶员没有注意减速，于是车子在隧道外就开始打滑，失去方向，一左一右，我们坐的人也不知所措，本能地惊叫着被甩来甩去。这时驾驶员踩刹车也来不及了，方向盘已经控制不住，最后，慌乱之中看着车子径直撞向隧道入口侧墙，在感觉一阵猛烈撞击后，我们都不知道再发生的事情了。

"两天后，当我醒来时，我已经躺在刚才我们去过的那个医院，看到我的家里人都站在身边。我问，我怎么了？我丈夫应道，你们出车祸了，现在在医院，你已经昏迷两天多了，把我们吓坏了，现在醒了，没事了，你好好养伤吧。

"我当时脑袋还痛，没有想什么，也不记得什么，也就没再问车祸的其他事情，只是还觉得胸闷和腿痛。后来在我的病情逐渐恢复时，才慢慢地听家里人和来医院看我的同事们说，我是在碰撞时脑袋受伤，左小腿骨折，才送医院的，还有，那时我刚怀孕一个多月，由于身子受挤压、碰撞，有严重的内伤，所以，到了医院还是没有保住，流产了，不仅如此，还导致我后来几年都没办法要孩子，挂不住，出现了其他毛病，把我那夫家的人都急坏了，产生了埋怨，无奈之下才逼得我去做人工受孕。你看，我这小腿，还没办法完全伸直，脑袋也留下在天气变化时觉得疼痛等后遗症。这个事故造成我一辈子的遗憾和无尽的烦恼，真把我害惨了。

"还得知那个事故已经造成车子完全报废，车上包括司机在内的 5 个人中，坐前排副驾驶位置上的大姐已经当场死亡，遗体面目全非，惨不忍睹，司机双手折断后也与我们一样当场昏迷不醒被送往医院。我们受伤的几个人前前后后住了半年多医院才出来，又差不多休息了半年才回去上班，那个司机出院后还被追究交通肇事责任。

201

"那位离开我们的大姐，实在可惜，她是个很敬业、很认真的收费员，年年都是所里的先进人物，我们班都是以她为榜样做好收费业务。她从全省第一条高速公路通车时就招入当收费员，有 5 年时间了，那时她还有个孩子，是男孩，才 3 岁多，这对家里来说是再悲惨不过了，本来一个好端端的家庭，一下子就破灭。听说，当时她的孩子还不懂得怎么回事，一直抓住妈妈冰冷的手不停地摇动，喊着：妈妈不要睡觉，妈妈不要睡觉。那不谙世事的幼稚动作和悲凄情景，在场的人看了都禁不住泪流满面。过后，听说公司为此耗费了大量精力、财力和时间来处理善后事宜，又被省公司通报批评，扣发奖金，取消评奖资格等，也听说她的家里人还为了善后处理的诸多事情比如是否算因公殉职、老少抚养及丧葬费标准等等，与公司领导交涉多次，最后事情虽然办完了，可也闹得不愉快。

"这一切太可怕了，完全是我们人生遇到的一次重大灾难，至今回想起来还是心有余悸。

"那次事故在全省震动很大，省公司马上针对收费所下文要求这个不行那个不准，什么什么得批，可是你想想，我们这些在所里工作的人，尤其是我们收费员，远离家庭、市区，包括朋友，平时总要有些交流来往，总需要外出吧？不可能老待在收费所里呀！靠短信、电话能满足交往的需求吗？可是，外出交通不便怎么办？也不可能每天都能够搭乘上时间恰好的班车，更别说我们能有几块钱来经常买票呀！当然，现在收费所的条件好得多了，所里专门配备了车况良好的面包车，有的收费所还接送上下班，但是，毕竟大部分收费所地处偏远，不管做什么事，到哪里去，每一次外出都离不开搭乘长途汽车，我们没钱买私家车，又不像城里上班的人，来来去去都在市区，可以搭乘公交车，而搭乘长途汽车次数多了，遭遇事故的概率也就会高，俗话说，夜路走多了总会遇见鬼，就是这个道理，这是我们所有在收费所工作的人一个不可言喻的隐患。

"正因为这样，像我们这样的事故，多年来在全省乃至于全国时有发生，只是严重程度不同而已。你刚才说董警官赶去处理的事故，据说是一名男收费员，因为搭乘路过收费所的社会车辆，在半路上出事故了。这又是一个职工，像我们那位大姐一样，不幸地永远离开了高速公路，离开了他日日夜夜坚守过的收费票亭，实在是令人痛心和惋惜。"

"哎呀，这么恐怖。那我们还是减少外出为好，少外出一次就少一次危险。"沈倩倩听完后感叹地说。她一路上听下来，脸上神经始终绷得紧紧的，无心欣赏车窗外的田野风光，没去注意车外掠过的是什么。

"那也不一定，在高速公路上还有其他恐怖的事故，你还没听说呢！"

"还有什么？说一说，对我也算是教育吧，反正车子还没到收费所。"

"那是，也是我们收费员应该十分注意和防止的。那我继续给你说说吧。"

毕竟吴春玉在高速公路上工作多年，有许多活生生的实例，于是，又开始说起另一个事故。她说：

"这个事故也是发生在我们那个收费所，时间倒是发生在刚才我讲的那个事故之后的第三年。

"我们省与邻省的高速公路连接起来通车后，为各自收费核算需要，两省在距离交界处的5千米左右都设置了主线收费所。所谓主线收费所就是把收费棚设到路上，在主车道上拦断车辆来实施收费，也即入省的车辆停车取卡，出省的车辆停车结算缴费。这个方式当时在我们各条与外省交界的高速公路，或者说全国各省高速公路交界处都一样，至于什么全国联网、片区联网实行不停车收费，也就是上头这几年才开始要求并且逐步实施的方式。这是后话了。

"按理说，在车道上设置收费棚，应该设在来去两个方向都是平坡上，可是我们洪口收费棚的位置却是在一条长坡道上，即收费车道处于上坡，发卡车道处于下坡。这样的双向车道设置，实际上已经埋下了安全隐患，可是，我们作为收费所的职工大部分并不知道也不懂得，缺乏这方面的知识，因此没人担心，没人怀疑，大家高高兴兴地上班下班，体验着当一个高速公路收费员的自豪和乐趣。

"刚开通的前两年，在收费棚里就经常发生汽车刮擦票亭、显示屏、收费岛边沿及冲撞栏杆等事故，我们都还没太在意，认为是驾驶员开车不注意引起的。好了，事情可不那么简单，大事故马上降临。

"那天又轮到我们班上小夜班。由于是主线，交通量很大，尤其是货车占多数，货车多意味着单车收费额大，收费额大就势必造成收费的耗时也多，流量慢，因而，开启的车道就必须多，总共是4进8出，每一个入口和出口车道的票亭都有人，外加入口一个稽查，出口一个稽查，稽查人员不在票亭里，在票亭外流动检查，出口稽查是我们班长兼顾，入口稽查是一位小伙子。当时还没有自动计费、自动取卡等手段，全是人工收费，人工发卡，所以一个班有十几个人之多。那晚我被安排在第四个入口车道的票亭发卡。

"大约晚上8点，周围漆黑一团，只有收费所及收费棚亮着灯，可是，在这山野里，我们那些灯光只是像盏油灯一样显得那么微弱和灰暗，只有近在灯下时，才能感到它的亮光。这时，收费棚入口前方很远的路上，我看见有两个光点朝我们移动，刚开始像两盏鬼火一样晃晃悠悠地，随着逐步移近，两个光点变成了两盏车灯急速地向我们收费棚驶来。

"当时我们一边按照往常的程序在操作，一边用眼睛瞪着车子往哪个车道来，一旦驶入自己的车道时，就将写好入口信息的通行卡递上。

"黑夜里我们只能看见车灯，看不见车身。随着车灯越来越大，越来越亮，直到约50米时才借广场上的高杆灯照明，见是一辆大型货车驶来。按理说这时候货车应该刹车减速缓缓驶入车道，可是，那部货车一点儿都没有减速迹象，直到临近第一个车道的收费岛时，还是保持那种速度。

"见此情况，我的脑子里似乎只有简单的反应，觉得那部车子怎么开得这样快，压根儿就没有朝会出事故方向去想。也因为那部车是向第一个车道方向驶近，我也没多想什么，不过，我还是紧盯着那部车，然而，就那么一瞬间，来不及叫喊，来不及做任何有助的动作，一场恶性事故发生了。

"这是一部6轴的载重汽车，后挂是个大集装箱，像是一个庞然大物，此刻，只见它毫无刹车，极其狂野地朝着第一个入口车道冲去，右前轮还冲上收费岛路缘石，这样一来可想而知，那部货车以其自身重量和体量的庞大，如排山倒海之势将收费岛上所有安全保护桩、显示屏及发卡票亭等全部设施'哐当、哐当'地狂撞猛碾而过，好端端的一个收费岛瞬间一片狼藉。它疯狂地冲撞了收费设施后，又冲断关卡栏杆，可能是冲撞过程消耗了能量，加上轮胎上夹带着铁皮等被撞物的残骸，最终在离收费棚100米的地方才歪靠着护栏停住。

　　"在收费棚的灯光下，这个突来的惨烈情景被我们好几个车道票亭里的同事看到了，都不约而同地尖叫着、呼喊着，我们班长发现后首先冲向出事车道，随即几个男同事也马上关闭了通行车道，跟着奔跑过去。

　　"当他们跑到那里时，我就听到他们大吼大叫着同事的名字。这大吼大叫是歇斯底里的，更是哭喊，在那没什么人烟的山野里，在那漆黑的夜晚，这种哭喊显得特别惊天动地，甚至令人毛骨悚然。班长他们边喊边哭，边哭边喊，不顾一切地使劲搬动那些票亭残片，因为，下面压住我们来不及躲闪的两位同事，一位是在这个车道票亭里发卡的女同事，另一位是站在收费岛上稽查的那小伙子。

　　"碰到这样惨状，我也被吓晕了，只懂得直叫：'糟了、糟了。'不知如何是好，直到看见我们班长及几个男同事冲到那里了，我也才跟着跑过去。可是，心中慌乱，两腿哆嗦不停，全身发软，软得我一点儿都使不上劲，只能笨拙地帮着又拉又搬那些弯弯曲曲的铁皮。

　　"那时，一堆残片下两人都已经奄奄一息，不省人事了，脸上、手上都流着血，把橄榄绿的制服都染成暗红色。十几分钟后，终于将那些压在同事身上的杂物搬移，把他们救出。救出来时，班长凭着经验，觉得都还有一丝丝气息，必须立刻送医院，可是没有救护车，而且大医院在市区，很远，来不及了，怎么办？只好先送到最近的乡镇卫生院抢救。我刚才说过，我们收费所离乡镇也有1千米远，又怎么办呢？这时候我们班长知道所里的小面包车停在所部办公室门口。刚才说的那个事故中双排座皮卡车被撞报废后，省里又给我们所配了一部小面包车。于是，班长马上一边招呼把伤者抬着往所部走，一边通过监控室给驾驶员打电话。正好驾驶员在宿舍，听到这个消息，立即从宿舍冲到面包车旁打开车门，一起把两位同事放在座位上，然后发动汽车送往卫生院。

"因为毕竟我们都在当班，只有班长再加上一位男同事和一位女同事及所部两位干管人员坐上面包车护送去医院，我们几个就退回到收费棚继续上班，当然，人手已经不足，又是夜间，交通量明显减少了，就肯定压缩了几个车道，包括那被撞坏的第一和第二个车道在内。后来，在收费所宿舍住的所部领导、干管及其他班的好多同事，全都知道发生大事了，有的人赶往卫生院，有的人赶到收费棚帮忙或者安慰等，有的人给市、省公司打电话，要求马上调救护车、联系接收医院及其他善后事宜，惊动不小。应该说我们全所还是很团结友爱的。

"在小夜班下班之前，我们都不知道那两个同事的情况，直到下班了，从所部的干管人员那里知道，我们那两个同事只能在卫生院里做包扎等简单处理，其他的治疗就必须去大医院才行，于是，班长他们便不等救护车到，还是用自己的面包车载着两位同事上高速公路往市区医院赶。半路上，那位小伙子仍然昏迷，嘴里还有口气，可是，女同事却伤势过重不行了，听说到了医院门口准备抬上担架时，接诊的医生就断定她已无生命迹象，最后，急救室没有进去，直接就抬去太平间了。那时她才 20 岁呀！长得也漂亮，还没成家，又是独生女，当时她父母亲、爷爷奶奶哭得几次昏厥过去被送医院。唉，好惨！好惨！现在想起来还心酸。

205

"这个事故后来被交警立案调查，说是货车刹车失灵才直接冲向收费棚。虽然驾驶员后来被追究交通肇事责任，对方也赔偿了，但是，事故后我们在那里上班，心里一直都有阴影，心神难定，一是生怕前方来的车子又没刹车，尤其是入口发卡车道上，二是仿佛那个遭遇不幸的姐妹还在那里，活生生的，让人心情难受。不过，没有多久，上级公司就决定并开始实施收费所整体搬迁，把收费棚后撤到平坡地段，一年后我们洪口收费所就迁移到现在那个地方了，这样，才在后来的几年里都没有再发生类似事故了。"

"倩倩，今天在车上给你讲了两个事故，都是不幸的事，害怕吗？"

"听完是感到有些难受，我们高速公路收费员实在是太苦了，还不时存在危险。"

她俩话说完，车子也到了收费所边的公共汽车站点了，于是她们下了车往收费所去。没走几步，身边突然一部轿车擦身而过，停在收费所大门外，一个女人推门下了车，她俩一眼看见是卢雅琴也回来了。

"雅琴，你也到啦?"吴春玉问。

"是呀，你们怎么碰在一起坐公共汽车回来呀? 那位董警官没送倩倩?"卢雅琴满脸挂笑地应道。

"我们事先说好一起回来的。他有急事，出勤去了。刚才是你那位的车?"沈倩倩也应道并问。

"哦。刚才是他送我回来。"卢雅琴还是笑笑地应道。也许在她的心中，朱加水已使她感到满足。

说完，三个人一起走进大门，同时不约而同地被收费棚那边传来的嘈杂声所吸引，都朝那边看了看，发现收费棚里围住好多人，有的站在车道上，有的坐在收费岛上，从衣着上看得出来那些人都是农村群众。出入口广场上已经堵了不少车子，没有通行的车。根据吴春玉的经验，知道这是当地群众围堵收费所，阻碍高速公路通行的大事件。至于什么原因，她们并不明白，只得一路小跑着回宿舍去，一方面想问问是什么事，一方面做上班准备。

第十五章　进校帮扶

离交接班时间还有十几分钟，吴春玉带着沈倩倩、卢雅琴及刚刚从医院回来的李美桦，一同先到所部等待，看情况再前往票亭交接。

所部只有温碧云坚守在财务室，林小芳带着刘莉珍、张温平及其他后勤人员都在收费棚车道上。于是，吴春玉等也赶紧去车道，一方面想看个究竟，群众在闹什么，另一方面可以给所长助威，以免她吃亏。

吴春玉等已经看见所有出入口车道都被人群占领了，那些准备进入或者驶出高速公路的车辆都被堵在收费广场上进退不得，驾驶员们见状也无可奈何地待在车内，不敢贸然地下车，更不敢强行通过，因为，他们也懂得，这些人不能激怒，否则，弄不好会有不可预见的后果发生。她们再走进现场一看，大概有100多个人，猜想应该是附近村庄的群众，他们在车道上有的坐着、有的站着、有的走来走去，他们当中年纪不等，老老少少男男女女都有，尤其以老年人为多，也夹杂着几个年纪较轻的人，有几个老年人的情绪还挺激动，你一言他一语地指责着林小芳她们，或者对着高速公路指指点点，骂骂咧咧的。

"我们的土地征用款和房屋拆迁款都没有拿到，我们的土地上可以不让车子走。"

"你们的高速公路通了，我们的饭碗没了！"

"你们检查农产品太严格了，没有给我们本地人优惠。"

"我们本地车要求全部免费通行！"

"我们就是不让通行，要求政府来解决！"

……

吴春玉她们迅速走到林小芳等身边，一起听着群众这些连珠炮似的猛烈指责。

　　林小芳面对的吵闹者大多数是老人家，对老者，她们这些女孩子多少有几分敬畏和尊重，然而，这群一根筋的老人，对待面前这些女收费员却没有怜香惜玉，一个劲地指责，一个劲地谩骂，把心中对征地拆迁的不满和怨恨，一股脑儿地发泄到面前这几个穿着高速公路制服的女孩子身上。

　　这时候收费所的任何人别说都不懂得当时高速公路建设施工过程是怎么回事，不懂得当时征地拆迁过程是怎么回事，不懂得当时赔偿款支付过程是怎么回事，即使她们清楚当前的农产品免费通行政策，在这种像是火山即将爆发的情景下，也无法做任何解释或者劝导，更不用说摆平事态。

　　这类事件，对于林小芳来说倒也不是新鲜事，参加高速公路收费以来，也曾碰到过和听说过类似这样的群体事件。高速公路建设与其他项目建设一样，都需要征地拆迁，只要有征地拆迁就或多或少会存在某方面问题，而问题处理不好，就可能引起群众埋怨和不满，如果埋怨和不满达到一定程度，就可能发生上访直至聚众闹事，闹事起来堵高速公路、堵收费所，那是常有的事，尤其是在高速公路通车的初期时间。只不过以前她是个普通收费员，既不用承担责任也不用出面协调，仅是一个旁观者而已，可现在却大为不同了，已是收费所主官，她如果不挂帅出面，就没人来做了。不过，她也闪过一个不现实的念头，即要是黄健伟这个男人家还没调走就好了，前面还有人顶着。

　　虽然林小芳早在事发的第一时间就给上级及当地乡镇报告并要求政府派人来处理，因为，最后解决问题平息事态，非得当地政府有关部门来人不可，可是，一时半刻那些"上级"赶不来，只好自己先接着，再等待"上级"到场处理。林小芳身边幸好还有刘莉珍、吴春玉等陪伴壮胆，让她硬撑着，否则，她真受不了那些满腮胡须、唾沫四溅的老人如此劈头盖脸的责骂，当然，她也明白，处理群体事件，只能忍耐，不能任性，于是，她就只能听着，而且还得赔着笑脸耐心地听着，不能还嘴，更不能对骂。几次刘莉珍被老人的出言不逊或者歪理邪说激怒，想顶嘴过去，都被林小芳劝住了，急得刘莉珍直跺脚。

　　不过，关于群众要求农产品和本地车免费通行的要求，林小芳在等待群众的情绪稍微平稳时，她倒想试试解释。于是，她笑笑地对前面的几位老人开口说：

"大爷们，奶奶们，我刚才已经说过好多遍关于你们征地拆迁赔偿没有拿到款项的事，可我们这些人都来自五湖四海，只是被分配到城南收费所工作的，对当时的建设情况都不懂得。你们认认我们这些丫头，有没有谁当时就在这里做征地拆迁的？肯定没有吧，我们都是高速公路通车时才调来这里的，所以，原来的事情我们没办法给大家说清楚，更不用说解决问题了，必须等到当地政府派人来给大家一个说法。请你们耐心等待，好不好！"

"当然我们不是找你们讨钱的，我们是找政府的。"老人们喊道。

"不过，对大家提出的关于要求本地车和农产品免费两个问题，我倒想给大伙儿解释解释，看看大家能理解吗？可不可以？"林小芳继续说，可现场没有人应答，只是盯着她们看。

"老爷爷老奶奶们，大哥大姐们，可不可以？"林小芳再次诚恳地问。

"随你便吧！"终于有一个老人说话了。也许是这些老人们看到一个跟他们孙女般大小的孩子这么真心地问，才不忍心而应道。

听到有人答应让她讲话了，林小芳便开始抬高嗓音但又平和地说：

"乡亲们，高速公路与普通公路收费方式不一样，高速公路是按里程多少计费，普通公路是按一次性卡口收费，普通公路免费通行的条件比较多，而高速公路免费条件只有军车和为高速公路管理直接服务的警车、养护车、抢险车等很少的几种车才有资格，其他都不能免费，包括我们自己用的上下班私家车照样也得缴费。同样，你们的车也不属于政府减免范围的车辆，只好缴费了，这请大家理解原谅。"

"我每个月都得缴 200 多元呢。"刘莉珍趁机插话说。

"我们村的农产品为什么要检查得那么严格，车上捎带其他东西，就不让免？"一位年纪轻的人责问道。

"这是国家的规定，必须一部车全部装载农产品才能免，如果顺带其他货物就不能免了，我们也没办法，全国都是这样。"林小芳见有人应道，便继续解释说。

"我每天要进出高速公路，次数太频繁了，能不能给减免或者办月票之类？"又一位壮年人问。

"是这样，高速公路上不实行其他减免办法，也不实行月票或者年费制，唯一的是按照行驶里程最后驶离高速公路时结算，不过，可以买 ETC 卡走高速公路，在出口结算时按 95 折缴费。”林小芳解释说。

眼看把群众的指责转引到颇有咨询意味的问题上来，林小芳的心情大大缓和下来，也就收费方面的问题与他们交谈，现场平静了许多，不像刚才那么激烈，但是，车还是通不了，群众还是占着车道不离开。

林小芳虽然暗自高兴气氛的好转，但总想着为什么"上级"还没到，要是到了，她可就解脱一大半了。

倒是一刻钟后，当地镇政府的人先到了，还带着一个穿警服的人，可能是派出所的。接着市政府、市公司和市交警支队派来的人也都先后赶到了，这下子，林小芳才松了口气。

"大爷大妈们，各位乡亲们，你们不要在这里堵塞高速公路通行，这是违法行为，你们有什么需要解决的问题由我们来办，我们应该另选一个地方来反映问题，坐下来好好听好好谈。请你们马上离开车道，离开这里，给进出高速公路的车辆正常通行。"这下子林小芳心目中的"上级"开始做群众疏散工作了。

"乡亲们，你们已经把收费所堵了相当长时间了，进出两边都已经滞留了很多车子，连高速公路主线上都已经停了车子，这样是很危险的，很容易出大事故，一旦出事故，那是要造成生命财产极大损失的。你们不能这样继续堵下去了，马上散开让路给车辆通行，有什么事到边上说。"一个穿警服的人站在人群中高声喊话。吴春玉和卢雅琴一眼就认出他是董弘光，沈倩倩刚才老远就看到他急匆匆地赶来，只是来不及相互说话而已。

"我们要收到征地拆迁款！"

"马上给赔偿款，我们才回去！"

"欠我们的赔偿款给谁吃了，吐出来！"

"我们要征地款！"

群众中又是一片喊叫声。

"乡亲们，你们的征地拆迁款不会少，可能是在哪个环节上出问题。我给大家担保，一定按照登记造册的款项全数拨付，不少一分钱，我这个镇长绝对说到做到。现在，请求你们马上撤离收费所，到你们村委会商量，先让车辆通过。"一位自称镇长的人又在尽力做工作。

"高速公路上的安全容不得疏忽呀，请乡亲们马上撤离到边上，越快越好，越早越好，否则，再这样继续下去，危险一份份增加，一旦出事故，那是要追究刑事责任的呀！请乡亲们三思。"董弘光也继续劝说。

尽管群众还在七嘴八舌地喋喋不休，赶来的这帮人还是苦口婆心地解释、劝导。

约半个小时后，那些人才三三两两地开始离开车道、收费岛、票亭，收费广场往边上走去，看得出来，"上级"的劝导已经发生作用，不到20分钟时间，广场上已经没有群众再逗留，全部按照"上级"的要求往村委会去了。一场聚众堵塞高速公路的事件终于落幕，这时已经是晚上7点多了。

林小芳趁当地政府干部做工作时，就交代吴春玉她们按时交接班，只是要求下班的人继续留在票亭里不能离开，以便再发生难以预料的事时多几个人照应帮忙，特别是刚才被堵在收费广场的车辆极多，这时候要极快地收费、发卡来疏通这么多的车辆。

当地干部把群众带离后，董弘光不必再跟着去了，直接走到沈倩倩的票亭边，沈倩倩见到马上问："哎，你刚赶去处理事故，怎么这时候也到这里来啦？"

"我是赶到那个现场，看完事故后，又接到通知说，这里发生群众堵收费所事件，要求我立即赶来这里协助，所以，我就从那个现场直奔这个现场。正好又可以看看你回来了没。"董弘光笑笑地应道。

"哦，是这样。我是和班长一起回来的，刚到收费所就看见这里发生堵路的事。"沈倩倩说。

"相信这些群众不会再来了，我的任务也算完成了。你又要上班，那我就回支队了，明天再跟你联系。我走了。再见。"董弘光准备告辞说。

"好，我现在上班了，车子很多，明天上午打电话联系吧。"沈倩倩微笑道。

董弘光正要返身离开时，被刘莉珍叫住问："哎，你不就是那天抓毒贩的警官吗？你刚才在群众中讲话的时候，我就看到了。"

"是我，我也认得你，那天让你害怕了。"

"哦，今天这里没有抓毒贩，你怎么也会管这种事？"

"其实我是市高速公路交警支队的人，那天是被派来协助缉毒，刚才这件事肯定与我们高速公路交警有关，就赶来了。"

"哦，是这样。那看来你跟我们沈倩倩很熟悉呀，我看得出来你们认识比较久了吧？"

"是的，自那天就认识了，同样也认识了你呀！"

"哦，对对对，这是'光光头上的虱子——明摆着'。"

"我得走了，你们还要上班。"

"好，下次见。"

刘莉珍见董弘光离开票亭远去，回过头问沈倩倩："小沈，你和那个警官是不是谈朋友了？"

沈倩倩只管低头收费，微笑着没有回答。

"哎，我问你呢，不应呀！"刘莉珍急了，说。

"你猜呀！"

"不回答我，算了，等你忙完了再来收拾你。"

眼看堵着那么多车，刘莉珍似真似假地说完，就走到前面疏导车辆去了。

晚8点左右，所有被堵在收费广场内外的车辆终于离开了，各个车道又恢复到原先状况。收费棚下，除了车辆正常通行外，没有了下午人群的吵闹，没有了刚才车的轰鸣，一切顺畅了，安静了。这时，林小芳才叫本已交完班的收费员及所部干管回去休息。其他的正常收费就留与上小夜班的吴春玉她们了。临走时，林小芳对吴春玉说一声："明天叫你们班的人早一点起床，跟我去开会。"

吴春玉没问开什么会，就"嗯"一声，转头顾车道去了。

第二天早晨，林小芳看见吴春玉等确实早起并已在食堂吃饭，便告诉她一件事，即收费所与附近一座小学挂钩做帮扶活动，请她们班的人一起去参加。

这件事是黄健伟还在任时，林小芳首先提出的设想，她认为收费所也要开展一些力所能及的社会帮扶活动，培养职工乐善好施的美德，并且建议到学校去帮扶困难学生完成学业，还选择了离收费所不远的一座小学。因为，这是一个公办小学，城南收费所周边几个村子里的孩子都在这座小学就读，既方便联系，又为今后收费所职工的孩子可能入学打下感情基础，做好关系，这对职工也有利，可谓一举多得。这一系列想法当时就得到黄健伟赞同，只是还没来得及开始，黄健伟就调走了。此后，为实现自己的设想及让全体收费员展现爱心，林小芳没有放弃，前段时间就带着张温平直接去找那所小学校长，谈了收费所的想法，受到校长的热情欢迎，于是，当时就确定了收费所与小学的帮扶关系及具体事宜，还选定了今天举行一个简单的启动仪式。

这座小学叫黄起地小学，听说是为纪念当地历史上一位在养儿育女方面有名望的老妇人而建立的学堂，至今发展成为全日制重点小学，从一年级到六年级，拥有600多名孩子就读。林小芳要求校方安排帮扶即将进入中学的六年级1班。1班共有学生40多人，比收费所职工人数还多几位。

学校为林小芳她们的到来特意作了安排，首先在黑板上用彩色粉笔端正地分两行写着"热烈欢迎城南高速公路收费所的阿姨们"，教室地板及课桌椅擦洗一新，学生们穿着最新的校服，个个挺直坐着，双手交叉放在课桌上，两眼看着讲台，以此准备欢迎收费所的阿姨们。虽然，这些都是脸上透着稚气的未成年孩子，可能他们都不懂高速公路收费所是怎么回事，也不懂得准备欢迎的阿姨们所从事的职业，但是，他们知道今天是在举行什么活动，知道这些阿姨们来班上做什么。

林小芳也为来学校，提前去超市购买了各种中小学生课外读物、工具书及书包、笔盒、本子、直尺等文具用品，还给每个学生买了一套有品牌的运动装，准备在启动仪式上当场送给学生们。林小芳把这些不多的钱从所里节约下来的办公费中先开支，接着下来再动员职工自愿捐助。

10点左右，林小芳带着所部干管及吴春玉等各班代表一行20多人，提着大大小小的袋子直接走路来到了学校。当她们被校长带到1班教室门口时，就听到一阵热烈的掌声，这倒让林小芳她们既感到一阵兴奋，又觉得不好意思起来，因为，她们难得经受过这样的热情掌声。

林小芳她们进教室后，被引导到讲台两边面对学生一字排开站着，不等站好，孩子们就没有刚才那么一本正经了，都瞪大眼睛看着面前的阿姨，开始窃窃私语，议论纷纷：

"哇，太漂亮了。"

"像解放军一样威风！"

"长大了我也要跟她们一样！"

"高速公路的阿姨们太神气，太帅气了！"

林小芳她们一下子把学生们给迷住了，因为，她们今天都是着制服来的，个个英姿飒爽，端庄秀丽，要多好看就有多好看，再加上既然亮相在这么多学生面前，那就更是精神抖擞，充满活力，怪不得一进教室把孩子们的情绪给搅动起来了。

"同学们请安静，今天是我们学校和高速公路城南收费所结对子帮扶活动的启动仪式，同时，我们学校就选定你们 1 班和收费所结对子。这些收费所的阿姨都很有爱心，很有善心，她们知道我们班有部分同学家里存在困难，可能影响同学们上初中，于是，她们主动提出要帮助我们完成小学学业，顺利升入初中。今天，首先带来学习用品以及运动服送给我们。在此，我们要感谢她们，而感谢她们最好的方式就是更加努力学习，争取全部升入初中。接着下来就请林所长给我们讲话，大家欢迎。"校长先开场，讲完，台上台下一阵掌声，也许这掌声既是给校长的也是欢迎所长的。

"同学们好，我代表高速公路城南收费所全体职工向校长、向班主任、向在座的同学们问声好。刚才校长把我们的来意说了，确实如此，同学们家里有困难，可能没有足够的学习用品，可能没有添置新衣服，可能营养不足，据说还可能会放弃升入中学等等，我们这些阿姨们听了感觉很难受，觉得你们还很小，正是学习长身体的时候，如果家里困难就放弃这放弃那，会耽误你们一辈子的，到时候需要知识时拿不出来，会终身后悔的。这千万不能呀，必须坚持学习，学完小学，升入中学，考进大学，一个一个阶段地学下去，掌握知识，掌握本领，到时候为国家为人民做贡献。你们现在家里有困难，我们来帮助你，一起来克服，过后，我们会与校长、班主任一起商量如何帮助。你看，站在你们面前的阿姨们个个都是念书后才到高速公路上工作的，如果没有知识，我们高速公路也不能招你们来工作呀！刚才我也听到有同学悄悄说，长大了也要跟我们一样，欢迎呀！高速公路肯定欢迎有知识有文化有道德的人。"林小芳站在讲台上意味深长地说了这一席话。

这一席话可能说到孩子们的心里去了，他们不停地点头、微笑作回应，连校长和班主任在旁也连连点头称赞。

接着班主任也讲了几句，除了表达感激之情和提出对学生的要求外，还宣布了经校方研究通过的帮扶对象名单，接着又把收费所带来的学习用品分发给每一位学生。

"同学们，全体起立。启动仪式到此结束，全体同学向收费所的阿姨们敬礼！"班主任喊一声口令说。同学们同时站立起来，把小手臂举过头顶，敬了一个少先队礼，不过，不像城里学校的学生那样敬起礼来有模有样。

"我们也表示感谢，敬礼！"林小芳也一声令下。台上员工"啪"的一声，立正连敬礼，齐刷刷的，动作统一、标准、优美，把学生们都看呆看傻了，不由自主地发出一阵阵惊叹声。

教室里的启动仪式结束后，林小芳她们和帮扶对象一起来到学校办公室，就具体困难及帮扶事宜等与校长、班主任和学生进行直接沟通。林小芳也趁着各位班长都在场，将需帮扶的这几位学生直接安排给各个班并分开见面，让他们能够一对一地交谈了解。

最后，吴春玉她们班接收了三个困难学生。一个是父母离异，靠爷爷奶奶种地收入供其上学；一个是父亲残疾，靠母亲打工供其上学；还有一个是父亲早逝，母亲改嫁，跟着伯伯生活。说实在话，按他们这种家庭状况，这三个学生能够念到六年级已经很幸运了，想继续升入中学，恐怕都极其困难。据了解，这三个学生都有一个共同的打算，即小学毕业后都放弃升入中学，外出打工。

"你们都不要有放弃的念头，一方面现在国家实行初中义务教育，也就是说可以免费进中学，另一方面，进中学后的学习生活困难，除了你们家里继续支持外，我们几个阿姨一起来帮你们。你们要树立信心，克服困难，一定要升入中学，好不好？"吴春玉对孩子们说。

"你们放心，我们都可以帮助你们。来，先给你们10元钱，下午就去学校边的小卖部买点儿好吃的。"沈倩倩接着说，并马上从身上掏出3张10元，分别塞进三个学生的衣兜里。

沈倩倩的这一突然举动，使学生都怔住了，连吴春玉也没想到。三个学生不好意思地连忙说：谢谢阿姨。

"是的，这些阿姨们都有无比善良的心，会帮助你们渡过难关的。"李美桦似乎深有感触地对孩子们说。她上午没听吴春玉规劝去医院照顾豆豆，坚持要参加今天活动，这也许与自己应该报恩有着联系吧。

"就你们三个人，小事一桩，我们会帮助，放心吧，现在先好好念书。"卢雅琴也跟着说。

孩子们被这几个阿姨说得心里热乎乎的，不约而同地一再起身表示感谢。

"好的，咱们就是朋友了，我们回去后一定想办法尽早给你们提供帮助，不过，从现在开始，你们不能再有放弃学习的念头，好不好？"吴春玉鼓励孩子们说。

"好。"孩子们回答说。

其实，所部几个干管人员帮扶对象人数比收费班多些，按人头平均算，几乎是班里的一倍了，这是林小芳自己定的要求，一方面她自己想起带头作用，另一方面毕竟所部干管人员工资收入要高于收费班人员，理应多做贡献。

临近中午，其他几个班和所部人员分组对接交谈都差不多完成了，林小芳觉得时间已到，于是，便准备带着大家回收费所，学生们也自发地把这些阿姨们送到学校大门口，然后，相互挥手告别，孩子们目送着这些专门来帮助自己的阿姨们。

路上，大家边走边议论着各自帮扶学生的困难状况，最后得出一个共同看法是：我们国家是强大了些，可还有些农村孩子很艰难，需要各方帮助。无形中更加激起职工对贫穷群体的关注和为之奉献的责任心。

林小芳下午一回到办公室就开始翻阅职业技能鉴定培训教材，以参加明天在另一个收费所的职工技能鉴定考试，因为，她在几年前就是省公司和人社厅确认的高速公路收费员职业技能资格等级考评员。

职业技能鉴定是近年来省公司根据国家交通运输部统一要求，在全省高速公路系统开展的一项新的重要工作，通过对收费员的职业技能考核鉴定，分别评出初级工、中级工、高级工和技师等不同级别的职业人才。收费员按照不同等级的技能获取工资待遇。尽管这项工作在外系统或者说在别的工种都已是再正常不过的事，但是，在高速公路行业却是初次开展，因为，中国建成高速公路的历史短，通车营运后其各种岗位的规范化管理同样也需要一个摸索过程，所以，从现在才开始，无疑，收费岗位也属其中。

林小芳在翻阅培训教材时，一边记住各项应知应会的基本知识和基本要求，以便在考评收费员时自己心中有数，准确无误地评判考评对象的技能，一边也在思考即将在本收费所对广大收费员进行鉴定考试时争取达到的水平和要求。因为，按照省里的安排，城南收费所下个月就进行鉴定考试，届时像吴春玉这批人要考高级工，李美桦、姜露娴等这批人要考中级工，沈倩倩、卢雅琴这批今年新职工要进行初级工考试，所以，近期就必须动员做准备，安排学习培训教材，到考评时，希望能人人通过，取得好成绩，这对一个收费所来说也是一种荣耀。

想到这里，感觉事情愈来愈重要，时间愈来愈紧，于是，林小芳立即把张温平、刘莉珍和兰碧云等几个主要干管叫到办公室来，想把这件事情立即布置一下。

"我刚才在看由省高速公路学会编写的《高速公路职业技能鉴定培训教材》收费员分册时，突然想到有几件事很重要，觉得必须找你们赶紧来商量。"林小芳如是说。

"什么事?"几个人都问。

"先就技能鉴定来说，我们所也要进行鉴定考试吧，应该在前几个月就来通知了，可我们没有认真对待，只是传达，没有行动。你看吧，当时这件事黄健伟叫我主抓，我可能一时忘了，没有进一步布置，也没向高速公路学会领取培训教材来发给职工，各个收费班更没有什么动静，这是我工作的疏忽，应该检讨。我刚才看到省公司安排鉴定考试计划，我们城南收费所是下个月中旬，这下子我急了，时间已很紧，不能再拖，得马上动员布置。接着下来还有竞聘考核投票和迎接国庆节免费通行的准备工作两件事。"

"哦，是这几件事，那怎么办，你说个意见。"张温平说。

"这样吧，莉珍，你马上联系市公司把省高速公路学会编写的培训教材拿回来分发给大家，教材发下去后再开个班长会，给大家说清楚这个职业技能鉴定。比如，对自己有什么作用? 今后工资水平就根据等级来定。怎样读懂培训教材? 鉴定考试时分理论笔试和实际操作两部分。又怎样应对笔试? 怎样应对操作? 到时候都得给大家先说说。但求我们所参加考试的职工，都能在各个级别通过，不要有误。"

"好，我明天就去。"刘莉珍应道，并接着说，"考试不会很难吧? 应该'二两米煮锅粥——不愁（稠）'吧?"刘莉珍说。

"那可不一定哟，去年初，我们城南收费所还没有开通时，我在洪口收费所参加考评。笔试时，也有几位不及格，结果及格率为93%，还有三个人带纸条、抄袭等作弊行为，第二年那些不及格的人还得补考，那三个作弊的职工，则被停考一年。这说明如果没去准备，很可能考不好，不能麻痹大意，要告诉大家。"林小芳再三强调说。

"这是件好事，如果考试及格，各个等级的工资都比我们现在的工资水平要高20%左右，这可以鼓励大家，不会再是参加收费时间长与时间短的工资差不多，如果考上技师，就等于拿工程师的工资了。"张温平说。

"是的，省公司已经定了，前年年终在职工代表会也通过了。今后工资标准就按这个等级来发，而且等年底全省考评工作结束后就实施。"林小芳说。

"那这样，我马上动身去市里拿培训教材，明天中午就赶回来了，这样就可以发到各个班。时间不等人，越早越好，越快越好，行吗?"刘莉珍要求说。

"那我也一起去，帮你扛回来。那教材肯定很重，我们所里又没有适合的男人可以帮你。"最善于帮人的张温平要求说。

"不用，我人高马大，可以扛得回来，你还是在家，所长还有两件事呢。"刘莉珍应道。说的也是，如果重的话，可以雇人，雇人的费用也可以报销。怕什么，这时候正是表现勇于挑担子的机会，刘莉珍抓住了。

"我看就莉珍一个人去吧，她行，不用担心她。关于竞聘考核投票问题，省公司人事部门过两天就来了，要动员全部职工参加，踊跃投票。还有，新闻媒体都已经报道了，上级通知将在今年国庆节期间实行小车在高速公路上免费通行，这事还早，因为省公司要开会专门研究，在省公司具体方案没下达之前，我们也只是先吹吹风，知道有这回事就行了。这两件事我也准备在所里开个会安排一下，免得到时匆匆忙忙的。"林小芳接着说。

"是，前几天就看到电视说这事，我真想不通，想了几个'为什么会这样'，这真是'石灰铺路——白走'。"刘莉珍有些激动地说。

"算了，莉珍你先走吧，早去早回。"怕刘莉珍说多了，林小芳劝道。

"好好，我这就去。"刘莉珍爽快地应完，起身离开办公室。

"我也是在想，高速公路都是贷款修建，怎么能免费? 而免费对象又是小车，那大客车、大货车还得缴费?"林小芳流露出不解。

"是，有小车的才是有钱人，没钱的人才坐大客车。有钱人免费，没钱人缴费，好像不公平唷。"

"国庆节车流量最大的时候，反而不收费了，高速公路可亏大了吧?"

"前几年国道收费所全部撤除，一是国家财政拿钱出来收购，补还修路所欠全部贷款，二是从增收汽、柴油税中补偿，得到较妥当解决，那高速公路的损失不知怎么补偿?"

"不可能补偿，又不是像普通公路收费所一样全部撤销。"

"那国庆节几天我们都可以放假了。"

"没那么简单，车流量都在高速公路上，看我们闲得住吗? 肯定更累，因为，免费通行，很多车子有事没事都会上高速公路逛逛，无形中增加我们的管理负担，不论是我们收费所还是路政、服务区、监控甚至养护都一样，我敢保证，绝对不可能轻松。"

"那时候，高速公路上不知道会是什么状况？"

"我们收费所也不知道会出现什么情况？"

"离国庆节还有几个月时间，等上级具体部署后，我们再研究吧。反正都通知了，应该有他们的道理，我们只是说说而已，到时候要不折不扣地执行。"

几个人对免费通行一时不理解，也许是不了解，所以天南地北地议论一阵子，其实，她们可以只管听从安排，叫收就收，叫不收就不收，但这些老一代收费员可不这简单，她们心中装满高速公路的事业，与高速公路事业成为命运共同体了，不得不让她们对有些事务有所思有所想。

这时，林小芳桌上的内部电话响了，她走过去拿起电话接听，是市公司领导打来说台风的事。

"刚才公司来通知，说这两天会有台风来，而且预计在我们这一带登陆，要求做好防范工作。我看，温平你先排个值班表，台风天气的那些天从早到晚我们干管要有人值班，另外，我再去交代各个班，上下班时既要注意个人安全，又要关注车辆进出动态。还有一个很重要，我会交代电工去检查里里外外所有电路及收费棚、宿舍等安全。台风一来什么事情都可能发生，不可大意，就像前几年我们营旗收费所，就发生意想不到的事情。"接完电话，林小芳对她们要求说。

"什么意想不到的事？"张温平问。她和兰碧云比林小芳迟进高速公路工作，有些事可能没听说过，更没见过。

"我刚参加高速公路工作时分配在营旗收费所，那里离海不远，比我们这里更靠海。那两天都属台风天气，虽然一阵阵地刮风下雨，但是，风力还不是很大，所以，高速公路上还没有完全封闭通行，车辆还在正常行驶，我们也还在票亭坚持收费没有离开。当我们接到通知说，最强风速的台风即将到来，要求我们迅速离开票亭撤到所部办公室躲避时，我和几位同事立即操作关闭程序。当准备离开票亭的那一刻，已经来不及了，感觉台风的呼啸声越来越大，越来越近。我们班长只好喊叫：'大家躲在票亭，不要出来。'就在他喊叫声一落的瞬间，一阵风吹来，噼里啪啦，噼里啪啦，整个收费棚发出一阵阵怪响，很可怕，我赶紧蹲下两手护住头不敢动，一会儿，当我听到风声过后，起身抬头看，哇，整个收费棚顶都不见了，变成露天场地，只剩几根光秃秃的立柱和票亭还立在原地。棚顶去哪儿？原来，那一阵风把整个棚子掀起来，吹到50多米处的地方。这真不可置信，可事实就是如此，幸好，票亭牢固些，我们几个人躲在里面没有被卷跑。"

"哇，真危险。"

"还有一个更危险的例子，那是明口收费所的事。那年有个第5号台风，在最大风级即将登陆的前一刻钟，所里采取应急措施，将票亭里的所有收费员和稽查员都撤回到所办公室避险，这一招太及时，太高超了，就在所有人员撤离后不到10分钟，台风将近1000平方米的收费棚整体吹起，然后重重地在原地落下，原来棚内所有设施被砸碎，一个好端端的收费棚，一阵风过后，一片狼藉，全部设施报废。过后，整个收费棚重新建设，设备也全部重新购置，可谓损失惨重。虽然这次台风仅仅带来财产损失，没有人员伤亡，但是，想起来也后怕得很，如果不是收费员撤离得快，那后果不堪设想，这也是不幸中的万幸。另一方面也说明，地处沿海省份的高速公路每个收费所可不是什么'太平天国'，可以坐在那儿舒舒服服地工作，这个职业除了经常面临车辆事故威胁外，名副其实的'风'险也无处不在，因为，每一年有好几个台风登陆。

"过两天这个台风来时，我们也要认真对待。从以上两个台风的教训来看，我们只有小心对待，不麻痹大意，才能化险为夷，万事大吉，尽管我们所的地理位置离海边较远。"

"可以，我们几个人一定全力以赴，做好防范。"

几个人说着说着，就到吃晚饭的时间了，于是，她们走出办公室，一起准备去食堂吃饭。

走到办公室外，林小芳明显看到天上堆积着层层乌云，风力也比中午时大了许多，果真像个"山雨欲来风满楼"的样子，不用说，这种天气变化，预示着台风已离这儿不远了，也许就在明天下午。她不得不从今晚就开始把心揪起来，认真对待。

第十六章　抗击台风

从电视新闻报道里看到，今年的第一号台风已经在绍柏市最靠海的地方正面登陆，并且迅速向内陆移动。强劲的风力夹杂着暴雨正席卷着大地上的一切，树木、房屋、庄稼以及生灵等都是它荡涤的对象，看得出来这个被国际上专管台风的那个机构命名为"龙鱼"的台风，确实来势迅猛，威力巨大。

随着"龙鱼"的逼近，中午过后，高速公路已经被交警全面封闭，不准车辆行驶，除非执行抢险救灾任务的车辆必须冒险上高速公路行驶外。按照防台风的预案，林小芳安排刘莉珍、张温平等几个人指挥所有高速公路主线上被拦阻下来的车辆尽快驶出收费棚，清空收费广场内的车辆。对于入口，坚决把住，拒绝车辆这时候驶入，只能在收费棚外广场，或等候，或返回。不用解释，各个收费所同样实施封闭车辆通行，处于防台风、抗台风的紧张状态。

下午4点，吴春玉她们与往常一样准时接班，这时候，虽然各个车道已经全部封闭，没有收费和发卡，但是全班人员还得坚守在票亭或者每个岗位，一是看住设备，二是随时准备处理可能发生的突发事件。

"龙鱼"如期到来，一时间，比平时强烈数倍的狂风呼啸着对周围的一切猛刮猛扫，首当其冲的是钢架收费棚，因为，收费棚是周围最高、最大、最宽的建筑物，按照物理学原理来说，其迎风面最大，受力也就最大，于是，狂风把收费棚扭得发出一阵阵的"吱吱"响，似乎想掀翻整个收费棚。幸好，在收费棚设计和施工时，可能已经充分考虑到以往被台风损毁的经验教训，进行了特殊处理，所以，收费棚只是发出像是抗拒的"吱吱"声，结果还是岿然不动，这也许是林小芳事先胸有成竹而没有下达收费员必须立即撤离收费棚指令的原因。

倒是坐在票亭里的沈倩倩吓得又是一阵阵提心吊胆，尽管刘莉珍也在票亭里躲避，就站在她背后。生在大西北长在大西北的她，只见过西北高原的飞沙走石，可不曾见过如此狂风暴雨，即使是在本省念书，也没碰到过，因为，学校离这儿还有数百里，属于沿海的内地，感觉不到台风登陆和台风中心的厉害，只见过台风过后的降雨过程，所以，这一阵阵的狂风吹袭，摇撼着收费棚，拍打着票亭，让她确实感到好像什么东西都将被吹倒卷走，害怕收费棚被吹倒压下来，害怕票亭被吹走时，自己跟着被吹到天上去，然后按照"自由落体"原理重重地掉到地上。她似乎觉得比那次抓毒贩遇到的危险更大、更可怕。狂风不断地卷来，还仅仅对着票亭外壳拍打，没有撞破票亭外壳扫荡内部，可她早已关紧了票亭的门和窗，并且扑在电脑桌上，死死地抓住桌子边沿不敢松手，以防万一票亭被卷走时，有个救命抓手。刘莉珍这时候却似乎泰然自若地站在那儿，隔着玻璃门观察着周围，看着车辆的动态及在场收费员包括所有人员的安全，一旦发现有险，也许她准备随时冲出票亭去抢救。这位在绍柏市土生土长的人，尽管不是名副其实的海边人，但对台风却是司空见惯了，因此，她没有像沈倩倩那样提心吊胆，反而在风雨中镇定自若地坚守着岗位。

"哎，小沈，别那么害怕，我们这新建的收费棚坚固得很，票亭也很结实，肯定没问题，不用担心到那个样子，趴在桌子，你看像什么样子。"刘莉珍回头看到沈倩倩扑在桌子上，笑着说。

"我真的担心，台风怎么会这么大？"

"这还算大呀？还有比这更大的呢。这次台风预报最大风级才 11 级，还有12 级，13 级，超强级的，那才叫大。"

"我自小都没见过这样的风雨，我们西北再大的风，也是干刮一阵子，卷起风沙，哪像这样暴风骤雨，好像要摧毁大地上一切似的。"

"我们这里离海边已经比较远了，台风登陆时是 12 级，到来我们这里起码减了 1 级以上，风力变小，越往西越减小，到我们省西部就是你念书的那里就剩下雨水了，没什么风。这个现象在你们西北是看不到的，说自豪点儿，这也是我们海边人独有的自然风光吧！"

"刘干事还挺浪漫的。"

"坐好，坐好，看看外面，注意动向。没事的，我见多了，你怕什么嘛。"

"好好。"

沈倩倩直起身，一只手仍然抓住桌子边沿，抬眼看了看窗口外。风还在"呼呼"不停地刮，周围山上树干、树枝、树叶摇曳着被迫一边倾；地上一些乱七八糟的东西到处翻滚；收费棚上悬挂的交通指示牌及照明灯忽左忽右、忽前忽后地晃荡；豆大的雨点击打着地面、票亭、车辆，最后汇集成滚滚水流，四处横溢。

"刘干事，你看！卢雅琴的票亭门被风吹开往外掰，风雨正往里刮呢！"沈倩倩告诉刘莉珍说。确实，卢雅琴那个票亭的门可能是没有扣紧，瞬间被吹开后，狂风暴雨往票亭里一个劲地灌，不但张开的门扇随时都有被拗断的可能，而且密闭的票亭被狂风灌满时，因没有宣泄口，风阻变大，那么，票亭随时就有被吹倒的可能，其后果真不可想象。

刘莉珍也从窗口看到，毕竟对台风有所了解，立即感觉到其存在的危险性，说："不好，这样不但卢雅琴会被全身打湿，设备还会受损，风雨实在太大了，如果不及时把门关上，整个票亭都会被吹倒卷走，人和设备都可能会有危险，而且，她的票亭只有一个人，这个时候没办法一个人去重新关上门，她跟你一样又是新手，可能没有这方面经验，我得跑过去帮她。"

"现在风正大，你怎么跑到她那个车道？"沈倩倩担心地问。

"我可以冲过去，从外面把门拉回然后关上。待会儿我打开门冲出去时，你立即把门用劲拉住关上，免得也被吹开。现在起来，做好准备，等着我。"

"好。你自己注意喔！"沈倩倩应道，壮着胆起身站在刘莉珍背后。

外面的风雨仍然很猛，吹打着票亭，"噼里啪啦"地很响，即使打在人的身上应该也会疼痛无比，更不用说一出去必是全身湿透。刘莉珍已经没有时间考虑这些了，更没有担心这几天自己身上恰遇特殊日子。只见她一使劲把门推开一个身子宽缝，然后侧身往外一挤，就往卢雅琴那个车道冲去。当刘莉珍推开门的刹那，风雨瞬间往缝里灌，当然，已经准备好的沈倩倩也立即用那吃奶的力气，一只手抓住门框，另一只手使劲抓住门的拉手往内拉，很快就把门关上扣住。尽管，她的裤子和鞋子瞬间被打湿了，但她已经不再像刚才那样扑在桌子上不敢乱动，而是侧着身子，眼睛贴着窗口，一直盯着刘莉珍的身影，整个心都被揪得紧紧的。她看到刘莉珍冲出票亭时，就被狂风一阵吹挡而迈不开步，只得迅速抱住防撞柱立在票亭边上，当她撑开防撞柱，双脚踏入车道路面往前时，狂风又把她吹得整个屁股着地两脚朝天地跌倒了，等她顽强地爬起来继续往前时，又是一阵狂风把她吹得后退了几米。沈倩倩看到这一情景，紧张得捏住小拳头，直叫："顶住，小心！顶住，小心！"

刘莉珍迎着风雨，步伐踉踉跄跄，身体歪歪扭扭地坚持往对面走，全身上下已经湿透了。她感到每走一步都很困难，像刀刃一样的风，像锥尖一样的雨，击打在身上，确实很痛，她只好强忍着，1米7个子的人，只能低着头，弯着腰，继续一步一步地向前移动。当她从车道路面登上收费岛时，马上紧靠在门口，一只手抓住门扇的锁头柄，另一只手抓住门框，然后使劲往内拉，试图立即把门关上。可是，毕竟风力太大，要想关上它，刘莉珍的气力此时也显得略微不足，拉了一半不到就僵持在那儿，没能关上它。这时，卢雅琴见状，赶忙上前，也跟刘莉珍一样的架势，并排着同时喊"一二三"，奋力往内拉，最终，两个女人的力气大过了那一扇门面积的风力，把门给关上了。

关上门后，松了口气的刘莉珍发现自己像一个落汤鸡，她赶忙先揪起衣角和裤角弹了弹身上的水珠，然后，揪了揪滴着水珠的头发，发现周身上下没有一处是干的，连内衣内裤都湿得贴在皮肤上。卢雅琴也一样，她可能早就湿透了。此时，虽然一个小屋子里就两个女人，可谁也不敢脱下来拧干，只能先抖一抖身上的水，坚持着等这阵子风雨过后再去换衣服。当然，谁也不知道，刘莉珍这两天还是例假期间，全身湿透的时间如果过长，会给身体带来伤害，可又有什么办法？风雨还没停，她心里暗暗叫苦的同时，告诫自己要顶住，千万不要受凉就行了。

卢雅琴的票亭因为与地面有间隙，所以，积水不多，可是四壁都已经被打湿，还流淌着水珠，所幸的是桌面上的读卡器、打印机等主要设备没被泡水。刘莉珍一看就明白了，那是卢雅琴用身体挡住了风雨，才没有打湿设备。照理说，作为所部干事，应该当场有个赞扬第一线职工做好事的态度，可是，刘莉珍没有表示出来，她只是一边用手掌刮衣服上的水，一边用眼睛看了看，没有作声，毕竟，刘莉珍既不是那种喜欢公开表扬人的人，也不是能够公开佩服人的人，她只是心里明白而已。

此时，同样在另几个票亭里躲避的林小芳、张温平及吴春玉她们，对刘莉珍在风雨中冲向卢雅琴票亭的举动，因为隔着票亭，再加上风雨交加、视线模糊，也许，有的人看见了，有的人没有看见。然而，林小芳倒是看见了，她是从李美桦那个票亭里看到的，原来，这个票亭正好与卢雅琴的票亭相邻，仅隔着一个车道，所以，她从刘莉珍冲出沈倩倩的票亭，然后跌跌撞撞地冲到卢雅琴的票亭帮忙关上门，从头到尾都看得清清楚楚。起初，她也想冲过去帮忙，但看到刘莉珍有一定把握，两个人也不一定有更大效果，也就没有过去了，只是自始至终都为刘莉珍捏了一把汗，直到刘莉珍和卢雅琴两人一起拼了命关上门为止，才松了一口气。不过，此时，她对刘莉珍的表现，心中已经有数，再加上昨天刘莉珍自告奋勇地连夜赶去市公司取教材的举动，让刘莉珍的表现在她脑海里加分不少。

经过一阵暴风骤雨后，"龙鱼"台风中心已经逐步转移了，但是雨还是下个不停，路面还是积水严重，所以，为了安全起见，交警还是继续封闭高速公路不让车辆通行。

此时，林小芳很清楚，任何时候不管是因施工、因事故还是因自然灾害等而实施封闭高速公路、禁止车辆通行的措施，首先受累的是收费所。因为行驶中被拦阻下高速公路的车辆，或者等待上高速公路的车辆，都得进出收费所。一是造成突然地增加出口流量，甚至井喷式地猛增，突破了原设计的出口车道流量，造成一时设备不够，人员不足，应接不暇，车辆拥堵不堪，司乘人员怨声载道，甚至迫于压力而免费放行；二是入口车道车辆急剧增加，集结等候上高速公路，现场同样也是一片乱象。

就像现在，虽然广场内车辆都已经疏散出收费所，没有一部滞留车辆，但广场外等候进入高速公路的车辆已经在仅有的车道排起了长长的队伍，看上去可能有1千米远。小车、货车、客车及军车都有，乘客中百姓、官员及军人都有，他们正在翘首以待，迫切希望早点儿上高速公路。杂乱的车堆里不时可以听到"怎么搞的，现在没有下雨了，还不让上""我们要赶路的，耽误了，你们收费所要负责的""我们要赶飞机，快点让我们上""收费所有什么权力还不让通行""收费所的这些人都是死脑筋的人"等等责怪声甚至骂声，着实让收费所的职工受委屈不小。不过委屈还不算什么，更担心的是滞留的车辆、司乘人员多了，人多嘴杂，情绪难以控制，容易引起群体事件，这才是更麻烦的事。即使没有引来什么事，那些车辆都离开收费所上高速公路去了，背后却又留下了一个到处都是塑料袋、烟蒂、包装盒、矿泉水瓶甚至有屎有尿的垃圾场，还得收费所雇人或者由自己职工清扫劳碌一番。总而言之，封闭高速公路终究会给收费所带来管理上的混乱。

林小芳再次想到了这点，颇觉可怕和难以担待，于是，找到了同在车道上执勤的交警，提出鉴于台风中心已过，雨势也已经变小，建议先安排客车和小车离开收费所上高速公路，并由交警的执勤车或者路政的执勤车前面压着行驶速度带路，直带到安全路段后再让其自由行驶，这样，既可大大缓解收费所入口压力，又为车辆司乘人员解决迫不及待上路的要求及稳定情绪，而且还能保证安全行驶。

毫无疑问，林小芳的这个建议是个好主意，立即得到交警的认可，并同意马上开始执行。林小芳也随即安排了刘莉珍、张温平及吴春玉等在入口车道实行人工发卡及协助交警指挥小车和客车优先通行。

交警的执勤车车顶交替闪烁着红蓝色光亮并缓缓地行驶在前面带路，紧随其后的是客车和小车，这些车辆在刘莉珍和张温平的指挥下，一部部进入车道并接受收费员递给的通行卡，然后有序地跟着前面的车子驶上高速公路。

由于人手紧张，车辆又多，吴春玉除了安排沈倩倩及卢雅琴继续看护票亭设备外，她与李美桦各负责一个入口车道发卡，这样可以让尽可能多的小车和客车跟上交警的执勤车上高速公路。

金凯宾驾驶的一部"大众"吉普车刚才也被堵在后面上不了高速公路。他现在急着要送那个相好的女人到另一个地方去，而她，就坐在副驾驶座位上。

平时已经不太关注自己的老婆究竟什么时候上班什么时候下班的金凯宾，此时也没有去多想老婆会不会正在上班，因为，他一门心思是想着上高速公路送人。

当金凯宾的车跟在一部大客车后面排着队进入车道时，突然发现吴春玉正站在这个车道的票亭边给每部车发卡，这下子让金凯宾惊呆了，想改道已经来不及了，想掉头根本不可能，想停止前进也没办法，马上叫这个女的下车也是徒劳。这时候已经无计可施了，只得硬着头皮往前开，也即往自己的老婆面前开，当然，就等于把身边这个女人带到老婆面前。

平时还很有胆量的金凯宾，此时确实心慌意乱得很，因为，虽然他喜欢这个坐台女并且经常混在一起，甚至有时候趁老婆上班时整天泡在这个女人的出租房里没回，但是，他却不敢过于公开，至多在很小的交往圈内让其他人知道，毕竟他还是惧怕吴春玉得知此事，与他吵闹起来，到时候没面子，在孩子面前、大人面前都不好说。

就剩下两部车的距离，金凯宾就要伸手去接吴春玉的通行卡了，急得满脸通红，不知如何是好。不知哪来的智慧，金凯宾以低沉的声音对那个女的叫道："赶紧弯腰低头，不要看。"

"做什么呀？"那女的愣愣地看了一眼金凯宾，不解地问。

"我的老婆在前面。"

"你的老婆在这里呀，我看看，哪一个？"

因为，在副驾驶座位上，被前面一部大客车挡住视线，那个女的没有看到有人发卡不发卡的，她也不懂得，只知道现在可以走了。一听说金的老婆在前面，也不知道在前面做什么，反而好奇起来了，更不用说，当老三的人，才不管你老婆不老婆呢！因为，这些人常常觉得自己是个胜利者。

"你给我扑倒在座位上。赶快，赶快。"金凯宾再次厉声叫道。

227

那女的此时只好顺从地侧身趴在座位上，不敢吱声，可是，毕竟空间狭小，头是低下去了，可是，她那个屁股，再怎么也埋不下去，更不用说，这个女的长得一副窈窕身材，那个臀部又圆又翘。金凯宾斜眼瞄了一下，也发现她的屁股在座位上翘翘的，一眼就可让人看见是个女人，可他也没办法，这个圆鼓鼓的臀部曾经让他神魂颠倒过不知多少回，现在却像是多余的了，恨不得把它削掉一半才好。

吴春玉一部车一张卡不停地发给驾驶员，发完一部送走一部，没有时间去看远去上高速公路的车子，也没有时间远看后面不断紧跟着来的车子，只盯住最眼前的一部来车，等待着递送。因为，等待着上高速公路的车子太多了，无暇顾及那些走了的和即将来的车子。自然，刚才金凯宾在车内的慌乱及那个女人的躲藏行动，吴春玉都没看见。当她发完那部大客车的通行卡后，迅速地从卡盒中取出一张卡拿在手中，等待着下一部车的到来。

金凯宾让汽车慢慢地驶向老婆面前。如果说不用放下车窗玻璃就好了，那么驾驶室里什么也看不见，可是要拿卡呀！不可能不放下车窗玻璃。金凯宾心里明白，事到临头，只能这样了。

吴春玉让大客车走后，马上看到那熟悉的车身慢慢地驶近。这是她家去年买来准备送孩子上学用的，金凯宾也好几次用这部车接送她上下班和出去游玩，对车她再熟悉不过了，所以，吴春玉一看到，马上眼睛一亮，是老公，同时心想，这个时候老公还要去哪儿呀？

车子缓缓地驶近，在吴春玉面前停住了，金凯宾很不情愿地摇下了车窗玻璃。

"你在上班呀？"金凯宾看着老婆，声音有些颤抖，脸色有些发白。

"是呀！这时候要去哪里呀？"吴春玉直视着老公。当她准备递卡的瞬间，立即有一个圆圆的女人屁股映入她的视线。收费员的身高本来就有特别要求，不得低于 1.60 米，所以，吴春玉不用踮脚，只要抬眼就看清了老公的副驾驶位置上有个女人趴着，像是故意躲着不让看见是谁。

如果那个女的不趴着躲着还好，正正当当地坐着，就算吴春玉看到了，也许不爱追究，即使追究起来，还有一半可搪塞的理由说是同事搭车，恐怕可以蒙混过去，现在对方却故意躲着，反而让吴春玉百分之百生疑了。

"喔，还有一个人呀！干吗趴着？有病呀？"吴春玉继续问，眼睛盯住那屁股。

"是，是，有病。"金凯宾紧张得有些语无伦次地应道，眼睛不敢直视，更没有回答去哪里。

"什么时候回来？"吴春玉问，同时，眼光已经收回到金凯宾脸上盯住。

"马上回来。"金凯宾匆匆地应道，但不敢直视老婆的眼睛。

吴春玉心里已经明白了许多，脑海里也迅速地回想起老公一段时间来的表现，似乎印证了一个不愿说出来的不良猜测，只是后面追着一部接一部的车子要通行，不能再多说、多问，否则，她很可能拒绝发卡给老公，要他靠边停车说清楚是怎么回事。不过，此举属于扣车询问行为，在如此的公众场合，作为收费员没有这样的职能和权力，所以，只好作罢，还是把通行卡递给了金凯宾。

"台风期间，路上湿滑，注意安全呀！"吴春玉把每发一张卡就这样嘱咐驾驶员的话，照样嘱咐自己的老公。没有少说一个字，没有多说一个字。

"好。"金凯宾收好老婆递过来的通行卡，迅速加油门，然后关上车窗玻璃，跟上前面一部车上了高速公路。

"好啦，好啦，坐好吧！"金凯宾叫那个女的坐起来。

"哎，太狼狈了，只可惜我没机会看一看你的老婆长什么模样。"女的"咯咯咯"地笑着说。

"让她看见啦，不过没有看见你什么模样而已，只看见你那个翘起的屁股。"

金凯宾闷闷地说。

金凯宾完全清楚，刚才老婆已经知道一切了，当然，这个"一切"仅知道他外面有人就够了，而不是包罗万象的那个"一切"。

幸好，前后都有车子，而且是保持着一定速度行驶，否则，此时的金凯宾已经忐忑不安，心神不定地握着方向盘，说不定非出个事故不可，因为，他一直在思索着老婆现在心情如何，又将会如何收拾自己。

金凯宾毕竟还是怕老婆的，如果不怕，那他就可以肆无忌惮地像有的老板一样，一方面用钱把原配收买或者镇住，不让吵不让闹，又拿他没办法，另一方面照样在外面金屋藏娇养老二老三。可是，金凯宾不是一个有钱的老板，更主要的是，金凯宾心底里还是依赖着吴春玉掌管这个家，尤其是带着孩子，因为，无论怎样，他对这个宝贝女儿都疼爱有加，他不愿意舍弃孩子，所以，他心里还是留有老婆一席之地。

到了午夜，台风已经往西移去，虽然还下着雨，但雨量已经很小。此时，吴春玉也身心疲惫地终于熬到下班时间回到了宿舍。自刚才偶然撞见老公的驾驶室"藏娇"后，一直心神不定，脑海里总是浮现着那个"屁股"影子，那个"屁股"究竟是谁的？此时，她有些后悔没有把那个"屁股"拍一下，让她端坐起来，看看这个人是谁。

吴春玉心里一阵烦躁，她想马上挂电话给老公问个明白，可是，卢雅琴又在房间里，此事当然不能一下子就让人知道，否则会笑话自己。一个当班长的人别说要点儿尊严，起码也要点儿脸面，再说，还没搞清楚是怎么回事，尽管她心里已经确认几分。最终，她想一想算了，明天起床后再说吧，于是，她不知道是忘了还是没心思，连澡都没洗就脱了衣服钻进被窝去，等到卢雅琴洗完澡赤裸着走出卫生间说："班长，我洗完了，你去洗吧。"此时，吴春玉似乎才想起刚才也被风吹雨淋过，一身黏糊糊、脏兮兮的应当洗个澡才是。这应该就是吴春玉遇上烦心事后六神无主的具体表现吧，看得出来，这比起吴春玉平时在工作上遇到的烦心事更伤"神"，难免心猿意马，烦躁不安。

吴春玉草草地洗完澡躺在了床上，虽然已是下半夜了，可怎么也没能睡着。她左思右想并努力归纳老公一段时间的表现，比如回家次数少了，在家时间短了，两人交谈时话题少了，两人在一起时"激"不起来"动"不起来，虽然，在自己面前老公还没有逞强要威，但总是冷冷淡淡的，经常躲着藏着。对于这些跟以前相比之下的异常表现，自己原先不愿意多联想到其他方面，现在看来确实有问题了。台风天老公是去哪里？干吗说话支支吾吾？那车上的女人是谁？为什么要躲着？又是什么关系？这一连串反常现象，让吴春玉得出了一个结论：老公外面有人了。

尽管是午夜之后，吴春玉还是没睡着，翻来覆去，想来想去，时而愤怒，时而伤心，一阵阵地折腾一夜，直到手机响起。她拿起手机一看，是老公的电话，不由得又是一阵火，手指一按"拒绝"键，丢到枕头边上。不一会儿，铃声又响起了，吴春玉还是没接。直到第五次手机铃声响时，吴春玉无奈了，只好拿起手机按下"接通"键，放在耳边。

"干什么？"吴春玉没好气地应道。

"老婆，我昨晚出事了。"对方声音有些低沉，吴春玉听得出来是老公在说话。

"什么？出事，本来你就出事了，出大事了。"

"是车子出事故。"

"车子出事故?!"

"是，翻车了，撞到高速公路的护栏上。"

"哦，那现在怎么样？你受伤了没有？"

"没有大问题，只是小腿骨折了。"

"那你现在在哪里？"

"在市第一医院。"

"好，好，我马上去医院。"

吴春玉这时候不再回忆昨晚那一幕幕了，毕竟还是老公，于是，她赶忙起床穿好衣服，简单地洗漱一下并写个字条放在桌上，以便还在睡觉的卢雅琴起床后知道自己去市里、下午会准时回来，因为，林小芳昨晚就通知说，今天下午要搞民主推荐助理，要求全所职工不要外出，准时参加。对此，吴春玉也在下班时一个一个通知到了，她怕自己不在所里，影响全班下午参会的情绪，所以，她要让大家知道自己的去向。

金凯宾是把那个女的送到目的地后当晚独自返回时出事故的。高速公路已经解除封闭，金凯宾的车速并不快，但他那因心虚而慌乱的情绪，始终不能安定下来，一路上经常走神，加上雨天路上难免有些湿滑，在途经一处弯道的积水路面时，方向盘就失控了，撞上中间隔离带后又冲向外侧护栏，然后原地打转一圈后翻了，他被夹在车内昏迷过去，后来被路政巡查车发现并送到医院，经检查是左小腿骨折了。本来就怕老婆为那事吵闹的金凯宾，这个时候哪敢将自己发生事故的情况马上告诉下班后正在睡觉的吴春玉，他怕不但得不到同情反而必定引来痛骂，于是，只好忍着到天亮再说。这也就是吴春玉早晨接到金凯宾电话的原因，那时候离发生事故已经近 10 个小时了。

吴春玉心急火燎地赶到了医院骨科门诊部，马上看到老公耷拉着脸坐在靠背椅上，左下肢已经打上石膏，僵直地架在另一张凳子上，身上衣服还沾了泥水。他看见吴春玉到来，脸上似乎一阵红一阵白，不知是害怕还是自责，也不知是羞愧还是难堪，总之，内心倒腾得不是个味，所以，他只能无奈地说了一句："真倒霉。"

"这还算好了，没有把命赔上。"吴春玉不冷不热地接上话说。见到原本活蹦乱跳的老公，现在只能坐着等人伺候的狼狈相，她心里只存几分怜悯，因为，昨晚那个气头还没消除。

231

经医生诊疗认为金凯宾仅是外伤，不必住院治疗，打完石膏后可以回家疗养直到骨头自然愈合，至于其他几处破皮的伤口，都做了一些简单处理，所以，吴春玉打了个电话叫来一个朋友，开车帮忙把老公弄回了家。

回到家后，吴春玉沉着脸没有多说话，也没发火，更没有追问昨晚那事，而是把金凯宾的全身衣服换下拿去洗衣机洗，并且叫妈妈煮了一碗米粉加两个鸭蛋给老公吃，以示压惊吓消晦气保平安。老婆若无其事的样子及给予的这些厚待，金凯宾看在眼里热在心里，让他不知怎么是好。当然，金凯宾完全看得出来，老婆这时候的神态绝非平常相处的样子。

吴春玉心里虽不愉快，同时也看出老公的心里在打鼓，不像平时那么坦然，可老公不幸中的万幸已让她又有几分慰藉，因为，她很清楚在高速公路上一旦出事故经常意味着什么，今天老公命大人还在，这就知足了，再者，老公腿断成这个样子了，哪能再追问、指责？所以，她决定忍着不问，先照顾好老公的伤痛，待以后再说吧。

"哎，我们的车子呢?"吴春玉突然想起来了问。

"当时我不太清楚，到了医院后，交警告诉我，车子被你们高速公路路政中队拖到一个修理厂去了。他是说单方事故，没有什么对方赔偿不赔偿问题，叫我们自行找保险公司理赔就行了。"金凯宾战战兢兢地应道。他似乎感到老婆要开始追问了，心里很慌张。

"我知道了，我来请林小芳所长的老公唐大队长帮忙处理。"吴春玉简单地应道，没有笑容，一脸严肃。

"好。"金凯宾顺从地应道。

"你就在家待着吧，我还得回所里开会。"吴春玉告诉老公说。

金凯宾这下子觉得老婆似乎没有继续追问昨晚情况的意思，赶忙也顺势把话题岔开问："还是上小夜班吗？"

"是，开完会后就上班。"吴春玉还是那样地应道。

"好，那不送你了。"金凯宾讨好地说。

"你弄成这个样子了，还能送？再说了，你已经好几个月都没空送我了。"吴春玉话中有话地应道。

"是，是，对不起！"金凯宾涨红着脸赶紧应道。他知道在老婆面前已经自讨没趣了。

吴春玉回到收费所已经快3点了，她赶紧回宿舍梳妆整理一下，因为她准备开完会就直接上票亭去，免得到时匆匆忙忙的。准备好后，吴春玉招呼了卢雅琴，同时到隔壁房间叫了沈倩倩、李美桦她们一起往所部会议室去。她们班就缺姜露娴一个了。

到了会议室，其他班及所部干管、勤杂人员基本都到了，可能还差几个没到，好像都各自在催。似乎大家的热情都很高，有的人谈笑风生，轻松自如，有的人交头接耳，窃窃私语。看得出来，在座的各人虽然心思不一，但还是喜形于色，总觉得是上级发扬了民主，没有事先按领导意志圈定候选人让大家投票，而是按大家各人的意志无记名投票推选，这是上级公司在选拔干部方面的一大进步，所以，全所职工感到新鲜，感到自豪，感到高兴。不错，下午的全所职工会议就是推选所长助理。

林小芳和公司人事部来督察的两位同志坐在台上，张温平、刘莉珍、兰碧云她们坐在会场第一排，后面几排都是各个班的职工坐着，整个会场井然有序。

坐在第一排的刘莉珍脸上看起来没有什么，可是她心里却信心满满，认为职工肯定会推选她。她也太渴望了，因为，她觉得现在这个干事，干的事太少了，责任也太轻了，不足以施展她的才华和能力，她要求能给予她重一些的担子，为她喜爱的高速公路多做贡献。等会儿同事们的投票就是关键时刻，所以，有时她会回过头巡视一下会场，顺便与各个职工对对眼，发出与平时不太一样的眼神。

"大家好，下午市公司人事部门来我们城南收费所搞民主推荐管理干部，其他几个收费所下午也同时进行这项工作，这是我们高速公路系统政治生活的一件大事，也是公司对我们广大职工的信任和期待。重要意义大家都明白，在此，我不需要多说，你懂得。总之，我希望同志们认真思考，从各个方面的素质衡量考察，把我们所最优秀的同志推荐出来让上级组织挑选。现在请公司人事部的同志具体说一下推荐事宜。"林小芳站起来简短地进行动员讲话。

"这次是民主推荐两个所长助理候选人，以无记名、无事先指定的方式自由选人，现在咱们到会人数是43个人，每个人有权选2人或者1人，不得选3人或者以上，否则就成为无效票。最后每个候选人应得到起码20张以上选票才能当选。现在开始分发空白选票，填写完后，请自己投入票箱。"公司人事部门的同志做了以上说明。

233

会议室内顿时鸦雀无声，接过选票后，有的人就垫在膝盖上或者垫在椅子上填写，有的人走出会议室或者靠着墙壁上填写，总之，各人在毫无外来影响力的气氛中按照自己的意愿选择并填写。不到10分钟，吴春玉她们班几个人最早写好，也就最先走向票箱并且将选票投了进去，这比林小芳及所部的张温平、兰碧云、刘莉珍她们几个干管还快。

推荐工作很快就结束了，大家各自回宿舍、办公室或者办别的事情去了，唯有吴春玉带着全班人从会议室出来后准备直接去票亭上班。临走时，吴春玉在所部办公室接到一个电话，是李美桦的公公打来的，说是李美桦上班不能带电话找不到她，只能打到所部找班长，电话里主要是说豆豆下午病情有变化，希望李美桦马上请假去医院照看，以防不测。

接完电话，吴春玉立即转告李美桦并且要求她不要上班马上去医院，可是，李美桦却还是以临时找不到人替班等原因坚持上完这个班后连夜赶去。最终，无论怎么说，吴春玉也还是拗不过，只好让李美桦跟着上班了。

即将离开所部时，刘莉珍笑笑地告诉吴春玉说，今晚是她在所部值班，到时候会到票亭去看她们。

第十七章　遭遇打砸

出入口车辆最多的时段终于过去了，晚上 9 点左右，只见刘莉珍慌慌张张心急火燎地一路狂奔向收费棚来，而且一边跑一边慌乱地叫着："美桦，美桦，快，快。"到了收费棚下，她又不清楚李美桦是在哪号票亭，只得站在那大声喊叫，"美桦！美桦！"

李美桦从 3 号票亭探出头应道："我在这里。"

"你赶快去医院，你家里来电话说孩子病情突变，快点！"刘莉珍看见了更是大声叫道，脸都涨红了。

"哦，那怎么办？"李美桦似乎有些镇定又似乎不知所措地应道。也许是孩子长时间的病情把她熬成了这样。

"什么怎么办？你马上去，你的票亭我来值班。"刘莉珍急切地催道。

此刻，吴春玉也听到了，并从入口车道赶过来，马上要求李美桦关闭车道，中止手中一切工作，火速赶去医院，留下的事情她会处理。

片刻淡定后，李美桦也开始慌神了，手脚有些颤抖，因为，她清楚由于等待这么长时间都找不到配对的造血干细胞骨髓，导致孩子这几天的病情逐渐恶化，尤其是上午开始，孩子逐渐没有说话，一直睡觉，一种不祥之兆隐隐在自己脑海里形成，但是，她又不愿意往坏处想，也不愿意马上就发生。所以，下午虽然孩子已经是那个样子了，她还是不请假坚持到所里来开会并上班。当然，之所以不愿请假的另一个重要原因，仍然是从心底里感激全所职工以及高速公路系统给予她的关怀，她不愿意再给所里添麻烦，这也许是她以最淳朴的方式来报答那些关心她、帮助她的人和单位。此刻，李美桦也明白，家里现在既然来电话叫她去医院，绝不是轻率之举，孩子必定出现危急情况。因此，她只能按照班长的要求，先把车道上的指示灯变换到红色实行关闭，再退出电脑程序，填好清单，点好票款全部交给班长，完成了一个收费员必需的移交手续后，才离开票亭并在刘莉珍的陪同下去坐车。刚才那会儿，刘莉珍已经帮忙联系了所里的值班驾驶员，准备用车送她去医院。

一阵紧张后，刘莉珍重新返回到票亭，帮1班代行稽查或者收费，并且将刚才李美桦家里来电话内容告诉吴春玉。

"春玉姐，刚才美桦家里来电话说，可能她的孩子已经不行了，她婆婆在电话里啼哭着央求美桦不要再顾着上班了，赶快到医院来最后看一眼、抱一下孩子，否则就来不及了。那哭泣的声音好惨，好伤心喔，我接完电话，整个心都要碎了，差点儿我都要哭了，慌得不得了才猛跑过来叫她。"刘莉珍叙述着。

"美桦也是，我好几次动员她请假专门照顾孩子，她都不肯，总说我们班人手紧张，又说很感激大家，不想再给大家添麻烦等等，所以就一直上班到现在。看来，今晚豆豆她是凶多吉少喔，太可怜了，小小年纪就要离开这个世界。"吴春玉心情沉重地说道。

"原来我们都知道美桦姐的孩子病情严重，一直没抽出时间去看望，唉，看来这是我们的终身遗憾了，这真是'老太太走独木桥——难过'呀！"刘莉珍说道。

"但愿小豆豆能够挺住。唉，又怪那个什么造血干细胞捐献者，怎么迟迟不出现，害得我们苦等了这么久。"吴春玉感叹地说。

"是，我们白白把捐款汇给医院那么久，还是等不到，真是'石头上栽葱——劳而无功'。"

"莉珍，你还是回办公室去值班吧，万一有个紧急电话打到所里来什么的，没人接就糟糕了，我在这里就行了。现在车辆不多，入口全是自动发卡，出口除了ETC外，沈倩倩和卢雅琴各管一个车道人工收费也来得及，如果车多了，我就把美桦这个车道票亭启用起来就解决问题了，何况现在已经快10点了，车辆越来越少，去吧，去吧！"吴春玉好像想起什么，对刘莉珍催着说。

"好吧，那我回办公室去了，你们辛苦了。"刘莉珍应道，听从吴春玉的意见回所部去了。

由于刚才刘莉珍的大声嚷嚷，在1号和2号出口车道票亭的沈倩倩和卢雅琴都已经知道发生什么事了，但因为有车要不停地工作，没办法分心，更没办法离开票亭陪李美桦去医院，最后连说声你自己多保重的话都没办法了，因此，她们只能在心底里默默地祈求老天能保佑小豆豆逃过劫难而安然无恙。

2号车道上驶来一部黄色丰田轿车，卢雅琴便规范地举起左手，向来车礼貌示意。那车"吱"的一声，在票亭窗口下停住了，车窗玻璃摇下，此时，卢雅琴立即看到一张似曾见过的脸，瘦瘦的，满脸胡须，哦，明白了，此人正是第一次摸她的手，第二次又明目张胆地冲关，还说后会有期的那个家伙，虽然卢雅琴时常被朱加水带着出入一些娱乐场所，见多了那些狐朋狗友甚至烂仔，但是，对眼前这个人，她一点儿没有好感，反而顿生厌烦。

"漂亮的小姐，来，给你卡。"驾驶员说道，伸手把卡送过来，同时，一双色眯眯的眼光也随之送来，连他脸上的皱纹似乎都镶嵌着一道道淫笑。

卢雅琴已经注意吸取上一次的教训，小心翼翼地伸手去接那通行卡。不料，那家伙首先用持卡的手掌拍了一下卢雅琴的手背，然后，又若无其事地拿着卡等卢雅琴来接。

这一招真的激怒了卢雅琴，她认为这个人又是故意来磕耍流氓的，骂道："流氓，滚！"

"这么漂亮的人会骂人，真好听！找个时间请你吃饭、唱歌好不好？"驾驶员不但不生气，还嬉皮笑脸地说。

"你他妈的不要脸，臭流氓！"卢雅琴骂声不断。

"你要不要卡？你要就拿去，不要就拉倒。我要走了。"驾驶员这下子才来气地说。

"拿来！"卢雅琴喝令道。

"给你，可以，但是你刚才骂我妈，你先赔不是，道歉。"驾驶员耍赖地说，并关上车窗玻璃。

幸好，这时候已经快10点了，没有什么车辆，2号车道上就只有这部车，没有其他车子催促，也许就是这样，这个驾驶员才有恃无恐。

吴春玉见状过来了，她径直走到车子驾驶室边，敲了敲车窗玻璃，要求把车窗玻璃放下来说话。可是，驾驶员好长时间不动，直到吴春玉再三地轻轻拍打，他才摇下玻璃，开口就说："要这个小姐给我赔不是。"

"我才懒得理你，妄想！"卢雅琴不耐烦地应道。

"你真的不道歉？"驾驶员说完，突然打开车门下车指着卢雅琴问。

吴春玉赶紧走上前一步，站在驾驶员前面说："师傅，别生气，如果我们做不好，我们可以道歉。"

"不能道歉，刚才是他先耍流氓。"卢雅琴愤愤地告诉吴春玉。

"哦，师傅，这就不好说了，你也算了吧，缴完费就走吧。"吴春玉劝说着。

"不行，你这个小姐服务态度不好，还骂人。"驾驶员还是不依不饶地说。

"骂你怎么了？就是骂你，你想怎么样？"卢雅琴顿时像是天不怕地不怕似的，站起身走出票亭指着驾驶员说。如果不是场合问题，她还恨不得一脚踢过去。也许平常跟朱加水在一起多了，也练就了一些社会上的侠义之气，这时也凶起来了。

"那行，你们骂人又耽误了我，我要求免费。"驾驶员不知怎么又提出这个要求说。

"你做梦去吧。"卢雅琴马上应道。

"师傅，这是不可能的，你还是缴费走吧。"吴春玉还是耐心地劝说。

"好，好，等着瞧，后会有期。"驾驶员应道，口气却惊人地强硬。

吴春玉伸手从驾驶员手里拿过卡，转递给卢雅琴，示意她回到票亭里继续工作。卢雅琴只好接过卡进到票亭里，读完卡告诉对方说："250。"卢雅琴特意重重地口述那"二百五。"

"你又骂人。"驾驶员又喊道。

"就是二百五嘛。"卢雅琴毫不示弱地应道。

"师傅，她没有骂人，确实是250元。"吴春玉一旁解释说。

"好，等着瞧。"驾驶员无可奈何地缴完款，猛加一下油门开走了。

"雅琴，你刚才也不稳重，一直激他。"吴春玉回过头说。

"班长，你不知道，他是故意来的，这个人我认得，今天已经是第三次来了，摸我的手，说些下流话，不是流氓是什么！对这样的人不能忍让，别人如果忍让得了，我可容忍不了。"卢雅琴还在气头上说。

夜已经很深了，前两天的风雨像是把天空和大地都洗刷一遍，四野极其清澈、宁静，只有收费所的高杆灯和收费棚下的灯火照亮了收费广场周围，时而有几部车子亮着灯光闯入其中，但很快便稍纵即逝远去了，收费所一切处于正常。

11 点半左右，一部小车从收费外广场逆向驶来。

坐在票亭里的收费员注意力都是往内广场去，也就是两眼都盯着高速公路匝道上的方向，很难得会注意背后的出口方向。当那部小车驶近到收费岛时，正好被站在卢雅琴票亭边巡查的吴春玉发现了，她一看，像是一个多小时前发生过纠纷的那部黄色丰田轿车。那部车"吱"的一声停在了出口车道，然后，从车上下来了 4 个年轻人，吴春玉马上认得就是那部车也是那个驾驶员，只是多了 3 个人，但是，他们为何而来，她没有太多去想。

当吴春玉正要走上前去告诉他们不能这样停车时，那驾驶员带着 3 个人已经气势汹汹地直接走向票亭来。

"师傅，你们不能这样停车。"吴春玉朝他们喊道。

"你管得着吗？我找刚才骂我的那个收费员，叫她出来。"为首的那个驾驶员指着吴春玉叫道。

"你们要干什么？"

"叫她给我赔不是。"

"算了，事情不是过去了吗？"

"哪能算了，我现在就是来找她算账。"

"那我给你道歉，行吗？"

"不行，就是要那个收费员。"

票亭外面的这一切，卢雅琴都看见了，只是，有几万元的票款在抽屉里，一时她不敢离开票亭去为班长帮腔。现在看来这个驾驶员非要她道歉不可，是有备而来专门找她麻烦来了。此时，卢雅琴觉得反正出口车道被这伙人堵了，车子已无法通行，于是，她顾不得许多，马上收拾好桌面上的东西并放入抽屉锁好，起身出去准备与这帮人理论。她刚打开票亭门跨出门并反锁，就被那个驾驶员一把抓住手臂。

"现在你要不要赔不是？"那个驾驶员凶神恶煞般地问。

"不可能。"卢雅琴毫不示弱地应道，并有力甩开那人的手。

不等回答完，那驾驶员一个耳光就打在卢雅琴脸上，把卢雅琴打得退了好几步。吴春玉见状，立即走上前想护住卢雅琴，没想到她也被另外那 3 个人推了一把跌倒在地。卢雅琴也看见班长被推倒，于是，不顾一切地冲向吴春玉，想扶她起来，可是，还没靠近，又被那个驾驶员背后踢一脚也跌倒了。卢雅琴这下子火了，爬起来扑向他们并挥拳打那个驾驶员，这一拳可真的打在那个驾驶员脖子上，只是力气太小，也没有击中要害，这对于男人家来说，只是不痛不痒而已。这时，驾驶员等几个人可能顾及对手是女人家，没有继续殴打她们两个，而是开始打砸设备了，脚踢票亭和显示器、拗断栏杆、敲碎窗口等。吴春玉和卢雅琴见状，马上意识到这是一帮特意来滋事的暴徒，于是，她俩立马站立在票亭门口，准备挡住这伙人不让进入票亭，因为，都清楚里面有数万元票款，必须护住。

在隔壁车道的沈倩倩见大事不妙，心想，此时班长她们两个人，即使加上她自己也只是3个女人，根本不是这帮暴徒的对手，于是，她立即一脚踩向收费桌下的警报器按钮，与此同时也关闭了车道，把现金锁进了抽屉。

收费所是个有巨额现金存放的单位，为保护现金的安全，在收费所几个重要的环节都设置了一些必要的保护措施，其中，在票亭里的收费员脚下暗暗设置报警按钮就是一种，即在票亭里遇到抢劫、打砸或者其他危及人身和钱款安全时，可以悄悄用脚踩踏，而一旦踩踏后，在收费棚，在所部办公楼、连宿舍、食堂等都会发出连续不断的警报声，意味着收费所发生危险了，这样，便引起全收费所职工的警觉，同时都会奔向出事点支援或者保护。

"呜……"一长串的警报声在收费所各处响起，划破了上空，惊醒了周遭。

正在办公室查看监控录像的刘莉珍马上意识到收费棚发生意外，于是，她叫来刚送李美桦去医院后返回的男驾驶员一起冲向收费棚。

这时，4个暴徒也听到了警报声，便认为是旁边那个票亭里发出的警报，于是，气急败坏地马上冲到沈倩倩的票亭开始打砸，其中一个暴徒破门而入，一边揪住沈倩倩的头发往票亭的墙上狠狠一撞，一边还叫道："看你会拉警报！"顿时，沈倩倩被撞得头昏眼花，马上蹲下身子本能地抱着头，脸色一下子全变白了。此刻，吴春玉和卢雅琴看见暴徒去打沈倩倩，也不顾这帮人凶狠和自己可能遭到的危险，立即冲到沈倩倩身边力图保护她。

当刘莉珍冲到收费棚时，看见几个男的正在沈倩倩的那个车道上一边狂叫着："就是要砸掉你们，就是要砸掉你们！"一边又对着吴春玉、卢雅琴及沈倩倩挥拳乱打，三人被这伙人左一拳右一拳打得惊叫着，沈倩倩已经抱着头蹲在地下了。看到如此欺负人的场面，刘莉珍实在忍不住了，怒火顿起，凭着自己的壮实身材，一气之下，跑到其中一个男的前面一脚踢到其裤裆下，那个人马上捂住下身蹲在地上嗷嗷叫，一时没有再站起来。收费所的驾驶员见状也奋不顾身地冲上去与这帮人厮打起来。

"抓暴徒！抓暴徒！"吴春玉忍着痛在旁边大声喊叫。因为，她已经看见从宿舍方向跑来了好几个人。

那几个暴徒并不肯住手，继续对收费所的驾驶员和刘莉珍两人凶狠地殴打，尤其那个被踢到裤裆的家伙，直起身来后更是疯狂地报复刘莉珍，直把他们两人打倒在地，而后见很多人往收费棚这边跑来，知道不行了，才慌忙地驾车往出口方向跑了。

毕竟，女人家再怎么也敌不过这帮人的凶狠，从开始的吴春玉、卢雅琴及沈倩倩三人被打得束手无策，到刘莉珍和驾驶员他们两个被打得只有招架之功，没有还手之力，更是没办法保护现场设备了。

整个打砸过程，前后持续了10余分钟。

第二批赶来收费棚的是林小芳和正准备接班的2班收费员。那时，林小芳正在睡觉，2班的人在宿舍做接班的准备工作，当突然听到警报声时，立即意识到有紧急情况发生，于是，林小芳马上召集大家跟她一起立即赶去票亭。可是，当林小芳她们刚赶到时，几个人就驾车离开了，再当她们看见几个同事被打得那样子时，那帮人更是跑得无影无踪了。

林小芳目睹现场惨状，立即询问刚从地上爬起来的刘莉珍，这时候刘莉珍还算比较清醒，她皱着眉一边捂着肚子，一边叫吴春玉向林小芳述说刚才情况，因为，她自己感觉身上疼痛难忍，已经无力叙述刚才发生的情况了。林小芳向吴春玉了解到大致情况后，立即拿出手机给公司领导作了紧急报告，然后，又给120打了个电话，请求派救护车来，因为，她看到刘莉珍一直捂着肚子，也看到沈倩倩蹲坐在地上没有起来，她估计每个人应该都伤得不轻，所以，她认为必须先安排大家去医院检查治疗再说。

当医院的救护车把刘莉珍、沈倩倩她们接去后，林小芳立即安排2班开启另外两个没有被打砸过的备用车道，恢复正常收费，因为，刚才那阵子陆续有几辆车被阻在车道上出不去。然后，她马上给当地派出所打电话，报告了这里被不法之徒打砸及有人受伤的情况，要求派人来调查处理，同时，为了引起派出所的重视及尽快捉拿凶手，又给一位她熟悉的市公安局副局长打了电话。

经医院检查，吴春玉及卢雅琴就是受些皮肉伤，在医院仅作简单处理即可；所部驾驶员受伤算比较重，但是，毕竟男人家抗击打能力强，所以也没什么，涂涂抹抹点镇痛药水就行了。然而，刘莉珍和沈倩倩却没那么幸运了，刘莉珍身上多处软组织及腰椎部位受击打，伤得较重需住院治疗；沈倩倩头颅被撞击后，导致呕吐不止，属于脑震荡，也需住院治疗。

几个人被打伤住医院的消息通过各种渠道不胫而走。首先是刘莉珍的父母亲及男朋友杜建国立即赶到了医院，然后是朱加水也赶到了医院看望卢雅琴。吴春玉不想给老公打电话，明知即使打了，老公也来不了。而沈倩倩到了医院后，还觉得头晕，又吐了几次，连上卫生间也觉得天旋地转，昏昏欲睡的样子，所以，吴春玉和卢雅琴两人都忍着自己的伤痛一直在病床前看护和照顾着沈倩倩，时而扶她上卫生间，时而帮她端开水，直到天亮。

一大早，林小芳陪着市高速公路公司的几位领导都赶到医院来看望，同时，241还安排了张温平为主并带领其他班抽调来的几个同事，共同组成看护小组，专门照顾需要住院的刘莉珍和沈倩倩。而吴春玉和卢雅琴则被林小芳要求尽早回家休息养伤，不让她们继续在医院里担负照顾沈倩倩的事务。林小芳还告诉吴春玉说，鉴于她们1班几个人的特殊情况，已经决定把四班三运转的班制，直接改为三班制运转，暂时取消这三个班的轮班休息，直到1班大部分人员能够上班为止。

刘莉珍和沈倩倩同住一个病房，这样也好，张温平带着的几个人可以同时照顾，不用跑来跑去、爬上爬下，省时又省力，还比较好体现公平照顾。只是刘莉珍有家属在身边，而沈倩倩却没有。不过，刘莉珍的妈妈自从在春节前所里的联欢晚会上认识沈倩倩后，心中对沈倩倩不但留下深刻印象，还很有好感，甚至有时还会在刘莉珍面前念叨她，所以，刘妈对同在一个病房且没有亲人在旁的沈倩倩，格外眷顾，时常以母亲的慈爱协助张温平她们一起照顾着刘莉珍的同时，也一样照顾着沈倩倩。

第二天，沈倩倩的头晕有些好转，清醒了许多，这时候她想起来给董弘光打个电话，几近哭啼的声音告诉他说自己住院了，至于为什么住院她电话里没说。当然，沈倩倩这时候还心有余悸，惊魂未定，更没有那精力来讲述那可怕的过程。当董弘光心急火燎地赶到医院时，张温平代沈倩倩把事情的大致经过讲给了他听。

"这件事告诉你父母亲没有？"董弘光低头问。沈倩倩摇摇头，没有说话，不过，似乎眼圈马上发红起来，可能是委屈，可能是想念父母，也可能是头痛。

董弘光像是明白了什么，俯身对沈倩倩悄悄地说："趁这个机会，把你爸妈叫来好吗？"

沈倩倩没有马上回答，过了一会儿，点点头，同时"嗯"了一声。也许她看到刘莉珍有那么多的亲人在身旁，那么幸福，很羡慕，而自己除了董弘光外，却那么孤单，不由得也想起父母亲，希望他们也能来到身边。于是，董弘光翻看着手机通讯录号码，寻找到"老爸"时，按下键交给沈倩倩接听。

"喂，倩倩。"沈爸接听了。

"……"沈倩倩许久没有说话。

"倩倩，你怎么了？说话呀！"沈爸问。

"爸，我住院了……"沈倩倩哽咽着说并哭起来了。

"你怎么了？倩倩，为什么住院？喂，喂……"电话那头沈爸着急地催问。

沈倩倩还是说不出话，只顾抽泣。可能是在爸爸眼前倍觉委屈，因为，从小到大她没有被任何人打过，欺负过，想想这次竟被别人拽着头发往墙上撞，心里感到有不堪言状的难受和屈辱，一时在电话里难以诉说。

董弘光见状立马接过电话小心翼翼地说："沈伯伯，我是倩倩的男朋友董弘光。倩倩心里不好受，头部又受了伤，不便多说。事情是这样的……"

董弘光一五一十地将刚才张温平告诉他的情况转述一遍给沈倩倩的父亲，还告知了所住医院及病房。

"那行，我马上赶去，你告诉倩倩，爸爸今晚就会到。"沈爸知道情况后当即告诉董弘光说。

通完电话，出于职业习惯，董弘光马上询问张温平事件处理得怎么样，当然，他更关心的是那几个暴徒抓到没有。

其实，这次发生在城南收费所的打砸事件引起市公司、省公司的高度关注，不但直接向各级公安机关报告，还向市政府、省政府分管领导作了报告，带来全省不小的震动。首先，省公司成立了有两级公司人员参加的事件协调小组，由省公司和市公司的一位领导分别担任组长和副组长。协调小组的任务一方面是安排好对受伤职工的慰问、照顾和治疗等，另一方面是协助公安机关调查、追捕歹徒及估算设备损失等。

不用说，所里林小芳这几天忙里忙外，不管省里或者市里成立什么小组，所有的具体接待都离不开她，公安机关来调查要她带着看现场、调录像、查记录，协调小组来了，要带着去医院慰问受伤的职工，提供受损设备清单，写事件经过报告等，样样都得她，更不用说还得安排好正常的收费，因此，这几天把她忙得不可开交，巴不得请市公司赶紧宣布新聘助理来帮帮忙。还好，兰碧云等几个人在所里协助，否则，真必须有分身术不可。

"由于各级公安机关的重视，参与打砸的4个人在第二天晚上就被公安部门逮到并刑事拘留。"张温平把林小芳告诉她的结果转告给了董弘光。

刘莉珍有家里人照顾，沈倩倩终于也有个男朋友照顾，再考虑到所里人手少，事情多，所以，都不约而同地提出所里派来的张温平等几位同事不必继续陪在医院了，两位都由家里人来照料就行了，也就是说张温平她们可以回所里去了。出于同事及姐妹之情，张温平也表白很希望能够继续留下来照顾两位，但是，迫于她们俩一再的坚持，也只好听从了，征得林小芳同意后，下午便撤出医院返回所里上班去了。一时间，病房里护理的人少了，也清静了许多。

两天来，同住一间的刘莉珍和沈倩倩同病相怜，相互鼓励，刘妈在关心照顾自己女儿的同时不忘热心帮助沈倩倩，刚来的董弘光也不时地帮忙做些病房里的杂事，比如打开水、拖地板、倒垃圾等，俨然一家人的模样。

夜晚，整个医院都安静下来了。刘莉珍和沈倩倩她俩的病房也就剩下刘妈和董弘光陪护。刘妈与女儿一人一头挤在一个床铺上睡了，董弘光则坐在床边椅子上，他不敢睡，因为，沈倩倩的爸爸说了，今晚会到，他在等着那未来的老丈人。

12时左右，病房门被轻轻推开，进来一位50多岁的男人，架着一副眼镜，背着一个旅行包，见到董弘光坐在那儿便小声问："请问，有位沈倩倩是住这房间吗？"

董弘光一看那样子，猜想肯定是沈倩倩她父亲，于是应道："是，你是沈伯伯吗？"

"我是。"沈爸边应边急着走近沈倩倩的床头。

"倩倩，倩倩，爸爸来了。"沈爸走到床头俯下身轻轻地叫。此时，沈倩倩已经睡着了，蒙眬中听到声音，睁开眼睛一看是爸爸，马上举起双臂把爸爸的脖子搂住啼哭起来。沈爸瞬间两眼泛红，一边捧着女儿的脸看着，一边为女儿擦拭着眼泪。父女俩的这一突然举动，着实让站在一旁的董弘光也感到一阵心酸难过，眼眶里滚动着泪水。

一会儿，神情稍稍安定后，沈倩倩嗔怪地问："妈妈怎么没来？"

"你知道，妈妈参加了单位的老人艺术团，这几天要赶着参加国庆节的节目彩排，又离不开她，所以，妈妈说，叫我先来看看，如果需要，她再来。"爸爸解释说。

"那是，在艺术团里妈妈是台柱。"沈倩倩附和着说。

"倩倩，差不多一年不见，你瘦了，也憔悴了，可能是上班累的吧？现在头还会晕吗？还痛吗？"沈爸关切地问。

"下午开始好多了，特别是听到爸爸要来，就更好了。这几天多亏了单位派人来照顾，尤其还有我这同事的妈妈刘阿姨她，对我可好啦，也像照顾她女儿一样照顾着我。"沈倩倩露出了一丝丝笑容应道，并指了指已经站在刘莉珍床边的刘妈。

其实，刘妈在床上迷迷糊糊地听到有人推门进来并在问董弘光时，出于礼貌她马上从床上悄悄下来，因为她已经听董弘光说过沈倩倩的爸妈今晚会从西北赶来。

刘妈站在一旁看着她父女俩相拥而泣时，心里也升腾几分怜悯，感觉不好受，鼻子酸酸的。看着看着，刘妈似乎发觉眼前这个俯着身子跟女儿讲话的沈爸，其高大背影及说话声音等似曾熟悉。特别是当沈倩倩指着刘妈说感谢时，刘妈一眼看见正好直起身来的沈爸。在两眼对视那瞬间，刘妈脑海里好像被什么突然一击，马上显得神不守舍，脸上一阵红一阵白，机械地连忙摆摆手说："哪里哪里！"然后，立即转身走出了病房。

沈爸这时候也感到莫名其妙，怎么这个刘妈会出现如此状态，跟他一见面就跑出去了？他感到糊涂的当儿，重现了刘妈走出病房的姿态、身材及那句"哪里哪里"的声音，忽然，他也感到有一个记忆油然生起。"喔，喔。"沈爸也一时神情恍惚，不知所措起来，不过，他马上意识到在女儿及她男朋友面前不能表现出来，于是，他立即回过神来与女儿交谈起来，只是，两眼的余光不时瞄向病房外，想进一步求证心中的猜测和预感。

夜很深了，病房外走廊还有病床和病人及陪护人，大部分人都已裹着被子躺下或者趴在床边睡了，只有几个陪护的人还坐在各自的病床边，或者看书或者看手机。整个走廊静静的，偶尔能够听到几声呼噜或者叹气声。

刘妈离开病房后，在走廊里没办法走来走去，怕影响别人休息，只能站在走廊的端头窗户前，推开一扇玻璃，仰望着深邃的夜空，自言自语地说："难道是他？怎么是他！唉，确实是他！"

刘妈在走廊不敢待太久，怕女儿醒来找人，但她又实在不愿意这时候进病房去，怕与他碰面，怕彼此尴尬。可是，这时候深更半夜的，又怎么逃避呢？无奈之下，在稍微冷静并在门口来回踱几步后，她只好硬着头皮推开病房门。

已经坐在沈倩倩病床边的沈爸一眼就看见刘妈推门进来了，马上从椅子上站起来笑笑地想说感谢的话，不料，没等沈爸开口，刘妈先叫一声："沈书明。"声音低低的，可能怕吵了没有醒来的女儿，但又那么真切。

"你真是淑英？！"沈爸轻轻地反问，眼神里充满期待和疑问。

"我是淑英。"刘妈也轻轻地回答。

"哦。这么巧。"沈爸像是自言自语地说，他转过头去没有直视刘妈，心里一阵狂乱，欲言又止，脸上流露出不安、惊讶的神态。

沈倩倩躺在床上看到了，惊奇而又轻轻地问："爸，你认识刘阿姨？"

"嗯。"沈爸应答完，把视线从女儿身上重新移到了也正在看着自己女儿的刘妈身上。

一时间，他们两位大人都不再说话了，甚至连继续问候都没有，各自默默不语，不过他们似乎内心都有一个强烈的意念，却被压在心底里挣扎着说不出来。确实，只有他们俩心里才明白想说些什么！

20 世纪 70 年代初开始，全国掀起城市知识青年上山下乡接受贫下中农再教育运动，不论是原老三届的初、高中生还是后来毕业的中学生，只要是城市居民户口都得被送到农村去锻炼，接受农村教育。作为 1967 届高中生的沈书明也是吃居民粮的，因此，不例外地从老家秀春县城关被分配到相隔甚远的绍柏市一个山区农村插队，那是东肖人民公社西山大队，地处偏远，贫穷落后。那时沈书明才 19 岁不到。

刘淑英也是知识青年，是东肖中学初二学生，不过，她不是吃国家粮的人，不属于上山下乡对象，是回乡知识青年，所以，她不用分配就自然回到西山大队的老家务农。

山上下乡运动刚开始时，知识青年都被要求安排到各家各户的农民家中一起生活，一起劳动，接受教育。为此，大部分农民家庭都有接收公社或者大队安排来的知识青年名额指标。沈书明来到西山大队时，就被安排在刘淑英的家里，当然，刘淑英那时也只是16岁的孩子，接收沈书明这个知青名额的户主肯定是她的父母亲。

沈书明在刘淑英家里开始了接受再教育的生活和劳动，从而也认识了比他小几岁的房东女儿刘淑英。两人每天到同一块生产队的田里出工干活，晚上收工时又回到同一个屋檐下吃饭，只是，沈书明住在东边房，刘淑英和她的弟弟住在西边房而已。时间久了，两人逐步加深了认识，沈书明对这房东之女的热情、温良和朴实有相当好感，尽管刘淑英长得并不十分出众。而刘淑英对这位英俊、豪爽和勤快的城里人也挺仰慕。只是那时，他们都是少男少女，朦朦胧胧地没有更深的想法，至多有时说说笑笑，或者两人互相挕挕胳肢窝闹着玩，保持着清纯的情谊，没有越雷池一步。

后来由于国家上山下乡知识青年安置政策的变化，各大队纷纷设立"知青点"，所有知识青年开始集中住宿生活，不再分散住到各家各户的农民家中。这样，沈书明在刘淑英家里住了两年后也搬到"知青点"去住了。这一搬，对于刘淑英的父母来说，算是个解脱，不用再负担一个年轻人的吃住，然而，对于刘淑英来说，心里却有着莫大的失落和寂寞感，白天还好，都能够在一块地里劳动，可以见面，晚上沈书明就回"知青点"去了，不再与她们围坐在一张饭桌上，不再饭后聊天了，她总觉得好像缺失了什么，刚开始那段时间真有些失魂落魄样儿，郁郁寡欢的。

毕竟有了刚开始那段密切的相处，沈书明同样也难以忘怀，不时地在吃完晚饭后或者雨天不用下田时会跑到老房东家去，与刘淑英及她父母聊聊天，或者帮忙干些杂活。由此，接触多了，相处久了，自然而然地两人也开始相互喜欢，心里逐渐产生了爱意，只是许久没有说出来而已。

又是一年过去，全国各大中专学校恢复办学并开始以"工农兵推荐上大学"的方式招录学员。由于沈书明的一个舅舅在省教育部门工作并帮助运作，西山大队把沈书明列为推荐对象上报。

这时候，23岁多的沈书明和正好20岁的刘淑英已经正式谈恋爱了，而且发展到形影不离。两人白天在田里相互关心帮助，晚上偶尔会邀着出去玩，对此，刘淑英的父母和邻居们多少也知道一些，心里还默默地祈望着"城乡结合"的这一对。

沈书明果真被北方军工大学录取了，一纸录取通知书终于寄来，有人欢喜有人愁。无疑，对于沈书明和刘淑英他们来说，心中自是百感交集，最后，两人权衡之下只能化愁为喜，尤其是刘淑英更是期盼沈书明学业有成，到时候她也许有夫荣妻贵的那一天。

去大学报到的时间快到了，大队和公社都为沈书明开了欢送会，他也在刘淑英的帮助下整理了行李，等待明天上午乘坐村里的拖拉机去公社，从公社乘汽车到县城，再从县城回一趟秀春县家里，然后到省城坐火车去大学的所在地哈尔滨。

当晚，沈书明约刘淑英到离房子不远处的小溪边见面。临别前最后的约会当然很珍惜，两人各自吃完晚饭后都准时地来到这里。

一对年轻人依偎着坐在岸边草地上，促膝交谈，倾诉衷肠。在那个通讯落后、信息闭塞，没有电视、没有互联网的年代，普通人尤其像他们这样的山区年轻人，更是涉世未深、知识缺乏，没有什么宏伟目标，只知道，明天即将离别，此时难分难舍而已。

"淑英，明天我们就要分别了，我真……舍不得你。"沈书明嗫嚅地说。

刘淑英没有马上应答，只是一脸惆怅地把身子倒向沈书明并侧身紧紧抱住他，好像生怕他瞬间飞了，而后，伴随着几声微微的抽泣。此时，沈书明明显感到刘淑英那极富弹性的丰乳在自己胸前颤动着。

"别难过了，我们今后还会相见的。"沈书明轻轻地劝道，低下头亲吻着那张细润和潮湿的脸颊。

许久，刘淑英仍然没有说话，反而顺势转过身来，仰面躺在沈书明的大腿上，柔情似水地看着朦胧中的他。也许她认为该说的话刚才已经说完了，此时，她需要的是肌肤上的亲抚，这样会比言语的慰藉来得舒心，尤其这几天生理上特别有感觉，或者说有些莫名的冲动，她自己也不知道为什么。沈书明当然明白这种无语的渴求，准确地说更应该是自己的渴求，于是，他一只手挽着刘淑英的脖子，嘴对嘴、舌对舌地一阵狂吮和纠缠，同时，另一只手轻轻地解开她的衣扣，在她白嫩的肌肤上自由滑动和抚摩。最后，这对激情燃烧的年轻人在一波波亢奋以及没有感觉疼痛的慌乱中第二次偷吃了禁果。

第一次是十几天前的一个夜晚，也是在这里。夜晚的小溪边异常宁静，劳作了一天的村民这个时候要不待在家里，要不已经上床睡觉，一般是不会到这小溪边来，即使也有像他们一样谈恋爱的人，偌大的小溪两岸也不容易碰到。

这是村里唯一一条流经村里的小溪。明月高悬，银光浸染，平静的水流，茂密的青竹，翠绿的河草，洁净的卵石，清脆的虫鸣，交织成好美的山间夜景。

也许这是大山里一对情窦初开的少男少女自然选择的去处。

那月色如轻薄的纱帐笼罩着他们。浪漫夜色掩护下，他们相互依偎、拥抱、亲吻和爱抚，蠢蠢欲动的"生命之根"撬开了春情萌动的"生命之门"。在刘淑英的瞬间阵痛和不安以及沈书明的持续惶乱和急促之后，他们给这个大地留下了一小块鲜红血花和一丝丝腥膻气味，当然，两人肩背的洁白肌肤上也沾上了几根绿茵茵的小草。他们平生第一次不知天高地厚无所顾忌地偷吃了禁果。

虽然是第一次，过后他们却都感觉甜蜜和舒畅，好像经过那么长时间的爱慕，只有这一刻才是他们共有的美好和幸福，这也许是年轻男女偷尝禁果留下的共同滋味和萌生的再次渴望。

自然，今晚的第二次，不仅满足了男欢女爱的再次渴望，又让他们在一片离愁中多少找回了一些欢愉，冲淡了苦楚。

第二天，沈书明兴奋地告别了这片田野，不舍地告别了刘淑英，踏上了上学之路。

就此一别，30多年过去，沈书明再没有回来过，也没有再见过刘淑英。

是什么原因导致这样的结果，一时他们两人都各自还不清楚，只好在此一边陪着孩子一边等待时机再说。

第十八章　何以悲伤

　　白天，很多人来医院探望刘莉珍和沈倩倩，从各地赶来的省市高速公路公司领导、部门负责人，以及城南收费所各位同事，人来人往，络绎不绝，病房里堆满了水果和花篮，这让陪护的家人也疲于接待，没有多少空闲。幸好吴春玉除了对行动不便的老公做些必要照顾外，很多时间都在医院协助接待，毕竟，她对慰问者肯定多一分熟悉。

　　第四天上午，李美桦也来过了。

　　医生刚查完房走了，李美桦来到在病房，却沉默着没有说话。倒是她们两位抢先问："美桦姐，豆豆好些没有？"

　　不问不打紧，这一问把李美桦问得眼泪"唰唰"直淌，嘴唇禁不住地不停抖动，最后，干脆趴在病床边"呜呜"地哭起来了。刘莉珍和沈倩倩马上明白了是怎么回事，也立即跟着眼圈泛红，只是边上的家属此时并不知道是怎么回事。

　　李美桦那晚心急火燎地赶到医院时，在楼道里已经听到公公婆婆他们的悲痛哭喊，再加上走到病房门口第一眼投向孩子时，已经见不到平时瞬间能与她对视的眼光，也听不到孩子微弱的一声"妈妈你来啦"。李美桦完全明白是怎么回事了，于是，不顾一切地扑向孩子，歇斯底里地大声哭喊着："豆豆，豆豆，你怎么啦？！你怎么不等妈妈呀？！豆豆！豆豆！我的豆豆呀！"凄惨的哭叫声和悲痛欲绝的情形，把医院隔壁病房的人都引来了，他们的眼泪也直在眼睛里转。

"叫你不要去上班，叫你快点来，可你偏偏不听，可怜的豆豆走时都见不到妈妈。我的孙女呀，你怎么这样苦命呀。"婆婆一边哭喊着一边跺着脚责怪媳妇。

"下午我就叫你要注意豆豆的病情，能请假就尽量请假守着豆豆，可是你太大意了。豆豆她闭上眼睛前嘴巴还微微地一张一合，好像就是想喊着妈妈，可就是听不到声音。豆豆太可怜了，最后一面也见不到你这当妈的。"公公也一把眼泪一把鼻涕地诉说着，不无嗔怪。

"豆豆，是妈妈不好，对不起你呀，你怎么不等等妈妈，让妈妈看到你最后一面？妈妈实在是不该呀。"李美桦一边痛哭一边捶胸顿足地不断自责，泪水不仅把自己那身来不及换下的制服沾湿，也把豆豆的衣服浸湿了。

李美桦扑在豆豆身上哭喊一阵子后，突然把豆豆从床上抱起并紧紧地搂在怀里，又是一次次地喊着孩子的名字，一次次地亲吻着那即将冰冷的稚嫩的脸。也许，一个做妈妈的人，在极度无助下多想通过这样的方式来唤醒已经长眠的孩子，可是，豆豆在妈妈的怀里已经不能动弹和说话，而是安详地闭上了平时那一双水灵灵的大眼睛。她的嘴唇和脸腮苍白苍白的，一只小手放在妈妈的胸前，另一只小手牵拉在妈妈的腰间，整个身子软软的，沉沉的，只是剩下一点点余温而已。

整个病房里久久地充满着撕心裂肺的悲怆和惊天动地的痛哭。李美桦在此刻遭遇了人世间和人生的最大不幸，她那活泼可爱的女儿永远没了。

一个高速公路收费员的孩子，一个被全省高速公路系统职工关心的孩子，就这样过早地离开了这个芬芳的世界。

当孩子离世的消息传向全省高速公路系统各个单位时，太多的同事都为孩子的不幸感到惋惜和痛心，也为虽然付出努力但又没有救成孩子而深深地感到遗憾。

李美桦是从来慰问的林小芳那里偶然知道了那晚她离开票亭后发生的事件，于是，在处理完孩子的事后，立即急匆匆地赶到医院来看望两位同事。

李美桦一阵痛哭后，一边抽泣一边悲叹道："豆豆没有福气，命里注定这时候要离开，要不，你们那么热心救她，全省的同事们关心她，都救不回她，是她的命不好，直至我连最后一面都没见着，当时我真是后悔死了。"

"美桦姐，你已经尽力了，豆豆的病也太严重了。你别难过好吗?"沈倩倩双眼含泪哽咽地劝道。

"是呀，美桦，那晚的电话，我都不敢将你公公的话全部告诉你，只是一个劲地催你赶快去医院。既然这样了，你就多保重，多休息几天，反正林所长把上班的事情都安排好了，你们班都待命一段时间再说了，不要急着上班，起码等我们两个人都出院后再说。"刘莉珍认真地说。

"是的，我看你太憔悴了，眼睛都陷进去了。你就在家待几天吧，这里有我就行了，她俩的家里人也在这儿，没事的。"在旁的吴春玉也赞同地说。

"豆豆的事情已经处理完了，从此我再也没其他什么事牵挂了，现在有时间可以来照顾她两个人，班长你回去照顾家里人吧，再说了，你自己也受了伤。"李美桦擦了擦泪水对吴春玉喃喃地说。

"你身心都很累，能行吗?"吴春玉追问。

"可以，来这里和你们在一起几天，也许心情会释放些，就让我来待几天吧!"李美桦恳求说。

"那这样吧，接下来几天你在这帮忙，我有时间就一起来，主要是倩倩，她爸爸和男朋友在这里不如我们女同志方便，多照顾一下她。不过，晚上可以回家去，不用陪，让她们自己好好睡觉。"吴春玉提议说。

"可以。还有，班长，同事们给豆豆的捐款没有用上，我要全数退还大家，你看汇到哪里?"李美桦郑重地要求说。

"你留着一部分办豆豆的后事吧，要把豆豆安葬好，剩下的钱等我请示林所长后再说。"吴春玉心疼地说。

"不用，豆豆后事处理的钱我自己负责，我不应该用这些捐款，我已经考虑好了，全数退还大家或者公司，今后可以用于别人需要的地方。"李美桦坚持说。

"好吧，我请示后再说。"吴春玉说。

"美桦姐，就听班长的意见吧。"沈倩倩也在边上劝道。

"嗨，没关系啦，再说，美桦。反正'哑巴吃馄饨——心中有数'，不急。"刘莉珍也赞同地附和说。

几个普通的高速公路收费员，在遇到困难和利益时深明大义，完全懂得如何对待自己，对待别人，对待事业。

今晚，来慰问的人不多了，李美桦也被劝回家去了，病房里除了刘莉珍和沈倩倩外，来照顾她俩的家人也只有刘妈和沈爸。这是几天来难得的时间段，否则，前几天别说白天，晚上也有不少人陪同，尤其刘莉珍家里，经常是两个人陪，所以，沈爸几次想约刘妈见面都不能实现，真把他急得直跳，连女儿老是追问怎么认识刘阿姨，都一直躲着话题或者搪塞而过不能直接回答。刘妈也一样，几十年的疑云压抑在心头，总想得到解释，可这几天还是没机会，尽管当年的他现在就近在咫尺。

终于，机会来了，沈爸趁刘妈去打开水的时候，借机也拿起热水瓶跟着走出病房。

"淑英，晚上来探病的人少了，等会儿她们都睡着时，我们到走廊说说话好吗？"沈书明在开水间对刘淑英悄悄地说。

"好。"刘淑英抬眼看看这个已经明显苍老的昔日恋人，白他一眼，淡淡地应道。可从心底里来说，对这提议她当然求之不得。

当年，沈书明离开刘淑英后，坐汽车、乘火车，经过 10 个昼夜的奔波劳累，终于到了数千里之远的北方军工大学。到校后，给沈书明第一个印象的就是离家太远了。寒暑假怎么回家？一南一北，不但路途遥远，而且路费不少，沈书明顿时便望而生畏。确实，在那个经济匮乏的年代，对一个没有什么家庭资助的普通学生来说，来回路费就是个极大难题。

沈书明在新生报到及宿舍安排好后，迫不及待地就给刘淑英写了第一封信，信中既报告了旅途和学校的情况，也倾吐了分别后这几天的思念之心。

刘淑英收到沈书明这封信时，已经是他们分别后的近一个月了。南北两地的遥远、城乡之间的辗转、收发信件的耽搁，一个月的时间没什么奇怪，可是，刘淑英在这一个月里却度日如年，天天难熬，那是因为刚开始离别，有难分难舍之情，过后几天有着挂念之心，时常惦记着沈书明在北方、在学校吃住能否适应。然而，近几天却不是惦念沈书明了，而是着急自己身上的变化了。

按往常，在沈书明离开后的半个月左右，应该是刘淑英来月经的时间，可是，至今又过快半个月了，还没动静。刚开始，刘淑英没有怎么在意，尤其对一个年轻女孩子来说，不会想那么多，迟就迟几天来，也没什么关系。可是，这几天刘淑英开始有些担忧了，虽然，她不懂太多的女性生理知识，但最起码懂得这么久没来月经意味着什么。绝经？停经？失调？絮乱？这些对自己还这么年轻的人来说都不可能，那唯一的可能便是怀孕了。她回想到与沈书明临别前的那晚，那么痴狂，那么畅怀，再掰着指头算一算，那几天正是书中所说的什么排卵期、危险期、最容易怀孕期等。也难怪那几天心情特别不一样，有着一种莫名的渴望。再加上，这两天她总感觉得胃不舒服，以前她并没有胃痛过呀！

刘淑英越想越恐惧，就越想收到沈书明的信，因此，这几天她心急如焚，彻夜难眠，时常不知不觉地跑到大队部看看有没有邮递员来，一天一天地等，终于接到了这第一封信。

说实在话，沈书明的信并不能为刘淑英解忧，远在北方的沈书明并不知道刘淑英内心的恐慌。此时，刘淑英已经恐慌多于兴奋，想回信告知吧，又还没结论，她只能草草地回了一封信，鼓励他好好学习，保重身体。她的回信从大队寄出，还不知道什么时候能够到沈书明的手中。

又是一个月过去，刘淑英已经觉得身体严重不适，想呕吐，爱吃酸，对此，她之前曾听大人说过关于女人怀孕的先兆，开始有些害怕，于是，利用一次与几个人去公社买菜种子的机会，偷偷跑到卫生院做了检查。当报告单中"妊娠"二字的结果出来后，她顿时感到天崩地裂般，差点站不住。最后，她连怎么从公社回到家都没记住。

回到家，她不敢告诉任何人，连母亲也瞒着，想告诉沈书明吧，可又不在身边，更不敢写信告诉他，其实，她也已经记不住沈书明的地址了。因为，那天回完信后，不知怎么把沈书明的信丢了，几次都找不着，再加上地址又是信箱代号，什么062，063，保密得很，没有完整的地址门牌号码，不容易记住。于是，她整天惶惶不可终日，接下来身体反应又一天比一天明显和严重。身心都发生变化的她，终于被母亲发现并追问，只好将与沈书明的关系和盘托出，由此还被母亲一阵训斥。

沈书明寄出第一封信后，开始新生入学军训。军工院校的军训不比普通院校，时间长，科目多，保密严，而且经常拉到外地进行野外训练，其实就是与外界中断联系的封闭军训，因此，刘淑英的第一封回信，也就不知什么原因沈书明始终没有收到，或许地址写得不对，或许那时候没有挂号的邮件无保障等等。当然，那时由于紧张的训练以及军校的特殊性质，沈书明不能再与外界写信联系了，其中包括继续写信给刘淑英，而只能心里默默地等待着她的回信。

刘淑英回信后也在期待着沈书明来信。没有来信，刘淑英也不知如何再写信，更不敢写信告诉自己怀孕的事，于是，日复一日地期待，她的肚子也一天天地变化。此时，如何处理肚子里的孩子成了一家人的苦恼。

刘淑英的父亲主张尽早打掉，理由是沈书明刚去念书，又那么远，他哪能管养孩子，等今后正式结婚后再生孩子也不迟。刘淑英的母亲则主张不能打，理由是孩子是他们的结晶，生下来后一家人来养，等沈书明毕业后孩子也有几岁了。刘淑英自己也不想打掉，她认为在肚子里就把一个小生命弄死然后刮下来，太可怕了，不能这样做，她宁愿生下来后再等沈书明。最后，父亲拗不过，只好顺从两个女人的意见，不再说什么。可是，在那个乡村里，非婚生子，可不是一般的事，风言风语指指戳戳少不了，刘淑英和父母只好充耳不闻，让人说去。

沈书明全然不知那晚他惹下的祸，他全身心地投入军训后，又如饥似渴地投入学习中。他极其珍惜宝贵的上大学的机会，认为因为"文化大革命"浪费了几年的学习时间，还失去了考大学的机会，如今，已在大学了，理应一心扑在学习上，不应分心，包括谈恋爱。于是，一有时间就待在教室或者图书馆，从不外出逛街看电影什么的，其实，那时他也没几个钱，就靠学校的助学金，家里并不宽裕，几乎没寄钱。至于刘淑英那儿，他也还是一边只顾自己的学习，一边等着回信再说，并没有再写信了。

两人就是这样都等着对方回信，时间一天天流逝。刘淑英挺着大肚子，不敢出门，不敢见人，直到放寒假的春节，已经是 6 个月大了，刘淑英还没有等到沈书明的消息更没有收到信。而沈书明在寒假期间，由于时间短，路途远，根本就没有回家，全部时间都泡在学校图书馆里。

十月怀胎，第二年 6 月刘淑英生下了一个女孩，尽管还是没有等到沈书明的消息，但她仍然坚持等着沈书明的出现。而沈书明所在的系由于专业保密的需要进行调整，在春节后就搬迁到西北另一个大学，而且离家还更远，交通更不便，由此，沈书明基本上打消了读书期间寒暑假回家的念头，准备死心塌地地念完书再说。这种现象在当时的全国各大中专院校的学生中多有存在，尤其对那些经济条件不好的穷学生来说更是常见的事。

久而久之，沈书明埋头读书的惯性使他不但不了解刘淑英后来的境况，对刘淑英的思念更是淡漠了，甚至认为既然自己出来念书，今后肯定不会重新回到那上山下乡的地方了，也不可能与刘淑英走在一起了，干脆就此放弃那段情分，权当人生路途中不懂事的逢场作戏罢了。沈书明在大学毕业时立即被国家分配到西北的一个极其保密的核研究试验单位，而且是命令式地通知必须尽快报到。这样，沈书明仅仅是趁去单位报到的间隙，回了一趟家，住两天就赶往西北单位去了，连家中亲戚朋友都来不及告别，更不可能到上山下乡的地方去看刘淑英，何况，时隔4年后对刘淑英已经不再眷念如初。

而刘淑英自从生下孩子后，一边带着孩子，一边仍然期待着沈书明会来到身边，这是她的生存动力和信念，直到刘淑英算到沈书明该毕业了还没等到回来时，才开始内心的痛苦挣扎。事情究竟如何？她曾经询问过那些知青们，并且托人到秀春县寻找，但都归结于没有沈书明的联系地址而落空。一个无助的年轻妈妈，最后只能继续无奈地等待，别无选择。

又是几年过去，刘淑英也没办法再寻找沈书明，开始慢慢地失去信心，直至完全绝望。此时，刘淑英已是年近30，不能再如此单独地带着孩子过日子了。于是，在父母亲和众人的劝说下，在经过一段时间的接触，谈清各方面情况后，那一年的春节前，刘淑英带着8岁的女儿嫁给了在县政府机关工作的一个姓郝的大龄青年并在后来与他生下了一个男孩。

沈书明的单位是国家直属的核研究机构，系军管单位。虽然单位的地盘大、设施好，像座小城市，但地处西北的一个偏僻高原，非常遥远，对外交通和通讯联络等都不便，而且又受保密限制。因此，在这里工作的人，大多是知识分子和军人，他们一生只能在对外隐姓埋名对内艰难困苦的条件下为国家做默默奉献。他们的宗旨就是："敢干惊天动地事，甘当隐姓埋名人。"沈书明也即这样的人，来到单位后便立即投身到科研任务中去，连家里也不知道他从事什么工作，也少通信，更没有探亲来往等，犹如与世隔绝。沈书明在第二年就与一同分配到这里工作的内蒙古姑娘恋爱结婚，生下了一个女孩。

由此，两个当初的恋人，在都不明白对方怎么回事的数年后，各自成了家，开始了自己的新生活，直到近30年后的今日偶然在这病房相遇。

"那我们的女儿呢？现在在哪？"沈书明恍然大悟后问。

"不就是我照顾的那个！"刘淑英看他一眼应道。

"天哪！怎么会是这样！"沈书明差点儿叫出声，已是沧桑的脸上更让皱纹堆积在一块，久久难以平展下来。他深切地感到这是他们爱恋酿下的苦果，而这苦果却是由刘淑英一个人来咽下，心头骤然产生强烈的负疚感。

病房走廊上灯火灰暗，不时有病人在呻吟。走廊窗口外一片漆黑，没有光亮，只有远处高楼的霓虹灯广告变换着色彩，照耀着四周。城市的夜晚，已经安静了。

都已年近花甲的他们，此时百感交集，心事重重，不知道说什么。怎么说？只能默默地低着头不语，偶尔抬头看看窗外或者瞄一眼当年的对方，他们已经没有当年深情的眼神，只有关切的目光。

"你们婚后生活好吗？你丈夫对我们的孩子好吗？"沈书明轻轻地问。

"很好，老郝大我10岁，我们结婚前就说好，必须接受我女儿，他也愿意，事实也证明他对女儿、对我都很不错。自从我们有一个男孩后，他也不会因为不是他生的而另眼对待。只是尊重我的意愿，让女儿跟着我姓刘而已，因为我既不愿意跟着他姓郝，也不愿意跟着你姓沈。"刘淑英平静地应道。

"哦，是这样，那要感谢老郝，也难怪叫刘莉珍。"沈书明自言自语道，接着又说，"其实，我年轻时一心想学习、想工作上的事而忘了一切，等到我的事业有成了，或者说年龄大了以后，那种对过往人生的经历开始怀念，我想到上山下乡，想到念大学，想到我们在大漠深处搞核事业，想到家乡，同样也想到你现在不知怎么了，这一切常常让我彻夜难眠，之所以我会把倩倩送回家乡念书和工作，也许就是为一步步了却我这一多年的愁思吧。"

"你有没有发现，她的个头像你？"刘淑英没有附和他，只是冷冷地问。

"这两天看她下床站着时，我就有一种特殊的说不出的直觉。"沈书明缓缓地说，似乎心中有些甜意。

"书明，我们这件事都不要告诉两个孩子，过去的事了，让它埋在我们两人心底就够了，不要让她们也承担那个年代的不幸后果。再说，她们现在在同一个收费所工作，知道了大人的事，两人相处起来，也不见得有多大好处。"刘淑英建议说。

"好吧，听你的。那你自己今后多保重，女儿就让你一个人操心了。我肯定在倩倩好些时就得回去了。今后如果有什么事需要我帮忙时，我一定尽力。"沈书明应道。

"好，我也会把倩倩当作女儿看，暗中照料着她。在我还不知道是你的女儿时，我对她就有些好感，很乖，很懂事，冥冥之中好像和她有缘。"刘淑英应道。

两位相互没有公开地埋怨和指责，至于心中有没有后悔和内疚，或者说后悔与内疚的程度如何，只有他们各自清楚。这也许是时过境迁，他们之间的所有情意都被时光给消弭了吧！

夜已经很深了，他们心中都告诫自己，离开病床已经够久了，应该回到病房照顾孩子了，于是，他们结束了穿越长达近30年时空的交谈，走回到还在熟睡中的孩子身旁。

沈书明这一次回到病床已不是走到倩倩的单侧了，而是走到刘莉珍和沈倩倩的两床之间，因为，此刻在他心中，两个病床上躺着的都是他的女儿。一种与生俱来的父爱慈心油然而生，尤其看着刘莉珍时更是如此，泪眼汪汪，悔意深深，他已经着实感到亏欠眼前这个女儿太多太多了。

这一夜，病床上的刘莉珍和沈倩倩都照常睡得很香很沉，而近在咫尺的刘淑英和沈书明两人却心烦意乱地无论如何难以入眠。

经过几天的治疗，刘莉珍和沈倩倩的伤情已经好转，准备出院了。沈书明特意到街上买来一大堆吃的和用的，包括新款手机和电脑，分成两份送给她们。这让她们两人有些惊讶。刘莉珍想，怎么倩倩的爸爸这么慷慨大方，而且送得一样多？沈倩倩则想，怎么爸爸对自己的同事也这么好，不分里外，难道就因为爸爸认识刘阿姨吗？最终，她们都不好多问，刘莉珍在妈妈的默许下只好讪讪地收了，只是一再感谢不停。

出院那天，刘淑英要带着刘莉珍回家，沈倩倩则准备带爸爸到收费所参观。在病房临别时，沈书明感激而深情地看着刘淑英母女俩，分别说一声："愿你多保重！""祝莉珍一切顺利！今后还会来看你们的。"眼里充满着爱怜和惜别的目光。刘淑英却坦然地摆摆手说声："再见！"而后，目送着他们父女俩先离开病房。

吴春玉前两天已经回收费所，她热情地迎接了沈倩倩父女俩，并带沈父见了林小芳所长及几个同事，而后参观了收费所工作区和生活区，下午在沈倩倩陪同下与董弘光一起将沈父送到火车站。

当晚，林小芳准备召集1班的同志们开会。除了姜露娴外，吴春玉下午开

257

始就通知了沈倩倩、李美桦，可是几次打电话给卢雅琴都打不通，包括给她家里打电话，回答是，不知道她去哪里了，还以为她在上班。这让吴春玉感觉不对头，再联想到自那晚在医院与她各自离开后不但至今半个月没有见，而且数次打电话给她也没打通，不过也还没在意，可今天还打不通，可能失联了，吴春玉倒有些警觉和慌神了，于是，她便将此事报告了林小芳。

其实，自从那天凌晨卢雅琴被男朋友朱加水带出医院后，朱加水便追问是什么人这样调戏她，幸好，卢雅琴很容易记起那黄色丰田轿车及其车牌号并告诉了朱加水。一个并不大的城市，有了车子的颜色和号码，还怕找不到？更何况朱加水在城区已经混迹多年。于是，当天下午，在这些歹徒还未被派出所抓到之前，朱加水便带着一帮小兄弟找到那部车子及驾驶员，不但砸了车还将那个耍流氓的驾驶员揍了一顿。

258

虽然，卢雅琴在与那黄色丰田轿车驾驶员交锋时，开始颇有野性和胆量，但到后来歹徒们大肆施暴后，毕竟是一个女孩子，她也害怕了，不敢再逞强和嘴硬。直到后来朱加水带人收拾了那家伙，她才缓过神了。当晚，刘雅琴留宿在朱加水家里，朱加水以看伤口为借口，一件一件脱去了卢雅琴身上那橄榄绿衣服和裤子，进而解去了她的内衣，褪下了她的内裤，然后光溜溜地把她抱到了床上。卢雅琴反正裸睡习惯了，这时候没有任何阻拦，只是半顺从半扭捏地任由朱加水摆布玩弄。她早就有已经是男朋友了，迟早都是他的这个想法，再加上受欺负后，更迫切地产生了需要有男人做靠山的念头，于是，朱加水最终心满意足地得逞了。

完事后，朱加水要求卢雅琴今后别再去收费所上班，明天就跟他去云南跑生意，而且关闭手机，不与所有人联系，包括家里人和同事。此时，卢雅琴联想到近一年来当收费员的工作艰苦、工资及待遇不如意、生理状况变差及有时还受个别驾驶员的欺负等，她越想越多，越想越畏惧，在朱加水一再劝说下，于是就同意不辞而别地跟着朱加水踏上了去云南的旅途。

卢雅琴跟着到了云南靠近缅甸的边境县城，并像是有人安排下住进一个边民的家中。几天来，卢雅琴只是一个人呆坐房间看电视或者看报纸，朱加水则有时出去有时在房间，一旦出去便早出晚归。卢雅琴问他做什么生意，朱加水就不耐烦地应道，你不懂，别问。只有到了晚上，朱加水才嬉皮笑脸地来到卢雅琴身边，又是摸又是亲，把卢雅琴折腾得死去活来。

已经半个多月了，卢雅琴开始发觉朱加水回来有些异常，有时带回一包包东西，还不让她看。晚上与他亲嘴时，总觉得有些既不像香烟味又不像大蒜味的气息冲来，凭着她平时的见闻，她感觉朱加水做的生意可能与毒品有关。于是，有一天晚上在朱加水高兴时，卢雅琴用双手顶住朱加水两肩不让他继续动作，同时问："加水，你告诉我，这几天你做什么生意？是不是做毒品生意？"

"人家正在兴头上呢，你问这个，你松手，松手，完了再说。"

"不行，你现在就得告诉我，要不就不让你进去。"

"求求你，我快憋不住了。"

"就不让，憋死你。"

"好好好，是是是。"

"你说是哦。"

"是是是。"

"哼，看你要得过我。"

说完，卢雅琴把手一松，像是没了魂似的，此时，也只能任由朱加水在她身上呻吟喘气。

等到朱加水翻身下来，卢雅琴顿时感到害怕，立即再次追问是还是不是，她想进一步证实。朱加水这时候不敢作声，低头不语。其实，他爱卢雅琴，不愿意将买卖毒品的事告诉她，让她害怕担心，更不想如果今后发生什么事的时候连累她，因此，来云南这么久跑东跑西，从不让她知道，更不让她参与。刚才，不慎说漏了嘴，他已经后悔不已。不过到了这地步，他不想再继续欺骗爱着的人。

"雅琴，对不起，现在我不想骗你了，两年来我确实与几个朋友在做K粉买卖，赚了不少钱。这次来就是拿货。现在货也不好拿，都在缅甸那边，又抓得紧。这几天拿到一些，还不够，还得等一段时间凑足百来克，带回去才有赚头。"朱加水低着头说。

"你真是贩毒呀，我还以为刚才你说的不是真的，你害我！你害我！"卢雅琴边哭边喊，还手脚齐用一把猛将朱加水推下床去。

"哎哟，你要摔死我呀！"朱加水叫一声，便赤条条地滚落到床下。幸好，不怎么痛，朱加水马上爬起来去穿衣服了。

卢雅琴却不管他了，她翻转个身，拉来被子把自己赤裸的身子盖住，开始抽泣起来。

经过一段时间接触，卢雅琴确实喜欢上朱加水了，她不愿意让男朋友做这种犯罪的生意。虽说原来对朱加水那么神神秘秘地做生意有些捉摸不透，但没往坏处想，总觉得一个女人家不要管事，男人家自有自己的事业和天地，只要能赚钱就行了。至于今天真的在做犯罪生意了，却是在她意料之外，她开始恐慌了。这是必定坐牢的买卖，随时都有跌落深渊的可能，或许就这一次就被抓进去了，还将判重刑甚至死罪，而她已经献身于他，那今后日子怎么过？再说，这一切难道自己不会受牵连？弄不好成了贩毒同伙。她越想越不对头，越想越恐惧。再想想参加高速公路工作以来，虽然有诸多不如意，但终究属于在正道上，只是辛苦些，还能与沈倩倩等姐妹们在一起，多快乐。于是，又有了重新回收费所的念头。

卢雅琴转过身来，对着朱加水叫道："加水，你不要做这种生意了，我们还是回去吧。"

"不做，那我吃什么？再说，你已经离职了，今后我们怎么生活？"

"我们可以做其他生意，怎么非得做这个？"

"做什么？现在什么生意都难做，只有这个最容易来钱。虽说风险很大，只要小心些，就限于我们几个老朋友之间，不去扩大买家，就没什么。再说了，我那些长期给我拿货的朋友都在等着我，其实，我就是赚他们的钱。"

"这肯定很危险的，没有你想象的那么轻松。我们还是回去吧。"

"我已经做这个买卖两三年了，想金盆洗手也难了。你就不管我，不要问，更不要参与，你没事的，有事我一个人担。"

"你说得轻松，我们不是已经绑在一起了吗?!"

"不会的，你放心。"

"我能放心？你别痴心妄想，到时候同样连累到我。我想回家。"

"那不行，我还要留下来继续拿货，够了我才回。你必须陪着我。"

"你要我死呀!?"

"那又有什么，既然你跟着我了，还有什么不行？"

"你不是人。"

"我告诉你，我的事不许跟任何人说，要是你不听话，到时候别怪我不客气!"

朱加水终于露出毒贩子惯有的狰狞面目,把卢雅琴气得发抖,说不出话来。她迅速下床穿上衣服,一屁股坐到沙发上发愣。不过,她多少懂得毒贩子的心态,到时候铤而走险,不见棺材不落泪以及负隅对抗等常是这些人的行径。心想,再劝他也可能无济于事了,干脆来一个了结,自己想办法先脱身才是。

朱加水经过刚才一番劳作累了,也不想管卢雅琴了,便躺在床上一睡到天亮。卢雅琴却睡不着,左思右想决定明天趁朱加水外出时,自己先跑。于是,她偷偷地打开手机给沈倩倩发了条信息。

第二天上午,朱加水果然出去了,卢雅琴马上收拾一下自己的东西,出门雇了一部摩托车驶往县城。不料,那摩托车司机很色,要卢雅琴跨坐在后面紧贴着,行驶中不时故意突然刹车,让卢雅琴的胸部碰一碰他的后背。心慌意乱的卢雅琴明知他是在耍流氓占便宜,却又不敢发火,只得忍气吞声地坐到县汽车站,车钱还一分不少。跳下摩托车后,她立即在县汽车站买了张去昆明市的大巴汽车票。

卢雅琴似乎松了口气,心想着可以踏上回家的旅途了。正当她焦急地排队进站上车时,突然,她的右臂被人死死抓住并往后拽,她回头一看,是朱加水,顿时脸色大变。

原来,上午朱加水出去一阵子时发现忘了穿一件容易藏毒品的衣服,返回房间时便知道卢雅琴不辞而别跑了,于是,他马上雇了一部的士,按照他的猜测追到了汽车站。果不出所料,他一眼就看见卢雅琴正在那里排队上车。

"走,回去。"朱加水怒叫着。

"我不回去。"卢雅琴边挣扎边应道。

"你休想回去。"朱加水边说边把卢雅琴推出汽车站大厅。

"你放开,我要回家。"卢雅琴也怒气冲冲地喊道。

"就不行,看你有办法没有。"朱加水又是一把将卢雅琴紧紧抓住并往外拖。

此时,卢雅琴再怎么也没力气了,只能边挣扎边被推上一辆等候在那里的的士,重新往他们住的那地方开去。

卢雅琴失踪的消息由收费所报告上去直到省公司,一连几天来全省高速公路系统上下都在寻找她。卢雅琴家里更是乱成一锅粥,父母亲哭哭啼啼直找到所里来，说是好好地在高速公路上班，怎么就失踪了。收费所林小芳及吴春玉、沈倩倩她们全班都心急如焚，到处打听都没有消息，不知如何是好，束手无策干着急。她们虽然报警了，可是，派出所也只能期盼能借助什么案子，如发现无名尸体、凶杀、拐卖、诈骗、越境等，才能得到一些线索，否则大海捞针一样，哪有那么容易找到人。

市公司正在考虑是否在社会上发布寻人启事。发吧，肯定动静很大，不发吧，找不到人怎么办？甚至还准备对社会发布她自动离职的通告。就在迟疑之际的一天，沈倩倩上完小夜班回到宿舍，打开手机看到一条卢雅琴刚在晚 11 点 58 分发来的信息，内容是："倩倩，请告诉班长，我在外面，还好，过两天回去。"

吴春玉这个班在所里恢复上班已经好几天了，人员除出院后的沈倩倩和处理完孩子后事的李美桦正常到岗外，卢雅琴和姜露娴的空缺，已经由所里统一调人替补。原来被破坏的票亭都已修葺一新，设施还升级换代了。市公司还发文表扬她们不畏强暴、勇斗歹徒、保护票款的精神，并给予每人增发一个月工资额的奖励。

沈倩倩看完信息，一阵兴奋，顾不得洗澡，马上去敲开吴春玉的房间并拿出信息给她看。自然，吴春玉心头上的一块石头落地了，只是说："这个死丫头，让人找得好苦。不知去哪里野了？"

"班长，那得赶紧向林所长报告吧。"沈倩倩提醒说。

"是，必须马上报告。我来打电话，不知所长睡了没有？不过，我敢肯定她还没睡，可能还在办公室。一个收费所所长事情多得很，何况林所长又是那么认真敬业的人，要不，怎么到现在还没有孩子。"吴春玉应道。

林小芳确实还没睡，因为，唐德武今天到所里了。他俩正亲密时，吴春玉来电话了，这不，好事又给打扰了。林小芳微笑着给丈夫做了个鬼脸，然后赶紧坐起来靠在床头，拿来手机按下接听键。唐德武则躺在一旁尴尬地笑着，当然，他会理解妻子，更不会抱怨。

听完电话，林小芳当即要求在卢雅琴回所里时，大家要以欢迎的态度对待，不要过于追究去哪里，慢慢来，可能事情没那么简单。

第十九章　女人之难

国庆节到了，这是个长假，更特殊的是国家通知节假日期间小车行驶高速公路实行免费政策，今年这个国庆节是小车免费通行的首次实行。对此，省、市高速公路公司都做了周密的安排，而处于第一线的收费所更不用说，林小芳给各个收费班从领会上级通知精神直到具体实施步骤都进行了认真的学习和细致的布置。

固然，高速公路系统对小车全免通行多有不解，但都局限于领导层他们出于考虑偿还债务和营运成本等问题，而对于收费员来说，收不收费关系不大，关系大的则是免费通行后出入高速公路的车辆如何做到有序和安全，这才是收费所的重大责任。

"有人说，免费通行了，我们收费员没事干了，也可以放假，这其实是个误会。我们知道，高速公路一旦免费通行，那所有的小车出行肯定都选择快速、安全、便捷的高速公路。这下子就好了，高速公路的车辆势必猛增，而且是成倍地增加，那时高速公路成了小车的'欢乐园''嘉年华'，随意上随意下而不付费，连那些没事的小车都会行驶到高速公路上狂欢一番，更不用说有事的小车。如此，将给我们收费所带来极大的困难和挑战，我们的收费员呢，不是没事干，而是责任更大，事务更忙。"林小芳在所里动员会上如是说。

"是的，7座以下免费，判断起来就有技术，要看得准准的，否则就可能会'六月里戴皮帽——乱套'。这样，我们收费员哪会轻松？还可能更辛苦。"刘莉珍认真地说道。

"上级要求我们在入口设置限高杆和悬挂醒目的指示牌，我马上安排去做。"

兰碧云说道。

"我们班的人员是这样的，生孩子的姜露娴，产假已经到了，国庆节前会回来上班，卢雅琴发信息说要回来，已经半个月了今天还没有到，还不清楚是怎么回事，如果国庆节前可以回来，那我们班就恢复到原来，临时抽调替补的两人就可以不用了。"吴春玉表示说。

"卢雅琴至今已经离岗好长时间了，我们也等她这么长时间了，理应作为自动离职处理，考虑到对她的事情还不明不白，等她回来再说吧。"林小芳严肃地说道。

"反正国庆节小车免费通行不是一件轻松的事，而是一个更严峻的考验。还有两三天时间，希望各位按照上级规定的细则做好准备，到时不要出差错就行了。"林小芳最后强调说。

至于卢雅琴，朱加水那天终于把她重新弄回房间了。他起初哭丧着求卢雅琴陪他一起等到这笔生意做成了再回家，可是，卢雅琴死活不愿意，坚持闹着要么他马上终止生意一起走，要么让她一个人先回家。然而，已经贩毒上瘾的朱加水哪肯放弃每一次赚钱的机会，同时也不同意放卢雅琴先离开。

"反正，你不能离开这里。要回去就等我做完生意。"朱加水坚持说。

"我就不，我现在就要回家。"卢雅琴犟嘴地应道，动手提行李再次准备离开。

"你不能走，否则对你不客气。"朱加水立即拦住并大声喝道。

"不要你管，我就要走。"卢雅琴一边说一边执意往外冲，只是不再拿行李。

这时，只见朱加水举起手狠狠地向着卢雅琴的脸上打去，把卢雅琴打得一个踉跄，差点儿跌倒。被气坏的卢雅琴一边哭叫着一边奋力地冲向朱加水与他厮打起来。被激怒的朱加水见状干脆一手揪住卢雅琴的头发，一手挥拳猛打卢雅琴的脸部、前胸和后背，顿时，卢雅琴鼻血直流、眼花缭乱。此时，似乎丧心病狂的朱加水又在卢雅琴的臀部和腹部连踢几脚。这一阵暴打后，卢雅琴倒地，再也动弹不得，昏厥不起。最后朱加水还不罢休，硬是肆无忌惮地把已经趴在地上的卢雅琴身上所有的衣服裤子都扯下乱扔一地，让卢雅琴赤裸着继续趴在地上。是的，卢雅琴一个女人家再犟再强也敌不过一个男人家，何况是个穷凶极恶的毒贩。

"你不是喜欢裸睡吗？现在就让你裸，有本事你再去跑呀，去裸跑呀！去裸奔呀！"朱加水喘着气大叫道。

朱加水打累停手了，可能也还有事，便带着钥匙关上门反锁后，不顾卢雅琴是死是活，离开房间出去办他的事去了。临走时还留下一句话给卢雅琴："如果你再独自跑，我就再这样收拾你，可能还要打断你的腿，让你永远跑不成。哼！"

朱加水离开房间后一段时间，卢雅琴好像有所清醒并感到全身疼痛，于是，艰难地爬起来找到面巾纸擦干鼻血，然后一步一颠地走进卫生间准备洗一洗。当对着卫生间的镜子看自己全身上下时，发现眼眶发黑，脸颊红肿，身上遍体伤痕，看着看着禁不住又是一阵抽泣。此刻的卢雅琴既委屈又无助，也许她在想，自己原本好端端的一个高速公路职工，现在竟然流落到这人生地不熟的地方来受人欺凌侮辱，而且还是她钟爱的男人，她真后悔当初自己有眼无珠。

后来几天，气头已过的朱加水曾经多次认错，还低三下四地哀求卢雅琴留下来继续陪他。为讨好卢雅琴，还买来好吃好用的给她，甚至，晚上睡在一张床上时，朱加水也尊重卢雅琴的意愿，不敢碰她。此时的卢雅琴心里明白，既然已经到了这一步，她与朱加水的情义已经荡然无存，今后也不可能嫁给这个毒贩了，她唯一的念头就是尽早离开他，离开这里。可是，朱加水对她看得很紧，天天出门时把她反锁在房间，一时找不到逃跑的机会。

终于有一天上午9点左右，朱加水接了个电话就急匆匆地出门了，倒是忘了反锁房门。卢雅琴见此情况，决定马上逃跑，于是，她没有再收拾所有行李，只简单带上一个手提袋、一两件衣服及幸好没有被朱加水收去的钱包、身份证等。卢雅琴出门拦了一部的士就往县城汽车站去，到了汽车站又马上买了一张即将开车且不问开往哪里的车票便上车了，不到一分钟，这辆车果真就开了。

卢雅琴这时候才松了口气，便问同座的女乘客这车是开往哪里。当得知这车并不是开往昆明时，她并不担心也不后悔，因为，她这时最紧迫的是离开那里，越快越好，越远越好，这样，朱加水猜不到她去哪儿，也找不到她。她准备随车到达后再想办法坐火车绕道回家，并且不想走昆明，怕朱加水追到昆明的机场或者火车站。

历经6天乘汽车、坐火车的一路辛苦奔波，已是灰头土脸、精疲力竭的卢雅琴终于在国庆前几天回到了自己市里的汽车站，下了车便顾不得什么疯一样地直奔家里。

国庆节前的 30 日上午，已经上完大夜班在宿舍睡觉的吴春玉迷迷糊糊中感觉有动静，她马上警觉地仔细听一听，果真是有人在门外开钥匙，而且又没叫门。是谁？自从卢雅琴失联后，多是一个人在房间，未免感到有些孤单，因此，睡觉时都是关门后反扣着，即使外面有钥匙也开不进来，这样，她会感到安然些。

吴春玉起身走到门的猫眼往外一瞧，发现是卢雅琴，于是一边迅速地拨开锁扣一边拉门，叫一声："小卢，是你呀？"

"是我，班长。"卢雅琴沮丧地回答说。

"这段时间你去哪儿？我们都在找你，都找不到。唉！你真是！"吴春玉又是喜又是气地说。

"原来我给倩倩发短信过。"卢雅琴回答说。

"那是十几天前的事了。既然这样，走，去告诉倩倩她们，我们刚上完大夜，都在睡觉，赶快告诉了她们，好让大家放心。"吴春玉催促着。

"好吧。"卢雅琴应道。

吴春玉带着卢雅琴敲开了沈倩倩和李美桦她们的房间，两人见是卢雅琴，不禁一阵惊喜一阵埋怨。

"雅琴，你去哪儿了？这么久也没消息，把我们全收费所甚至市公司的人都急死了。"沈倩倩没好气地追问。

"小卢，你什么时候回来的？"李美桦问。

"我是前两天回到家，今天才来所里。"卢雅琴低头应道。

"看你样子，这次去了什么地方回来？精神不振，脸色难看，是怎么回事？"沈倩倩又问，还用手摇了摇卢雅琴的肩膀。

实在难以隐瞒了，卢雅琴低着头，泪水像关不紧的水龙头一样直流淌，一会儿便干脆扑在桌子上哭泣起来。

三个人还不知是怎么回事，相互看了看，愣了许久。但她们立即明白，卢雅琴心里肯定有事或者受委屈了。

"小卢，是怎么回事？你说呀！"吴春玉扶住卢雅琴的肩说。

"是呀，你说说是什么事嘛。别哭了。"沈倩倩和李美桦同时劝道。

一阵劝说后，卢雅琴终于抬起头，看着大家说："班长，我对不起大家，对不起收费所。"

"有什么事对不起呀？除了你没请假离开外，还有什么吗？"吴春玉紧问道。

"我说不出口。"卢雅琴应道，又是一阵啼哭。

"哎呀，急死人了，快告诉我们嘛，你就知道哭，难受就说出来嘛。要不，我们不管你了，爱哭去哭吧。"沈倩倩催促着说。

沈倩倩这一激将起到了效果，卢雅琴再次抬起头，接过李美桦递过来的面巾纸擦了擦眼泪，喘了口气，平静些后，说："我把这段时间的事告诉你们，你们可不要笑话我，看不起我。"

"不会的，我们还信不过？我们都是收费所的姐妹，谁笑话谁，谁看不起谁呀，别瞎想了。"吴春玉劝说道。

"自从那晚我们被打，去医院后，我就跟着朱加水……"卢雅琴把这段前前后后恶魔般的经历一五一十地告诉了她们，只是把朱加水的贩毒说成了做生意。她怕一旦有什么事牵扯到自己，另外，她也不准备马上去告发朱加水贩毒，以免没事找事，她知道这些贩毒的人凶残得很。

267

"原来是这样呀，我早就对你那个人没有好印象，你还很认真呢。"沈倩倩埋怨地说。

"你去告他有家庭暴力。"李美桦气愤地说。

"他们俩又没正式结婚，也不好说是家庭暴力呀？"吴春玉说。

"管它结没结，反正打人了。"李美桦坚持说。

"现在身上的伤怎么样？还痛不痛？看看。"吴春玉关切地问。

"已经几天了，好了一些。"卢雅琴边说边慢慢脱下外衣，掀起内衣和胸罩，然后脱下裤子，指着各处给她们看。卢雅琴裸体惯了，不觉得害羞，自然得很。

"还有点瘀血，青一块紫一块的。"吴春玉指着说。

"这个家伙真残暴，总有一天会去坐牢。"沈倩倩愤愤地说。

看惯了卢雅琴全身肌肤的吴春玉，更是深有印象，说："原来小卢的肌肉和皮肤都细嫩细嫩的，现在成这个样子了。这个人真可恶。"

"雅琴，你这件事，我还得报告林所长，一是如实地将情况汇报，因为你离岗太久了，组织上要有一个说法，二是如果回所里上班，那牵涉到人头重新排定的问题，因为，姜露娴也准备在国庆节这一天回来上班。我准备马上就去找林所长，你看怎么样？"吴春玉说。

"这样也好，否则连公司都怀疑你了，因为你是擅自离岗的，现在要有一个交代。"沈倩倩附和着说。

"好吧，恳求班长帮我说说，我还是要回单位当收费员，这次对我的教训太深刻了，后悔死了。"卢雅琴表示说。

10月1日的大夜还是吴春玉她们当班，也正好是小车免费通行的起始时间。下半夜没有多少车辆，快到她们下班的早晨6点多开始就大变化了。

全社会都知道高速公路可以免费通行，人们原来笃信世上"没有免费的午餐"，现在看来，不但货真价实地有了"免费的午餐"，而且还有"免费的晚餐"及"免费的早餐"，一日三餐都免，这是天上掉下来的馅饼，不吃白不吃。于是，一大清早，收费所入口车道就开始拥挤了。起初，各个车道还是坚持每车发卡或者取卡，当车辆越来越多时，无形中发卡或者取卡这个过程就延缓了车辆进入的时间，为此，成了入口车道滞留车辆和发生拥挤的主要因素了，司乘人员大为不满。也许全省、全国都如此，电视台、广播、网络等不断地对这种管理方式进行"口诛笔伐"。吴春玉她们收费员对此也没办法，吴春玉安排了沈倩倩和李美桦在入口发卡，以补充自动发卡速度的不足。尽管她俩手脚麻利，发卡的速度并不慢，最终，还是在她们的入口车道上排起了等待进入高速公路的长长车队。

姜露娴和卢雅琴被安排在出口车道，不收费仅回收通行卡，偶尔兼顾收取不属于免费车辆的通行费，如中型以上的客车、货车等。

姜露娴因为是生三胞胎，连同事假一起总共请了5个月的产假。虽然三个小宝贝嗷嗷待哺，她还是考虑到收费班里人手不足，再加上听说卢雅琴不在，更坚定了她早日上班的决心，于是，说服了家里，毅然决然地赶在国庆节前来上班，因为作为一个老收费员，她最知道国庆期间收费所人手最缺，工作最忙。

卢雅琴的问题，在向林小芳汇报后，也请示了公司，同意在写一份情况汇报及检讨书后，国庆期间先上班，其余就待研究后处理，所以，吴春玉便安排她到出口车道。

这样，吴春玉带的收费1班人员又完整无缺，回归当初，吴春玉打心眼里高兴万分，因此，国庆第一天的当班，她格外兴致勃勃。

入口车道还是拥挤不堪，沈倩倩和李美桦还是那么认真地坚守着一车一卡的进入秩序，因为，这是上级的规定，她们只能忠实地执行，没有任何怠慢或者拒绝履行的权力，由此，也就引来车辆司乘人员的不解和责怪、起哄甚至谩骂，催促的喇叭声更是此起彼伏，不绝于耳。

"还拿卡？高速公路就是手段多。"

"国家通知免费了，还要拿卡，是不是高速公路要秋后算账收费？"

"你们高速公路就是死要钱。"

"既然免费了，怎么还需要拿卡？"

"如果不用拿卡，肯定会快些。"

"高速公路就是不甘心让我们免费。"

对这，沈倩倩和李美桦回答说："我们是严格按照规定办事的。"

"高速公路不会乱收费，请放心。"

"对不起，让你们久等了。"

"祝一路平安。"

吴春玉也同样站在自动发卡机旁，来一部车说一句"对不起"。

她们此时最急的是尽快放行车辆进入，至于责怪、起哄和谩骂已经无足轻重，只当耳边风不予理会。这也许是收费员在这种特殊岗位上练就的特殊承受能力和本事。

临近下班时，也就是快到早晨8点，林小芳带着刘莉珍、张温平急急忙忙地跑到票亭，找到吴春玉说："上级通知，准8时起全国高速公路入口一律放开通行不必拿卡。这样，出口也就没有通行卡回收了，进出口彻底放开通行。"

"听说这是交通运输部统一通知下来，全国一个样。"刘莉珍笑笑地插话说。

"哦，改变啦，像这种情况，早就应该不拿卡通行了，这样会快得多。"吴春玉应道。

"没有上级通知，我们谁也不敢放行，现在好了，这个任务就你们来执行吧。"林小芳要求说。

"好呀，过几分钟把栏杆抬起来，不再放下就行了。"吴春玉认真地应道。

"是，只留一个货车道继续发卡，其余几个自动发卡和人工发卡车道都把栏杆打开。"林小芳布置说。

"好，等会儿我也安排出口车道同样抬杆放开。"吴春玉说完就到各个票亭去找沈倩倩、李美桦、姜露娴和卢雅琴她们，转告通知并作新的安排去了。

几分钟过去，准8点时，各个车道同时将栏杆抬起，各收费员从票亭里走出，站在收费岛上向各部车子招手，示意不用停车拿卡就可直接上路了。

一时间，入口车道上的小车顺势一部接一部鱼贯而入，没有多少时间，原来滞留拥挤的车队似乎要疏松下来，可没想到在放开通行后，有些不符合免费条件的车辆也趁机企图进入高速公路，如7座以上的面包车、带后斗的小货车等，在被阻止进入时，需要加以解释和引导，在驾驶员不理解时还会产生摩擦或者纠缠不休等，这样又导致了入口新一轮的拥堵。这类车辆中有些是驾驶员对免费条件不懂，有些是故意想蒙混过关，还有些是对免费政策的不满。

即使小车不用在车道停车取卡而长驱直入，看似没有收费员的事，岂不知收费员她们照样必须坚守车道，认真看护好每一部车子进入，以免车子冲撞收费设施或者发生追尾事故等，根本没有闲着的时候。看着车子呼啸而过的心情远不如一部一部停车取卡再进入这种有序状态来得轻松。

吴春玉她们完成抬起栏杆任务后，2班也到票亭交接完毕。吴春玉她们本该下班，然而，林小芳当即要求她们暂时不要下班，以协助2班的同志一起做这些车辆驾驶员的解释劝导工作，等入口秩序稳定顺畅后再下班撤离。

这样的状况整整持续到11点才开始有所缓解，因为临近中午，出行的人有所减少，加上经过收费人员几个小时连续不断的解释劝导，已经有一部分不符合免费条件的车辆驾驶员明白，知道混不进高速公路而改走收费取卡通道去了。于是，在林小芳同意之下，吴春玉她们才在11点半下班，回宿舍简单洗刷及到食堂用餐后，便赶紧睡觉去了，因为，连续近12个小时的工作，确实让她们疲惫不堪。

收费所从来没有经历过这种的拥堵现象，林小芳虽然事先预料到一些情况，但没想到会这么严重，差点儿招架不住，幸好有两个班的力量来维持秩序，才顶住那非正常的井喷时段。

其实，城南收费所的出入口拥堵与北京上海等大城市的高速公路收费所的拥堵相比，显得微不足道，那些地方"人山车海"，密密麻麻的，那才叫壮观无比。然而，对整个高速公路管理来说，仅仅是一个方面而已。据唐德武给林小芳打电话说，高速公路上已经接连发生事故数起，造成数个路段主线不畅通或者堵车。堵车路段排起长长的车子，像是停车场，也像休闲处，被堵的司乘人员下车后在高速公路上围在一起聊天、打牌、遛狗，还有大妈跳舞等等，当通车后，那路段又成了垃圾场，废纸、塑料袋、矿泉水瓶、烟盒烟蒂到处都是。这一切着实让施救的路政人员及清扫的养护人员应接不暇，苦不堪言。

整整一个国庆长假，收费所都是在这样的紧张气氛中熬过的，与平时正常收费通行相比没有更轻松。高速公路职工难免对这样的免费通行政策有所抱怨。可是，今后每年凡国庆、春节、清明、五一等节假日都实行这样的政策，他们只能听命了。

国庆节一过，省里统一组织收费员参加由省人事和社会保障厅主考的职工技能鉴定，其具体工作是由省高速公路学会负责。

职工技能鉴定分为理论笔试和实际操作两项。对于一般收费员来说，只要把培训教材认真读一读，理论考试不会有问题，而实际操作是平时手和眼的本事，只要沉着应对，也能过关。这些对于沈倩倩和卢雅琴等新手报考初级工是这样，对于姜露娴、李美桦等老手报考中级工来说，也莫过于此，即使如吴春玉等报考高级工甚至技师，也是同样。

考试是严肃的。主考官由省人事和社会保障厅派员担任，监考是高速公路学会及公司领导担任，没有任何可以作弊和敷衍的机会。

接连两天的考试，人人都表现得轻松自如、井然有序，更没有违纪现象，人社厅的主考官很是满意。事后公布的成绩，城南收费所全所职工都及格过关，尤其是沈倩倩和姜露娴她们的成绩，在全省都排在前面，特别是沈倩倩理论考试 100 分，实际操作也是 100 分，成为全省唯一的双百分状元，引起全省高速公路系统的极大震动和关注。这下子让林小芳喜出望外，脸上有光，这也许跟她曾经担任收费员培训班教官有关，也是她懂得组织、善于辅导的结果。

"妈妈，我们所那个沈倩倩在职工技能鉴定考试中，考了两个 100 分，理论 100 分，实际操作 100 分，你说厉害不厉害?"刘莉珍在一次回家时告诉了她的妈妈。

"哦，很厉害嘛。你今后说话别那么刻薄，什么'我们所那个沈倩倩'，又不是我不认识倩倩。"妈妈听后马上应道，脸上明显有些喜悦并掺杂不悦的神色溢出。

"哇，看妈妈的高兴样，如果是你的女儿考得这个成绩，你会高兴吗?"

"废话，同样高兴嘛。可惜你没有呀！"

"那是，我不用考。这是她们收费员才考。"

"如果你去考，说不定也能考双一百呢！"

"那一定会。保证给妈妈长脸。只可惜，那倩倩的爸爸沈伯伯不在这儿，分享不到他女儿的荣耀。"

"那我们也同样为她感到骄傲。"

"那不一样。那是'披西装穿草鞋——不相称'，她是她，我是我。"

"谁说，还不是一样？你看你住院时，她爸爸对你也不错吧！"

"那是，那是。妈，我还听说，这次所里选拔所长助理时的测评，她的票数和我的一样。我真想不通，一个普普通通的收费员，而且参加高速公路工作不久，在全所的职工中有这么多人拥护而投她的票，竟然还和我的一样多。"

"哦，有这样的事？那说明人家倩倩确实表现不错，很突出，才能在所里出人头地，被人家认可嘛！"

"那我有些不服气。我在高速公路收费所干了那么长时间，还不如一个刚刚到高速公路上的大学生？她只是会唱歌罢了，有些知名度，连市公司和省公司的人也都知道。"

"这不能拿参加工作时间来衡量，职工群众肯定拿一个人的实际表现来看，眼下这个人突出，人家就对她有好感，就拥护，并不奇怪呀。"

"我也听说上级很快就会来宣布谁是助理了，我想我会赢过她。"

"你能被选拔上，妈祝贺你，但对倩倩你不能另眼看她，不能妒忌，不能这样去比人家，要大度，要虚心，即使今后当上助理也要谦虚。"

"好啦，我记住了。"

"你要把她当妹妹看，人家这么远来这儿，父母又不在身边，你要好好对她，关心她才是。"

"哎哟，妈妈真的用心了。"

刘淑英心中的秘密，刘莉珍自然还不知道。刘淑英也怕女儿性格好强而亏待了沈书明的女儿，所以，自知道沈倩倩是沈书明的女儿后，已经明里暗里通过自己的女儿在关心沈倩倩，只是两个女孩子都不知情而已。

"妈妈，我今天又想问，究竟生我的父亲在哪里？我已经长大了，你要告诉我嘛。"不知怎的，刘莉珍突然又再次问及她多年想知道的人生大事。

"这丫头，又要问了，一年到头你问过多少回了，我早已告诉你，生你的父亲在国外，他不回来了，把我们抛弃了。我还是这句话。"刘淑英有点不耐烦地应道，但她这次的回答显然少了以往回答女儿提问时的底气。

"我还是不太相信，一个男人会这么久不理不睬他曾经爱过的女人，也不爱他的骨肉。"刘莉珍埋怨地说道。她确实已经长大，不像孩提时代，刘淑英可以对她哄哄骗骗或者躲躲闪闪了。

"我也不知道人家怎么想。等你再长大了，或者成家了，他就会来找我们了。好了，不要再问了好不好？"刘淑英只好淡淡地应道，她不想多说了。

"妈妈你肯定知道，但你不告诉我。如果你再不告诉我，那我就问爸爸去。"刘莉珍执意地说。

"你别乱来，你爸爸这么疼你，你却去问这个，这让你爸爸多伤心。"刘淑英急了，劝说道。

"那你又不告诉我。"刘莉珍赌气说。

"真的是那样，你快成家吧，尽早与杜建国把婚事办了，可能他就自然会来祝福你们了。"刘淑英似真似假地说。

"真的吗？那我就去准备。不过，到时候真的出现了，我也不会去叫他，我还是爱我现在的爸爸，谁叫他当年把我们抛弃了。"刘莉珍既高兴又不高兴地应道。

"先别这么说。"刘淑英有意劝解说。

"妈妈，还有件事，求你帮忙。"刘莉珍又想起一件事说。

"什么事？"刘妈奇怪地问。

"是这样。省公司号召各个收费所要搞生态所建设，就是要求所里利用一切空地搞绿化、种蔬菜、养殖什么的。林所长把这个任务交给我来负责。"

"你负责就负责嘛，是好事呀，是林所长信任你。"

"那是，只是我对这个活不太懂，一不会种树，二不会种菜，所以要你帮帮我。"

"怎么帮你？"

"你小时候跟着外公外婆在农村长大生活，也回乡当过农民，你肯定会种树种菜之类的，所以，到时候我要你来所里指导我们种和养。"

"哦，就这个呀，可以，妈当年是生产队的青年突击队种田能手，可以教教你们。"

　　生态所建设确实是省高速公路公司的要求，即在收费所范围内凡有成片闲置地或者适宜种养的房前屋后，均要进行绿化美化或者养鸡养鸭甚至养猪养鱼等等多种生态养殖活动，一方面可以使收费所更加美观漂亮，另一方面可以让职工改善食堂生活并且节约费用。此举深受职工欢迎。多年来全省各个收费所都开展得有声有色、深入人心，还涌现出诸多生态建设先进的收费所，如南雅、东峰、新泉等，这些收费所要么有小桥流水，花香鸟语，如园林仙境，要么鸡鸭成群，果蔬鲜嫩，农副产品丰富。这些生态建设除上级公司有少量经费补贴用于购买无法自办的材料外，其余都是由收费所职工自己一双手利用下班后的休息时间打造和种养起来的，它的成果凝结了收费所职工的汗水。刘莉珍未调来之前就在南雅收费所，当时她在所里仅是跟随班长去做的，至于什么季节该种什么菜，又如何除草施肥，怎样种树栽花草，她并不管事也不懂得。现在可不一样了，林小芳要她负责开展这项活动，显然跟在南雅收费所非同一般了，没一点儿栽种知识肯定不行，所以，她要请妈妈帮忙指导。

274

　　姜露娴在国庆节前来上班时，孩子还在喂奶阶段。姜露娴身体保养得比较好，加上坐月子时婆家和娘家的精心照料，奶水充足，因此，平时两个乳房都充盈得饱满亮光，只要孩子有需要，她随时可供应，再补充些奶粉、米糊等，把3个小宝贝养得胖乎乎的，也把一家人乐得喜滋滋的，直夸姜露娴是个好母亲。

　　姜露娴的产假结束该去上班时，如何上班和哺乳孩子两不误，成了一家人的纠结。她曾经设想跟吴春玉当年一样把孩子带到收费所同住，既可上班，又可找机会回宿舍喂奶，但是，吴春玉是一个孩子，妈妈跟着，好办，而自己是3个孩子，妈妈或者婆婆一个人跟着到收费所带孩子肯定不够，如果妈妈和婆婆都住到收费所去，不管是房间还是其他各方面条件既不容许也不现实。她又曾经设想过孩子住家里，自己从收费所到家里来回跑，但一天两天可以，碰到当班时有特殊情况，就不可能那么如意了，比如当孩子饿得嗷嗷叫时自己却在收费所，孩子没得吃，当自己乳房奶水足了发胀时孩子却不在身边，无法得到及时排挤，还要忍住胀痛，久而久之很可能会引起乳腺炎。想来想去，最后，还是姜露娴自己想到一个勉强可以两头兼顾的办法，也是借人家的办法，即乳汁冷冻储存后下班再喂。是的，这个办法可以说是在哺乳阶段的女收费员迫于上班和喂奶双重压力下做出的无奈选择，这在女性占多数的高速公路收费员中常常被用上，姜露娴也早就听说过。

于是，每天上班时，姜露娴如果感到乳房发胀了，先是忍一忍，实在是忍不住了，就向吴春玉请假告知。如遇车辆多了就由吴春玉顶替，如遇车辆较少时，就干脆关闭车道，然后迅速跑回宿舍关上门，拿出专用塑料袋，解开衣服掀起胸罩，用手掌抓住乳房对准袋口挤，挤完左边再挤右边，直到挤出数百毫升奶水并且感觉乳房舒缓了方才松手，然后，小心翼翼地密封好放到食堂冰箱冷藏，待到下班时再带回家喂孩子。就这么个过程需半个小时不止，因为挤奶水不像开水龙头能够哗哗直流，而是一滴滴地积存。这是母体的养分，生命的源泉，来不得随意糟蹋和流失。像这样的挤奶，姜露娴起初上班时奶水充足一天可挤两次，下班回家时装了满满两袋，别说能把3个孩子喂得饱饱的，起码她们也不哭不闹了。

可姜露娴的好景不长，也就是一个多月后，不但腰围瘦了一圈下来，而且明显感到乳房不像以前发胀得有痛感，往外挤奶水时，喷射的力度和数量也有所减弱，最终只能一天一袋了，也就是说姜露娴的奶水减产了。其实，这也难怪，似乎是必然的事，因为，人们常说的"艰难困苦"四个字，收费员必须样样承受，谁也无法躲避。就说艰，即艰辛、艰巨，两只手忙个不停，腰酸腿疼脚麻木的同时，嘴和鼻孔都会不停地吸入汽车尾气，两侧耳朵还长时间地处于汽车噪音中，用"如雷贯耳"形容再恰当不过了；再说难，即难熬、难缠、难点、难事等等都会碰到，有时还得绞尽脑汁或者硬碰硬去解决；还有困，即困惫、困倦，特别是临近下班前或是大夜班的凌晨时，更是睡眠不足困乏至极，忍受着劳累的煎熬；至于苦，"三班倒"不言而喻是最大的苦，身、心都要承担。由此，高速公路收费员个个怎不引起心理和生理变化？尤其女收费员更甚，食欲不振、月经紊乱、面无血色是她们的通病，何况姜露娴的另一肩还得挑着3个孩子的沉重负担。无疑，经过一段时间后，姜露娴从一个白白胖胖的月子婆，很快便干瘪成准黄脸婆了。

"露娴，要不你还是请事假专职在家带孩子，等到孩子周岁断奶后再来上班吧。"吴春玉劝说道。姜露娴自国庆节前上班以来的身体变化及喂养孩子的辛苦，作为一班之长及老大姐的吴春玉看得清清楚楚，也深有体会，于是，怜悯之心油然而起。

"没事，我可以坚持，奶水不够家里已经用奶粉补充，没问题。"姜露娴苦笑着回答。

"我看你近来很累，跟刚坐月子出来的身体大不一样，可能3个小宝宝也跟着你受苦了吧？"吴春玉关切地说。

"有时候会饿得哭喊，老大最厉害，老二、老三还好些。他们饿了，只好喂奶粉。"姜露娴说话间两眼有些泛红。

"吃奶粉习惯吗？有些孩子不适合，会拉肚子。"吴春玉问。

"是，刚开始都会拉稀，因为都没吃过奶粉，不适应，后来慢慢好多了，现在没什么问题了。"姜露娴应道。

"那你自己还是回家去调养好些，这样既保证大人身体又能保障孩子的营养，因为你是3个呀，不像我们就一个好办。"吴春玉还是劝道。

"不用了，我们收费所越到年终越忙，我不好离开，再加上越到后面奶水也可能越少，当我没奶水挤的时候，孩子全吃奶粉了，我也就不用这么折腾了，专心上班就是了。"姜露娴执着地说。

"看你说得轻松。我想我这个意见，美桦和倩倩她们都会赞同的，大家都在关心你和3个宝贝孩子呢。"吴春玉还是坚持说道。

"班长，你和全班姐妹都关心我，我都知道。谢谢大家了。我会照顾好自己和3个宝宝，请大家放心吧。"姜露娴感激地说道。

"那好吧，我尊重你的想法。今后如果需要照顾孩子或者其他什么事的时候，你说一声吧。"吴春玉拗不过姜露娴了，只好一再嘱咐道。

一个热爱高速公路事业的女人，可以如此无私地奉献，怎不令人敬佩？

第二十章　无法逃避

国庆节过后，林小芳从多方面渠道得知刘莉珍和沈倩倩与各自的男朋友都处得很好，而且还确定了关系，于是她准备再促她们一把并萌生了一个特殊主意。因为，林小芳自己最了解女收费员的诸多苦衷，对象难找是其中之一，若不抓住机遇，或者拖延时间，就先别说一事无成，也可能会好事多磨，有些女收费员就是这样失去机会，成为大龄青年甚至婚姻困难户，影响一辈子。至于想到的一个特殊主意则是准备鼓动几对谈恋爱的收费员在收费所举行集体婚礼，以展示收费员的团结、奉献和乐观的精神。

"莉珍，听说你与杜建国的事说好了，是吗？"林小芳特意把刘莉珍叫到办公室笑笑地问说。

"还算可以吧。"刘莉珍漫不经心地应道。

"什么叫还算可以呀，直接回答是不是。"林小芳要求刘莉珍直截了当地回答。

"是。"刘莉珍被逼得只好一本正经地回答。

"哦，我听说你妈催你赶快结婚，是吗？我也觉得你老大不小了，杜建国不错的话，就把婚事办了吧。"林小芳劝说道。

"是，我妈催着办，我也在考虑什么时候办。反正'发洪水放木排——赶潮流'吧。"刘莉珍略为兴奋地应道。

"这就对了，有好对象就要抓住不放，一旦错过了后悔都来不及。我们收费所不是城里的单位，都在郊区，又是'三班倒'，很多男的就担心我们没法照顾家庭，不想找我们收费员，这你都知道。"林小芳继续说道。

"那些男的看不上我们，我们才看不上他们呢，有什么了不起呀！要不是杜建国一直对我好，我也不一定会愿意。"刘莉珍笑着说，脸上明显有得意的表情。

"就是嘛，人家杜建国就是不错嘛，你也才会喜欢上人家。"林小芳赞扬地说。

"那是。"刘莉珍又是得意地应道。

"那我建议你们今年的元旦后春节前这段时间来办婚礼好不好？"林小芳进一步说道。

"不行不行，我还什么都没准备好。到时候可能'筛子当水桶——漏洞百出'呀。"刘莉珍匆匆地应道。

"没关系，还有好几个月时间呢，我们所里帮你做准备。比如婚礼仪式、花生喜糖、伴娘和新娘房以及办几桌酒菜等，都由我们所里安排。"林小芳认真地说道。

"什么？那不等于在所里结婚？"刘莉珍惊讶地问。

"就是这个意思，一方面我们想趁机促你一下快点成家，另一方面所里也通过举行一次有意义的活动，增加全所职工的凝聚力。"林小芳动员说。

"这样不好吧。太为难你和所里了，会给大家添麻烦的。"刘莉珍不好意思地说。

"不会的，为职工办实事是我的责任。你马上和杜建国商量，我想他会同意的，如果不同意，我就去找他说。"林小芳坚定地说道。

"这样啊，让我想想，太突然了。"刘莉珍应道。

"还想什么呀，这样你妈肯定高兴。还有，我告诉你，我还准备动员沈倩倩以及3班和监控班的两位一起办，你们4对人来个集体婚礼。"林小芳进一步说道。

"哦，小芳姐真会想。那沈倩倩也挺适合的，反正她爸妈都不在这里，她那个交警男朋友对她可好着呢！"刘莉珍笑笑地说道。

"这件事我还没给她说，我是先给你说。我相信她也会同意的。"林小芳自信地说。

"好，我跟杜建国和我妈商量，明后天答复。"刘莉珍乐呵呵地应道。

接着，林小芳又走进宿舍，直接推开沈倩倩房间的门。

沈倩倩和李美桦正上完白班回到房间，准备洗一洗，见林小芳推门进来，赶紧迎上前去同声问道："所长，到我们宿舍来检查啦？"

"不是来检查，是来看看你们，想给倩倩说个事。"林小芳笑容满面地应道。

"找我说事？"沈倩倩诧异地问。

"是呀，找你。"林小芳笑笑地说，坐到床铺边。

"什么事？所长。"沈倩倩感觉问题不小，追问道。

"不是公事，也不是小事。是这样，听说你那个交警朋友正在催办结婚，有这事吗？"林小芳直接问道。

"哦，你怎么知道？"沈倩倩不好意思地一笑并反问道。

"我当然知道，你们这些姑娘们的事我还能不知道呀？那还当你们的大姐呀？"林小芳也笑笑地应道。

"是有这事，不过我还没和我爸妈说。"沈倩倩应道。

"我看也可以了嘛，不用等了，赶紧和爸妈说说。只是也给你爸妈和男朋友说说另一件事，就是你们的婚礼放在所里，我们来给你们办，怎么样？让全所的姐妹们来为你们庆贺庆贺，热闹热闹，好不好？"林小芳认真地说道。

"我还想等明年工作一年后再说呢，我觉得还不急，不过我那男朋友是有这意思，他说他家里一直在催。"沈倩倩也认真地应道。

"倩倩，有机会就要把握，我们收费员的条件经常被社会嫌弃，什么三班倒，什么黄脸婆，什么工作在乡下，还有吸废气影响生孩子等等，闹得我们的女收费员嫁的男人家，不是对我们有怨言就是不圆满，我在高速公路上见多了。你这位交警朋友不论是工作还是外表或者对我们高速公路收费员的理解，都没有什么可挑剔的，要赶紧抓住别让他跑了。"林小芳劝说道。当然，这是林小芳的肺腑之言，也是她的切身体会，在高速公路工作时间长了，她什么情况都了解，如此好心劝说确实是出自真心的。

"倩倩，我看所长说得对，有这么个交警朋友，还是趁年轻点结婚好，生出来的孩子也健康，不要耽误了。"李美桦插话道。

沈倩倩虽然不是了解得太多，但也多多少少听说过女收费员成家、养家、管家的不易，经林小芳这么一说，心里多少有所波动，她也不想让董弘光飞了。因为，通过住院那次体验，她太需要有一位亲人陪伴在远离父母的这个地方。

"谢谢你，小芳姐，我马上跟我爸妈和小董商量一下。"沈倩倩思忖几分钟后说。

　　"好的，争取在元旦后春节前这段时间吧，到时候我们全所好好地张罗一下，办得热闹些，为你们新人祝福，办完婚事又要进入大忙时段了。"林小芳感慨地说道。

　　"太好了。"李美桦说道，脸上也露出许久不见的喜悦。

　　"哦，还得告诉你的是，我也动员刘莉珍了，希望你们一起办，还有3班和监控班两对人，共4对，是一次有意义的集体婚礼，怎么样?"林小芳差点儿把这样的设想忘了，赶紧补充说。

　　"哦，这样呀，那也好呀! 有伴。"沈倩倩惊喜地说道。

　　"你会不会觉得不方便呢?"林小芳再次问道。

　　"不会的，我愿意，反正在这里我没有亲戚。"沈倩倩爽快地应道。

　　"好，争取成功。"林小芳兴奋地说道。

　　"谢谢，小芳姐。"沈倩倩说道。

　　"哦，美桦，有没有跟你爱人商量再生一个孩子?"林小芳突然转身问。

　　"还没有。唉，心里还没有转过来，有时候下了班，还是会想着豆豆。"林小芳苦楚地低头应道。

　　"是，别说你，就是我们也忘不了豆豆，可也得面对现实，如果行的话，还是再生一个吧，别像我一样，难等呀!"林小芳深有苦楚地说道。

　　"所长，你结婚那么多年了，我们也为你着急呀。怎么……"李美桦欲言又止，不好再说下去。

　　"是呀，我也知道大家都为我着急，可是刚结婚那阵子真是为了事业，为了进步，我和唐德武，一个人在收费所，一个人在路政，两个人聚少离多，错失很多机会。现在这么一大把年纪了，就更难了，德武他家还催我去吃什么药，或者搞什么人工受孕等等，他家里人当然也包括我爸妈他们都急得没办法，现在也不再一个劲地唠叨了。再说了，咱们收费所刚组建不久，很多事得做，没有太多时间去想这个，顺其自然吧。"林小芳向两位同事诉说着自己的苦衷。

　　"所长，你也要想想自己的事，别一心想着我们的事，我们还年轻，还有时间考虑和去完成，你可就不一样了，一年年不一样的。"沈倩倩也急着说。

　　"再急也没用呀! 总不会去吸个南风就能生一个孩子出来。"林小芳笑呵呵地说。

"是呀，反正我们收费员命苦。"李美桦哀叹道。

"那也不完全，好多行业比我们更艰苦，只是我们把握时机不对，耽误了一段时间，所以我才会来劝倩倩和莉珍要吸取我们的教训，早点把大事办了，成家立业两不误，千万不要重蹈我们的覆辙。"林小芳感叹道。

"是呀，倩倩更要用心。"李美桦说道。

"谢谢你们关心。"沈倩倩应道。

"好了，我该走了。"林小芳说完，正准备离开宿舍回办公室去，刘莉珍来了个电话，报告说票亭那边，一部载有鲜活农产品车辆出口时有激烈争议，请求帮助解决。

运输鲜活农产品车在公路包括高速公路上行驶，享受免费，无须交纳通行费，公路部门开辟"绿色通道"来保障所运农产品既"鲜"又"活"，这是去年底国务院做出的重大决定。城南收费所自开通以来执行此规定没有发生什么争议，即使有个别问题，各班也能及时处理，怎么今天竟有需要所里出面解决的争议？林小芳心里想着，就直接奔向收费棚去了。

"所长，这部车是从江西入境，要求按鲜活农产品车免费。听说刚才司机不但不接受检查，还谩骂甚至想动手打我们收费员，太不像话了。"先一步到达收费票亭的刘莉珍转述 2 班收费员的说法向林小芳报告道。

眼前这部大货车，有 5 轴，车体又高又大，刚才过磅后重达 45 吨，驾驶员和另一个像是货主模样的人都声称运载的是农产品，要求免费通行。对此，收费员按照惯例将车辆引导到收费外广场进行检验，如果合乎条件方能给予免费放行。但是，当收费员要求驾驶员打开车厢后门检查时，发现其所运载货物与载重有明显疑点，于是要求驾驶员卸下一部分农产品查看车厢内层，被驾驶员他们拒绝而发生争议并僵持不下，2 班班长只得请求所部帮助处理。

"我们觉得这部车载重量与产品数量不成比例，这些农产品不会那么重。可他们刚才还那么凶。"2 班班长补充报告说，说话间觉得有些委屈。

"知道了。"林小芳应道。她当然一看就明白，一些驾驶员的不规矩伎俩她都清楚。

"师傅，你的车运的是什么？一纸箱一纸箱的。"林小芳走近问驾驶员。

"西红柿。"驾驶员没好气地应道。

"确实是西红柿。"另一个人也应道。

"整车都是吗?"林小芳又问。

"是呀!"驾驶员不耐烦地应道。

"都是。"另一个人也说。

"师傅,国家有规定,如果要求免费就必须一整车都是运载农产品,否则不行。现在按规定我们是要验证,如果一车全部都是西红柿,那就可以免费,否则就不能享受喔。现在我们不能仅仅看你车厢外面一层纸箱,还要检查车厢里面,需要你卸下外层一部分后再看看。"林小芳耐心地解释说。

"有什么好检查嘛,你看看就行了,要卸,你们去卸。"驾驶员还傲气地应道。

"那行,师傅我们自己来卸。"刘莉珍显然有些急了,在边上应道,并转身叫班长把专用的梯子拿来架好。

"师傅,我们就卸了。"林小芳说道,同时命令刘莉珍开始卸货。

于是,刘莉珍凭着矫健的身子,利索地一脚就跨上梯子,把车厢外层的第一箱西红柿搬出,在林小芳及其他两个稽查员的配合下传递到地上,接着再一箱一箱地卸下垒起来。当卸到里面第三层时,刘莉珍立即发现里面是一台台体积很大的木框,木框里是机器。也就是说这部车里面装载的是机器,外面为了掩人耳目堆载了三层的西红柿纸箱,企图以农产品为掩护获得免费通行的待遇。由于机器的铁质比重远远大于西红柿的比重,所以,一整车的西红柿重量肯定不可能达到45吨,这才引起收费稽查员的怀疑。

不用继续卸了,刘莉珍"蹬、蹬"几步就下了梯子。

"师傅,你并不是整车西红柿吧?"林小芳转过身来正想对驾驶员说,可惜驾驶员已经不知去向。

其实,就在刘莉珍准备拿梯子上车检查时,驾驶员和货主就没有底气了,他们知道要露馅,不好意思待在车边陪着检查,溜到远远的一旁去抽烟了,原先的那股气势汹汹的劲头也不在了。

"哎,师傅,问你呢。"刘莉珍走到那个驾驶员身边叫道。

"好了,算我错了,没有整车是西红柿,里面装载了几台机床。算了,我同意补交。"驾驶员丧气地说。是的,他已经觉得蒙混过关不成了,只好承认并同意缴交通行费。

货主也无声无息了，站在一旁丧气地看着。

"什么算我错，你明明就想偷漏嘛。我告诉你，这叫作'挑沙填海——白费工夫'，还能逃过我们的眼睛？而且，你们还敢那么凶？"刘莉珍不饶人地说了驾驶员一顿。

驾驶员只好低头不语，猛吸着那截已经很短的烟头。

"师傅，请你到那个票亭去把通行费缴了吧。"林小芳对驾驶员说道。

"好。我就去交。"驾驶员应道。

"你先去缴通行费吧，我们帮你看着西红柿，我们也不会拿你的西红柿，等你交完回来，我们还可以帮你装回车上。"刘莉珍热心地说道。刘莉珍就是这样的性格，敢说敢干，直率热心，她见驾驶员认错了而且肯补交了，气也就消了一半。

果真，当刘莉珍查看了驾驶员已经缴交 2906 元的通行费票据后，招呼几个稽查员帮助把卸下来的数十箱西红柿重新装回车上。

"谢谢。"驾驶员发动车子后苦笑着向刘莉珍她们招呼道，然后像挨过训的孩子一样缓缓地离开广场。

"妈妈，我准备明年结婚了，你看怎么样？"刘莉珍回到家就对她妈妈笑嘻嘻地说。

"好呀，今天怎么如此开窍？"刘妈高兴得反问起来。

"不是我开窍，是我们林所长动员的，还说邀沈倩倩一起在所里办个集体婚礼。我想也好，一来最合乎你要我尽快办的愿望，二来也可以省事，不会铺张浪费，反正杜建国家里也不是很有钱。"

"这好呀，确实是开窍，想得多好。你给建国说了吗？"

"没有，没有妈妈的意见，我哪会去先说，妈妈永远是我的第一。"

"好，妈妈同意了，赶紧去给建国说，我相信他也会同意的。不过……"刘淑英欲言又止，她心中忐忑不安地想着一件事。

刘淑英刚才听女儿说是和沈倩倩一起办婚礼，那沈书明肯定得来，如果来了，那面对两个女儿同场婚礼，该怎么办？两个都是亲生的，他该怎么办？还有，她曾经答应女儿说，结婚时生父自然会来，现在该怎么办？该向她公开那个秘密吗？另外，她现在的丈夫该怎么办？一连串的困惑漂浮在刘淑英的脑海里，让她纠结不已。

"妈妈，你说过等我结婚时我的生父会来的，怎么样？怎么通知他？我想看看这个不管我的父亲他长得啥样。"不等刘淑英回过神来，刘莉珍已经在追问了。

"是答应过你，你也别急，你还是赶紧去跟建国商量吧，其他的事不用你瞎操心，那是大人的事。"

"喔，我还是小孩呀，都三十好几了。"

"没有结婚之前在爸妈眼里就是小孩，结婚成家后才是大人。"

"好啦，世上就是妈妈好。"

"沈倩倩她那里怎么样？"

"我怎么知道？林所长又没有给我说，看来妈妈还是对沈倩倩有心，对吗？"

"是你刚才要和沈倩倩一起办的，我就随便问一下嘛，你妒忌啦？"

"哪敢，我也是随口说说。不过她爸妈到时候都来参加，真是团团圆圆了，而我呢，不知道会怎么样？"

"你也一样团团圆圆嘛，你的爸妈现在就在你身边。"

"那是啦。"

听得出来，母女俩的对话，都话中有话，既有难言之苦，又有万分期待，可谓五味杂陈。

当晚，沈倩倩也在电话里与远在青海的爸妈谈论婚礼的事。

沈书明当然没意见，一是女儿嫁回家乡，而且就在刘淑英的市里，有事还可能可以关照，二是他见过董弘光，被他认可，倒是沈倩倩的妈妈说，太突然了，连女婿的面都没看过，就要结婚了，要求起码让她看一下长什么模样。

妈妈这样的要求并不过分，不过沈倩倩觉得如果陪着董弘光去青海见面，别说董弘光，就是自己也走不开，请妈妈来一趟绍柏市，也让妈妈太累了，不忍心，所以，最后与妈妈达成一个办法，就是发几张董弘光的半身的、全身的、正面的以及侧面的照片给妈妈看，叫爸爸一旁给妈妈做解释。无奈之下，沈倩倩的妈妈只好同意从照片上认女婿了。

同样，当从女儿口中得知要与刘莉珍同时办婚礼时，沈书明的心中也波澜起伏，心神难以平静。没错，他与刘淑英想到的一样，如何在婚礼现场面对两个女儿？一个女儿明明白白，一个女儿不明不白，两个女儿间又毫不知情、蒙在鼓里；更是纠结的是，自上次回来后至今，他还不敢对妻子谈及自己有一个女儿这件事，毕竟相隔两地，可以避而不谈。如今，该如何向妻子交代说明这一切？这段沉淀了多年的秘史，是揭秘还是不揭秘？如何揭秘？事情来得太突然了，30多年后才来，他根本没有这方面的思想准备。

沈书明左思右想，首先从自己的情感指数上来判断，对这个突如其来的女儿，他无法控制住爱女之心的冲动，因为，在遵守"一对夫妇只生一个孩子"政策的无奈年代，他只能有沈倩倩一个，今天却从天而降地给他又送来一个女儿，而且还是自己的血脉，这怎么能不叫他暗自窃喜甚至欣喜若狂呢？在婚礼上，他对突然增添一个女儿的这种幸福与激动，无论如何也难以控制。

既然如此，他考虑再三，几天后不得不鼓起勇气先期做出了一个抉择。

"老伴你看，这就是董弘光，还精神吧，倩倩的眼光还是可以信赖的。"那天晚上，沈书明打开电脑把当天女儿传来的照片调出让妻子看。

妻子一张张地仔细瞧着，没有说话，不过，脸上不时流露出丝丝笑容。

"挺好，不错。倩倩的眼光当然不差，像我。"妻子看完几张后笑笑地说道。

"当然，你的眼光肯定很好，否则当年会要我？"沈书明奉承着说。

"这是在夸你自己还是在夸我呀！真会钻空子。"妻子边看边笑笑地说。

"那你也没意见啦？"沈书明问道。

"告诉倩倩，妈妈也同意。"妻子喜滋滋地应道。

"就这么定了？"沈书明接着问道。

"定了。"妻子同时应道。

"哦，这张是倩倩住院时她那个同事的男朋友给拍的。"沈书明翻着沈倩倩与几个同事的合影照片说。

"就你回来时说的一起住院的叫刘莉珍的那个孩子？"妻子问道。

"是呀，这就是刘莉珍那孩子，你看。"沈书明指着沈倩倩身边的刘莉珍说道，只是一边说一边心里在打鼓。

"哦，现在才看到，长得挺高，也俊。"妻子看着照片称赞道。

"这个孩子已经三十好几了，现在才准备办婚事，她整整比倩倩大7岁。"沈书明说道。

"你怎么知道得这么清楚？是7岁？"妻子随口问道。

"哦，这个……当时听她妈妈说过。"沈书明忐忑地应道，灯光下脸上明显有些涨红。

"这是她妈妈？看年纪比我大一两岁吧。"妻子指着照片问。

"是。她叫刘淑英。"沈书明应道。

"哦，名字你都知道呀！"妻子问道。

"是的，这次偶然碰到她，我原来上山下乡时就在她的大队，而且还安排住在她家里。"沈书明赶紧应道。

"那你们早就认识了吗？"妻子问道。

"对，在她家住了将近一年，不仅认识，我还与她谈过恋爱。"沈书明淡淡地应道，同时眼睛盯着妻子看什么反应。

"什么，你还与她谈过恋爱？有这事呀？"妻子惊奇地反问道，接着又说，"不过也不奇怪，那时候你们都是年轻人。"语气却平缓了些。

"是，那时候大家年纪不大，不懂事。"沈书明应道。

"不懂事，还能谈恋爱。谈了多久？怎么原来没有听你说过？"妻子的眼睛似乎有些也斜地看着丈夫笑着说。

"不到一年吧，我就上学了。"沈书明应道。

"在学校有没有继续谈？"妻子追问道。

"通了一封信，然后就断了联系，相互都不知道情况，快30年了，直到这次在倩倩的病房里碰上。"沈书明应道。

"为什么就一封信呢？后来为什么就没联系了呢？"妻子温和地再问道。

"都是那时候我们军工学校的保密制度给影响的，这个你也知道。唉，这事当年我也告诉过你呀，你忘了。"沈书明应道。其实，二三十年前有没有告诉对方，他自己都记不得了，趁这个机会诈一下未必不可，免得妻子深究一番。

"我才不管你以前的事，哪会记得那么多。"妻子笑笑地说道，脸上倒也没有什么不悦的表情。

这时候沈书明感觉妻子深明大义，没有继续追问下去，所以，本想坦露心事接着话题说下去，可妻子的手机突然响了。是她女儿打来的。

"妈妈，转去的照片你们看了吗？"

"正和你爸在看呢。"

"怎么样？印象如何？"

"我女儿看上的，妈妈哪会有意见。"

"那妈妈你和爸爸都同意我们的事了，是吗？"

"是呀。"

"那就谢谢啦。人家刘干事已经向所长表示同意办集体婚礼了，这下子我也就可以给所长说了。如果时间定下来，那你们可得早点儿来喔。"

"那还用说，我和你爸都会提前去，尤其你爸比我还积极呢。"

"是吗？那好。妈妈你怎么不想我啦？"

"傻闺女，妈怎么不想，我的心早飞过去啦，见见我那未来的女婿。"

"我就知道妈妈的心事。好了，跟爸爸说，我等着你们。"

母女俩一阵聊后，沈倩倩就关机了。

"你看，倩倩在催了。"沈书明接上话说。

"那我们也得准备点儿钱呀，比如孩子的嫁妆什么的。"妻子说道。

"嗯，是要准备些，嗯，还有……"沈书明欲言又止。

"哎，你怎么啦？支支吾吾的。"妻子追问道。

"好，老伴，我们都一大把年纪了，有件事我得给你说明白，任你骂也行，责怪也行，反正是我当年酿下的错。"沈书明终于开口了，只是声音很沉。

"你说什么，酿下的错？什么错？说得挺吓人的。"妻子不解地问道。似乎神经有些绷紧了，眼睛瞪着丈夫看。

"是这样，当年我与这位刘淑英谈恋爱时，有了一个孩子。"沈书明鼓起勇气说道。

"你在开我的玩笑吧，从来就没有听你说过有这事。你是不是想女儿想疯了，胡言乱语？"妻子不信地说道。

"是真的，这个孩子就是要一起办婚礼的那个刘干事。"沈书明进一步说道。

"什么？什么？再说一遍。是真的呀？乱说，我不信。我们就一个倩倩。"妻子语无伦次地反问说，不过，这突如其来的消息着实让她震惊不已，灯光下她脸上的颜色青一阵红一阵，两眼直瞪瞪地看着丈夫。

"我告诉你事情的由来和前因后果吧，你听我说。"沈书明看着妻子激动的样子，怕她憋在心里难受，准备将过往的一切全盘告诉她。

"好吧，你说说。难道你骗了我大半辈子不成？"妻子没好气地说道。

"不是我故意瞒着你，事情是这样的……"沈书明无奈地说道。

沈书明从上山下乡插队刚开始住在刘淑英家及后来搬到知青点住，从与刘淑英谈恋爱到上大学后失去联系，从与刘淑英初尝禁果到不知有一个孩子的后果，直至上次在医院偶遇刘淑英的前前后后，一五一十都讲给了妻子听。

沈书明像讲故事一样叙说着过去，只是力求平平淡淡地说，没有渲染，没有激昂，更不敢动情；妻子则像听一个有过错的孩子在做检讨，强压着怒火，忍耐着怨恨，静静地听着，没有插嘴，没有暴跳，更没有动手。近一个小时里，夫妻俩相对而坐，穿越20多年的时空，在翻阅一本男女情史。显然，这是一个妻子在听丈夫讲述过去与另一个女人曾经的风流韵事，想必要有极大的心胸和气度，这也许是夫妻俩都已过了大半辈子，相濡以沫、心心相印了几十年，彼此已经相互了解、相互信任之下，才能承受得起的。

"就这些了，你骂也好，打也好，我都认了，是我当时不懂事造成的，今天对不起你及我们的女儿，请求你原谅我的过去。"沈书明讲到最后，真诚地对妻子说道，声音几乎哽塞。

"好啦，今天既然到了这种地步，我还有什么需要责难的呢？刘淑英也不容易呀！"妻子叹了一声说道。后面一句话自然是由于她听到刘淑英拉扯着孩子到8岁才嫁而表露出的怜悯之心。

"是呀，我自知道了这件事后，心里一直在内疚，让她和孩子都受苦了这么多年。幸好，后来她的丈夫对她们都很好。"沈书明说道。

"那你现在准备怎么办？比如跟倩倩说吗？让刘莉珍知道不？"妻子进一步问。

"我想，不需要再隐藏了，孩子们都已经长大成人了，趁她们结婚这个机会给她们说白了吧，我相信她们跟你一样也会理解的。"沈书明说道。

"你敢肯定刘莉珍不恨你？"妻子问道。

"我也不敢说她不怨恨我，即使怨恨，我也只能说清楚，她是我的血脉，要给孩子一个明确了结，否则，我听刘淑英说，孩子一直追问她亲生父亲在哪里，是谁。"沈书明解释说。

"那为什么从倩倩那里回来后，你都没有告诉我这件事？"妻子又追问说。

"是的，回来后我一时没有勇气告诉你这事，怕你难受，没想到今天你这么宽宏大量，善解人意，我服了，老伴。"沈书明激动地说。

"那你准备怎么给倩倩和刘莉珍说？"妻子问。

"倩倩那里，我们提前去的时候，我来说。至于刘莉珍那里，肯定要刘淑英先告诉她，然后我再找机会与她见面。"沈书明说道。

"好吧，由你自己去解决了。刘莉珍是你的血脉，我们去参加她们的婚礼时多准备一份礼物，到时候你这个从天而降的父亲，也该有当父亲的样子。"妻子平静地说道。

"哦，我明白，太感谢你了，你真是我心里的女神。"沈书明动情地说，脸上露出了笑容。

"别那么浪漫，你浪漫还不够呀？"妻子板着脸似笑非笑地呵斥道。

"是，老伴，我可不可以明天给刘淑英挂个电话说说今晚我们谈话的事，以及叫她事先告诉刘莉珍等等？批准吗？"沈书明认真地问道。

"你们当年已经就那个了，现在还要我批准？多余的。"妻子应道。

"你同意了，我就办，不同意，我就不能办。这是我们这一辈子生活上的制度和规定，我不能擅自违反呀。"沈书明笑笑地说道。

"要不，怎么办？你就挂吧。"妻子说道。当然，自他们结婚以来，丈夫除了工作方面外，生活上的大事小事都是听她摆布，所以，妻子对沈书明是信任的，也才对丈夫的过往能够原谅和理解。

"好，谢谢你的恩赐。"沈书明应道。

"不过，今后你不能亏待我们的倩倩，和……"妻子说道。

"后面我知道你要说什么，不会的，倩倩是我们的女儿，你是我永远的老伴，我们一定会白头到老的，你放心。"沈书明真诚地表白说。

"我相信你不敢。好了，睡觉吧，已经一点多了。"妻子不想再说了，催促道。

这一晚，夫妻俩各有心思，翻来覆去，难以入眠，倒是沈书明对妻子的谅解感激不已。为表示忠诚，一躺上床又是搂抱又是抚摩，尽管动作已经笨拙，妻子把他的手推来推去，似乎不太情愿，但最终，老夫老妻俩还是完成了一次已经许久没有过的"浪漫"。

一天下午，林小芳主持召开职工大会，开会内容一是市公司来宣布干部任命，二是市公司对卢雅琴擅自离岗的处理决定，三是迎接春运工作的动员部署。

来宣布所领导班子的是省里刚派到市公司任职的党委书记，姓杨。

"同志们安静了，现在准备开会。大家都知道，市公司对我们城南收费所很关心，为加强所的领导班子力量，前段时间特意派人事部门来考核选拔。现在就请杨书记给我们宣布，大家鼓掌欢迎。"林小芳简单说了几句话做开场白。

"同志们，经一段时间来对城南收费所人事安排的选拔和考核，现在我宣布《关于城南收费所林小芳等同志任职的决定》。一、任命林小芳同志担任城南收费所所长职务；二、任命张温平同志担任城南收费所副所长职务，不再担任所办公室主任职务；三、任命刘莉珍同志、沈倩倩同志担任所长助理职务。中共绍柏市高速公路管理公司委员会。宣布完毕。"杨书记拿着公司党委的任职决定宣布道。

"城南收费所的同志们，刚才宣布的领导班子配备是经过公司党委认真考虑过的，被任命的几位同志在原来的各个岗位上工作都极为出色，深得广大职工好评和拥护。这里我特别要说说被任命的两位助理。一位是刘莉珍同志，她工作上敢说敢干，不畏困难，热爱岗位，大胆负责，多次妥善处置突发事件，特别是上次发生歹徒打砸票亭事件时，勇敢搏斗，保护了同志和票款，自己身上却多处负伤，她是我们收费队伍中的一面旗手。再说沈倩倩同志，她是学音乐的大学毕业生，离开青海的家到我们这儿参加高速公路收费工作，一年多来，认真学习收费业务，除了平时完成收费工作外，在技术职能考试中获得业务理论和实际操作双一百的好成绩，听说到年底将会'无差错'达 200 万，同样，特别是在上次票亭发生被打砸事件时，勇敢地按响警报，为保护票款及财产起了关键作用，自己也同样负伤住院。这是我们广大收费员的光荣，是我们公司全体职工的榜样。像这些对我们高速公路做出贡献的同志深得大家的称赞并被大家举荐，我们公司党委应该给予重用，不拘一格选人才嘛。沈倩倩同志她连班长都没当过，但组织上还是要培养重用，何况，她自身的基础条件已经具备。还有，你们的林小芳所长和张温平副所长，在所里认真负责，像大姐一样团结同志，共同为完成高速公路征费任务和职工队伍建设付出了不懈的努力。同志们，这都是你们所里涌现出来的好同志、好干部，在你们城南收费所里像这样的好同志还很多，我不一一列举了，希望你们团结一心，努力奋斗，把城南收费所建设成全省最优秀的收费所，争取获得全国性的称号，如'最美中国路姐''最美中国路姐团队'等。"杨书记第一次到城南所，有说不尽的动员和勉励的话。

"我们谢谢杨书记对我们城南收费所的鼓励，我们也会继续努力的，请公司党委放心吧。现在我继续念一个通知，即《关于给予卢雅琴同志擅自离岗的处分决定》。经城南收费所研究并报市公司批准，鉴于卢雅琴同志未经组织批准，擅自离岗 28 天，失去联系，后又主动返回，考虑到卢雅琴同志一贯表现良好，特别是在票亭被打砸事件中勇于保护票款及财产，同时，返回后又能主动认错，重新积极工作，所以，研究决定给予卢雅琴一次行政警告处分。希望卢雅琴同志吸取教训，努力工作，做一个合格的高速公路收费员。宣布完毕。"林小芳发言。

会场里，除了在票亭收费值班的职工外，其余的职工都到齐了。当听完两个决定后，会场上不少人在窃窃私语。也许是今天宣布的结果与当初公司党委事先预设岗位有一些不同，原来只说是选两个助理，而现在却是提拔正副所长各一名，助理仍然两名，如此设置，显然位子都往前挪了，层级大大提高，人们为此而感到惊奇。确实，城南收费所今天这样的任命，均出自此位杨书记来到绍柏市公司后采取"不拘一格选人才"和"大胆选拔，大胆使用"的理念，给各个收费所职工带来生机和希望，在职工队伍中振动很大，这也就难怪会场内不断出现叽叽喳喳的议论声了。至于不管是几位被提拔的人也好，还是被处分的卢雅琴也好，这些好像都顺理成章，倒没有出乎人们的意料。

当然，只有卢雅琴坐在那里低头不语，一方面为被提拔的挚友沈倩倩高兴，另一方面为自己被处分感到内疚。她没有怨恨别人，只怨恨自己，更怨恨朱加水，尽管她早已知道那个朱加水在她脱逃其魔掌后不久，就在云南当地被公安部门逮了，至今是死是活她当然不会再去理了。

最后是张温平、刘莉珍、沈倩倩三人各自做了表态发言。

其中刘莉珍的发言最短，不知是何因，站起来就说："谢谢大家，我会努力，一定如'刘备三请诸葛亮——诚心诚意'。"然后，就坐下来了。

沈倩倩的发言最长，她从来收费所工作开始一直说到现在，道不尽感激之情，说不完努力的话，虽然多说了几句，但大家像听她唱歌一样似乎不嫌弃不讨厌，甚至就爱听这位从一个普普通通收费员成长起来的新助理说些普普通通关于她们群体的内心话。

会议前后开了一个多小时就结束了，接着就是林小芳召集城南收费所第一次比较健全的领导班子会议，以进一步研究当前工作。

第二十一章 真相如此

三天后，准备轮休的刘莉珍回到家里把小挎包一丢，就告诉妈妈说："妈，今天下午公司领导来宣布了，小芳姐当正所长，办公室那位温平当副所长，我和倩倩都当所长助理。"

"哇，好事，我的女儿也当领导助理了，祝贺祝贺。"刘妈确实显得颇为高兴。

"哎呀，有什么值得高兴，跟温平比，我们不如人家，跟倩倩比吧，人家比我小七八岁，而且进高速公路的时间大不如我，却跟她平级，比上不足比下无余，我真是，'浸了水的大鼓——打不响'喽。"刘莉珍懊恼地发牢骚说，看似有点儿神伤，怪不得在会上的表态那么简单。

"唉，你不能有这个想法，人家是人家，你是你，上级领导的安排总有他的道理嘛。另外，先当个助理，锻炼几年后也能进步嘛。"刘妈劝说道。

"不过，那沈倩倩倒是被重用了，我进高速公司这么多年，却跟她平起平坐了，她只不过是一个学音乐的大学生或者人长得漂亮而已，我是有些不服，妈。"刘莉珍没好气地说道。

"你可不能这样说人家，人家有人家的优点，你有你的长处。我也觉得沈倩倩是一个不错的女孩，领导要培养她也是对的，说明人家表现突出嘛，你不能妒忌人家沈倩倩。你们今后还要多配合、多支持，多关照才对。其实……"

刘淑英说到这里，正想把前几天沈书明与她电话中谈好要向女儿告白的事说出来，可是话到嘴边又缩回去了。

"其实什么？"刘莉珍听得半截话有些奇怪，追问说。

"也没什么啦，不过妈问你，沈倩倩这个姑娘不错吧？"刘妈故意问道。

"那是，我从来也没有对她有什么恶意过，她刚开始到所里时，有些看不惯，总觉得她因为会唱歌就娇气得很，吃不了苦，后来她变了，进步很快，很会团结人，在她们班里、所里表现一直很好，很有威信和人缘，听说当时她的推荐票跟我一样多，刚才我只是说说而已。"刘莉珍认真地说道。

"那就好了，上次你住院时她的爸爸对你也特别好，不但帮忙照顾，还买跟倩倩一样多的东西送你，对你很特别吧？"刘妈说道。

"对，她爸怎么那么慷慨，肯定很有钱。"刘莉珍笑呵呵地说。

"哦，人家有钱就要给你买呀？他怎么不给别人呀！"刘妈反驳道。

"那也是，不然就是对我们高速公路收费员有偏爱，因为他女儿也是收费员。"刘莉珍扭头说道。

"这有对的一面。"刘妈应道。

"那还有别的方面？"刘莉珍眯起眼看着妈妈问。

刘妈没有马上说话，只是一边看着女儿，一边沉思着，也许是在想怎么开口。

"妈妈怎么了，说话吞吞吐吐的。"刘莉珍急了，拉着妈妈的手问。

"闺女，你不是一直在追问你的生父在哪儿吗？"刘妈终于鼓足勇气准备把话题转到正事来了。

"是呀，在哪儿？"刘莉珍一听来劲了，急着问。

"他会在你结婚之前出现并且见你。"刘妈淡淡地应道。

"哦，有这事？他现在人在哪儿？"刘莉珍好奇的心已经难以控制了，追问着。

"他在很远的地方，一时来不了，要等到你以及沈倩倩结婚那天才会来。"刘妈应道。

"很远的地方？在哪里？"刘莉珍问道。

"在青海。"刘妈应道。这时她想也许女儿可以猜出是谁。

"在那么远，为什么会在青海？"刘莉珍不解地问道。看来她没有去猜，或者她压根儿就不会往那儿猜。

"是的，他在青海工作。"刘妈应道。

"哦，难怪。哎，那他跟沈倩倩的爸爸一样都在青海，难怪刚才你在话里会扯到沈倩倩那儿去。"刘莉珍兴奋地自语道。

"没错，不是跟沈倩倩的爸爸一样，就是沈倩倩的爸爸。"刘妈终于蹦出一句话。

"什么，沈倩倩的爸爸？什么意思？她爸爸是她爸爸，我的爸爸呢？"刘莉珍还是笑笑地说道。她根本没去在意妈妈刚才那句话，因为，她怎么也不会朝那个方向去想。

"闺女，你要找的生父，就是沈倩倩这个父亲，他也是你的父亲，明白吗？"刘妈干脆一句一句讲给女儿听。

"什么？你再说一遍，妈妈！"刘莉珍大惊失色，脸上涨红得快要发紫了。

"没错，沈倩倩的父亲，也就是你要找的亲生父亲。"刘妈告诉女儿说。

"天哪，是真的吗？怎么会是这样？"刘莉珍两眼红红的，自问道。

"这是事实，孩子呀，他就是你打听多年的生父。以前是我骗你说今后会见到他，那是安慰你，因为我那时候自己也不知道他在哪儿，而就在你和沈倩倩受伤住院时，却偶然遇上了他。其实，他当时也不知道有你这个女儿，那时我们中断联系太久了，整整30年了。"刘妈进一步解释说。

"那是怎么回事呀？妈妈你给我说清楚，我太难以接受了。"刘莉珍追问道。

刘淑英再次鼓起勇气，把与沈书明从相识到相恋，从失联到中断，又从女儿出生到携女出嫁以及再从杳无音讯到偶然巧遇，直至前两天沈书明来电话准备在刘莉珍结婚时相认等等，一一如实讲给女儿听。

看得出来，这么多年过去了，年过半百的刘淑英心里对那段往事以及对沈书明当年的处境也已理解和谅解，她没有那种心情再与逝去的时光和情缘进行过多纠缠，所以，给女儿讲述自己的往事时，是那样平平淡淡，从从容容，宛若在述说着另外一个女人的往事。

"哦，原来是这样。那这个沈书明没良心，我不要这个父亲，宁愿要现在我这个父亲。"刘莉珍听完后愤愤地说。

"那也不能这样说，关键是他当时在军事院校念书，保密制度严格，又那么遥远，不容易联系，再说吧，他当初也不知道有你，我相信如果当时他知道有了你，肯定会想尽办法找我们，会爱你的，更不会不管你。你看，当这次知道你是他女儿后，他对你多好，不输于他对倩倩的好吧？再说了，他前两天电话中一再表明今后要好好爱你，补偿他过去对你的缺失。"刘妈规劝说。

"妈妈，那我现在怎么办？"刘莉珍似乎陷入了沉思。

"今后，你就有两个父亲了，你要同样对待，同样孝顺，尤其对养育你长大成人的这个父亲，不能有二心。还有，沈倩倩是你的妹妹，你是大姐姐，你要多对她好。她现在还不知道这件事，她爸妈来参加婚礼时也会告诉她。"刘妈说道。

"那爸爸和弟弟知道吗？"刘莉珍问。

"你爸爸早就知道了，因为和你生父碰到后我就跟他说了，我也告诉他你与生父会见面的事，他不会有意见的，要不，这么多年会如此疼爱你。你弟弟倒还不知道，这事我会找机会告诉他的，你不用管了。"刘妈说道。

"那我哪一点像这位沈书明这个人呢？"刘莉珍像是想到什么，俏皮地问。

"你看，个子像吧，你这个爸爸可没那么高，生不出你这样的个头来，再说沈倩倩个子也不矮吧，都有父亲的个头基因；还有鼻子像他，喜欢学习的性格像他，还有……唉，其他的你今后自己去对比吧。"刘妈想了想说道。

"我都不管了，我只要对妈妈好就行了，我就信奉'世上只有妈妈好'这个真理。"刘莉珍缓过神来说道。

"不要再小孩子气了。等你们结婚日期定了，他们一家都会从青海来，到时候他和倩倩的妈妈要见你。还有，这件事杜建国也要知道，你自己告诉他吧。"刘妈说道。

"好，见就见吧，我看看这个生父怎么说，真是'公鸡下蛋——怪事'。"刘莉珍既高兴又不安地应道。

这一晚，刘莉珍同样翻来覆去睡不好觉，她没想到多年要打听的生父竟然连母亲原先也不知他下落，这让母亲带着她煎熬了大半辈子，作为一个女人的内心有多么痛苦，而今天一旦巧遇后，母亲又表现出海一样的胸怀原谅了那个男人。还有，让她更没想到生父竟然又是同事她爹，似乎近在眼前，远在天边，怎会如此巧合？从今往后还要与倩倩分享同一个父爱，同孝一个老爹。想想这些，刘莉珍对母亲倍加怜悯，对生父颇为嗔怨，对自己的命运似乎感到好笑。

由于昨晚下了一场暴雨，加上已经进入初冬季节，雨水和寒气交织在一起不易散发，于是，第二天凌晨，大地一片白雾茫茫，十几米就难以见人。城里的高楼大厦全被遮盖得无影无踪，乡村田野被淹没得只剩鸡鸣狗叫，这个世界像是掉进了一个偌大的蒸笼里，四周一片白茫茫，仅仅没有热气而已。

刘莉珍一大早起来，看见这一大雾天气，立即预感到高速公路交警必定又要封道了，因为大雾笼罩下的高速公路，没有行车视距，在看不见前方车辆的状况下，十有八九会发生事故，所以，交警必定会采取杜绝车辆上高速公路行驶的措施来保障安全。可一旦封道，收费所又将首当其冲，带来一连串的问题，如除车辆迅速集结在收费所进口而必须维持好正常秩序外，还可能要承受被司乘人员责怪、谩骂甚至冲击等一些不良行为的发生。在这种情况下，光靠一个收费班去承受是很难的，因此，所部的干管人员必须像对待其他突发事件一样，同赴第一线协助收费班处置。作为助理的她，觉得责无旁贷应该赶回去协助应对这样的突发性灾害天气，于是，她不等还剩一天的轮休便立即叫杜建国开车送自己赶回收费所。

未到收费所时，刘莉珍远远就看见收费所外广场上已经集结起长长车队在等待着进入高速公路。她心想，果不出所料，高速公路上已经封道了。

当她赶到收费棚时，副所长张温平和助理沈倩倩都已经在现场了，边上还有吴春玉，这个早班正是她们班刚接下的。看来，她们正在向一个驾驶员说着什么。不远处的栏杆下停着一部面包车。

"师傅，这种大雾天在高速公路开车确实容易出事故，交警封道也是迫不得已的，我们也是无可奈何，大家都要做到安全第一。"张温平劝说道。

"我们开慢些，没问题。"驾驶员坚持着说。

"你会开慢点，你能保证前后车都开得慢吗？如果一快一慢就会追尾了。"刘莉珍走近插话应道。

"是呀，雾天行车危险。你再等等，一旦雾散得差不多了，交警会马上放行的，你就耐心些吧。"沈倩倩也帮忙劝说道。

"就这部车驾驶员一直想上高速公路？"刘莉珍转头问沈倩倩道。似乎有什么意识指使，刘莉珍边问边直愣愣地盯着沈倩倩。这种眼光既有几分诧异又有几分亲切。

"当然不止这一部，只是这个驾驶员比较特别。"沈倩倩应道。

"怎么特别？"刘莉珍随意问道。可她还是用那样的眼光看着沈倩倩。此时，她也许完全进入到面前这位与自己同级别的助理居然是妹妹的陌生状态中。

"莉珍姐，你今天怎么了？老是盯着我。"沈倩倩感觉刘莉珍神情异样，问道。是的，对于尚不知情的沈倩倩来说，平时的刘干事，从没有以这样的眼光来看她。

"哦，哦，可能看你今天特别漂亮。"刘莉珍醒悟过来，赶忙搪塞地应道。

"哪里哪里，莉珍姐才俊美呢。哦，这个驾驶员的事是这样……"沈倩倩对刘莉珍介绍说。

吴春玉她们刚接班时，可能这个驾驶员看见车道没开，就对她们又是吵又是闹地要求马上进高速公路，说是有急事。在被拒绝后，他就把车子慢慢往前开着，企图硬冲撞进去。就在差点儿顶住栏杆时，卢雅琴指着他大喊一声："你敢!"奇怪，这个驾驶员好像被什么镇住模样，立即刹车停在原地不动，真的不敢继续往前顶栏杆了。这个驾驶员打开车门，笑嘻嘻地走到卢雅琴面前说："小妹，我真的有急事，让我先上吧。"可能他以为现在的社会到处是"有钱可使鬼推磨"吧，于是，一边说着一边从口袋里摸出一张百元钱想塞到卢雅琴手里并低声说："这点小意思，麻烦你放我进去吧。"卢雅琴怎会吃他这一套，马上厉言阻止说："请你别这样，你以为我们这些人会见钱眼开呀!"这个驾驶员见卢雅琴不肯收，便尴尬地收回钱，接着他板下脸来指着卢雅琴骂了几句。卢雅琴没有回嘴，只是转身去帮助姜露娴做其他驾驶员的解释工作。此时，吴春玉见状走向这个驾驶员问："师傅，你说你有什么急事?"驾驶员看见来了一个年纪较大的女收费员，才说："是我的老婆有病，要马上赶回家吃药。"吴春玉问："什么病?"那个驾驶员应道："不好意思说，女人的病。"既然这样，吴春玉干脆走到他的车子前，打开车门，往里一看，见到确实有一个妇女靠坐在后排，40岁左右，脸色不是很好，有些虚弱样，额头上还冒着汗珠。吴春玉立刻弯腰问那妇女说："大姐你怎么了?"那妇女应道："肚子难受，可能是肠炎，又吐又拉。"吴春玉再问："现在怎么样?"那妇女应道："现在就是想吐又想拉，肚子正憋得很。"吴春玉立即说道："大姐，你现在就下车，到我们宿舍去休息一下，我们也有应急药品，不妨先服用几片，应该有作用的。这里还不会那么快就放行。下车吧，我叫一个同事带你去。"那妇女可能此时正憋得受不了，而且她看穿一身制服的吴春玉这么真诚，于是一只手捂着肚子另一只手遮住臀部下了车，像是屁股上粘了什么不好意思。吴春玉马上叫来李美桦带着她去宿舍并交代了几句话。此时，这个妇女已经没心情告诉她丈夫自己要去哪儿了。而她的丈夫却还在数十米前与张温平她们交涉，完全不知自己的老婆跟着李美桦去了。到

297

了宿舍，那妇女迫不及待地奔向卫生间，门都来不及关也顾不得生疏就褪下裤子，坐在马桶上稀里哗啦地一阵狂泻，过一会儿又是一阵猛吐。李美桦赶紧为她备药拿纸。等到这个妇女吐泻完，又叫她干脆在卫生间里冲洗干净，因为，这妇女刚才已经实在憋不住了，拉在内裤上粘了一屁股，这正是她刚才要用手尽量往后面遮挡的缘故。于是，李美桦拿出自己全新的毛巾给她用，只是一时没有合适的内裤提供给这妇女，只能让她仅仅穿着外裤了。洗完了，李美桦拿出几片止泻药让她吞服，再叫她到自己的床上躺下休息。数分钟后，那妇女起身收拾好自己的东西并连连向李美桦表示感谢，还掏钱准备付清药品和毛巾的费用，可是，李美桦没有收，她觉得这一点钱微不足道，如果能让一个陌生乘客感觉到高速公路收费员助人为乐的精神无处不在就足够了。

"就是这样了，这些都是刚才美桦姐在对讲机里告诉我的。现在美桦姐带这个驾驶员的老婆去了有一段时间，可能快回来了。"沈倩倩说到这儿，似乎感到刘莉珍心不在焉地听。

"哦，是这样。"刘莉珍应付道。她的心思还可能停留在眼前这个妹妹身上。

果然，正当这个驾驶员还在磨蹭着要求先上高速公路时，他的老婆被李美桦领着从宿舍走回来了。看得出来，他老婆的精神有所恢复，额头上不再冒汗，走起路来也轻松多了。这个妇女走到丈夫身边说："我已经好多了，别再要求了。人家说了，等雾散，就可以走。我也坚持得了。"驾驶员回头看自己的老婆没事了，像是一个气鼓鼓的皮球，一下子泄气瘪了，不再说话，当然，他也不知道刚才那阵子老婆在做什么，为什么会突然好多了，他看老婆确实不像刚才的尴尬模样，只好无趣地和他老婆一起回到车内，将车子倒退至指定位置。直到大雾散后高速公路入口放行恢复通车，他都没再下车提要求。想必，这会儿他在车内已经明白刚才是这里的收费员帮了老婆一大忙。

雾散了，入口处受阻的车辆迫不及待地驶入高速公路飞驰而去，外广场上已没有长长的车队，只剩下正常的车子进入。可是，不一会儿，出口的车流却逐渐增大，很快，一部一部地又在内广场排起了队等待驶出。这是因为随着高速公路全线的恢复通行，原先各处积压的车辆经过一段时间的行驶后到达目的地，又一次集结在一起。

对这种情况，张温平、刘莉珍、沈倩倩及吴春玉她们班早有预料，所以，在疏散完入口车辆后，已经着手布置等待出口车流的疏散措施。

正当她们以最快的速度在各个车道完成从读卡、收款而后抬杆放行程序时，突然车队尾端传来一声爆胎巨响，便见一部双排座车子歪斜在原地不动了。这样的事情在收费所内外广场是常见的，一般情况下都是由驾驶员自行换胎处理，不需要收费所帮什么忙。可这时却见车上驾驶员慌慌张张跑到正在指挥车辆的沈倩倩身旁，结结巴巴地说："收费员同志，我的车子爆胎走不了了，请你们帮帮忙给我拦一部车子送我老婆去医院，她快生了。"

"怎么回事？你说清楚些。"沈倩倩一时没听清，反问道。

驾驶员还是那样地重复说了一遍，这下子沈倩倩多少听懂了意思，马上朝那车子快步走去说："我去看看。"

果真，沈倩倩走近车边，透过车窗，看见一个农村模样的孕妇挺着大肚子靠坐在后排，无力地呻吟着，痛苦的脸上全是汗珠，而其沙发座下还湿漉漉的一片，旁有一个焦急的老妇人在边给她擦汗边嘴里念叨着："这怎么办？这怎么办？"这应该不是她妈妈便是她婆婆吧。

299

这下子可把沈倩倩吓坏了，她虽不懂得女人预产前各个阶段的症状，但她还是凭直觉判断得出车内这个妇女马上要生孩子了，而且十分紧急，于是，她便立即回头跑向票亭，将这一情况告诉了张温平、刘莉珍和吴春玉她们。

在收费所工作多年的张温平她们，对于在收费所碰到孕妇需要帮助的事情不是亲身接待处理过就是听说过，因此，听沈倩倩一说，几个人马上一起奔向那载有孕妇的故障车。

毕竟吴春玉和张温平她俩是生过孩子的人，一看便懂得这个孕妇的羊水已破，属临产状态，由不得半点时间的延误，必须立即送医院并帮助她采取一些必要的措施。于是，张温平一是叫沈倩倩打电话通知120马上派救护车到收费所来接孕妇，二是与吴春玉简单合议后，叫刘莉珍赶回宿舍拿来卫生巾、卫生纸和小被子等妇女用品，还交代沈倩倩和刘莉珍既要指挥车辆往边上行驶，又要看守故障车两侧，不让外人尤其是男人靠近。接着，才叫老妇人下车站到一边去，自己则与吴春玉一左一右进入车后排座，关上两边车门。

"大姐，不用紧张，我们来帮你。"张温平温和地对孕妇说道。

"嗯，嗯，谢谢你们。"孕妇边呻吟边用微弱的声音应道，眼光里透着期待。也许在孕妇眼里，两位穿着"公家"制服的女同胞，让她心里增添了几分的信任感。因为，对于农村人来说，尤其是农村妇女，她们分辨不清哪是高速公路制服，哪是城管制服，甚至公安制服等形形色色的制服种类，总之，她们一般都会认为穿公家制服的人肯定是公家的人，也就是可以相信的人。

于是，两人在狭小的空间里单腿跪着，开始用卫生纸一次次地擦净孕妇座位沙发上的湿处，然后，扶住孕妇慢慢将其放平躺下。既不问孕妇同意不同意，也顾不得什么了，吴春玉一把将孕妇的裤子褪到膝盖，拿来卫生纸拭干大腿周围的污物，继而再托起孕妇的臀部让张温平在其下面垫上一层厚厚的干净卫生巾。把这一切都做完了，才将小被子轻轻地盖到孕妇肚子上，还一边安慰着孕妇一边等待着医院救护车到来。说来也快，毕竟城南收费所离城区不远，就刚才那一会儿，城里医院的救护车就"啊呜啊呜"地赶来了。收费所马上开了专道让其进入内广场并直接驶近故障车，然后，由张温平她们帮忙医生将孕妇抬上担架，送入救护车内，最后，目送着救护车远去。

300

"春玉姐，刚才你帮那孕妇时的动作那么快，那么及时，真佩服你。也幸好碰到你，如果是我，真的不懂得怎么办。"下了班回到宿舍，沈倩倩走到吴春玉的房间赞叹道。卢雅琴此时也在房间。沈倩倩当助理后已经不必与收费班一起上班下班，此刻只是见吴春玉下班了，出于与班里几个姊妹的感情才又情不自禁地一起回到宿舍来，不过她也没有搬到其他房间，仍然与李美桦住在一间。

"是，班长够好的。"卢雅琴一旁附和着说。虽然，刚才她没有看到那一幕，但班里几个人都已从沈倩倩那儿知道了。

"刚才你看到的湿湿的一大片是孕妇肚子里流出的水，叫羊水，是孕妇体内用来保护胎儿生长的。羊水一破，意味着孩子就要出生，如果羊水流尽，对胎儿很危险。那个孕妇已经流了一部分，要保护她不能继续流，所以，我和温平两人才把她屁股垫得高高的。真的，如果那个孕妇一旦要分娩，实在等不及了，我也敢把孩子接下来，因为我妈妈在农村就是帮人接生的，被人家叫'接生婆'，我有时候会听她说些接生的经过，虽然没有实践过，但应该懂得一点儿。人到那个紧急时刻，也只有豁出去了。唉，你现在不懂得，等你们两个人结婚生完孩子，那时也就懂得了。"吴春玉告诉她俩说。其心里也有几分的成就感，毕竟在高速公路上她又一次为一个不曾相识的乘客做了一件好事。

"班长，你真厉害。"沈倩倩赞扬道。

"像这种事，高速公路上各个收费所或者服务区甚至半路上都可能遇到。前几年，我们官洋服务区就遇到一个孕妇乘客被长途大巴车拒载而躺在室外草地上，那个孕妇羊水差不多流完了，孩子马上就要生了，孕妇的丈夫只好赶紧来求服务区帮忙。这时，服务区离城市远，救护车不能立刻就到，叫一部车送医院嘛，一是时间不允许，二是哪有那么方便叫到车子，弄不好还可能路途上出事，那更危险，于是，服务区领导决定就地帮忙解决。"吴春玉给沈倩倩说起这个发生在高速公路上的好人好事。这个事迹她也是从省里一本杂志上看到的。

"喔，那怎么就地解决呀？"沈倩倩惊异地问。

"因为在我们高速公路服务区里从事各项工作的人有不少，少则几十人多则一两百人，这些人中就可能有各种各样的人才。果真，就找到一个原先当过兵，在部队是个连队卫生员，退伍回乡后又当过'赤脚医生'的人，而且是个老汉，50多岁了，因为年纪大了就在服务区里做保安。经过服务区领导的动员劝说，他倒是同意为孕妇接生了。"吴春玉像讲故事一样说着。

"是个男的呀，那多不好意思呀！"沈倩倩一阵惊讶地说，脸上似乎有些红晕。

301

"那怕什么呀，是孩子和大人的生命重要，还是害羞重要？肯定是一大一小的两个生命更重要，何况我们女人家那个地方，人家又不是没看过。听说，服务区里的女同胞全出动，拿来围裙、桌布等，给这个孕妇搭起一个临时产房，并提来热水，煮来姜汤。最后，在这个孕妇的丈夫一旁'监督'之下，保安老汉为孕妇顺利地接下了一个小男婴，让他幸运地来到了这个世界，把呱呱坠地的第一声留在了高速公路上。"吴春玉继续说着。

"太了不起了，太美好了。"沈倩倩感叹道。

"是的，这件事后来成为全省高速公路做好事的典型，给奖金、送锦旗还评先进，媒体上也作了报道，社会上震动不小，为高速公路增了不少光呢。听说，那个孩子就取名叫'高速'，以纪念是在高速公路上生下的，是高速公路人帮助生下的。所以说，我们高速公路上能给司乘人员解决些困难，做点好事，很值得。"吴春玉感慨地总结道。

"是，我参加高速公路工作一年多了，也很有体会。"沈倩倩应道。

"倩倩，林所长动员你办婚事的事情给家里和董弘光商量得怎么样了？我差点儿忘了问。"吴春玉想起来，马上问。

"哦，都商量好了，按照林所长的意思办。我爸妈过段时间就会来。"沈倩倩大方地应道。

　　"好呀，到时候要热热闹闹地办，我们班的几个人都会参加，而且都带着家人来参加。"吴春玉高兴地说道。仿佛吴春玉对带家里人来所里参加活动兴致很高，充满着期待。不错，自打丈夫金凯宾因为送"小三"出车祸断腿后，在家治疗休养的这段时间里，都是吴春玉一下班回家来就忙前忙后、扶上扶下、端屎端尿，连岳母也不例外地帮忙，这般细心的照顾让金凯宾心灵震动不小，才觉得还是自己的老婆体贴、温良，最"有用"，而"小三"则除了向他要钱外，其他什么都不能给予。面对自己有个高速公路收费员正式职业的老婆，勤俭持家的岳母，还有乖巧活泼的女儿，金凯宾最终选择与"小三"了断，全心全意地回到这个温馨的家里来。于是，金凯宾除了继续隐瞒那晚出车祸的真实情况外，从此下定决心与"小三"断绝了电话、信息等一切来往，更不用说见面了，而反过来对家里充满着眷恋。这种眷恋，不管是在自己的腿不能动弹时，还是到后期重回公司去上班时，他都做到了，甚至包括对吴春玉也一改前非，百般献殷勤，讨妻子喜欢，尤其是妻子没上晚班在家睡觉时。至于不想让妻子知道事故真实情况，是金凯宾认为只要今后做好丈夫就行了，不必因为自己这件不光彩的事，让老婆知道而增加她的长期思想负担。确实，金凯宾是个回头是岸、知错能改的男人，自然，金凯宾回心转意的成功表现也打动了吴春玉的心，不知底细的她觉得丈夫出一场车祸后变了样，变得爱家爱自己了，仿佛觉得丈夫在这块曾被他抛荒多日的田地上开始复耕了，而且还起早摸黑地勤快，看来，自己还是有几分魅力，这个魅力除自己的贤良外，也许还与自己是个高速公路职工有关系，所以，她打心底里感谢有这个高速公路收费员的职业。

　　正因为金凯宾的这种变化，让吴春玉更觉得要带丈夫参加所里各种活动，让他更了解高速公路收费员的工作，更了解高速公路的高尚人际关系，所以，她也就更喜欢倡导大家带家人来所里。

　　说话间，不知什么时候刘莉珍出现在门口，说道："哎哟，几位都在这。难怪我到倩倩房间没见着。"

　　"哦，刘助理到我们房间来，好像是稀客吧！"吴春玉笑笑地说。

　　"是，是，欢迎欢迎。"卢雅琴和沈倩倩不约而同地附和着说。

　　"哪能呢？你们是在批评我吧？"刘莉珍不好意思地应道。

　　"也是，都住在一起，也不至于稀到何处去。怎么样，刘助理有什么吩咐或者要求？"吴春玉笑笑地说。

"哪敢，我是来看看，刚才那件事要不是你和温平副所长两个人，我们真不懂得怎么帮忙，如果帮不了忙而误事，那才叫'踩着高跷演戏——半截不是人'，会惭愧和内疚的。"刘莉珍自我嘲谑说。

"是，我们刚才也说挺佩服班长呢。"卢雅琴跟着说道。

"莉珍姐说话还是文绉绉的，歇后语一长串一长串的。哈哈，真厉害。"沈倩倩笑笑地看着刘莉珍说道。

"是，谁也比不过刘助理。"吴春玉赞扬道。

"倩倩，你又在笑话我了，是吗？"刘莉珍一边说一边盯着沈倩倩看。似乎眼熟又很陌生，心想，眼前这个昔日的大学生收费员同事，今日居然是同父异母的妹妹了，此时，不免有几分亲情的波澜在心底里荡漾。

"莉珍姐，我可不敢笑话你喔，你说起歇后语真的好厉害，懂得那么多。以前我父亲喜欢诗歌，不时也用点儿歇后语，不过也没有你用得多。"不知底细的沈倩倩突然扯起她父亲的爱好来了，说道。

"哦，你父亲也喜欢这？"刘莉珍好像被什么触动了一下，惊奇地问。

"那是以前了，现在早就不爱好了，整天忙于他的什么机密研究。"沈倩倩漫不经心地应道。

"哦，哦。"刘莉珍也支吾道。可能她在一边思考着自己的天赋看来也与亲生父亲的基因有关，也难怪这个妹妹懂文艺会唱歌，也有父亲的基因遗传。

"你们两位到时候要同时办婚事，刚才我才问倩倩，而你呢，与家里说好了吗？我们都在等着凑热闹吃喜糖呢。"吴春玉也想起来这事，笑呵呵地问道。

"哦，不好意思，说了。"刘莉珍似乎在沉思中还没回过神来，简单应道。

"那太好了。"吴春玉高兴地说道。

"也同意在所里办呀？太好了。"卢雅琴也凑上一句说。

"我们都在本地好办，倩倩的爸妈要那么远来，就不那么方便了，可能还有好多事要事先办。"刘莉珍话中有话地说道。

"是，从青海的单位动身到西宁或者格尔木，再到我们这里得三天时间。现在可以乘飞机才三天时间，要是以前，听我爸说回秀春县老家一趟得十几天，坐了汽车坐火车，下了火车再坐汽车才能到老家，所以，他也很少回家。"沈倩倩应道。

303

"倩倩，那你爸妈什么时候会来?"刘莉珍特意问，心里多少有几分期许。

"应该很快就会来，听说他这次还准备带着我妈一起到他上山下乡的地方看看，顺便探访老房东和几个老知青。"沈倩倩无意间将其父母亲的意图也泄露了。

"哦。"刘莉珍心里已经有数了，知道这是她母亲和生父特意商量的，只是眼前这个妹妹还蒙在鼓里不知情而已。

"反正到时候你们的爸妈都会来，我们收费所的姐妹们一定会帮助办得喜庆热闹，不让大人们失望，一定要让他们感到满意和惊喜。尤其我们1班义不容辞，会更加出力。"吴春玉兴奋地说道。

"到时候叫姜露娴把三胞胎都带来祝贺，图个好兆头，也许你们今后也可能生下双胞胎、三胞胎。"李美桦冲着刘莉珍和沈倩倩笑呵呵地说。

"行，太好了。"吴春玉高兴地叫一声。

"倩倩，你现在是助理了，主要工作岗位在所部，也不用天天'三班倒'，你的房间跟姜露娴对调一下，去跟兰碧云会计师合住，如何?"刘莉珍关心地问。似乎刘莉珍还以老干管自居来安排事务，也可能心中已经有了这个妹妹的位置，开始关心起来了。

"不用，我还是愿意睡这里，和美桦大姐一起住，习惯了。"沈倩倩应道。

"倩倩，可能长期不行，我与你的上班时间多多少少有些冲突，到时候不是我干扰你，就是你干扰我，会相互影响。既然你被选为助理了，你就正儿八经地当吧，虽然，我也舍不得你，但那也是没办法的。"李美桦真情说。

"那也不是现在，等到实在不行了再说。起码等我办完喜事吧。"沈倩倩坚持着应道。

"当然，不是硬性规定的，我只是随便说说而已，再说吧。"刘莉珍看沈倩倩一时不愿意，也就不再说了。

"是，再对调也就隔着几个房间或者楼上楼下而已。我也赞成以后再说。不过，倩倩，最终还是调一下为好，因为工作任务和岗位已经不同了，只能顺从。"吴春玉劝说道。

"再说吧，反正一时我不想离开你们。"沈倩倩应道。

这时，刘莉珍的手机响了，是监控室打来向她报告说，收费车道上有一部企图冲关的货车被拦下来，司机还大吵大闹不服处理，班里请求领导到场解决。

收费棚里发生这样的紧急事件，所部领导或者干管是必须有人马上到场协助解决，这是收费所的规定。现在除了刘莉珍外，同是助理的沈倩倩已经不能例外，也得到场。于是，刘莉珍把情况简单告诉沈倩倩后，便一起离开宿舍，一路小跑赶往收费票亭。

第二十二章　幸运路姐

时间一天天地很快流逝，眼看又一个春天即将来临，虽然还是冬日，东南沿海却到处都是绿绿葱葱，花花草草，既没有冰霜也没有酷寒，要是有一场冬雨过后，大地一派清新、恬适，仿佛春天的脚步声就在耳际，令人充满遐想和期待。

进入春运的前一天，即元月 16 日这一天，城南收费所从早到晚都在倾心打造一项"甜蜜的事业"，以此来迎接 4 位职工人生中最美好春天的到来。

林小芳原准备为 4 对新人举办婚礼的日子并非这一天，而是元旦后办，可是，好事多磨，因为元旦前后那段时间，所里工作忙得排不过来，如省市公司班子调整、省公司年度检查、基层公司重组等各种活动频繁，这些活动林小芳都要参与或者陪同，没有时间来操持全所这样的大型活动，加上那几天所里交通量有所增加，另外，这几对人中也有准备工作来不及的，如结婚房还没布置好，或者家中还有其他大事等，所以把这件事推迟了大半个月。为此，林小芳深深感到不安和内疚。

收费所里除了走道楼梯、进门大厅用各种鲜花和气球装点外，连院子周围几棵香樟、棕榈、相思等景观树上也挂了彩色 LED 灯，一闪一闪地发出亮光，而大会议室里更是被装扮得喜气洋洋。四周墙壁上贴满了贺卡、彩纸，上面写着全所各个收费员表达心声的祝福语；鲜红的大双喜字高挂台上墙中央，双喜字上头排列着 4 对新人的名字，双喜字下方贴有"婚礼庆典" 4 个大字；顶棚上悬吊着五颜六色的彩灯、彩带，原有的电灯似乎比以前更亮了；平时开会用的台子也进行了加宽并铺设了一张红色地毯，两边各挂了一个不小的音箱，音箱里滚动播送着欢快的曲子；台下的小桌子两张拼成一张，摆放着满盘的柑橘、香蕉、糖果、花生及甜点等，会场中央还架了摄像机。除此之外，食堂里也专门雇请了厨师一帮人来办宴席，他们正在那里洗洗切切、蒸蒸煮煮、忙碌不停。总之，这里满是喜庆、美好和幸福的气氛。

今天全所职工除了上班以外，其余的人都参加了布置，特别是吴春玉带着几个特别得力的姊妹起早摸黑努力，才把整个收费所里里外外打扮得如此模样，比过春节的布置都还隆重，现在就等着当晚婚礼的开场。

傍晚，大会议室陆陆续续地来人了。因为所里鼓励带家属来参加，所以4对新郎新娘的所有家人及女收费员中结过婚的人，不是带丈夫或者孩子来，就是带婆婆母亲来，还没结婚的人，要不带母亲要不带自己的姐妹来，总之，大部分是女性和孩子。作为丈夫来参加的也不乏少数，如林小芳的丈夫唐德武、吴春玉的丈夫金凯宾，还有张温平、兰碧云、李美桦等及所里其他收费员的各位丈夫们，连原所长黄健伟也带着妻子，还有交警支队的干警及家属都来参加了。尤其引起大家注意的是姜露娴不但把丈夫带来，还将不到周岁的三胞胎女儿也带来了。当他们一家子出现在门口时，全场轰动，都争抢着到三胞胎面前看一看或者抱一抱，把活泼可爱的三个小千金逗得嘻嘻笑。当然，人们为姜露娴感到高兴和羡慕之余，内心不由得掠过一丝阴影的也有，如最遗憾的林小芳夫妻俩，至今还未怀上，不知来日能否有当爸妈的福；最凄楚的是李美桦夫妻俩，自从女儿豆豆走了后，夫妻俩每每看见人家的孩子就禁不住一阵心酸。

不到7时，整个会议室已经座无虚席，人声鼎沸，人们期待着城南收费所成立以来的第一次职工集体婚礼的举行。

准7时，张温平拿着麦克风上台示意大家安静并高声宣布道："城南收费所职工集体婚礼现在开始。有请新郎新娘进场。"

话音刚落，随着音箱里播送出的《婚礼进行曲》，会议室两扇边门缓缓打开，首先是3班及监控班的两对新人各自手牵手一前一后慢步走向台上一侧，而后，只见刘莉珍右手被杜建国牵着，左手却没有空着，而是拉着沈倩倩和董弘光一对同时出现，即两位新娘手拉手在中间，另一只手牵着各自的新郎，4个人一字排开进场。这种独特的进场方式一下子让在场的人感到惊讶不已，不知为什么不一对对先后进场，而是两对同时进场。

4对新人站在了台子中央，顿时，全场所有人的目光都投向亮堂堂的台上。

4 位新娘没有穿袒胸露背的婚纱，而都是穿着崭新的收费员制服；没有踩着时髦的高跟鞋，而是收费员统一的平底皮鞋；脸上没有浓妆艳抹，而是淡涂轻描，再加上 4 位新娘各自的齐耳短发或者脑后盘髻，每个人显得格外典雅端庄，亭亭玉立，英姿飒爽。难怪社会上的不少年轻人都会冲着高速公路收费员这身英威制服而来。

不过，眼明的人好像发现刘莉珍和沈倩倩他们四个人眼神里不时透露出一种其他两对新郎新娘所没有的喜悦和幸福感。

确实，此时此刻除了林小芳、张温平以及吴春玉她们班里几个人外，其他没有几个人知道这两对新郎新娘此时眼神里流露出喜悦和幸福的"密码"是什么。

那是元旦前，沈倩倩的父母亲从青海特意来到了绍柏市，住进了市中心"留耕楼"宾馆的"柏榕小楼"里，也是当下绍柏市最高级的知名宾馆。这是董弘光的主意，因为他新买的房子刚装修还得透透风，一时不能住。当然，董弘光更想展现对岳父母大人的重视和尊敬，不计花费，决意把岳父岳母安排到这个宾馆。

沈书明和妻子这次来这里，一是准备参加女儿的集体婚礼，更重要的是为与刘莉珍相认而来，这两件事他都已经与刘淑英商量后才定的。

那天上午，沈书明在宾馆把女儿和董弘光叫到一起，沈倩倩的妈妈也在场。沈书明小心翼翼地说："倩倩，弘光，爸爸有件事要告诉你们。"

"什么重要的事？那么郑重其事，好像要宣读中央文件似的。"女儿感到莫名其妙，起身走到父亲身后，两只手搭在父亲肩上问。

"是这样的……"沈书明欲言又止，脸上肌肉一阵抽搐。

"什么事？老爸。"女儿瞪大眼睛看着，追问道。

"是这样的。哦，我说了，你们不要责怪、不要耻笑老爸。"缓过一阵气后，沈书明继续说道。

"别说这些了，老爸，什么大不了的事，值得你这么紧张？快说吧。"女儿又是一阵催促道。

"你爸有件事难以启齿。"沈倩倩的妈妈冷冰冰地插话道，眼睛却朝外看，没有直视眼前的丈夫及女儿女婿他们。

"什么事?"沈倩倩听妈妈这么一说,倒更惊讶了,追问道。

"是这样。倩倩,我还有个女儿在这里。"沈书明这下子鼓起勇气对两个孩子说道。

"你还有个女儿?爸爸,你开什么玩笑,不可能吧!"沈倩倩顿时错愕了,两只手松开,同时两眼紧紧盯着父亲问。

"她也在你们这里。"沈书明说着。

"我们这里?是你生的还是养的?或者认的?"沈倩倩更是纳闷,插话说。

"是的,是我亲生的,她就是你那个同事刘莉珍。"沈书明再次鼓足勇气说道。

"啊,这怎么可能?她姓刘呀,她是当地人,人家爸妈都在城里,人家家里……"沈倩倩一连串说出几个情况,试图证明不可能,并一边说一边走到沙发边,一屁股坐到董弘光身旁。

"确实是,这件事已经过去 30 多年了,从来没给你们说起,事情是这样的……"沈书明开始给女儿叙说自己的往事。他简略了上山下乡那部分过程,因为,以前多次跟女儿说过这些,也轻描淡写地带过与刘淑英谈恋爱的起始,当然,他更不可能谈及与刘淑英两次偷尝禁果的细节,他只是多谈离开农村上大学后怎么与刘淑英中断联系的那些过程,以此来表明对初恋的淡化和忽视。这样点到为止的说法,似乎既想让女儿明白他曾经的过去和过失,同时,也不想让身边妻子吃醋而伤及夫妻感情。

"哦,原来是这样啊!"沈倩倩听完父亲的往事,禁不住感叹说。不知是喜还是悲的脸色交替地流露。

"你爸不错吧?为你'天上摘下个姐姐来'。"沈倩倩的妈妈没好气地插话道。

四个人一阵沉默,各人心情五味杂陈,百感交集。

沈书明说完后起身走到窗台,默默地看着外面。尽管窗外的大街上车水马龙,来来去去,却丝毫带不走他心中不停翻转的思绪。30 多年前惹下的祸给今天平静的家庭带来了冲击,犹如一石激起千重浪。虽然前些日子妻子的一关已过,但在从青海动身来女儿这里开始直到此刻,女儿的一关不知怎么过,他心中无数,因为这实在是让女儿措手不及。沈书明仍然望着窗外,茫然地等待着女儿的反应。

沈倩倩好一阵子才缓过气来，嘴巴颤动一下，但没有说话。她原来仅仅知道父亲曾经上山下乡在这一带，因而父亲喜欢这里，留恋这里，也为此才要求自己到这里就业；也知道父亲自打念书起就献身于国家高度保密的事业，使之曾经失去许多。可就不知道父亲在这里曾经有过爱情，更不敢想还会有个爱情的结晶遗落在这里，而且，这颗"爱情结晶"竟然是自己朝夕相处的同事，这让她倍感突然，一时惊骇。不过，毕竟是年轻人，她随之又越想越有些明白，之所以父亲一味要她到这里念书、工作，原来并不仅仅是上山下乡在这里的情结，而是"因为有了爱情"这段人生最美好的初恋也发生在这里，两者相加才使父亲这么喜欢和留恋这个地方，至于失而复得的"爱情结晶"，应该是父亲意想不到的事情，也可能是冥冥之中的事，并非父亲的刻意隐瞒。她仍然许久没有说话，只是看了看父亲和母亲几眼，她也不知道该怎么说。父亲几十年前的事，也就是她还没出生前的事情，而且又是男女情分的事，作为女儿真不知该怎么说才好。

董弘光却似乎大不以为然，他设身处地地想，对丈人年轻时的情形，同是男人的他完全可以理解。说真的。如果在当代，此类事情在年轻人中已是司空见惯见怪不怪的事，可在那个年代丈人就敢"潇洒走一回"，他兴许还佩服丈人呢。所以，他没有以任何鄙视和责怪的眼光看丈人，反而暗自高兴。可以多个大姨子来叫，何乐不为？不过，作为女婿，毕竟是局外人，他不敢立马显露出什么样的心态，只是默默地看着沈倩倩，并搂着沈倩倩的肩膀，不敢说话。

沈倩倩的母亲在一旁，虽然也没有说话，但心事没有他们三人那么重。一是已经知道这件事好一段时间，气头已过并谅解了丈夫，可以说早有思想准备不足为奇，二是这次也想看看丈夫这个"遗落"的女儿，说不定今后自己还平白无故地捡到一个"旁系"女儿来亲近，何况又是自己女儿的同事。于是，她瞄瞄站在窗口的丈夫，又看看坐着的女儿和董弘光，面对他们的窘样，倒暗自乐呵起来了。

"好了，倩倩，对你爸年轻时'英雄壮举'而获得的结果，你也就认了吧。就算你白捡个姐姐吧。毕竟人家刘莉珍一直在苦苦寻找自己的亲生父亲，若没个结果，对她太不公平，也太残忍了，她也太可怜了。再说她妈妈30多年来把她养大成人多不容易。现在居然能偶遇，也可能是他们命里注定的事，那我们家也无法抗拒，只得顺从。我都能理解和原谅你爸了，已经不当回事了，你们还有什么顾虑和不可接受的呢?"沈倩倩的妈妈打破了沉寂,首先开口说了一番。不难看出,作为一个女人,作为沈书明的妻子,作为沈倩倩的妈妈,她可真是绝顶的豁达。

"妈,不是什么顾虑和不可接受的问题,是爸爸这件事让我感到太突然了,一时叫我不知如何是好。"沈倩倩努着嘴说道,同时,泪水在眼眶里打转。

"是,爸爸对不起你们,让你们感到意外,也带来麻烦。"沈书明赶紧接话说道。

又是一阵沉默、无语的气氛,窗外嘈杂的汽车声和人声占据了整个房间。

"只能这样了,作为女儿也没什么了,只是请求爸爸今后一如既往地爱我们,别把父爱'转移支付'太多了,虽然她也是你的女儿。"不知过了多少时间,沈倩倩努着嘴说道,她觉得似乎就要失宠一样。

"那怎么会呢?你是我和妈妈的宝贝,捧在我们手里养大的,你就是我们的命,爱都来不及,还谈得上转移感情?放心吧,倩倩。至于刘莉珍,她自有一个家,有现在的父亲和母亲,还有弟弟,他们一家人生活得也好好的。我与她相认,只是让她知道了自己的出身和生她的人是谁而已,她不会打扰我们的家,也没有其他所求。如果真有其他什么,人家现在的父亲也不会同意,毕竟,他培养了她这么多年。"沈书明小心翼翼地解释说。他说话时声音很轻,态度很诚恳,好像生怕女儿接受不了而不高兴。

311

"那就听爸爸的话吧,爸爸会疼爱你的,放心吧。"董弘光看着沈倩倩也跟着说了一句。

"不过,你们现在同一个收费所,又有这层关系,今后可以互相关照,互相帮助。"沈书明继续说道。

"那她比我大,还要叫她姐姐了。"沈倩倩似乎要破涕为笑了,应道。

"是,她比你大。我相信她也会关心你的。"沈书明应道。

"也没其他什么了,书明,我看等会儿就叫刘莉珍和她妈妈来这儿吧,把事情都挑明算了,还等什么?"沈倩倩的妈妈却忍不住要尽快见见丈夫那个"遗落"的女儿了,催着说。

"倩倩,妈妈说的是我在来这里前和刘莉珍的妈妈说好,在你们婚礼前要与刘莉珍见面,以了却刘莉珍埋在心底里几十年来的渴望,这既是刘莉珍本身的强烈愿望，也是我和刘阿姨，同时也是你妈妈的一致意见。我已经答应了，但首先须在你明白此事和谅解爸爸的前提下。你看行吗?"沈书明讨好地说。

"我也没什么话说了，事情到了这地步，就顺着你们吧，只是今后多了个姐姐来叫。"沈倩倩还是努着嘴说道，不过，语音和腔调已经变得柔和，甚至还带有丝丝喜悦之意。

"那我就打电话去，下午叫她们来。我们就一起见面，晚上大家一起吃餐饭，好吗?"沈书明见女儿没有反对，干脆做出安排。

"好吧，听爸爸的喽。"沈倩倩应道，心里忐忑不安。平时的那个刘莉珍，在自己刚参加工作时她有些歧视找碴看不惯，又总爱卖弄歇后语，现在竟然要成为自己的姐姐了，而且还是有血缘关系的姐姐。对她而言，这人生真奇妙，玩笑也开得够大了。

其实，前两天刘淑英将与沈书明见面的时间地点告诉刘莉珍后，刘莉珍就开始彻夜难眠。虽然在医院那段时间里曾经见过沈倩倩的爸爸，知道他在哪里工作，长得什么样，连性格也觉察到一些，可毕竟那时候总是以他是同事的父亲、与己无关的心态看他。现在则不然了，他是自己多年寻找的亲生父亲，一个不一样的大人，还有，平时工作上在一起的沈倩倩，想想当初对她还有些挑剔，现在同样是助理，属于竞争对手，居然是妹妹了。甚至还想到沈倩倩的妈妈会待她如何，是接受还是鄙视? 不过，她多年想见亲生父亲的渴望始终不渝，她期盼这一天快点到来。当然，对他没有尽父亲责任达 30 多年而衍生的怨气和愤懑，也始终没有烟消云散，她也想当面"请教"为什么。

说好下午两点半到宾馆的，刘莉珍叫上杜建国开车，催着母亲提前半个小时来到宾馆，但又不敢贸然到房间，因为怕他们午睡还没起床。一旦真的要见面了，她的心却是跳个不停，那种多少有些爱恨交加的复杂心态，使她有些驻足不前了，只好拉着母亲和杜建国一起坐在宾馆大堂的沙发上等着，好让自己心情平静些再说。

刘淑英倒没什么，她仍然平静得像带着女儿去见一个自己当年的老友那样。当初在医院不期而遇的那一刻激动心情早已过去许久，后来与沈书明的多次通电话，也已经把电话的那一头由当年恋人淡化为现时友人了。今天带着女儿来，仅仅是为了却女儿多年愿望和弥补女儿心头之痛，否则，她个人已经完全不必要了，因为，有现在这个幸福美满的家，她觉得已经足矣。

还没到两点半，沈书明和沈倩倩就迈出电梯欲往宾馆大门口去，他们是准备到大门口迎候刘淑英母女俩的。本来沈书明提出自己下楼迎接，可此时沈倩倩也提出陪爸爸一同到楼下等候，因为，她总觉得刘莉珍是自己的同事，现在又是姐姐，此时不敢怠慢，还是尊敬些为好，所以便一起到了大堂。

刘莉珍眼尖，马上看到沈倩倩两人大步朝大门口走去，马上叫了一声："倩倩。"

沈倩倩听到有人叫，随即转头看到了刘莉珍，应了一声："哎，你们已经到啦？"

沈书明也转身看到了刘淑英，说道："你们都提前来啦，怎么没有上去？走，到房间去坐吧。"

此时，他们几个人彼此只是掠过一眼，没有直视谁，也都没有称呼。要是平时，肯定是一番热情招呼，并且，沈倩倩肯定会叫"莉珍姐""刘阿姨的"，或者，刘莉珍也会像在医院时叫"沈叔叔，你好"等，可此刻，他们都难以启齿了，因为，后续的事情将彻底改变他们之间以往的叫法，他们都心中有数。

沈倩倩的妈妈和董弘光已经在房间门口迎候，沈倩倩领着刘莉珍她们走近时，马上介绍说："妈妈，这是刘莉珍和她的男朋友，这是她妈妈刘阿姨。"

"哦，下午好。请进。"沈倩倩的妈妈客气地招呼道，几个字说得有些生硬。看得出来，她与面前的人是初次见面，略显别扭，尤其是面对丈夫曾经的恋人，多少会有些说不清楚的尴尬。

刘淑英此时也有些拘谨和忐忑了，毕竟对沈书明现在的妻子来说，虽然算不上是情敌，但是，不由联想到是自己当年首先闯了沈书明的"处男"禁地，而今又带着她最不愿意看到的"果实"来分享她丈夫的爱，打破他们一家人的平静。想想这些，刘淑英刚才那种颇为无所谓的心态似乎不再，脸上也显露出几分红晕来，默默地跟着沈倩倩的妈妈走进房间。

坐定后，还是沈书明先开口说："莉珍，你妈妈都告诉你了吧？"面对这样的一家人说话，尤其在一个是妻子一个是初恋的两个女人面前，他不敢直接面对她们，只好找刘莉珍直入主题了。

"说了。"刘莉珍抬头看对方一眼，随口应道。心想，面前的人竟是从没养过和管过自己的生父，虽然原先在医院里认识，可今天却特别陌生，像根本不认识一样。

"是我对不起你们，这么多年了，今天才见面。"沈书明歉意地说道。

"唉！"刘莉珍长叹一声。眼眶里顿时泪花闪闪，把头转一边去。

刘淑英见状赶紧挨着女儿，用手臂把女儿搂在身上，说："这么多年过去了，也没什么对得起对不起。今天只想让孩子明白自己的生父究竟在哪里，这是她多年的愿望，或者说是压在她心中多年的一块大石头，总要搬开，别无所求。"

"是呀，确实是书明的问题，这么多年才知道。"沈倩倩的妈妈帮腔说。话有玄机，不愿涉及太深，稍稍责怪一下，因为毕竟是她老公和刘淑英几十年前的风流韵事。不过，从刘淑英母女俩一进门开始，她就一会儿看看刘莉珍，一会儿瞧瞧刘淑英。她似乎想在对方身上找到什么，有没有丈夫的痕迹，或者说遗传基因什么的。她心中没有定论，也可能只是好奇。看看面前的刘淑英，虽然年龄比自己略大几岁，近60岁了，但还是显得丰腴，皮肤白皙，跟那些完全在农村出生农村长大的妇女不一样，想必年轻时也是个很漂亮的农村"小芳"，难怪老公当年会迷上她，还……她赶紧收住对眼前这个女人的不停思绪，不愿意再细想下去了；她马上转眼瞧瞧面前的这个女孩，个子比倩倩还高些，一头齐耳短发罩着一个瓜子脸，皮肤同样白里透红，一双大眼上的两道眉毛粗黑，嘴唇有着不用涂口红就红嫩的唇色。她估摸着脸型、肤色像刘淑英，个头、眉毛、唇色都与老公很像，尤其与老公有着说不出的神似。她再观察一下自己倩倩的眉毛和唇色以及个头，真与刘莉珍很有几分相似。她已经不用再猜忌了，目测就可判定面前这个俊美女孩确实是老公的血脉。

至于刘淑英，刚进门是有一阵子拘谨和忐忑，待坐定及扶住女儿后，心情显然安定了一些。当她听到倩倩的妈妈在说话时，顺势抬眼仔细打量了这位沈书明的妻子。原来只是听沈书明说她是个内蒙古人，也是大学生，其他就不知了，于是，她也急于认识眼前这位后继者。打量后，觉得她确实像个北方才女，50好几的人了，还个高壮实且凸显端庄稳重，衣着简朴而不失雍容华贵，配上一头褐色烫发和一身深蓝过膝呢子大衣，一看就知道是个文化人，是个科研工作者，其年轻时肯定是个风姿绰约的北国大美女。此时，刘淑英似乎觉得自惭不如，同时感到沈书明会抛下自己另觅新欢自是难免。不过，对于现在的气氛来说，虽然是在沈书明住的宾馆，但从大环境来说，还是在绍柏市，属于自己的主场，应该积极些，于是马上说道："孩子，他就是你的亲生父亲，是你盼望多年想见到的生父沈书明。"

"孩子，我是你的父亲，父亲对不住你，请你原谅父亲的过失。"沈书明也立即接话说。他鼓起勇气终于对着眼前的刘莉珍自称"父亲"并叫声"孩子"了，不过，说话间声音多少有些失真，自信不足，好像有些哽咽。

刘莉珍似乎有些不知所措，因为当初在医院认识的是"沈叔叔"，那时他是别人的父亲，而今却变成也是自己的父亲了，她迫切需要以女儿的眼光重新认识和审视对方。所以，她几次抬头打量自己这个生父，不难发现，生父浓眉大眼，两鬓染霜且头发后梳，套一件羽绒服，身材魁梧，看上去真不愧是搞国防科技的大知识分子；她也发现倩倩的身材个子、脸型轮廓很像他，再联想到刚才偶然与生父几次对眼时，也觉得自己的个子、眼睛与他有几分相似，特别是那内心的瞬间感应和碰撞，更让她心慌意乱无所适从，原先想理直气壮地质问这个父亲的底气全都没了，说不出口，问不出话。

"嗯，我知道了。"刘莉珍终于应一句。

"莉珍，我和倩倩都同情你。"沈倩倩的妈妈说道。声音听起来很亲切。

"哦，谢谢你，阿姨。"刘莉珍听到是倩倩的妈妈在对她说话，赶紧抬头平静地应道。

"妹子，感谢你的宽宏大量。孩子多年想问这个事情，我也是没办法，不得已才来见书明的。谢谢你了，也谢谢倩倩孩子。"刘淑英马上说道。似乎自己觉得有几分歉意。

"大姐，不用客气了。过去那个年代，都可以理解。今天书明能够见到你们也是他的福分，否则，真的还不知道有个莉珍。现在好了，莉珍和倩倩又在同一个单位做事，可以互相关照，我们在青海也可以放心些了。"沈倩倩的妈妈说道。

"是，我自认识倩倩开始，就觉得倩倩很乖，很有能力，我经常叫莉珍要关心倩倩，因为你们都在那么远的地方，我们就在本地，方便些。"刘淑英说道。

"是，刘阿姨对我很好，莉珍姐对我也好。"许久没有说话的沈倩倩也开口说道。就不知她内心此时称的"姐"是以前同事间的尊称还是现在姊妹间的昵称。同时，两个"好"前分别是"很"和"也"，她心中自有一杆秤。

"自上一次在医院里从你妈那儿知道所发生的一切后，我就期盼着咱们父女能够团圆，从今后让我补回做父亲的责任。孩子，行吗?"沈书明真诚地说道，眼圈有些泛红，眼里还含着泪花。也许他看着眼前这个有自己血脉的女儿，心中相认的渴望绝不亚于刘莉珍寻找生父的那种渴望。

"是真心话，以前我太希望找到生父是谁，在哪里。但仅仅是知道就行了，顶多再问问为什么丢下我和我母亲，并没有多想其他的事情。现在既然见面了，也看到了，愿望实现了，特别是多了个倩倩妹妹，过去我俩只是同事，现在有了亲情关系，更让我高兴不已，因此，我也就别无所求了。"刘莉珍认真地说道。她故意突出与倩倩的情感，淡化与生父的情愫，不过，内心似乎始终交集着委屈、埋怨和幸福的心情。

316

"是，今后倩倩就是你的妹妹，你多关心她些。"沈书明赶忙接话说。

"是呀，莉珍你得多帮帮她。"爱女心切的倩倩母亲也在帮腔说。

"我会的，倩倩自己已经很优秀了，我也没那么好，可能有些方面我还是'叫花子遇神仙——比不上'呢。"刘莉珍赶紧应道，顺口又溜了一句歇后语。

"哎哟，莉珍这孩子，歇后语用得很好。"沈书明立即赞扬说。

"莉珍姐最喜欢用歇后语了。"倩倩边上插嘴道。

"你不是也很喜欢吗?"倩倩的妈妈对老公说。

"呵呵，呵呵，莉珍的才华确实是'姑娘长胡子——少见'。"沈书明尴尬地一笑，也蹦出一句歇后语。

几句话打破了现场原先的拘谨和严肃，气氛开始变得融洽和乐，两家人的话题也拉开了，天南地北谈古论今地说个没完，直到应该吃晚饭时，经董弘光提醒，大家才走向宾馆2楼的餐厅。

席间，倩倩的妈妈从手提袋里拿出两个首饰盒，一个递给沈书明，一个自己拿着。他们打开各自的首饰盒后取出一条金手链。沈倩倩的妈妈给自己的女儿戴上，沈书明则拉起刘莉珍的手，抖抖颤颤地将手链戴在她的手腕上，并说:"这是倩倩的妈妈送你结婚用的。"

"谢谢阿姨。"刘莉珍听后马上对倩倩的妈妈说道。

"不用谢，这是你和倩倩应该有的。"倩倩的妈妈应道。

戴好后，沈书明近距离地看着这个女儿，不由得心潮澎湃，百感交集，说一声："孩子，让爸爸抱你一下，好吗？"

刘莉珍听到后，下意识地扭怩了一下，因为，也许除了杜建国外，她还真没有让哪个大男人抱过。不过，她马上意识到眼前这个老男人已经是父亲，不是一般男人，同时，自己也确实没有经受过父亲的疼爱，此时应该享受慈父之情了，于是，她轻轻地"嗯"了一声。

沈书明张开双臂把刘莉珍整个人紧紧地搂抱在怀里，此时此刻，他尽情地给予作为父亲的爱抚和享受孩子反哺给自己的依偎。确实，三十几年了，父女之间，一个才第一次紧抱自己的孩子，一个才第一次被父亲紧抱，两者各是什么心情，这可不是一般人可以体会得到的，即使刘淑英也不一定能够很准确地体会到自己女儿或者沈书明瞬间的心境。

一会儿，沈书明松开一只手，把沈倩倩也拉近并同时抱住，两只手一左一右搂抱住两个女儿。沈书明总算是圆满了，彻头彻尾地幸福了，知足了，他嘴里喃喃地说："孩子，爸爸爱你们，爸爸爱你们。"说着，禁不住眼里滚出了几滴喜悦的老泪，顺着脸庞流下。也许他认为他是世上最幸运的父亲了。这下子也把坐在边上的刘淑英、董弘光、杜建国还有倩倩的妈妈都诱出泪水在眼眶里打转。当然，此时沈倩倩的心情还没有激动到流泪的地步，因为她像儿时一样习惯了父亲的疼爱，而刘莉珍则很陌生甚至很木然，任凭对方搂抱，只是脸上红晕一阵就再也没有什么，更不用说喜极而泣了，一时她还只是接受这种现实，要靠今后逐步的感情加深，需要时间来慢慢凝聚与沈书明的父女之情。

一会儿，沈书明终于松开双手，不再紧抱两个女儿，但仍然各挽着她们的手臂，并对沈倩倩说："倩倩，今天你就认真地叫莉珍一声'姐姐'吧！"

沈倩倩听完父亲的话，略为停顿后马上叫了一声"姐姐"。她在"姐姐"前面显然没有像往常一样前缀"莉珍"两个字了。

刘莉珍听得一声叫，马上反应过来，"嗯"了一声，接着对着沈倩倩叫一声"妹妹"。

两个人同时笑了，尽管平时都在一起，此时这么一叫，倒有些不好意思起来了。

"叫一下姐夫吧。"不知什么时候，杜建国对沈倩倩笑笑地说道。

"哦，姐夫。"沈倩倩也乖巧地叫道。

"那，你们要叫我什么呀?"董弘光也憋不住了，笑呵呵地问。

"那就是妹夫了，不过，你比我小，叫你名字好了。"刘莉珍也笑笑地说道。

"也行。那你叫我的老丈人一声爸爸吧?"董弘光应道，同时指着沈书明问刘莉珍道。

此时刘莉珍有些迟疑了，不像叫沈倩倩那么果断，她瞄瞄母亲，看见母亲点头示意，于是鼓起勇气，对着这位生父叫了一声"爸爸"。

"好了，孩子，今后爸爸有两个女儿了，我会像对倩倩一样对你，爱你。"毕竟年过半百了，沈书明不像刚才那样一直激动，平缓多了，应道。

"好了，我们今后就是一家人了。大姐，倩倩结婚后也要靠你们关照帮助。"倩倩的妈妈对刘淑英说道。

318

"放心吧，我会的，一定会把倩倩当女儿看。"刘淑英应道。

"现在请4对新郎新娘的父母上场。"张温平以清亮的声音宣布道。

在另外两对父母亲上台后，轮到刘莉珍和沈倩倩的父母亲登场时，仍然是4个老人一字排开，中间两位是母亲，她们相互手拉手，边上两位是父亲，他们各拉着自己妻子的手同时上台，对应站到了自己孩子的后排。如此与刘莉珍和沈倩倩两对人以同样的架势上台，又是引来现场一阵惊奇，窃窃私语不绝于耳。

"各位来宾，现在我先介绍4对新郎新娘和他们的父母。我看4位新娘就不用介绍了，都是我们的同事，就4位新郎我来介绍，这位是刘莉珍的新郎杜建国，这位是沈倩倩的新郎董弘光，这位是……"张温平逐一把新郎官都介绍了，接着又介绍大人。

"这两位是刘莉珍的爸妈，这两位是沈倩倩的爸妈，这两位是……最后，我在这里要特别介绍，这位沈倩倩的爸爸，同时也是刘莉珍的爸爸，至于为什么，等会儿林所长会告诉大家。"张温平继续这样介绍道。台下一片哗然，人们顿时感觉得莫名其妙，互相询问打听是怎么回事。

"各位，我们先不要问怎么回事，我们还是先来祝福4对新人喜结良缘，恩爱百年。"张温平提高嗓门大声说道。接着，张温平按照婚礼仪式，把拜天地、夫妻对拜、拥抱双亲、改口叫父母等程序逐一而过，婚礼主持得有模有样，很是热闹。

"现在，请证婚人林小芳所长给 4 对新人证婚并致辞。大家欢迎。"张温平最后说。

林小芳今晚没有着制服，而是一身藏青西服配短裙，内穿粉红色毛衣，围一条五彩纱巾，戴一枚晶亮晶亮的胸花，盘一头发髻，显得端庄秀丽，落落大方，不愧为高速公路上的一位路姐和一方领导。今天她的心情格外兴奋和喜悦，作为主要领导，这场婚礼是凝聚所里职工团结友爱精神的重大活动，作为证婚人，则是让 4 位职工及其所有家人一生难忘的重要人物，因此，她神采奕奕笑容满面地大步走上台子中央，向各位家长鞠躬施礼后又向新郎新娘们行礼，然后，转身过来再向台下来宾点头致意。

"各位来宾及台上的新郎新娘、爸爸妈妈们，你们好！今晚我们在这里为 4 对新人举办集体婚礼，这是我们所里的新鲜事，也是我们所里的大好事，我们所里的全体职工为此感到光彩和骄傲，我们谢谢这 4 对新人和他们的爸爸妈妈们对所里的信任和关爱。"林小芳开场白说完，又深情地向新郎新娘及各位大人鞠了个躬表示谢意。应该说，这是林小芳发自内心的表达，4 位职工能够顺从她当初的提议，无疑是对她极大的支持和肯定，她当然由衷地感到高兴。

接着她清一清嗓子走到沈书明的身边，挽着对方小臂继续说过："刚才张副所长说过，除了那位郝伯伯是刘莉珍的爸爸外，这位沈倩倩的爸爸也是刘莉珍的爸爸。没错，确实是这样，沈书明伯伯既是沈倩倩的爸爸也是刘莉珍的亲生父亲，从而还说明沈倩倩和刘莉珍是亲姐妹关系。这是我们的前辈在当时那个历史年代里偶然造成的，刘莉珍又多了个父亲和妹妹，沈倩倩有了个姐姐，这是千真万确的事实，这是她们的幸福，我们恭喜和祝福她们俩及她们全家人。"说完，台下一片掌声。虽然还不知道其中奥秘和细节，但大家从林小芳的话里已经有所领悟，只是没有人再细问下去了，更多人是向她们投去羡慕的眼光。

"现在，我很荣幸地代表在座的来宾向 4 对新人作证，他们从相识到相爱，又从相爱走入婚姻殿堂，这一路走来都志同道合，实属天成佳偶、金玉良缘。我们衷心地祝福他们花好月圆、白头偕老。除了希望他们今后在各个方面都要互相关心体贴、共同进步外，还要祝愿他们早生贵子，为我们高速公路事业储备新生力量，大家赞同不赞同呀？"林小芳一本正经地说完，向台下问一句。

"赞同！"台下马上大声附和道，尤其小孩子们更是尖声喊叫。倒是刘莉珍和沈倩倩站在那里，面对台下一片喊叫，有些不好意思起来，两姐妹转头互相看了一眼，眯眯一笑。后排站着的父母亲们则会心地一笑，喜滋滋的心情洋溢在脸上。

"现在我想借这个难得的机会给各位职工及各位亲属们报告几个好消息。第一，我们城南所从去年年初开征到年底的一整年，共完成2208万征费指标，超额达28%之多，又结合其他各项工作考核，我们城南收费所已经被省公司评为优秀收费所。这是我们全体职工共同努力的结果，也是我们各位亲属们鼎力支持的结果，我们表示衷心的感谢。第二，全所累计达到2000万元以上'收费无差错'的岗位能手有16位同志，其中吴春玉和李美桦最高分别是6200万和4600万。第三，我们所吴春玉带领的收费1班，以她们各方面显著表现，经过各级层层推荐、筛选并放在全国进行网络投票，最终被中国公路学会、《中国高速公路》杂志联合授予第二届'中国最美路姐团队'称号。第四，我们的沈倩倩同志虽然参加高速公路工作时间不长，仅仅一年多时间，但以她这一年多自身的优异成绩和才能，按同样的形式和程序，被授予了第三届'中国最美路姐'称号。过不久，她们即将去北京出席颁奖大会并接受称号。这不仅是她们的光荣和骄傲，也是我们城南收费所全体职工的光荣和骄傲，我们表示热烈的祝贺。"

话音刚落，现场又是一片经久不息的掌声和欢呼声。

后　记

　　高速公路收费是一个辛苦行业，女收费员更是一个艰难群体。在外界看来，她们身着制服、收取钱款很是风光，但她们在艰难困苦，如直面复杂社会、生物钟紊乱、承受环境污染以及支撑沉重的家庭负担的情况下，仍然敬业爱岗、乐于奉献的崇高精神和美德，均少被社会了解和理解，更不用说被赞誉。鉴于此，当然，也离不开本人与收费员们共事多年，有着很深的情愫缘故，本人很乐意并且有责任将她们的甜酸苦辣、喜怒哀乐，点点滴滴地叙说与读者。若干年后，不管高速公路通行是否继续收费，这些收费员的人生道路是否改变，历史都将留下他们为交通事业做出贡献的浓重一笔。

　　将高速公路女收费员命名为"路姐"，是本人出于对女收费员的理解，并受"空姐"昵称的启发，于2011年2月形成构思后，于当年3月通过我的一篇《叫响中国路姐》文章进行呼吁，又向当时恰好来福建调研的《中国高速公路》杂志马健等几位编辑同志建议，将杂志每期展现一名女收费员青春美丽、爱岗敬业风采的"活力"专栏，更名为"中国路姐"。这一建议得到杂志领导刘文杰、巨龙云等及编辑们的积极响应和采纳，立即从2011年第4期起开始正式更名，并且还持续不断地发出"中国路姐"征集令，不仅如此，又联手中国公路学会于2014年11月举办首届"最美中国路姐团队""最美中国路姐"评选活动。这些举措势必在美女如云的全国高速公路系统荡起波澜、引发热潮，从而不断涌现出诸多业务突出、气质非凡、服务优良的杰出女收费员。至今，全国已有几十个收费班团体和几十位女收费员个人分别获此殊荣，极大地调动了全国高速公路收费员的工作积极性。

"路姐"已被全国高速公路行业所认可和接受，成为女收费员特点鲜明的昵称和美誉突出的符号，全国几十万女收费员，均以"路姐"为荣耀。当然，"路姐"不应该局限于评奖的头衔和称号，更应该是女收费员在日常工作中被社会认可的广泛称呼，为此，祈望多向社会宣传。另外，当年取名"路姐"仅仅是为高速公路女收费员、监控员而想，现在考虑起来，这个"路姐"之称，亦可用于高铁、动车、火车上的女乘务员，因为现在已经是大交通时代。

322

写此书前，曾再次去武夷山、三明北、福州机场、宁德北、清流等征管所，采访了诸多女收费员，让我感触不少，收获颇多，在此表示感谢。